나의 라임 오렌지나무 2

# 햇빛 사냥

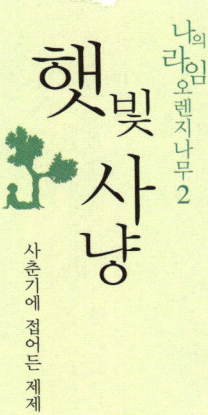

사춘기에 접어든 제제 이야기

ⓒ Copyright (1974) EDITORA MELHORAMENTOS LTDA, Brazil
Original Title in Portuguese: "Vamos Aquecer o Sol"
All rights reserved.
Korean translation copyright ⓒ2003 by Dongnyok Publishers
The Korean translation rights arranged with
Editora Melhoramentos LTDA, São Paulo
through Bestun Korea Agency, Seoul.

본 저작물의 한국어판 저작권은 베스툰 코리아 에이전시를 통한
EDITORA MELHORAMENTOS LTDA사와의 독점계약으로 도서출판 동녘이 소유합니다.
저작권법에 의하여 한국 안에서 보호를 받는 저작물이므로 무단전재와 무단복제를 금합니다.

나의 라임오렌지나무 2

# 햇빛 사냥

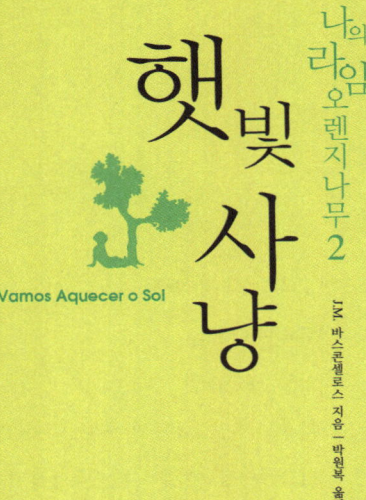

Vamos Aquecer o Sol

J.M. 바스콘셀로스 지음 ― 박원복 옮김

동녘

안또니에따 후지 여사,

쎄씰료 마따라쪼

루이징뉴 베제하,

그리고 나의 친한 친구인 바기네르 펠리뻬 지 소우자 바이데바흐,

그리고 주아낑 까를루스 지 멜루에게 감사를 드립니다.

"가족은 혈연만이 아니라 마음과 이해로도 형성된다."

**몽테스키외**

# 햇빛사냥

## 1부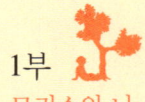
### 모리스와 나

1. 변신 · · · · · · 11
2. 뽈 루이 파이올리 · · · · · 26
3. 모리스 · · · · · · 39
4. 암탉의 웃음소리 · · · · · · 57
5. 꿈꾸기 · · · · · · 78
6. 태양을 뜨겁게 · · · · · 101
7. 주엉징뉴와의 이별 · · · · · 120

## 2부
### 악마의 시간

1. 늦춰진 결정 · · · · · · 141
2. 부당한 고통 · · · · · · 159
3. 동심은 잊기는 해도 용서하지는 않는다 · · · · · · 178
4. 돔발상어와 실패한 비스킷 던지기 싸움 · · · · · · 197
5. 타잔, 지붕의 아들 · · · · · · 234

# 3부
## 나의 꾸루루 두꺼비

1. 새로운 집, 차고 그리고 세베루바 아주머니······271
2. 마누엘 마샤두 숲······301
3. 아담이라고 부르는 나의 심장······329
4. 사랑······346
5. 거룩한 사랑의 훼방꾼······362
6. 별, 배 그리고 그리움······375
7. 이별······387
8. 여행······403
9. 나의 꾸루루 두꺼비······420

—옮기고 나서·434

# 1부

모리스와 나

# 1. 변신

갑자기 시야에서 어둠이 걷혔다.

열한 살인 나는 겁에 질려 심장이 가슴에서 쿵쿵거렸다.

'어린 양을 돌보시는 예수님, 저를 도와주세요!'

빛이 점점 더 밝아 왔다. 그럴수록 내 마음속의 두려움도 점점 커져 소리를 지르고 싶어도 지를 수 없는 상황이었다.

다른 식구들은 모두 조용히 잠들어 있었다. 모든 방문이 닫힌 채 침묵에 싸여 있었다.

나는 침대에서 일어나 벽에 등을 기대었다. 내 눈동자는 커질 대로 커져 거의 튀어나올 것만 같았다. 기도를 하며 모든 수호신들의 이름을 부르고 싶었지만 루르드● 성모님이

---

●프랑스 서남부에 위치한 도시로, 성모 마리아가 출현했다는 교회가 있다.

라는 말조차 입에서 나오질 않았다. 악마임에 틀림없었다. 사람들이 나에게 겁을 주며 말하던 악마임에 틀림없었다. 하지만 만일 그것이 악마라면 그 빛은 전등빛이 아니라 불빛이나 핏빛이었을 것이고 분명 유황 냄새도 났을 것이다. 사랑하는 펠리시아누, 파이올리 수사님더러 도와 달라고 부를 수도 없을 것이다. 아마도 이 시간에 파이올리 수사님은 마리스따 학교에서 잠에 곯아떨어져 선하고 평화로운 모습으로 코를 골고 있을 것이다.

부드럽고 겸손한 목소리가 울려 왔다.

"애야, 놀라지 마라. 난 그저 너를 도우러 왔을 뿐이란다."

이제 심장은 벽 쪽을 향해 쿵쿵대기 시작하였고 내 목소리는 병아리의 첫 울음처럼 가냘프고 겁에 질려 있었다.

"누구세요? 귀신인가요?"

"아니야. 바보 같은 녀석."

이어서 선한 웃음소리가 방안에 울려 퍼졌다.

"빛을 더 밝힐 테니 놀라지 마. 나쁜 일은 전혀 일어나지 않을 거니까."

나는 더듬거리며 '그러세요'라고 대답했지만 눈을 감고 말았다.

"그래 봤자 소용없어, 친구. 눈을 떠도 괜찮아."

조심스레 한쪽 눈을 먼저 뜬 다음 다른 쪽 눈도 떴다. 방이 아주 아름다운 흰 빛으로 가득하였기에 죽어서 천국에 와 있

 모리스와 나

는 것은 아닌가 하는 생각이 들 정도였다. 하지만 그것은 불가능한 일이었다. 집안의 모든 사람들이 천국이 내겐 어울리지 않는 곳이라고 했을 뿐만 아니라 나 같은 인간은 죽는 즉시 지옥의 불구덩이에 떨어져 꼬치구이가 될 신세라고 했으니까.

"날 쳐다봐. 못생겼지만 내 눈만은 믿음과 착한 마음을 전해 준단다."

"어디 있어요?"

"여기, 침대 발치에."

침대 발치로 다가가 용기를 내어 바라보았다. 하지만 그것을 본 순간 나는 공포에 휩싸였다. 어찌나 놀랐던지 차가운 무언가가 내 가슴을 꿰뚫고 지나가는 것 같았다. 나는 사시나무 떨듯 떨며 처음의 자리로 되돌아갔다.

"그러지 마, 꼬마야. 나도 내가 얼마나 못생겼는지 잘 알아. 하지만 네가 그렇게 겁을 집어먹으면 너를 도와주지 않고 가 버릴 거야."

그 목소리가 애원으로 바뀌었기에 꾹 참기로 마음먹었다. 그리고 아주 천천히 조심스레 다시 다가갔다.

"무엇 때문에 그렇게 겁을 먹지?"

"너 두꺼비 아냐?"

"그래서? 그래, 난 두꺼비야."

"하지만 다른 것일 수도 있을 텐데."

"코브라? 악어?"

"차라리 그랬으면 좋겠어. 왜냐하면 코브라는 멋있고 아주 미끈하잖아. 그리고 악어는 아주 우아한 모습으로 수영을 하니까."

"미안해. 나는, 불쌍하지만 다정한 꾸루루 두꺼비일 뿐이라구. 좋아. 그게 마음에 안 들면 돌아갈게. 조금만 기다려. 하지만 어쨌든 무척 섭섭하군."

몸에 검은 반점이 있는 그 두꺼비는 슬픔이 복받쳐서 한마디만 더 했다가는 눈물을 쏟을 것만 같았다. 그런 모습을 보자 미안한 마음이 들었다. 사실 나는 마음이 너무 여려서 누군가 울거나 고통받는 것을 보면 금방 눈물이 가득 고이는, 그런 소년이었다.

"좋아. 우선 심호흡부터 하고……. 벌써 너에게 익숙해지기 시작했으니까 곧 네 곁에 앉을 수 있을 거야."

정말 상황이 바뀌기 시작했다. 아마 두꺼비의 부드러운 눈빛과 꼼짝하지 않고 있는 기괴한 자세 때문이었을 것이다. 나는 더듬거리며 애써 다정한 말을 건넸다. 무엇 때문인지는 모르지만 그를 아저씨라고 부르고 있었다.

"아저씨 이름은 뭐예요?"

두꺼비가 미소를 지었다. 분명히 그는 내가 그렇게 대접해 주는 것을 무척 좋아하는 눈치였다. 두꺼비에게 존칭을 쓴 이유는, 말하는 두꺼비를 만나는 일이 쉽지 않기 때문이다.

 모리스와 나

그가 머리를 긁적이며 대답했다.

"아담."

"무슨 아담이에요?"

"그냥 아담이야. 성은 없어."

감상적인 마음이 다시 고개를 들었다. 젠장, 내가 왜 두꺼비 한 마리한테까지 감동해야 하는 건지.

"제 성을 쓰실래요? 전 신경 안 써요. 잘 들어 보세요, 얼마나 멋진 이름이 되는지. 아담 지 바스콘셀로스."

"고맙군, 친구. 어쨌든 너와 붙어 살 거니까 간접적으로나마 네 이름을 사용하게 될 거야."

여러분, 방금 이 두꺼비가 한 말 들었나요? 나랑 살 거라구요? 하느님 맙소사, 망가바스 수사님! 저를 키워 주신 어머니가 제 방에 있는 그를 보는 날이면 뽄따 네그라 해변까지 울려 퍼질 만큼 큰 소리로 비명을 지를 거예요. 그리고 이자우라더러 빗자루를 가져오라고 해서 아담을 아래층 계단으로 한 방에 날려 보낼 거구요. 그것도 모자라면 이자우라가 아담의 작은 다리를 잡아 뻬뜨로뽈리스 다리 난간에서 냅다 집어던질 거예요.

"네가 무슨 생각 하는지 다 알아. 하지만 그럴 위험은 없어."

"그렇다면 다행이에요."

나는 안도의 한숨을 쉬었다.

"그런데 너를 어떻게 부르면 될까? 제제라고 부를까?"

"제발 그러지 마세요. 제제는 더 이상 존재하지 않아요. 이전의 어리석은 꼬마 이름인걸요. 옛날 동네 장난꾸러기 이름이죠……. 저는 많이 변했어요. 지금은 세련되고 품행이 단정한 소년이라구요."

"넌 슬픈 소년이야. 정말 슬픈 소년이지. 아마 너는 이 세상에서 가장 슬픈 소년들 가운데 하나일 거야. 그렇지 않니?"

"알아요."

"너, 다시 제제가 되고 싶지 않아?"

"인생의 그 어떤 일도 다시 과거로 되돌릴 수는 없어요. 한편으로는 다시 그러고 싶기도 하지만 다른 한편으로는 그러고 싶지 않아요. 그토록 매를 맞고 배고픔을 참아야 했던 걸 생각하면."

언제나 나를 따라다니면서 괴롭혀 온 아픈 기억들이 되살아났다.

다시 제제가 되어 라임오렌지나무 한 그루를 갖고, 그리고 다시 뽀르뚜가를● 잃어버리고…….

"솔직히 말해 봐. 정말 그러고 싶지 않니? 그때 너는, 그 후로 지금까지 오랫동안 느껴 보지 못한, 그 무언가를 가지고 있었잖아. 작지만 아주 소중한 것, 따뜻한 마음 말이야."

풀이 죽은 나는 고개를 끄덕이며 그 말에 동감을 표했다.

●『나의 라임오렌지나무』에서 제제가 아버지처럼 따랐던 인물

"모든 것을 다 잃어버린 것은 아니야. 너는 아직도 주변 사물에 대해 따뜻한 마음을 가지고 있어. 그렇지 않다면 난 지금 너랑 얘기하고 있지 않을 거야."

그가 잠시 말을 멈춘 뒤 아주 진지하게 말했다.

"이봐, 제제. 그래서 내가 여기 온 거야. 너를 도와주려고 왔어. 앞으로 살아가는 동안 모든 것으로부터 너를 보호해 주려고. 이제 너는 혼자 있어서 외롭다거나 피아노 연습 때문에 그렇게 고통을 받진 않을 거야."

아담이 내가 피아노 연습하는 걸 어떻게 알았을까? 그리고 피아노 연습이 내 인생에서 가장 힘든 일 중 하나라는 것을 어떻게 알았을까?

"난 다 알고 있어, 제제. 그래서 여기 온 거야. 너의 심장 속에 살면서 너를 보호해 주려고. 못 믿겠어?"

"믿어요. 예전에 저는 세상에서 가장 아름다운 노래를 저와 함께 부르던 새 한 마리를 가슴에 품고 있었어요."●

"그 새는 어디에 있어?"

"날아가 버렸어요. 떠났어요."

"그렇다면 이제 네 가슴속에 나를 받아들일 자리가 하나 있다는 얘기로구나."

나는 그 상황을 어떻게 받아들여야 할지 몰랐다. 꿈을 꾸

---

● 『나의 라임오렌지나무』에서 제제가 자신의 가슴속에 노래하는 작은 새 한 마리가 있다고 상상한 적이 있다.

는 건지, 아니면 진짜 미쳐 버린 건지 알 수가 없었다. 나는 갈비뼈로 기타를 칠 수 있을 만큼 빼빼 말랐다. 그런데 어떻게 저토록 뚱뚱한 두꺼비가 내 안에서 살 수 있을까? 아담이 그런 나의 생각을 알아차리고는 말했다.

"너의 심장 속에 들어가면 내가 작아져. 그래서 넌 내가 속에 있는지조차 느끼지 못할 거야."

내가 주저하자 그가 더 자세히 설명했다.

"이봐, 제제. 나를 받아들이고 나면 모든 일이 쉬워질 거야. 난 네게 새로운 삶을 가르쳐 주고 싶어. 나쁜 것으로부터 너를 보호해 주고, 언제나 너를 괴롭히고 있는 그 슬픔의 거미줄도 조금씩 걷어 낼 거야. 그러면 네가 혼자 있다 할지라도 그런 고통을 받진 않게 되겠지."

"정말 그럴 필요가 있을까요?"

"그렇고말고. 네가 인생에서 그처럼 외롭지 않은 사람이 되기 위해서 필요한 거야. 내가 네 마음속에 살면 새로운 세계가 열릴 거고, 그러면 너 자신이 변신하고 있음을 알게 될 거야."

"변신이 뭐예요?"

"바뀜 또는 변화를 의미하지."

"알겠어요."

이렇게 대화를 나누는 동안 어느새 꾸루루 두꺼비에 대한 두려움과 거부감이 사라졌고, 마치 아주 오랜 세월 동안 사귀어 온 친구처럼 가깝게 느껴졌다.

"그런데 내가 정말 아저씨를 받아들일 거라고 생각하세요?"
"너는 받아들일 거야."
"그럼 어떻게 해야 돼요?"
"넌 아무것도 할 필요가 없어. 내가 다 알아서 할 거야. 그저 내가 너의 가슴속에 들어갈 수 있도록 충분한 용기를 가지고 결심만 하면 돼."

한 줄기 전기가 발바닥을 훑고 지나가듯 온몸에 소름이 쫙 끼쳤다.

"입으로 들어올 거예요?"
"아니, 이 바보 녀석. 그렇지 않아."
"그럼, 어떻게요?"
"네가 눈을 감고 있으면 내가 네 가슴 위에 누울 거야. 그다음에 조금씩 조금씩 너의 가슴속으로 들어갈 거야."
"아프지 않을까요?"
"조금도 아프지 않아. 내가 너의 눈꺼풀을 무겁게 해서 편히 잠들게 할 테니까."

나는 두려움을 이기려고 자신과 싸웠다. 두꺼비 배의 끈적끈적하고 차가운 기운이 내 피부에 느껴지기 시작하는 것 같았다. 아담이 다시 내 생각을 읽어 냈다.

"네 손을 주렴."

식은땀을 흘리며 그의 말을 따랐다.

"내 손 역시 부드럽다는 걸 느낄 거야."

정말 기적 같은 일이 벌어졌다. 꾸루루 두꺼비의 손이 내 손만큼이나 커졌고, 게다가 다정하고 따뜻한 열기를 지니고 있었다.

"어때?"

나는 손가락으로 그의 손바닥 전체를 찬찬히 더듬어 보았다. 혼란스러웠다.

"아저씨도 피아노 연습하세요?"

그가 유쾌하게 웃었다.

"그건 왜?"

"아저씨 손에는 굳은살이라곤 없잖아요. 제 손도 그래요. 저는 나무에 오를 수도 없고 손가락을 다쳐서도 안 돼요. 또 손가락 마디를 구부려 소리를 내서도 안 돼요. 피아노 연습을 망치지 않도록 그 모든 게 금지되어 있어요."

내가 풀이 죽어 한숨을 내쉬었다.

"그것 봐. 넌 내가 필요해."

"언젠가는 피아노 연습을 그만둬도 되죠?"

"너, 그렇게도 음악이 싫으니?"

"싫은 건 아니에요. 제가 싫은 건 평생 건반만 만지다가 인생이 끝나는 거예요. 끝도 없이 음계 연습이나 하면서 말이에요."

그때 한 가지 사실이 떠올랐다.

"아담 아저씨, 사실 반음 치기는 좋아해요."

 모리스와 나

"알아, 제제."

우리가 서로 가까워지게 되니 그를 아저씨라고 부르는 것이 어색하게 느껴졌다. 그래서 그냥 말을 놓기로 했다.

우리는 동시에 웃었다.

"그럼, 내가 피아노 연습을 그만두도록 도와줄 수 있어?"

"이봐, 제제. 그건 약속할 수 없어. 하지만 네가 그것 때문에 괴로워하는 일이 없도록 뭔가를 해 볼 수는 있을 거야."

"벌써 뭔가 되어 가는군."

그는 아래에서 계속 내 쪽을 올려다보고 있었다. 마치 시간이 많이 흘렀다는 걸 상기시키기라도 하듯 내 손목시계를 바라보았다.

나는 더는 주저하지 않았다. 피아노 때문에 괴로움을 당하지 않을 거라는 사실만으로도 이미 결심을 굳힌 상태였다.

"어떻게 하면 돼?"

"잠옷 윗도리를 열어. 그리고 겁내지 마."

"겁 안 낼 거야."

"이제 나를 도와줘. 침대보 끝자락을 바닥으로 던져. 내가 그걸 잡으면 위로 당기고."

그의 말대로 했다. 아담은 이제 아주 가까이 와 있었다. 그의 눈은 전등불 옆에서 아주 푸른 하늘빛을 띠었다. 이제는 그렇게 못생겨 보이지도, 불쾌하게 느껴지지도 않았다.

"솔직히 말해 봐. 아파?"

"아니."

"하지만 내 심장을 먹을 거잖아?"

"그래. 하지만 마치 구름을 씹듯이 무척 달콤할 거야."

"그런데 어느 날 아빠가 엑스레이를 찍으면?"

"누구도 발견하지 못할 거야. 시간이 지나면 예전에 네 몸속에 있던 심장과 똑같은 모양으로 변할 테니까."

"전부 보고 싶어."

"잠을 자는 게 낫지 않겠니?"

"아니. 벽에 기대어 고개를 숙이고 지켜볼 거야."

"그렇다면 내가 멋진 음악을 들려줄게."

"내가 음악을 고를 수도 있어?"

"물론이지."

"슈베르트의 세레나데와 슈만의 환상곡을 듣고 싶어."

"피아노 곡으로?"

"응."

아담이 나의 머리카락을 쓰다듬으며 미소 지었다.

"제제! 제제! 너, 솔직히 피아노가 그렇게 싫진 않지?"

"가끔은 피아노가 멋지다고 생각해."

"그럼, 시작해 볼까?"

"그래."

음악이 아름답게 울려 퍼지기 시작했다. 아담이 나의 가슴에 누웠고 모든 것이 산들바람처럼 부드러웠다.

"안녕."

그가 내 가슴에 입을 갖다 대더니 안으로 들어가기 시작했다. 아담은 거짓말을 하지 않았다. 전혀 아프지 않았고, 모든 일이 빠르게 진행되었다. 잠시 후, 내 살 속으로 사라져 가는 그의 작은 다리만 보일 뿐이었다. 그가 들어간 자리에 손을 대 보았다. 아무런 자국도 없었다. 그러나 내 가슴은 호기심에 두근거리고 있었다. 조금은 기다릴 수 있었지만 더는 참을 수 없어 속삭였다.

"아담, 너 거기 있니?"

그러자 이전보다 낮은 목소리가 들려왔다.

"응, 제제."

"벌써 내 심장을 다 먹었어?"

"아직 먹고 있어. 입 안이 가득 차서 말을 할 수 없으니까 조금만 기다려."

나는 손가락으로 숫자를 세면서 그의 말을 따랐다. 정말 멋질 거야. 그 누구도 내가 이제 보통 사람의 심장을 갖고 있지 않다는 걸 상상조차 못할 거야. 보통 심장 대신에 아주 다정한 꾸루루 두꺼비 한 마리를 갖고 있다는 것을······.

"다 끝났어?"

"응. 맛있었어. 너, 이제 잠 좀 자야 해. 내일은 새로운 날이 될 거야."

나는 정말 행복한 마음으로 기지개를 폈다. 그리고 내 가

숨을 따뜻하게 하고, 아무런 두려움 없이 내 심장과 보조를 맞춰 박동하는 꾸루루를 따뜻하게 해주려고 이불을 당겨 덮었다.

그러나 나는 이내 무엇엔가 깜짝 놀라 침대에서 벌떡 일어나 앉았다.

"무슨 일이야, 제제?"

"네가 불 끄는 걸 잊어버렸잖아. 이 불빛은 다른걸."

"내가 가르쳐 줄게. 공기를 잔뜩 들이마신 다음 '후!' 하고 불어 봐."

그의 말을 따라 했더니 방안이 캄캄해졌다. 그리고 졸음이 눈꺼풀을 무겁게 짓눌러 왔다.

내가 미소를 지으며 말했다.

"아담, 자고 있어?"

"아니. 왜?"

"전부 다 고마워. 언제든지 나를 제제라 불러도 돼. 내가 나중에 어른이 되더라도 말이야. 그렇게 불러도 난 좋아, 알았지?"

꾸루루의 대답이 점점 더 아득하게 들려왔다.

"잘 자, 녀석. 어린 시절은 정말 아름다운 때야."

## 2. 뿔 루이 파이올리

다다다가 내 방문을 노크했다. 그러나 아무 응답이 없자 굳은살 박인 손을 넣어 문을 열었다. 내 신음소리에 처음에는 깜짝 놀랐으나 곧 그리 대수롭지 않게 여긴 모양이다.

"이봐, 어서 서둘러. 학교 갈 시간이야. 진종일 잠만 자려는 건 아니겠지?"

그러나 내가 계속 신음소리를 내자 침대로 다가오더니 나의 축 처진 모습을 이상하다는 듯 바라보았다. 나는 결코 게으른 꼬마가 아니었다. 일어나야 할 시간에는 반드시 일어났다.

다다다가 침대로 좀더 가까이 다가왔고, 충혈된 내 눈을 보고는 깜짝 놀랐다. 그녀는 즉시 내 이마에 손을 얹더니 걱정스러운 목소리로 중얼거렸다.

"성 프란시스꾸 두 까닝데님, 이 꼬마를 보살펴 주세요. 열

이 나서 온몸이 불덩이예요."

다다다는 내 잠옷 윗도리 단추를 채우더니 이불을 당겨 내 몸을 덮어 주었다. 그리고는 도움을 청하러 황급히 밖으로 뛰어나갔다.

잠이 다시 내 눈을 짓눌러 왔다. 힘이 하나도 없어서 팔이 있는지조차 느낄 수 없었다.

엄마가 투덜거리며 들어왔다.

"또 무슨 잔꾀를 부리고 있는 게 틀림없어. 학교도 빼먹고 피아노 공부도 하지 않으려고 핑곗거리를 찾고 있는 거야."

하지만 내 이마에 손을 얹어 보고는 표정이 바뀌더니 갑자기 안절부절못하기 시작했다.

"이건 편도선이 부은 거야. 창문을 반쯤 열고 잤으니 새벽 찬 바람에 독감이 걸린 거야. 어쩐지……."

다다다는 어쩔 줄을 모르고 있었다. 그리고 내 편을 들어 주었다.

"불쌍한 녀석. 아픈 거구나. 늘 말이 없고 조용한 아이였는데……. 박사님이 미사에서 돌아오실 때까지 기다리자."

미사에서 돌아온 아빠가 망설임 없이 말했다.

"악성 폐렴이야."

그러자 모두들 허둥대며 야단법석을 떨기 시작했다. 약이랑 주사를 사러 약국을 돌아다니느라 모두 정신없이 이리 뛰고 저리 뛰었다.

2. 뽈 루이 파이올리

"병이 낫지 않으면 부항을 떠야겠어."

내가 축 처진 목소리로 대답했다.

"아무것도 필요 없어요. 잠깐 아픈 것뿐이에요."

"네가 그걸 어떻게 알아? 일시적인 거라면 곧 낫기야 하겠지만."

"절대 폐렴은 아니에요."

아빠가 내 머리에 손을 얹었다.

"웃기는 녀석이군. 평생 책만 보며 사는 사람을 가르치려 들다니."

난 부항이라는 말을 듣고 더럭 겁이 났다.

"부항이 뭐예요?"

"죽은 피를 제거하는 간단한 거야. 피를 잘 돌게 하는 건데, 이제 됐다. 그만 하자! 너는 이해할 수 없는 거야."

"어떻게 하는 건데요?"

"아주 간단한 거야. 열이 더 올라갈지 모르니까 그만 물어라."

아빠는 내가 안쓰러웠던지 좀더 침착하게 설명했다.

"간단한 거야. 가슴과 등에 하는 건데 커피 잔으로도 할 수 있어. 아프지 않으니까 겁먹지 말아라."

한 가지 마음에 걸리는 것이 있었다. 부항이 꾸루루 두꺼비에게 해가 되지 않을까? 분명 아담도 모든 얘기를 다 듣고 있어서 두려움에 떨고 있을 게 분명했다.

"주사 하나 삶는데 시간이 왜 그렇게 오래 걸려!"
아빠가 화를 내자 주사와 약이 즉시 준비되었다.
"자, 엎드려서 엉덩이를 위로 하렴."
몸을 돌렸다. 아빠가 또다시 안쓰러운 듯 말했다.
"이 운 없는 놈이 뼈만 앙상하구먼."
엄마가 아빠의 말을 되받았다.
"그렇게 법석 떨지 마세요. 방금 미사에서 돌아와 놓고."
나는 웃음이 터져 나올 것만 같았다. 아빠는 늘 그랬기 때문이다. 그는 하는 일마다 소란을 피우다가 이내 진정하곤 했다. 하지만 나는 웃음 대신에 이웃집 야자나무 잎이 흔들릴 정도로 큰 신음소리를 냈다.
"다 됐다, 됐어. 이제 끝났어. 정말 아프지? 아플 거라고 얘기했으면 더 아팠을 거야. 네 엉덩이에 바르고 있던 소독약 냄새 때문에 내 머리가 더 어지러워졌다."
아빠가 침대 발치에 앉아 나를 바라보고 있었다. 아빠가 내게 이렇게 관심을 쏟는 일은 아주 드물었다. 아빠의 햇볕에 그을린 피부와 푸른색 기가 도는 무성한 수염, 그리고 까만색에 가까운 작은 눈을 본 것도 아주 오랜만의 일이었다.
나는 아빠의 손을 잡았다. 놀랍게도 아빠는 내 손을 뿌리치지 않았다.
"폐렴이 아니에요."
"그럼, 뭐야?"

2. 뽈 루이 파이올리  29

"꾸루루 두꺼비가 내 심장을 먹어서 이렇게 된 거예요."

아빠가 눈을 휘둥그렇게 뜨더니 다시 내 이마에 손을 댔다.

"다시 열이 오르는가 보군."

아주 가녀리고 낮은 목소리가 내 입을 막았다. 아담이었다.

"이 바보야, 어른들은 전혀 이해 못한다는 걸 몰라? 네가 아무리 진실을 얘기해도 소용없어."

"미안해, 아담."

아빠가 깜짝 놀랐다.

"뭐가 미안하다고?"

"아뇨. 아무것도 아니에요. 꿈을 꾸고 있었나 봐요."

"너, 제정신이 아니야. 꾸루루 두꺼비 한 마리가 자기 심장을 삼켰다고 말하질 않나, 나를 아담이라고 부르질 않나."

나는 침대에서 일어나려고 했다. 그러나 거의 힘을 쓰지 못한 채 침대에 손을 짚은 뒤 아빠의 손을 잡아당겼다.

"저, 죽는 거예요?"

"바보 같은 소리 마라. 곧 나을 거다. 정오까지 상태가 좋아지지 않으면 그땐 부항을 떠 주마."

"그럼 학교는요?"

"움직이면 안 돼. 조용히 있어야 된다. 다 나을 때까지는 수업이고 피아노고 뭐고 아무것도 해선 안 된다. 최소한 일주일 동안은."

아빠가 나가고 나는 혼자가 되었다. 아니지, 혼자가 아니

지. 아담이 자신도 함께 있다는 신호를 주었으니까.

"제제, 제제. 너, 더 조심해야겠어. 누구에게도 우리 비밀을 얘기하면 안 돼."

"절대 얘기 안 할게. 단지 그 부항이 네게 해로울까 봐 두려워서 그랬던 거야."

"좋아. 하지만 정말 조심해야 돼."

다시 졸음이 몰려왔다. 커피 탄 우유를 억지로 마셨지만 삼킨 뒤 모두 토하고 말았다. 아무것도 존재하지 않는 것처럼 꼼짝 않고 있는 것이 차라리 나았다.

"아담!"

"무슨 일이야? 쓸데없이 날 부르지 마. 아빠가 하는 말 잘 들었지? 넌 쉬어야 해. 상태가 좋아지면 우리 둘이 함께 새로운 삶을 시작할 거라는 걸 잊지 마."

"한 가지 말하고 싶은 게 있어서 그래. 너에게 얘기해 두고 싶은 사람이 한 명 있어. 너도 그분을 좋아할 거야. 학교에 계시는 펠리시아누 수사님이셔. 그분은 아주 선하고 다정해."

"그가 우리를 이해할까?"

"그럼, 당연하지. 그분은 내가 하는 것이면 뭐든 이해하셔."

"그럼 한번 만나 보자. 이젠, 잠자코 있어."

"한 가지만 더. 우리 말하지 않고 서로 얘기할 순 없을까?"

"생각만으로?"

"응. 그렇게 하면 피곤하지도 않을 테고, 다른 누군가가 알아채지도 못할 테니까."

"방법이 있어. 한 가지를 생각해 봐. 제대로 되는지 한번 볼게."

나는 생각을 했다.

"일주일 동안 학교도 안 가고 피아노 공부도 안 할 거야."

아담이 크게 웃는 바람에 내 가슴이 흔들거렸다. 그가 즉시 나에게 생각으로 대답했다.

"개구쟁이 녀석, 이제 잠이나 자."

만족스러운 기분으로 눈을 감았다. 모든 일이 잘 마무리되었다. 이제 어느 누구도 우리의 비밀을 알아차리지 못할 것이다. 우리의 우정은 점점 더 깊어질 것이다. 친구가 한 명 생겼고, 일주일 간 쉴 수도 있게 되었다. 앞으로 내 삶이 어떤 식으로 전개될지 무척 궁금해졌다.

나는 마음을 굳게 먹고 힘차게 계단을 올라 학교로 들어갔다. 아픈 것은 이제 다 나았다. 아담에게 내가 다니는 학교 구석구석을 모두 보여 주고 싶었다.

"봤지, 아담? 곧 펠리시아누 수사님을 만나게 될 거야."

나는 왜소한 몸집과 연약한 체력에 비해 아주 무거운 책가방을 메고 교장실로 들어섰다.

키가 큰 여비서 너머로 펠리시아누 수사님의 빨간 머리가 보였다. 아니나 다를까, 그는 항상 그랬듯이 고개를 숙이고 뭔가를 쓰고 있었다. 교장선생님의 보좌관인 그는 진종일 뭔가를 쓰고 있었다.

다가가서 그가 나를 알아볼 때까지 기다렸다. 하지만 시간이 너무 걸리는 바람에 마냥 기다릴 수만은 없었다.

"뽈 루이 파이올리."

그가 마치 감전된 사람처럼 화들짝 놀라더니 하던 일을 놓았다. 안경도 책상 위에 툭 내던졌다. 그의 얼굴이 거대한 태양처럼 빛을 발했다.

"슈쉬!"

그가 나를 그렇게 부르는 소리가 무척이나 그리웠다. 슈쉬. 난 그 말이 무슨 뜻인지 몰랐고, 물어본 적도 없다. 그것은 펠리시아누 수사님이 나를 위해 만들어 낸 이름이자 사랑이 가득 담긴 그 무엇이었다. 그분만이 나를 그렇게 불렀다.

그는 기쁜 듯 나를 잠시 쳐다본 뒤 나를 안으려고 양팔을 벌렸다. 내가 그의 옆 의자에 앉은 뒤에도 나를 이리저리 계속 쳐다보았다.

"그래, 이제 돌아왔구나, 슈쉬."

"네, 돌아왔어요. 갑갑해서 더는 집에 있을 수가 없었어요."

나에게 결코 나쁜 짓을 하지 않을, 누가 나를 괴롭히는 걸 가만 보고 있지 않을, 그런 사람이 가까이에 있어서 나는 행복했다. 그는 내 마음의 고독, 타인에게서 이해받지 못한 슬픔을 가장 먼저 알아차렸다. 그리고 눈에 슬픔과 공허만 가득했던 나를 진심으로 이해해 주었다. 그는 지난 11년 동안 내가 겪었던 삶의 고통들을 모두 알고 있었다. 자식이 없는 부유한 대부의 양자로 자라도록 운명 지어진 어느 가엾은 소년의 이야기를……. 버림받은 길거리 소년, 이글거리는 태양을 벗 삼았던 소년, 자유분방하고 장난기가 가득했던 소년, 새 가정에 얽매여 방황하고 외면당하면서 잊혀졌던 한 소년의 갑작스런 변화도 모두 알고 있었다. 내 문제라면 세세한 부분까지 하나도 빠뜨리지 않고 언제나 많은 관심을 보여 주었다. 그리고 이제는 예전에 살았던 그 먼 교외와 길거리로 되돌아갈 수 없다고 하면서 얼마나 많이 나의 눈물을 닦아 주고 위로해 주었는지 모른다. 나를 발견하고 보호해 준 첫 번째 사람이, 바로 그였다. 그의 이름이 뽈 루이 파이올리라는 것은 마리스따 학교의 수사님들만 알고 있었다. 그러나 나는 그 비밀을 이미 오래 전에 알아 냈다. 단둘이 있을 때는 그를 파이올리 또는 당신이라고 부를 수 있었다. 하지만 다른 꼬마들 앞에서는 다시 펠리시아누 수사님이었고 선생님이었다.

"어떻게 지냈니? 더 야위었구나, 슈쉬."

그가 미소를 지었고, 내가 대답하기 전에 무슨 생각이 떠올랐는지 다음과 같이 말했다.

"네가 건강하게 잘 있는지 알아보려고 계속 집으로 전화를 했단다. 알고 있었니?"

나는 대답 대신 고개를 끄덕였다.

"걱정이 됐어. 하지만 이제 모두 지난 일이야. 수사님들의 식당에 얘기해 뒀단다. 내가 매일 간식을 남겨 둘 테니까 채플 수업이 끝난 뒤 두 시 쉬는 시간에 가서 먹도록 해라. 마누엘 형제에게 얘기해 두었으니 그분에게 말만 하면 돼."

"고마워요."

그가 손목시계를 보고 시간이 아직 남아 있는지 확인했다.

"시간은 충분해요, 파이올리. 아빠 차로 오느라 평소보다 일찍 왔어요. 아빠는 정신병원에 처방을 하러 가셨어요."

"그럼 이제 어떻게 된 일인지 얘기해 봐."

나는 내 병에 대해 얘기하고픈 마음이 추호도 없었다. 아픈 것이 지나갔고, 이젠 관심을 가질 필요가 없었다. 최고의 화젯거리는 아담과 관련된 것인데, 그 얘기를 어떻게 꺼내야 할지 몰랐다.

"제가 하는 얘기를 듣고 비웃지도 않고, 제가 완전히 미쳤다고 생각하지도 않겠다고 약속하세요."

파이올리는 진지한 자세로 내 얘기를 기다리고 있었다.

모든 이야기를 털어놓고 난 뒤 그의 눈을 살펴보았다. 그가 의심을 하거나 비웃을까 봐 겁이 났다. 그러나 그의 선한 갈색 눈에는 전혀 그런 기미가 없었다. 나는 좀더 차분해졌다.

2. 뽈 루이 파이올리

"그러니까 슈쉬, 네 가슴속에 심장 모양의 꾸루루 두꺼비 한 마리가 있다는 말이지?"

나는 약간 어리둥절해졌다. 그 순간까지 심장이 두꺼비 모양인지 아니면 두꺼비가 심장 모양인지 생각해 본 적이 없었기 때문이다.

"틀림없이 제 몸 속에 있어요. 하지만 괜찮아요. 그가 나를 많이 도와줄 거니까요."

하지만 당분간 그 두꺼비 이름이 아담이라는 것은 얘기하지 않기로 마음먹었다. 아담이 싫어할 수도 있으니까.

"파이올리, 이제 믿어요?"

"그럼, 믿고말고. 일생 동안 사람들은 무수히 많은 것을 믿지. 마음속으로 좋은 순간을 기다리는 것은 언제나 좋은 거란다."

파이올리가 약간 혼란스럽긴 하지만 나를 실망시키지 않으려 한다는 것을 느낄 수 있었다.

그런데 그동안 나의 머릿속에 계속 맴돌았던 장난기 어린 생각 하나가 갑작스레 떠올랐다.

"제 심장에 두꺼비 한 마리가 있다는 사실을 믿는 게 지나친 일은 아니라고 생각해요. 최소한 저에게 벌어졌던 그 일을 제가 직접 목격했으니까요. 사람들은 성찬식의 빵에 예수 그리스도의 피와 살이 섞여 있다고 믿고 있잖아요?"

파이올리가 아주 부드러운 눈길로 나를 바라보며 미소를

모리스와 나

지었다.

"그렇지, 슈쉬. 내가 네 말을 믿지 않는 게 아니야. 네가 꼬맹이였을 때 가슴속에 노래하는 작은 새 한 마리가 있다고 얘기한 적이 있었잖니?"

"네."

"그것 봐. 난 다만 그 두꺼비가 네게 선한 것만 가르치고 네가 항상 정직하도록 도와주기를 바랄 뿐이야."

그는 말을 마친 뒤 한동안 나를 응시하면서 미소를 지었다. 그리고선 손목시계를 보더니 이내 나를 현실 세계로 되돌려 놓았다.

"시간이 거의 다 됐어, 슈쉬. 이제 곧 종이 울릴 거야."

나는 자리에서 일어났다. 파이올리가 한마디를 더 했다.

"다음에 더 많이 얘기하자꾸나."

나는 문을 향해 걸어갔다. 몸을 돌려 그에게 작별의 손짓을 했다. 그는 내가 복도로 사라지기를 기다리며 손으로 안경을 빙글빙글 돌리고 있었다.

아담에게 생각으로 말을 건넸다.

"어땠어? 그분 괜찮았어?"

"응, 아주 좋았어. 그분은 진짜 친구셔."

태양이 복도 전체를 환하게 비추었고 기둥들 사이로 푸른 하늘이 보였다. 아담은 이전의 자유와 태양, 비, 매미들의 울음소리, 연 날리는 소년들의 왁자지껄한 소리, 길에서 빙글

빙글 돌아가던 팽이 소리들이 그립지 않은 걸까?
"조금도 그렇지 않아."
내가 깜짝 놀라 물었다.
"너, 독한 구석이 있구나. 학교에서 여덟 시간 수업을 하고 난 뒤에 집에 가서 피아노 연습을 세 시간 더 하고 나서도 계속 그럴 수 있는지 두고 보자고."
"제제, 이 세상 사람들은 누구나 자신의 운명을 갖고 있어. 이 세상에 올 때 나는 이미 다 알고 있었어."

## 3. 모리스

"이건 주엉징뉴야. 이제 좋은 날들은 지나갔어. 일과를 시작하자구."

꾸루루 두꺼비에게는 주엉징뉴를 소개할 필요조차 없었다. 아마도 주엉징뉴는 꾸루루 두꺼비가 가장 잘 알고 있는 것 가운데 하나일 것이다.

황홀한 아침 햇살이 거실 구석구석에 생기를 불어넣도록 커튼을 열어젖혔다. 언제나 처음 시작할 때에는 무력감이 고개를 들지만 막상 연주를 시작하고 서서히 열기가 오르면 계속해 나갈 수 있었다. 피아노 뚜껑을 열기 전에 흑인 여자 조각상의 머리를 바라보았다. 할머니가 열다섯 살 생일 때 프랑스 파리에서 얻은 것이었다. 아빠 말로는 흰색 터번에 슬픈 눈을 한 그 조각이 언젠가 내가 물려받게 될 유산이랬다.

나는 그 흑인 바르바라를 아주 소중히 다뤘으며 연주가 잘될 때면 그녀가 내 음악을 좋아하는 것으로 여겼다. 그러나 이번에는 사정이 달랐다.

"바르바라 아주머니, 터번을 귀까지 내리는 게 좋겠어요. 피아노 공부를 안 한 지 일주일이나 되어서 손가락이 녹슬었거든요."

주엉징뉴의 뚜껑을 열고, 노란 음표들로 가득한 악보가 수놓아진 녹색 천을 침착하게 걷어 냈다. 그러자 주엉징뉴가 자신의 새하얀 이빨들을 드러냈다. 음표, 올림표 그리고 변음 등 자신의 모든 세계를 드러냈다. 왜 올림표와 변음이 둘 다 있어야 하는지 나는 결코 이해하지 못했다. 둘 중 하나만으로도 충분할 텐데 말이다. 저기 올림표 하나가 그 자체로 변음인데 뭐 하러 이렇게 복잡하담. 사실 올림표가 가장 귀엽다. 줄에 매달린 작은 새집 무리 같으니까. 나는 건반을 두드릴 때마다 저 깊은 곳에서 우러나오는 피아노의 음과 향기가 더할 나위 없이 좋았다. 내 인생에서 그 음과 향기는 결코 잊지 못할 것이다.

한 줄기 굵은 햇살이 바르바라의 얼굴 위에서 현란한 춤을 추려고 할 무렵, 나는 피아노 건반에 손을 올릴 준비를 끝내고 있었다. 태양은 우리가 건강할 때 정말 아름답게 느껴진다. 이 시간이면 아주 멀리서 또또까 형이 마르찡스 주니오르 학교로 가고 있겠지. 그 개구쟁이들 모두……. 매미들은 가시나무에서 여름을 노래하고 있겠지. 고도이아는 거실을 쓸고 방을 정리하며 부엌에서 음식을 준비할 것이고……. 그런데 나는 여기 거실에 갇힌 채 한 줄기 햇살만을 바라보고 있어야 하다니……. 아담의 목소리를 들었을 때 내 눈에는 이미 눈물이 가득 고여 있었다.

"잊어버려, 제제. 그래 봤자 소용없어. 차츰차츰 잊게 될 거야. 그리고 다시 그것을 기억할 때쯤이면 모든 것이 아주 먼 옛날 얘기가 되어서 아무 고통도 받지 않을 거야."

나는 다시 현실로 돌아왔다. 먼저 건반을 가볍게 두드려 보았다. 나는 주엉징뉴가 좋았다. 그는 아무 죄가 없었다. 내가 틀려도 결코 훈계한 적이 없었다. 항상 나에게 복종했다. 그가 실수를 했다면 그건 내 잘못이었다.

엄마는 내가 건반을 치지 않고 시간을 끌 때면 어김없이 위층에서 발을 한 번 굴렀다. 만약 엄마가 발을 두 번 구르면, 그것은 처음부터 다시 시작하라는 신호였다. 발을 세 번 구르면 경고를 의미했다. 내가 정신을 집중하지 않으면 엄마는 무슨 일인지 확인하려고 아래층으로 내려왔다. 처음에 몇 번은 발을 세 번 구르는 소리가 나곤 했다. 그러다가 내가 제대로 하는 게 낫다는 걸 깨달았다. 그래야 좀더 빨리 끝낼 수 있고 '폭풍우'가 일지 않을 것이기 때문이었다.

그게 바로 내 생활이었다. 아침을 먹기 전에 피아노를 삼십 분 치고, 아침을 먹고 나서 학교에 가기 전까지 이십 분

동안 더 쳤다. 집에 와서 점심을 먹고 학교로 돌아가기 전에도 사십 분 동안 피아노를 쳐야 했다. 나는 거의 매일 비지아두스 학교에서 피아노 연습을 했고 오후 다섯 시 반에야 집으로 돌아왔다. 집에 와서도 샤워를 하고 깨끗한 옷으로 갈아입은 뒤에는 저녁 먹기 전까지 피아노를 조금 더 쳐야 했다. 저녁을 먹고 나면 삼십 분 정도 놀 수 있었지만 같이 놀 사람이 없었다. 친구가 없었던 것이다. 집에 친구가 오는 것을 아무도 좋아하지 않았다. 친구가 올까 봐 겁이 나서 지레 긴장할 때도 있었다. 그런 이유들 때문에 나는 교통사고로 완전히 불구가 된 강아지 뚤루를 안고 다독거리며 지냈다. 그래서인지 뚤루는 나를 무척 좋아했다. 이따금 나는 까뻬따니아 두수 뽀르뚜스 농장 쪽으로 난 구석 계단에 앉아 있곤 했다. 거기서 우리는 어둠이 내릴 때까지 뽀뗑지 강을 바라보았다.

태양이 바람에 부풀어 오른 흰 돛을 금빛으로 물들이면 배들이 그 태양을 따라 천천히 물 위를 미끄러져 갔다. 이제는 옛날보다 좋아질 거야. 뚤루, 아담 그리고 내가 함께 꿈꾸며 살아갈 테니까.

"우리, 언젠가 배를 타고 먼 바다로 도망가자. 아담, 같이 갈 거지?"

"그래, 가자."

내 목소리를 들은 뚤루가 꼬리를 흔들었다.

"너도 데려갈게, 뚤루. 이 가엾은 녀석도 데려가자, 아담. 응?"

"두말하면 잔소리야."

그렇게 계단에서 보내는 삼십 분은 이 세상에서 가장 빨리 흘러갔다.

엄마 목소리가 들려왔다.

"준비됐니? 많이 놀았어. 이제 피아노 연습할 시간이다."

집으로 들어가 손을 씻으며 비쩍 마른 내 손가락들을 증오하듯 바라보았다. 그리고 방으로 가서 주영징뉴의 뚜껑을 열었다. 나는 그럴 때마다 항상 그의 상표를 다시 읽었다. 로니쉬. 첫 음표들을 신경질적으로 쳐댔다. 그랬더니 로니쉬, 로니쉬, 로니쉬라고 웅웅거렸다. 나는 체르니 세계에서 헤매면서 잠잘 때까지 음계 연습을 했다. 일요일에는 학교에 가지 않기 때문에 아침 나절 내내 피아노를 쳤다. 숙제를 먼저 하고 지루하면 피아노 연습을 했다.

일요일에 아빠와 해변으로 가는 일은 드물었지만 어쩌다가 가는 날이면 말 그대로 정말 환상적인 시간을 보냈다. 난 작은 물고기처럼 능숙하게 수영을 했다. 하지만 수영을 할 때조차 나를 모욕하는 말들이 어김없이 들려왔다.

"원주민 인디언의 피를 갖고 있는 게 분명해. 아무렴, 틀림없이 뻬나제 족이야."

나는 그런 말들에 더는 신경을 쓰지 않고 수영을 할 수 있는 이십 분을 악착같이 즐기기로 했다. 해변은 이것저것 관찰할 것들로 가득했기 때문이다.

"햇볕을 조심해야 돼. 목이 아플 수도 있으니 너무 오래 있지는 마라. 만약 목이 아프더라도 열이 100도까지 올라가지 않는 한 피아노 연습은 계속 해야 한다."

점심 후에는 성적표를 가져오라고 했다. 성적표에는 문제될 게 아무것도 없었다. 좋은 점수를 받은 것이다. 하지만 더 큰 시험이 주어졌다.

"고해성사와 성찬 배수는 했니?"

"네."

아빠와 엄마는 내가 빼먹은 일이 있는지, 못된 짓을 하지는 않았는지 일주일 동안의 생활을 모두 점검했다. 난 무사히 통과하여 그 자리를 벗어날 수 있었다.

나는 두 시에 상영되는 영화를 보러 가려고 아주 멋진 옷으로 갈아입었다. 집을 나서려는 순간 '가죽 베레모를 써야지. 영화가 끝나면 곧장 집으로 돌아오너라. 십오 분 안에 여기 도착해야 돼'라는 말을 들었다. 오 분만 늦어도 누군가가 문밖에서 나를 기다리고 있었다.

"까를루스 고미스 극장으로 가거라. 제키 쿠퍼의 '스키피의 모험'이라는 영화를 하고 있어. 나중에 영화 내용을 간추려서 내게 말해야 돼."

허둥지둥 밖으로 나갔다. 로얄 극장에 들러 광고 사진들을

 모리스와 나

볼 시간이 있었다. 부모님이 아침 인사를 포기하신 것은 다행이었다. 예전에 내가 아침 인사나 저녁 인사를 하지 않았다는 이유로 일요일 영화를 두 편이나 보지 못한 적이 있었다. 하지만 내게는 분명히 그럴 만한 이유가 있었다. 왜냐하면 그들은 나의 친부모가 아니니까. 난 어린 나이에 선택의 여지도 없이 그들에게 입양되었던 것이다.

양부모님이 나를 벌할 구실은 곳곳에 널려 있었다. 그들은 항상 내가 친자식이 아니라는 걸 느끼게 만들었다. 사실 더 나쁜 것은 내가 비통한 마음으로 모든 것에 이유를 달았다는 것이다. '자기 자식이 아니라고 나를 이렇게 대하는 거야.' 무엇 때문인지는 모르겠으나 그들은 나를 완벽한 사람으로 만들고자 했다.

나는 무심히 길을 걷고 있었다.

"아담, 아빠가 나한테 어떻게 한 줄 알아? 아냐, 너는 나랑 같이 산 적도 없고 생각한 적도 없으니까……. 그래, 내가 반에서 가장 어리고 작은 거 봤지? 못 봤어?"

아담이 동의하며 주의 깊게 내 말을 듣고 있었다.

"한 해가 시작되고 중학교에 들어갔을 때 난 정말 행복했고 자신감에 차 있었어. 그런데 개학 첫날, 선생님이 읽을 책과 사야 할 노트의 목록을 끝도 없이 주더라구. 전부 25,000

● 헤이스는 1846년부터 1941년까지 브라질에서 통용되었던 화폐 단위. 정식 명칭은 밀-헤이스

헤이스였어. 아빠 병원 진찰실로 달려가 그 목록을 보여 주고 돈을 달라고 했지. 아담, 중학교 1학년 때 배울 과목이 가장 많다는 거 알아?"

"이봐, 제제. 난 학교 과목에 대해서는 아무것도 몰라. 난 그저 실생활밖에 몰라."

"그래? 미안해."

"괜찮아. 계속해."

"진찰실 계단을 올라가서 아빠가 일을 끝내고 나올 때까지 기다리며 앉아 있었어. 시간이 많이 걸리진 않았지만 너무 당황했기 때문에 마치 일주일은 지나간 것 같았어. 아빠가 문을 열고 나와서는 기다리라는 신호를 보냈어. 전화를 받고 몇몇 진찰 예약 시간을 정해야 했거든. 그리곤 나를 부르셔서 앉으라고 하시더니 책값을 보셨어. 천천히 모두 더한 뒤 안경을 벗고 나서 차갑게 나를 쳐다보셨지."

"넌 이 책값만큼의 값어치도 없는 놈이지만, 어쨌든 좋다. 집에 가서 돈을 주마."

아담이 조바심을 냈다. 그 이야기의 끝이 어떻게 되었는지를 알고 싶어했다. 하지만 난 바보같이 대낮의 큰길에서 눈물이 글썽거렸기에 애써 감정을 억눌렀다.

"그래서 어떻게 했어, 제제?"

난 복받쳐 오르는 감정을 차근차근 삼키고 있었다.

모리스와 나

"말해 봐, 제제. 그러지 말고. 내가 널 도와주려고 여기 있잖아. 어떻게 됐어?"

"그래. 난 죽고 싶은 심정이었어. 마치 그 목록에 적힌 모든 책들이 엄청나게 큰 동전들처럼 나를 짓누르는 것 같아서 그걸 쥐고서 밖으로 뛰쳐나왔어. 그러자 이런 생각이 떠올랐어. '내가 진짜 자기 아들이라면 그렇게 말하지 않았을 거야.'"

"진정해, 제제. 모두 잊어버려. 극장에나 가자. 넌 두 시간 동안 자유야."

난 멈춰서 어떤 영화 광고를 쳐다보았다.

'사랑 수업.'

모리스 슈발리에와 헬렌 투엘브츄리가 주연이었다. 유혹을 느꼈다. 난 그 배우가 밀짚모자 쓴 것을 본 적이 없었다. 가격은 똑같았다. 우리 반 친구인 따르시지우 메데이루스가 스키피라는 이름이 들어간 영화를 이미 야간 상영 때 보고 나서 줄거리를 얘기해 줬기 때문에 집에서 물으면 그대로 반복하면 될 것이었다. 그렇다면……. 나는 망설이며 서 있었다. 그러자 아담이 나를 구해 주었다.

"들어가, 제제."

"하지만 들키면 어떻게 해?"

"왜 들키겠어?"

난 결정하지 못했다. 상식적으로 보면 아담은 내게 정반대를 권했어야 했다. 아마 내가 조금 전에 털어놓은 얘기로 인해 열을 받아서 뭔가 보상을 해주려는 듯했다.

나는 아주 자연스럽게 표를 샀다. 어느 누구도 그 영화가 어린이에게 적합한지 신경 쓰지 않았다. 만일 어린이가 봐서는 안 되는 영화라면 이런 조조 시간에 상영하지는 않을 것이다. 몸을 숨기고 한쪽으로 들어가 도자를 벗고 영화가 시작되기를 기다렸다. 다행히 우리는 아는 사람을 아무도 만나지 않았다.

평소와는 달리 저녁식사 때 아무도 영화에 대해 묻지 않았다. 내가 부모님 말을 어기지 않았을 거라고 확실히 믿고 있었다. 내가 말을 듣지 않아서 한 달 동안 영화 구경을 못하는, 그런 위험을 감수하지는 않을 거라고 믿은 것이다.

그날 밤, 아무도 내게 시키지 않았지간 주엉징뉴에게로 갔다. 그리고 아주 즐거운 마음으로 피아노를 쳤다. 환상적인 연주였다. 내가 얼마나 몰두하고 있었던지 엄마가 이상하다는 눈초리로 나를 쳐다보았다.

"시간이 지났어. 오늘따라 웬일이야? 자, 이제 그만 하고 내일 계속하렴."

엄마는 기분이 매우 좋은 것 같았다. 하지만 나만큼은 아니었다. 나는 잠옷으로 갈아입고 이를 닦았다. 기도 시간조

차 아끼기로 했다. 일상적인 묵주 기도 대신에 아베마리아만 세 번 불렀다. 하룻밤 정도야 괜찮겠지. 학교에서 기도를 너무 많이 하는 바람에 입에 굳은살이 박일 정도였으니까. 내가 정말로 하고 싶은 건 아담과 이야기하는 것이었다. 아담과 대화하고 싶었고, 또 언제나 나와 함께 꿈나라 여행을 하는 베개와도 대화하고 싶었다.

"묵주 기도를 하지 않아서 오늘 밤에 악마가 나타나는 건 아닐까?"

"바보 같은 소리 하지 마, 제제. 악마는 없어. 존재한 적도 없었어. 나쁜 사람들이 다른 사람들을 겁주려고 꾸며 낸 얘기라구."

"하지만 겁이 나는 걸."

"왜? 내가 같이 있으니까 아무것도 무서워할 필요 없어. 유령도, 마귀 할멈도, 말도 안 되는 그런 바보 같은 것들 다 겁낼 필요가 없어."

"그건 네가 용감하니까 그렇지. 난 채플 수업을 잊을 수 없어. 무슨 일에서든 악마 얘기를 꺼내거든. 파이올리만 다르게 말해."

"그래? 그럼 파이올리만 믿어. 그가 제일 나으니까."

나에게 한 가지 생각이 떠올랐다.

"너, 몽찌 신부님 봤어?"

"안경 끼고 바짝 마른 사람 말이야?"

3. 모리스

"응. 우리 학교의 고해 신부님이셔. 그분 앞에서 고해성사를 하는 게 얼마나 좋은지 넌 아마 모를 거야. 우리가 하는 말조차 안 들으시는 것 같아. 고해성사가 끝나면 곧바로 아베마리아를 짧게 세 번 하고는 용서해 주셔. 정말 성인이야."

내가 잠깐 말을 멈추었다.

"그런데?"

"한번은 몽찌 신부님이 두 주 동안 헤시피에● 가셨다는 걸 모르고 고해성사를 하러 갔어. 고해성사실에 들어가서야 그걸 알았지. 몽찌 신부님 대신에 부채 같은 귀를 가진 덩치 큰 신부님이 콧물을 흘리며 앉아 계시더라구. 그 못된 신부님이 꼬치꼬치 캐묻는 바람에 난 얼음처럼 바짝 얼고 말았어. 정말 기억하기도 싫어. 나한테 한참 야단을 치시더니 속죄의 묵주 기도를 세 번 하셨어."

"그런데 너 같은 어린애가 무슨 큰 죄를 짓는다는 말이니?"

"이봐, 아담. 모든 꼬마들이 다 가지고 있는 죄야. 문제는 그런 죄를 몇 번이나 저질렀는지 기억해 내야 했다는 거야. 난 마음이 너무 불안해서 기억조차 할 수 없었어. 그 다음 주에 또다시 그런 고백을 하지 않을 수 있었다면 정말 좋았을 텐데. 그때 그가 뭐라고 했는지 알아?"

"아니."

● 헤시피는 브라질 북동부의 뻬르남부꾸 주 수도

"나에게 코맹맹이 소리로 이렇게 묻는 거야. '그래, 몇 번이나 그런 죄를 지었는지 세어 봤니?' 난 완전히 할 말을 잃어버렸어. 교리에 따르면 신부는 고해성사실에서 나오는 즉시 자신이 들은 모든 걸 잊어버려야 하거든. 난 정말 겁이 났어. 조금만 더 있었더라면 고해성사를 끝내지도 않은 채 교회를 뛰쳐나왔을 거야. 하지만 꾹 참았어. 해변이나 극장에 갈 기회를 놓치지 않으려면 일요일에 성찬 배수를 해야 했거든. 목소리를 억지로 짜내어 모두 얘기했어. 내 말이 끝나갈 무렵 신부님이 단단히 화가 나셨어. 내가 개선하려는 노력을 전혀 하지 않았다는 거야. 그러면서 나 같은 꼬마는 지옥행이라고 말씀하셨어. 내가 죽을죄를 지어 총 맞아 죽어도 곧장 지옥행이래. 또 사탄이 나를 불구덩이에 집어넣으려고 큰 삼지창을 들고 기다리고 있을 거라는 거야. 나는 머리가 땅하고 겁이 확 났어. 결국 벌로 묵주 참회 기도를 세 번 하라고 하셨는데 그게 뭔지 알아, 아담? 기도를 총 아홉 번 하는 거야.● 성찬 배수를 하려면 하루 전에 기도를 해야 한대."

"그 다음에는?"

"다행히도 몽찌 신부님이 돌아오셔서 모든 것이 예전으로 돌아갔어. 아이들은 죄 값을 조금만 치르면 됐지. 하지만 솔직히 말해 나는 며칠 밤을 공포에 떨며 지냈어. 불도 켜둔 채

---

●묵주 참회 기도는 한 번 할 때마다 묵주가 세 번 돌아간다. 묵주 참회 기도를 세 번 하라고 했으므로, 결국 아홉 번 기도하는 것이다.

자고, 작은 소리만 나도 사탄이 큰 삼지창을 휘두르는 줄 알고 머리부터 발끝까지 덜덜 떨었어."

"오늘부터는 절대 그런 일 없을 거야. 내가 여기 있으니까."

"정말 그럴 거야."

나는 베개에 팔을 괴고 한숨을 몰아쉬었다.

"이번엔 또 무슨 일이야, 제제?"

"아무것도 아냐. 잠자리에서 너와 다른 주제로 대화하고 싶어 미칠 지경이었는데 결국 하고 싶은 얘기는 꺼내지도 못하고 시간만 잔뜩 낭비했으니……. 이제 자야 돼. 내일 아침 여섯 시에 일어나야 하니까."

"하고 싶은 얘기가 길면 내일 하지 뭐. 됐니?"

"응."

나는 길게 하품을 했다.

"아담!"

"말해 봐."

"네가 온 후로는 내 생활이 훨씬 나아진 것 같아."

"그거 좋은 일 아니니?"

"그래. 하지만 여러 번 생각해 봤어."

"뭘?"

"너, 죽지 않을 거지, 그렇지?"

"그래, 난 죽지 않아. 절대 죽지 않을 거야."

내 눈이 감기기 시작했다.

 모리스와 나

"언젠가 나를 떠나는 건 아니겠지?"

"그럴 수는 있어. 하지만 네가 더는 나를 필요로 하지 않는다는 걸 알게 될 때만 그럴 거야. 이제 그만 잘까?"

"한 가지만 더 물어볼게. 너 괜찮았어?"

"뭐가? 그 신부님?"

"아니. 영화에 나왔던 그 사람 말이야."

"그 배우? 모리스 슈발리에르라는 사람?"

"응. 모리스라고는 발음하지만 슈발리에르에서 마지막 '르'는 발음하지 않아."

"내가 공부랑은 안 친하다는 거, 너도 잘 알잖아. 프랑스어는 더더욱 몰라."

"그건 상관없어. 그저 가르쳐 주는 것뿐이니까. 참, 아담?"

"이번엔 또 뭐야?"

"아주 기막힌 일을 생각해 냈어. 말할 필요도 없이 행복한 일일 거야."

"어서 말해 봐."

"그분이 내 아빠가 될 순 없을까?"

아담이 내 가슴속에서 펄쩍 뛰는 바람에 잠이 확 깼다.

"아빠라고?"

"응, 아빠. 내 아빠 말이야."

아담은 놀란 나머지 말을 잇지 못했다. 겨우 말문을 열었을 때는 아주 신중한 목소리였다.

"이봐, 제제. 넌 아빠가 있었잖아. 그리고 나한테 얘기했듯이, 포르투갈 사람을 아빠로 삼았었고……. 지금은 양아버지가 있잖아. 그런데 뭘 더 원하는 거야?"

"그 사람들 가운데 오직 포르투갈 아저씨만이 아빠 같았어. 하지만 너무 일찍 돌아가셨어. 그때 난 여섯 살도 채 안 되었는데. 이제는 모리스 씨처럼 세련되고 멋진 분을 아빠로 갖고 싶어. 인생의 모든 것을 아름답게 바라보는 그런 쾌활한 아빠 말이야."

"한마디로 꿈에서나 그리는 그런 아빠를 말하는군."

"날 도와줄 거지?"

"뭘?"

"내가 행복해하는 것을 보고 싶다고 말하지 않았어? 그리고 희망이 가득한 세상을 만들기 위해 나랑 함께 살러 왔다고 했잖아. 지금이 바로 그때야. 나를 도와줄 시간이라구. 꿈에서 그리던 아빠를 가질 수 있게 나를 도와줄 시간이라구. 알아들었어?"

"무슨 말인지 잘 알아. 하지만 두꺼비인 내게는 그 얘기가 아주 이상하게 들려."

"넌 아빠가 없었어?"

"아니, 있었지. 하지만 두꺼비는 달라. 줄 모양으로 다닥다닥 모인 작은 알에서 태어나거든. 때가 되면 우리는 꼬리가 달린 검고 작은 올챙이로 변해. 그리고는 떼를 지어 이리저

리 헤엄치면서 살아. 어느 정도 자라면 꼬리가 떨어지고 물 밖으로 나와서 각자 제 갈 길을 찾아 떠나지. 어른이 될 때까지는 모기와 작은 벌레들을 먹고 살아. 그렇지 않으면 내가 네게 온 것처럼 더 큰 명령을 따르기도 하구."

이쯤 되자 졸음은 완전히 달아나고 말았다.

"너, 형제도 만나 본 적 없어?"

"아니. 그저 지나치기만 했어. 그 형제는 고이아스 지방에 있는 밀림으로 가는 중이었어. 그는 큰 강가에서 살고 싶어 했어. 내 기억이 맞다면 아마 아라과이아라고 불리는 강이었을 거야. 우린 서로 서먹했어. 나는 그에게 좋은 여행이 되길 바란다고 말해 주었고, 그는 그렇게 떠나갔어. 됐어, 이제 그만 자자. 불 꺼. 그러지 않으면 조만간 누군가가 무슨 일인지 보러 올 거야. 한바탕 야단맞게 될지도 모른다구."

"알았어."

나는 불을 끄고 베개를 편하게 정돈했다. 그리고 그날 밤의 마지막 말을 했다.

"하지만 날 도와줄 거지? 그렇지, 아담?"

"어서 자, 제제. 좌우간 넌 요구 사항이 너무 많아."

# 4. 암탉의 웃음소리

나는 중께이라 아이레스 언덕을 허겁지겁 뛰어올라갔다. 나의 유일한 친구인 따르시지우 메데이루스를 만나기 위해서였다. 우리는 같은 책상을 쓰는 단짝이다. 그 애는 항상 조용하고 침착했으며 말도 띄엄띄엄 천천히 했다. 그런데 한번은 내가 저지른 일 때문에 잠깐 사이가 틀어졌었다. 녀석은 나의 행동을 배반이라고 표현했다. 사건의 전말은 이러했다.

어느 날, 채플 시간이었다. 수사님이 성인(聖人)들의 모습이 그려진 작은 그림 딱지를 한아름 들고 왔다. 품행이 단정한 아이들에게 상을 주려는 것이었다. 수사님은 수업 시간 내내 우리들을 자세히 관찰했다. 그 다음, 다소 고집스럽게 질문을 했다.

"수업 시간 내내 잡담을 하지 않은 사람이 누구지?"

먼저 진짜 착한 아이들이 일어났다. 그 다음엔 뻔뻔스럽게도 과연 조용히 있었을지 의심스러운 녀석들이 일어났다. 그런데 영악한 따르시지우가 아주 진지한 모습으로 일어나 상을 받으러 나가는 것이 아닌가. 그는 손에 그림 딱지를 쥔 채 뽐내며 돌아왔고 마치 승리자처럼 미소를 지어 보였다. 속이 뒤집히는 것 같았다. 아담도 나를 부추겼다.

"제제, 너도 나가 봐."

내가 자리에서 일어나자 반 전체가 웃음바다가 되었다. 아이들은 내가 수업 시간에 많이 떠들고 장난할 궁리만 하고 있었다는 걸 잘 알고 있었다. 난 신경 쓰지 않았다. 얼굴이 빨개진 상태로 교탁까지 걸어가 손을 내밀었다. 수사님이 주저하는 동안 그 딱지들은 허공에서 왔다 갔다 하고 있었다.

수사님이 호기심 가득한 표정으로 나를 내려다보았다. 그의 목소리는 거의 법정 판결 같았다.

"넌 떠들었잖아, 바스콘셀로스?"

내가 대답 대신 고개를 저었다.

"정말 솔직하게 말하고 있는 거냐?"

"네, 선생님."

"솔직히, 믿을 수가 없는걸."

문득 기막힌 생각이 떠올랐다.

"따르시지우가 제 짝인데 상을 받았어요. 그런데 왜 저는 받을 수 없는 거죠? 그가 잡담하지 않았다면 제가 누구하고

 모리스와 나

잡담했겠어요?"

 반 전체가 웃음바다를 이루었다. 수사님까지도 손으로 입을 가리며 겨우 웃음을 참고 있었다. 나는 그림 딱지를 받기는 했지만 솔직하지 못하고 교활했던 행동 때문에 홍당무가 된 채 자리로 돌아왔다. 따르시지우는 이틀 동안 기분이 상해 있었다. 하지만 곧 자기네 집 정원에서 까치밥나무 열매를 따 와서는 몰래 책상 위에 올려놓았다. 휴식 시간에 우리는 아무 일도 없었던 것처럼 떠들었다.

 이번에는 내가 정신이 나간 사람처럼 마음이 뒤숭숭했다. 아담도 염려가 되었던 모양이다.

 "잘 봤지, 제제. 식구들이 이 일을 모른 채 지나가면 정말 좋을 텐데."

 내가 아담에게 생각으로 말했다.

 "내가 어떻게 하길 바라니? 이미 일은 벌어졌고 사방으로 소문이 쫙 났다구."

 약속한 벤치에서 따르시지우가 기다리고 있었다. 난 한숨을 쉬며 자리에 앉아 손으로 부채질을 했다. 내 얼굴이 붉은 피망처럼 빨개져 있었다. 따르시지우가 먼저 말을 걸었다.

 "내가 듣기로는 오늘 마누엘 수사님이 널 혼낼 거라던데."

 "알아."

 "그런데 암탉처럼 한바탕 크게 웃는 소리를 지어낸 게 바로 너야?"

"나도 몰라."

"네가 모른다니, 무슨 소리야? 네가 모르면 누가 알아."

"내게도 약간 책임이 있기는 해."

우리는 입을 다물었다. 겁을 더 먹은 지금, 내 귀에는 암탉처럼 웃어대는 목소리들이 합창하는 소리가 들리는 것 같았다. 그 웃음소리는 삽시간에 학교 전체로 퍼져 나갔다. 뭔가 일이 벌어지기만 하면 어김없이 그 웃음소리가 터져 나왔다. 솔직히 말해 처음에는 재미있었다. 하지만 일이 점점 커지더니 비극으로 바뀐 것이다. 교내 식당에서도, 쉬는 시간에도 그랬다. 주엉 발레이아가 미사를 보는 도중 의자를 부수뜨렸던 그날도 그 웃음소리가 사방에서 터져 나왔다. '아이고, 하느님! 교회 안에서 그것도 5월에 그런 일이…….' 꼬꼬댁 꼬꼬 하는 암탉 웃음소리가 장소를 가리지 않고 터져 나왔다. 침묵이 법과 같이 지켜져야 하는 기숙사에서까지도. 침대가 조금만 삐걱거려도 날카로운 그 웃음소리가 터져 나와 기숙사의 엄격한 분위기를 완전히 흩트려 놓았다. 결국 수사님들이 대책을 세우기로 하고 회의를 했다.

한 동네에 사는 학생들이 다니는 품위 있는 학교에서 그런 일이 벌어지는 것은 바람직하지 않았다. 수사님들이 그런 행동을 만들어 낸 작자를 찾아 나섰다. 범인이 밝혀지는 데는

●가톨릭에서 5월은 성모성월(聖母聖月)이라 하여 매우 성스러운 달로 여긴다.

그리 오랜 시간이 걸리지 않았다.

"바스콘셀로스였어!"

많은 수사님들이 놀라워했다. 반에서 가장 어리고 약골인 내가 그랬다는 것을 믿기 어려웠던 모양이다. 난 펠리시아누 수사님에게도 사실을 털어놓기가 겁났다. 분명 그분도 나를 위해 할 수 있는 일이 없을 것이기 때문이었다.

내가 자리에서 벌떡 일어났다.

"따르시지우, 난 그 일로 불안해하지 않을 거야."

그는 내 행동에 깜짝 놀랐다. 내가 분별력이 있는 편이기는 했지만 겁도 많았기 때문이다.

"무슨 소리야? 도대체 너라는 녀석은 알다가도 모르겠어."

"그렇겠지. 이제부터 내 인생은 바뀔 거야. 조만간 끝장을 볼 거야."

그의 눈이 더욱 휘둥그레졌다.

"그 문제에 대해 너한테 더는 얘기하지 않을 생각이야. 그리고 말이야, 어제 '사랑 수업'을 몰래 봤어."

"너 미쳤구나!"

"아니야. 그 영화는 그런 영화가 아니었어. 뽀뽀하고 껴안는 장면이 몇 번 나왔을 뿐이라구. 그 이상은 아니었어."

"부모님이 그 영화를 보라고 놔뒀어?"

"아니. 말하지 않았으니 모르고 계시지. 이제부터 난 바뀔 거야."

"도대체 어떤 녀석이 네 머리를 들쑤시는 거야, 제제?"

때마침 아담이 뱃속에서 나를 쿡쿡 쑤셨으니 망정이지 하마터면 비밀을 털어놓을 뻔했다. 난 꾹 참았다.

"아무도 아냐. 이제 그만 학교로 가자. 어차피 터질 일이라면 터지고 말 테니까."

우리는 단단히 각오를 하고 들어갔다. 모두가 호기심에 찬 눈으로 우릴 쳐다보고 있었다. 소문이 빠르게 퍼졌던 것이다. 열 발자국도 채 걷기 전에 어떤 목소리가 나를 불러 세웠다.

"바스콘셀로스!"

나는 눈을 들어 아르끼메지스를 쳐다보았다. 그는 학교에서 가장 똑똑한 학생 가운데 한 명이자 수사님 다음으로 권위가 있었다. 학교의 오른팔이자 기율 반장 같은 존재였다.

그의 눈에는 나를 측은해하는 마음이 역력했다.

보통 때는 아주 권위적이던 그가 부드럽게 말했다. 우리의 모습은 마치 성경에 나오는 다윗과 골리앗 같았다.

"날 따라와."

그의 말을 따랐다. 그 순간에 이미 따르시지우는 사라지고 없었다. 나는 텅 빈 교실로 불려 갔다.

"앉아."

그의 말대로 했다. 아르끼메지스가 팔짱을 끼고 의자에 기대앉았다. 그리고 나를 뚫어져라 쳐다보았다. 내 죄에 대해 믿지 못하는 눈치였다.

"어떻게 된 거야, 바스콘셀로스?"

"난 아무것도 몰라."

"좋아."

침묵이 흘렀다. 그는 회중시계 줄을 손가락 사이에 끼워 빙빙 돌리고 있었다. 우리는 10분 넘도록 그렇게 말없이 있었다. 옛날 같았으면 난 벌벌 떨며 토하고 싶은 충동을 느꼈을 것이다. 하지만 이제는 달랐다. 아담이 내 곁에서 나를 응원하고 있으니까.

커다란 종소리에 모든 것이 조용해졌다. 잠시 후 시멘트 바닥을 끌며 교실로 향하는 반부츠 소리가 들렸다. 그리고 기도하는 소리가 이어졌다.

"이제 가자."

그는 내가 도망가지 못하도록 팔을 붙잡았다.

"아르끼메지스, 제발 나를 놔줘."

"너를 믿어도 돼, 바스콘셀로스?"

"약속해."

그는 나를 놓아주는 대신 더 가까이 달라붙었다. 그는 나를 어디로 데려가야 할지 알고 있었다. 바로 중학교 2학년 교실, 가장 크고 학생 수도 제일 많은 반이었다. 우리는 그 교실로 들어갔다. 교실은 발 디딜 틈 없이 꽉 차 있었다. 몇몇 학생들은 복도에서 발끝을 세운 채 교실 안을 들여다보고 있었다. 아르끼메지스와 내가 교실 한가운데로 향하는 동안 귀가 멍멍할 정도의 우레 같은 박수가 터져 나왔다. 교탁 뒤의 연단에는 마누엘 수사님이 기다리고 있었다. 검은 수염이 난 그의 얼굴이 그 순간처럼 위협적으로 느껴진 적이 없었다. 그의 검은 눈이 그렇게 나를 뚫어져라 쳐다본 적도 없었다. 아르끼메지스가 나를 수사님 앞에 세워 두고는 자리로 돌아갔다. 그러자 죽음과 같은 침묵이 교실 전체를 얼어붙게 했다.
"팔짱을 끼세요."
나는 느긋하게 그 말에 따랐다.
"연단으로 올라와요."
수사님이 시키는 대로 했다. 하지만 연단에 오르면서 팔짱을 풀었다. 그러자 더 거친 목소리가 울려 퍼졌다.
"내가 팔짱을 끼라고 하지 않았나요?"
나는 당당하게 그를 응시하며 명령에 따랐다.
"눈은 내리깔아요."
나는 내 작은 반부츠 앞부분과 보기 흉한 팔부 바지를 내려다보며 서 있었다. 이윽고 수사님이 입을 떼었고 다행히도 짧게 끝을 맺었다. 그는 문제의 웃음소리에 대해 말했다. 그 웃음소리가 몰고 온 '나쁜' 파장에 대하여 얘기했다. 그리고 나서 큰 삼지창을 든 사탄까지도 순순히 따를 수밖에 없을 것 같은 목소리로 명령하였다.
"만일 그 해괴한 암탉 웃음소리를 내는 모습이 발각되면 누구든 학교에서 추방될 거예요."

반 전체가 그 말에 고개를 끄덕였다. 어느 누구도 마누엘 수사님과는 농담할 엄두를 내지 못했다. 그는 자신이 약속한 것 이상으로 엄하게 행동했던 것이다. 그가 내 쪽으로 몸을 돌렸다.

"이렇게 뜻깊은 모임을 기념하고, 그 무시무시한 암탉 웃음소리를 완전히 끝낸다는 의미에서 그대들이 낼 수 있는 가장 큰 소리로 다시 한 번 그렇게 웃어 봅시다. 그리고 그것으로 그 무시무시한 것과의 이별을 기념하도록 합시다. 그 웃음소리를 지어낸 작자를 위해 이 세상에서 가장 큰 암탉 웃음소리를 지르세요. 자, 내가 셋을 세겠어요."

그가 셋을 세었다. 그제야 나는 그 날카로운 웃음소리가 얼마나 괴물 같은 것이었는지를 깨달을 수 있었다. 학우들의 암탉 웃음소리는 삼 분이나 지속되었다.

마누엘 수사님이 그만 조용히 하라고 말하면서 모두 나가라고 했다.

"난 암탉 웃음소리는 물론이고 삐악 하는 소리조차 다시는 듣고 싶지 않아요. 그리고 자네는 말이야……."

그의 큰 손가락이 내게로 다가왔다.

"별로 일주일 동안 오후 내내 팔짱을 끼고 지내도록 해요. 물러가도 좋아요."

나는 어떻게 걸어 나왔는지도 모르게 밖으로 나왔다. 하지만 자존심이 나를 지탱해 주고 있었다. 아담도 나의 그런 용기에 놀란 모양이었다.

따르시지우가 나타나서 내 편이 되어 주었다.

"제제, 네 가방을 지키고 있었어. 받아."

우리는 교실을 향해 걸어갔다. 내 시선은 시멘트 바닥의 열기를 재기라도 하듯 아래로 향해 있었다. 따르시지우가 낮은 목소리로 말했다.

"네가 몸을 돌렸을 때 마누엘 수사님이 미소를 짓기 시작했어. 그가 재밌다고 생각해서 그런 건지, 아니면 자기 행동을 후회해서 그런 건지 잘 모르겠어."

진짜 놀라운 일은 그 이후 학교에서 그 암탉 웃음소리에 대해 말하는 사람이 아무도 없었다는 것이다.

"네 가방을 책상까지 가져다 줄게."

나는 고맙다는 말조차 할 수 없었다. 연단 쪽으로 가서 그 위에 올라가 팔짱을 낀 채 마치 화석처럼 서 있었다.

종이 울리고 벌 서기가 끝나자, 얼마나 피곤했는지 그만 바닥에 주저앉고 말았다. 시야까지 흐려졌다. 그러나 그 자리에서 기절을 하는 한이 있더라도 비겁해지지는 않을 것이다.

따르시지우가 내 가방에서 컵을 꺼냈다. 그리고 정수기로 가서 물 한 컵을 받아 왔다. 난 물도 마시지 않고 쉬는 시간에 쉬지도 못한 채 그 모든 시간을 벌을 서며 보냈던 것이다. 나중에 따르시지우가 조용히 말을 건넸다.

"펠리시아누 수사님이 비지아두스 학교의 종이 울릴 때 너랑 얘기하고 싶으시대. 수사님들의 식당에서 기다린다고 하셨어. 이제 난 갈게. 너네 집에서도 알게 될까?"

나는 어깨를 으쓱하며 아무런 관심도 보이지 않았다.

"내일 아침 일찍 빨라시우 광장에서 만나."

내가 고개를 끄덕였다.

종이 울리자 나는 고개를 다시 숙이고 파이올리를 만나러 갔다. 나를 보더니 그가 창백한 얼굴로 걱정스러워했다.

"가엾은 슈쉬! 앉아라. 정말 피곤하지?"

나는 의자에 앉았으나 눈을 들어 그를 쳐다볼 용기가 나지 않았다. 파이올리가 나의 비참한 심정을 멀리 쫓아내 주려고 애썼다.

"전에 말한 대로 간식을 조금 남겨 뒀어. 네가 좋아하는 걸 알아. 롤 케이크야."

"고마워요. 하지만 먹고 싶지 않아요."

"나한테 화났니?"

"절대 그런 건 아니에요."

하지만 난 계속 눈을 아래로 내리깔고 있었다. 그때였다. 가슴을 저미는 듯한 아픔이 느껴진 것은. 그가 손가락 끝으로 내 턱을 들어 올렸던 것이다. 나의 포르투갈 아저씨, 마누

  모리스와 나

엘 발라다리스가● 그랬던 것처럼.

"화난 게 아니라면 이거 한 조각 먹고 과라나도● 마시렴."

내키지는 않았지만 그의 말을 따라 천천히 먹었다.

"이봐, 슈쉬. 난 널 위해 아무것도 할 수 없었어."

"누구든지 그랬을 거예요."

"난 너랑 솔직하게 얘기하고 싶어. 날 믿을 수 있니?"

"그럼요, 파이올리."

"그 암탉 웃음소리를 만들어 낸 건 네가 아니지, 그렇지?"

"맞기도 하고 아니기도 해요."

"네가 그랬을 거라고는 믿지 않는다. 누가 너한테 죄를 뒤집어씌웠는지 말해 봐. 솔직히 말해 다오. 그래야 마누엘 수사님께 말씀 드려서 벌을 감해 줄 수 있을 테니까."

"의구심이 들 수도 있겠지요, 파이올리. 하지만 바로 제가 그랬어요. 모두 다 말씀 드릴게요. 그건 히우지자네이루의 방구 시에 있는 공립학교 학생들이 하던 장난이에요. 그런 장난을 꾸며 낸 건 제가 아니라는 말이에요. 애들하고 잡담 하다가 멍청하게 그런 얘기를 하고 말았어요. 이렇게 될 줄은 몰랐는데……. 애들이 저더러 그 웃음소리를 다시 내 보라고 해서 몇 번 했을 뿐이에요. 애들이 재밌어했어요. 애들

●마누엘 발라다리스는 『나의 라임오렌지나무』에서 제제와 다정하게 지냈던 뽀르뚜가의 이름
●과라나는 브라질 사람들이 많이 마시는 청량음료

4. 암탉의 웃음소리

이 어떤지 아시잖아요. 그 웃음소리를 암탉 웃음소리라고 불렀고, 그래서 일이 커진 거예요. 금세 사방으로 퍼지더니 나중엔 학교 전체로……."

"오! 슈쉬! 네가 그렇게 잘못한 것도 아니잖아. 어쨌든 마누엘 수사님과 얘기를 해 볼게. 최소한 일주일만 벌을 서면 될 거야. 어쩌면 벌을 한 시간으로 줄여 주실지도 몰라. 내일 결과를 말해 주마."

나는 자리에서 일어나 가방을 집었다.

"그저 먹는 시늉만 했구나. 아무것도 먹지 않았어."

"이런 일이 있으면 누구든 입맛이 없잖아요."

"어딜 가니?"

"비지아두스 학교에 가서 다섯 시까지 수업을 받아야 해요."

"갈 마음은 있는 거야?"

"창피하고 비참해서 죽겠어요."

"그럼 조금만 더 얘기하자. 수업은 내가 빼 주마. 됐니?"

"네. 하지만 먼저 화장실을 갔다 와야겠어요. 오줌보가 꽉 찼거든요."

그가 손가락으로 문을 가리키며 말했다.

"저기 수사님들 화장실에 가. 훨씬 깨끗하니까."

그는 내가 돌아오기를 기다렸다. 화장실에서 돌아왔을 때 난 그의 얼굴에서 근심이 사라졌음을 알 수 있었다. 그가 나더러 자기 앞에 앉으라고 했다.

"그래, 어제, 일요일은 어떻게 지냈어?"

"항상 그렇죠 뭐. 미사에 갔다가 성찬 배수하고 공부하고…… 지루해서 피아노도 치구요."

대화가 힘겹게 이어지고 있었다. 끝이 없을 것 같은 힘겨운 슬픔이 내 마음을 아프게 했다.

"슈쉬. 지난번에 우리가 나눈 얘기를 곰곰이 생각해 봤어."

"무슨 얘기요? 우린 많은 얘기를 나눴잖아요."

"네 가슴에 간직하고 있다는 꾸루루 두꺼비 말이야."

"네."

"친구로서 부탁하는 건데, 그 얘기를 아무에게도 하지 않았으면 좋겠어."

"사람들이 저를 정신병원에 데려갈까 봐 겁이 나세요?"

그가 천천히 웃었다.

"아니, 그런 얘기가 아니고. 네가 성찬식의 빵을 비유해서 한 얘기 말이야."

"알겠어요."

"네가 말한 방식대로라면 많은 사람들이 그걸 이단이라든가 신성 모독이라고 생각할 수 있거든."

난 깜짝 놀랐다.

"당신도 정말 그렇게 생각하세요, 파이올리?"

"아니. 나는 너를 잘 알고, 네 마음속에 악한 마음이 없다는 것도 잘 알아. 바로 그래서 그 문제를 많이 생각한 거고. 다만 네가 생각하는 방식을 바꾸는 게 좋을 것 같다는 얘기야."

"이해가 잘 안 돼요."

"이해하기 쉬워. 예수 그리스도는 인간의 가장 큰 희망이시지, 그렇지 않니?"

"네, 맞아요."

"그 성스러운 성체를 의심하지 않지, 그렇지?"

"아이고, 하느님, 그럴 리가요. 집에서 성체를 두고 맹세하는 것도 금지되어 있어요."

"그러니까 이렇게 해라. 그리스도께서 인간의 희망이며, 너의 두꺼비가 바로 그 희망의 하나라고. 예수님께서 네게 은총으로 내린 그 무엇이라고……"

난 그것에 대해 잠시 생각했다. 이해하기가 어려울 것 같았으나 그렇지 않았다. 파이올리가 그렇게 생각한다면 분명히 일리가 있을 테니까.

"좋아요. 더는 그것에 대해서 말하지 않을게요. 아담에 대해서 아무한테도 말하지 않고 당신에게만 말할게요."

"좋았어! 이제 케이크 한 조각 더 먹으렴."

파이올리에게 다른 계획들을 이야기하고픈 생각에 마음이 어수선해졌다.

그는 상쾌한 구름 한 덩어리가 내 슬픔을 마까이바 지역 쪽으로 쓸어 가기 시작한 것을 알아챘다.

"슈쉬, 나한테 뭐 숨기는 거 있지?"

"어떻게 알았어요?"

"네 눈을 보면 알지. 뭔데?"

내가 감동을 받아 그에게 사정하듯 말했다.

"저를 믿어 주실 거죠?"

"언제나 믿었단다."

"좋아요. 모리스를 좋아하세요?"

그는 나에게 묻기 전에 스스로에게 먼저 질문하듯 이마를 찌푸렸다.

"무슨 모리스?"

"모리스 슈발리에 말예요."

"아! 그 프랑스 배우?"

"바로 그 사람이에요. 제가 규정을 어겼어요. 아담이 동의해서, 어린이용 영화를 보러 가는 대신 그가 출연한 '사랑 수업'을 봤어요."

"어이구! 슈쉬! 그러지 말았어야 했는데."

"왜요? 모리스 슈발리에는 어떤 사람이에요? 그에 대해 알고 계시는 건 다 말해 주세요."

"잘 몰라. 그가 연예인이라는 것밖에는. 샹소니에이기도 하고 보드빌 배우이기도 하고."

"그게 뭐예요?"

"샹소니에는 가수라는 뜻이야. 샹송에서 온 말인데 그건 너도 알잖아. 보드빌은 뮤지컬 같은 거지."

"그 영화에는 춤도 음악도 많지 않았어요. 게다가 제가 좋아하는 노래는 거의 부르지도 않았구요. 하지만 걱정 마세요. 집안 어른들이 말하듯 그렇게 문제될 장면은 없었으니까요."

"그렇다고 해도 네 또래 어린이들이 볼 영화는 아니야. 혹시 극장에서 널 본 사람이 있니?"

"어두운 구석에 꼭꼭 숨어 있었어요."

우리는 잠시 침묵했다. 그가 짧게 자른 자신의 붉은 머리카락을 긁적였다. 어색한 분위기면 언제나 그랬듯이 파이올리가 곡조 없는 휘파람을 불었다.

"어쨌든, 슈쉬. 왜 그 사람한테 관심이 많은 거야?"

"혹시 그분이 나오는 영화를 본 적이 있어요? 없죠? 그분은 정말 인간적이에요. 미소도 아주 멋져요. 재밌기도 하구요. 단정한 옷만 입죠. 아담과 제가 그분을 아빠로 모시기로 했어요."

"뭐라고, 이 녀석! 네 그 상상력이 또 발동한 게로구나."

하지만 파이올리는 내 진지한 얼굴과 눈물 글썽이는 모습을 보자 말투를 부드럽게 바꾸었다. 내게서 언제나 외롭기만 한 어떤 소년의 모습을 다시 발견한 것이다.

"그러지 마, 슈쉬. 얘기를 더 해 보렴."

"그것뿐이에요. 제가 말하고 싶었던 건 바로 그거였어요."

그가 나의 팔을 붙잡고 진지하게 물었다.

"그런데 왜 그렇게 많은 아빠를 원하는 거지? 지금의 아빠도 네 행복만을 바라는 좋은 분인데, 슈쉬……."

"그럴지도 모르죠. 하지만 저는 저를 인간적으로 대해 주는 아빠가 있었으면 좋겠어요. 선물을 줄 때 내가 그것을 받을 가치가 없다고 말하지 않는 아빠 말이에요. 그리고 내가 원주민 인디언 여인의 자식이라는 걸 잊어버리는, 그런 아빠를 원한다구요. 그리고 또……."

나는 그의 팔을 놓고 머리를 탁자 위로 숙인 뒤 양손으로 머리를 감쌌다. 슬픔이 복받쳐 울먹이면서도 계속 말했다.

"잠잘 때 제 방에 와서 잘 자라고 말해 주는 아빠를 원한다구요. 저의 머리도 쓰다듬어 주는, 그런 아빠 말이에요. 제가 이불을 차고 자면 부드럽게 이불을 덮어 주고…… 내가 잘 자기를 바라면서 얼굴이나 이마에 키스를 해 주는, 그런 아빠가 있었으면 좋겠어요."

파이올리가 내 팔을 만지며 내 격한 감정이 가라앉기를 기다렸다.

"이해한다, 슈쉬. 이해하고말고."

그가 검고 흰 체크무늬 손수건을 꺼내어 내 눈물을 닦아 주었다. 그런데 기분이 묘하게도 그건 뽀르뚜가의 손수건과 비슷한 것이었다.

"자, 자. 눈물을 닦으렴. 코도 풀고. 오늘은 무척 운이 없는 날이구나. 모든 것들이 네게 고통만 주려는 것 같아. 하지만 이것도 곧 끝날 거야. 내일은 새로운 하루가 시작될 거야."

좋은 생각이 떠올랐는지 그가 몸을 일으켰다.

"이봐, 슈쉬. 너 십오 분 정도 기다릴 수 있지? 여기서 나가지 않을 거라고 약속하지?"

나는 코맹맹이 소리로 '예' 하고 대답했다.

"금방 갔다 오마."

그가 나갔다. 약속한 시간보다 늦기는 했지만 밝은 표정으로 돌아왔다.

"성공했어. 마누엘 수사님과 얘기를 했어. 지금 복도에서 기다리고 계셔. 널 용서해 주실 거야. 어서 가 봐, 슈쉬. 용기를 내."

내가 복도로 나갔다. 마누엘 수사님이 복도 끝에서 허리끈 자락을 손으로 돌리며 나를 기다리고 계셨다. 내 발걸음은 납덩이처럼 무거웠다. 하지만 앞으로 가야 했다. 그 순간 아담이 다시 한 번 내 친구라는 것을 증명했다.

"가 봐, 제제. 행동 잘 하고."

마누엘 수사님이 엄청 키가 큰 거인처럼 느껴졌다. 이제 그는 팔짱을 낀 채 다섯 걸음도 안 되는 거리에 있었다. 나는 사시나무 떨듯 겁을 내며 걷기 시작했다. 시멘트 바닥에서 눈을 뗄 수 없었다.

"바스콘셀로스!"

목소리가 변해 있었다. 다른 사람의 목소리 같았다. 그래

 모리스와 나

서 나는 더욱 떨기 시작했다. 너무나 두려워서 눈물이 왈칵 솟구쳤다. 내가 바닥에 쓰러지지 않으려고 창문에 몸을 기대는 것을 보자 그가 내 쪽으로 걸어왔다. 가까이 와서는 무릎을 꿇은 뒤 내 얼굴을 감쌌다.

"왜 그래? 울보 녀석."

그가 사제복 주머니에 손을 집어넣더니 역시 검고 흰 체크 무늬 손수건을 꺼내 아무 말 없이 눈물을 닦아 주었다. 그러고 나서 그가 다음과 같은 고백을 하였다.

"녀석, 나도 어쩔 수 없었다. 난들 좋아서 그런 줄 알아? 너 같은 꼬맹이에게 그런 말 하기가 쉬울 거라고 생각하니?"

그가 몸을 일으킨 다음 나의 양팔을 잡았다.

"이제 그만 해. 그 얘기는 더 하지 말자. 펠리시아누 수사님이 모두 말씀해 주셨어. 너는 아무 잘못도 없어. 됐니?"

그는 나를 바닥에 앉혀 두었다. 검은 수염 때문에 어두워 보이는 그의 얼굴에 미소가 맴돌았다.

"이제 됐지?"

악수를 하려고 그가 손을 내밀었고 나도 그렇게 했다.

"이제 가 봐. 다 잊어버려."

그가 내 어깨를 잡더니 나를 돌려 세웠다. 그리고 내 등을 토닥거리며 앞으로 살짝 밀었다.

"못 말리는 녀석······!"

## 5. 꿈꾸기

집안 어른들은 내가 하는 행동에 대해서 더는 이상하게 생각하지 않았다. 누나는 집에 오는 모든 손님들에게 칭찬을 들었다. 하지만 난 그런 것이 무척 싫었다. 손님이 있으면 난 슬그머니 자리를 피했다. 혹시라도 집 밖에서 손님이 있다는 걸 알게 되면 아무도 눈치 채지 못하게 내 방 창문을 통해 집으로 들어갔다. 좋아하지 않는 사람과 악수를 하고, 미소를 짓고, 다정한 말을 중얼대야 한다는 것이 정말 싫었다. 잠자기 전에 삼십 분 간의 휴식 시간이 있었지만 피아노 공부를 끝내자마자 내 세상인 방으로 돌아왔다. 그러나 어느 누구 하나 신경 쓰지 않았다.

방에 돌아와 보면 거의 언제나 조금 낡고 스프링이 느슨해져 아무도 앉고 싶어하지 않는 큰 안락의자에 모리스 씨가 앉아 있는 것을 발견할 수 있었다. 가끔은 막 기도를 끝내고 침대에 누웠을 때 나타나기도 했다. 그는 언제나 회색과 푸른빛이 감도는 눈을 반짝이며 만면에 미소를 띤 다정한 모습으로 나타났다.

"잘 있었니, 꼬마야?"

그는 몸을 낮춰 내 얼굴에 키스하자마자 그날 내가 무슨 일을 했는지, 무슨 일들이 있었는지 물어보았다. 그의 옷은 멋졌고, 바지의 주름은 칼날 같았다. 게다가 그는 언제나 내가 좋아하는 고급 향수를 사용했다.

그런데 그날 밤은 늦게까지 그가 오지 않았다. 그건 정말 좋지 않은 일이었다. 그가 밤늦게 돌아오면 그만큼 나와는 조금밖에 있지 못할 것이다. 전에 설명한 것처럼 다음날 스튜디오에 영화를 찍으러 가려면 아침 일찍 일어나야 하기 때문이다.

"걱정돼, 아담."

"바보 같은 소리 그만 해, 제제. 안절부절못하지 말고 조금만 더 기다려 봐."

내 걱정을 설명했더니 아담이 '아마 내일은 촬영이 없을 거야. 그러면 너랑 더 많은 시간을 보낼 수 있겠지. 그런 적이 없었니?'라고 물었다.

"세 번 있었어."

"그것 봐."

나는 입을 다물고 내가 좋아하는 루르드 성모님께 기도를 하기 시작했다. 나에게는 그 성모님이 모든 성녀들 가운데 최고였다. 그분을 너무나 존경한 나머지 이따금 다른 성녀들을 무시한 적도 있었다. 예를 들면, 나는 항상 파티마 성녀님이 루르드 성모님의 하녀라고 착각했다. 루르드 성모님은 내 기도를 모두 들어주었다.

  항상 그랬듯이 모리스 아저씨가 나를 깜짝 놀래며 등장하였다. 그는 사방 어디로든 들어올 수 있었다. 이따금 식구들의 시선을 끌지 않으면서 소리 없이 문으로 들어오기도 했지만, 그런 경우는 아주 드물었다. 그럴 때는 짜릿한 재미가 있었다. 지붕을 통해 방으로 내려온 적도 있었다. 창문이 열려 있지 않아도 아무 문제 없이 그 창문을 뚫고 들어오거나 벽을 관통하여 들어왔다. 그가 그런 마술을 내게 가르쳐 주고 싶어했지만 방법이 없었다.

  "자, 이제 뭘 할까?"

  "막 잠들 참이었어요. 오늘은 너무 늦으셨어요, 모리스 아저씨."

  내가 그의 손에 얼굴을 댔다.

  "촬영이 예정보다 늦게 끝났어. 어쨌든 내일은 쉴 거니까."

  "다행히 아담이 알려 줬어요."

  "아담 녀석은 정말 영리해."

  "정말 그래요. 그런데 오늘은 밀짚모자를 쓰지 않으셨네요?"

 모리스와 나

"거기가 추웠거든. 좀더 따뜻한 옷을 입으려니까 밀짚모자가 어울리지 않더군."

'거기'가 어디인지를 그가 설명해 준 적은 한 번도 없었다. 나 역시 그곳에 대해 물어보기가 좀 뭐했다. 순간, 어떤 불안감이 내 얼굴을 스치고 지나갔고 모리스 아저씨는 얼른 그것을 알아차렸다.

"무슨 일이 있었니?"

"하나 있었어요. 요즘 들어 많이 생각해 본 건데요."

"좋아, 그 얘기를 해 보자. 우리 사이엔 비밀이 없게 하기로 약속했지?"

"하지만 질문이 바보 같아서······."

그의 눈빛이 나를 다그치는 것 같아서 털어놓기로 했다.

"아저씨에게 무슨 일이 생길까 봐 겁이 난단 말이에요."

"왜 나한테 무슨 일이 생긴다는 거야?"

마음이 더 혼란스러워서 곧장 다음 질문을 했다.

"죽지 않을 거죠, 그렇죠, 아저씨?"

그가 허허 하고 웃었다.

"그런 건 한참 뒤로 미룰 예정이야. 난 건강도 아주 좋고 의욕도 넘친다구."

내가 거의 울려고 하자 그가 말투를 완전히 바꾸었다.

"또 왜 그래? 학교 수사님이 너를 뭐라고 부른다고 했지?"

"슈쉬."

5. 꿈꾸기

"그래, 슈쉬. 그게 무슨 말이야?"

"저는 누군가를 좋아하는 게 그다지 내키지 않아요. 내가 좋아하면 그 사람이 죽을까 봐 겁이 나거든요."

"네가 좋아했던 사람들이 많이 죽었니?"

"많지는 않아요. 따뜻한 마음이 없는 인생은 아무런 가치가 없다고 가르쳐 준 한 사람만 그랬어요."

내가 망가라치바라는 열차가 데려가 버린 나의 마음씨 좋은 아저씨, 마누엘 발라다리스 씨의 얘기를 짧게 했다. 모리스 아저씨가 무척 감동한 듯 나의 손을 잡았다.

"그때가 몇 살이었니, 슈쉬?"

"다섯 살이었어요."

"그래. 살다 보면 그런 불행한 일도 있지. 그 나이에 그렇게 슬픈 일을 겪었다니……."

"모리스 아저씨. 제가 이 얘기를 하는 건 당신을 정말 좋아하기 때문이에요. 아직 뭐가 뭔지 잘 모르는 나이에 아저씨 같은 분을 만나기는 쉬운 일이 아니죠."

"마음 푹 놓아. 알았지? 앞으로 모든 게 다 잘될 거야. 난 죽지 않을 거니까 널 슬프게 할 일은 없을 거야."

"아담에게 했던 질문을 아저씨한테도 하고 싶어요. 언젠가 제 곁을 떠날 거죠?"

"그걸 누가 알겠니? 하지만 내가 필요 없어질 때까지 너와 함께 있을 거야. 네가 혼자서도 처신을 할 줄 아는 어른이 됐

다고 느낄 때까지. 그러면 됐지?"

"네, 하지만 그렇게 되려면 한참 걸릴 거예요."

"글쎄. 어쨌든 넌 아주 활기찬 꼬마야."

난 그제야 위안이 되었다. 하지만 모리스 아저씨가 있음에도 무언가가 내 마음을 아프게 하고 있었다.

"슬픈 얘기를 하나만 더 해도 돼요?"

"그래. 하나만 더, 그리곤 끝이야."

"짧은 얘기예요. 아저씨, 저는 사람들이 죽은 뽀르뚜가를 어디로 데려갔는지 전혀 몰라요. 진짜예요. 여섯 살짜리 꼬마가 뭘 할 수 있었겠어요? 그분이 돌아가시고 나서 우리는 곧 이사를 했어요. 그 다음 방구 시로 돌아왔는데 얼마 안 되어 저는 가난한 우리 가족을 돕고 공부도 하려고 지금의 아빠에게로 보내졌어요."

"그러니까 넌 이미 지나가 버린 과거를 잊고, 네 가족들을 돕기 위해 열심히 공부해야 해."

나는 웃음이 나올 뻔했다.

"왜 그래?"

"아저씨는 가끔 아담이랑 똑같은 말씀을 하세요. 마치 두 사람이 약속이라도 한 것 같아요."

"우리 친구 아담도 사려 깊은 녀석이로군. 네 마음속에서 생겨나기 시작하고 있는 무엇인가를 어떤 사람들은 이미 가지고 있고 어떤 사람들은 앞으로 얻게 될 거야. 사람들은 그걸 상식이라고 부르지. 이제 조금만 더 네 곁에 있으마. 벌써 시간이 많이 지났구나. 나는 괜찮지만 너는 일찍 일어나야 하잖니?"

"아저씨는 영화에서처럼 침대에서 아침을 먹나요?"

"항상 그래. 아주 기분 좋은 일이지."

"이곳 브라질 사람들은 매우 뒤떨어졌어요. 침대에서 아침을 먹지 않아요."

"꼭 그럴 필요는 없어. 필요하면 나도 다른 사람들처럼 직접 식탁으로 간단다."

모리스 아저씨가 뭔가를 기억해 냈다.

"어제 네가 무슨 얘기를 하려고 했던 것 같았는데 시작도 하기 전에 잠들어 버리더군. 교복을 둘러싼 싸움 얘기였는데, 기억나니?"

"정말 끔찍한 싸움이었어요. 재미있을지 모르겠어요. 암탉 웃음소리 사건처럼 그렇게 끔찍한 종말은 아니었어요."

"그렇다면 네가 학교에서 벌인 소동이었니?"

"네. 하지만 암탉 웃음소리 사건과 이번 일 말고는 더 없어요. 작년에 학교에 입학했을 때 우리 교복은 목까지 단추를 채워야 했는데, 그게 얼마나 답답한지 아저씨는 상상도 못하실 거예요. 항상 그렇듯이, 낮 동안에 날씨가 더워지면……. 어휴, 게다가 그 찜통 같은 교실에 갇혀 있으면 목덜미로 땀이 줄줄 흐르죠. 하루는 옷을 입으러 집엘 갔다가 거울 앞에서 교복 단추를 열고 칼라를 뒤집어 보았죠. 셔츠를 밖으로 당기고 칼라를 반쯤 열어 교복 위로 꺼냈어요. 정말 멋있었어요. 난 '이제부터 이렇게만 입고 다닐 거야'라고 다짐했어요. 집에서 나오면서부터 칼라는 열어젖히고 셔츠는 밖으로 내놓고……. 하지만 모든 게 내 생각대로 되진 않았어요. 학교 입구에서 교장선생님이신 주제 수사님과 정면으로 부딪쳤거든요. 그분도 당신처럼 프랑스 사람이에요. 그분의 눈썹은 아주 굵고 뭉쳐 있어서 마치 이가쁘 다리 같지만요. 교장선생님이 화를 내면 그 검은 숯덩이가 이마까지 올라가서 고슴도치처럼 변해요."

"처음 보는 패션이군요, 바스콘셀로스 군."

목소리가 쩌렁쩌렁 울렸다.

"옷 똑바로 입도록 해요!"

나는 벌벌 떨면서 교장선생님의 말을 따랐다. 그리고 땀이 흐르는 털북숭이 손에 키스를 했다.

집으로 돌아오는 길에 성당의 정원 벤치에 멈춰 서서 가방을 내팽개치고 교복을 반쯤 풀어헤쳤다. 아, 그 상쾌함이란! 내 친구가 그런 나의 모습을 의아한 듯 바라보았다.

"따르시지우, 너도 한번 해 봐. 정말 좋아."

"난 됐어. 수사님이 지나가다가 보면 꾸중하실 거야."

"누가 지나간다는 거야? 지금쯤 아이들은 일과에 맞춰 기도를 하거나 그 비슷한 일을 하고 있을 텐데 뭐. 게다가 우린 지금 학교 밖에 있잖아."

그래도 따르시지우는 결정을 하지 못했다.

"집에 가면 내 방에서 한번 해 볼게."

악마가 사악한 생각을 부추겼다.

"우린 전쟁을 시작할 수도 있을 거야. 교복 전쟁 말이야."

"암탉 웃음소리 사건처럼 그렇게 끝나고 말걸?"

"네가 하지 않아도 괜찮아. 내가 시작할 테니 어떻게 될지 두고 봐."

실제로 나는 틈만 나면 가히 혁명이라고 할 만한 교복 차림을 하고 다녔다. 도를 넘어 쉬는 시간에도 교복을 반쯤 풀어헤치고 다녔다. 수업을 시작할 때도 그랬는데 그때 선생님의 목소리가 들렸다.

"바스콘셀로스, 옷차림 똑바로 해."

나는 선생님의 말씀을 따랐다. 하지만 이내 내 옷차림을 다시 고수했다. 사악한 악마가 씐 것이다. 선생님의 말씀이 쓸데없는 잔소리로 들렸다. '바스콘셀로스, 옷차림 똑바로 해.' '옷차림, 바스콘셀로스.' '바스콘셀로스, 옷차림 똑바로 해.' '옷차림 똑바로 하라니까, 바스콘셀로스.'

그러다가 드디어 사태가 커졌다.

"바스콘셀로스, 벌이다."

나는 교복 단추를 잠그고 팔짱을 낀 채 벽을 쳐다보고 서 있었다. 위협도 뒤따랐다.

 모리스와 나

"네 성적표 점수를 깎겠다, 바스콘셀로스."

점수를 나쁘게 주고 집에까지 전화를 하시겠다고 수사님이 으름장을 놓았지만 다행히 그렇게까지는 하지 않으셨다. 그러면 안 되지.

하지만 나는 이 사건 이후로도 계속해서 내 방식대로 교복을 입고 다녔다. 시간이 지나면서 하나둘씩 나를 따라 하는 급우들이 생겨나기 시작했다. 마치 작은 세포 하나가 암세포로 변질되어 온몸에 퍼져 나가듯이 말이다. 그러자 반항아들에 대한 수사님들의 마구잡이식 사냥이 시작되었다. '옷 똑바로 해!' '벌이야!' '점수를 깎겠다!' '찰싹!' 유행처럼 학우들이 점점 더 반항아가 되어 가기 시작했다. 더욱이 많은 친구들이 교복 단추를 하나둘씩 풀고 다니기 시작했던 것이다.

그러다가 파이올리 수사님과 부딪쳤다.

"슈쉬, 그러지 마. 단추를 채워."

그분이 안쓰러워서 단추를 채웠다.

"죄송해요, 파이올리."

"지금 나랑 사제실에 좀 가야겠다. 왜 그런 짓을 하는 거니, 슈쉬? 너처럼 말썽 부리는 꼬마는 처음 봤어."

나는 천천히 파이올리의 걸음을 따라갔다. 우리는 넓은 사제실로 들어섰다. 학교의 모든 수사님들이 탁자에 둘러앉아 침묵 속에서 나를 기다리고 있었다. 나더러 앞을 보고 똑바로 서 있으라고 명령하였다. 하지만 팔짱을 끼라고 요구하지는 않았다. 침묵 속에 나를 쳐다보는 그 차가운 시선들은 정말 끔찍했다. 파이올리는 반대편에 앉았다. 마누엘 수사님의 시선을 피해 다른 곳으로 눈길을 돌리면 주아낑 수사님의 시선과 정면으로 부딪쳤다. 플라비우 수사님만이 다정한 표정을 지으면서 웃음을 감추고 계셨다. 내가 그의 웃는 모습에 시선을 맞추었다면 아마도 그가 큰 웃음을 터뜨렸을 수도 있었으리라. 누가 제일 먼저 나를 질책할까?

한 가지 사실은 분명했다. 침묵 속에서 그들은 서로에게 공을 떠넘기고 있었다. 루이스 수사님은 절대 먼저 나서지 않을 것이고…… 오네지우 수사님은 그럴 용기가 없을 것이다. 그분의 포르투갈 어는 아주 엉망이니까. 주엉 수사님은 내 쪽을 쳐다보지도 않으려 하였다. 그분은 나에게 포르투갈 어에 대한 취미를 붙여 주었고, 그것에 대해 자부심까지 가지고 있으니까……. 뒷모습 때문에 프랑켄슈타인이라고 소문난 이스떼버웅 수사님은 분명히 나에게 먼저 한 방을 먹인 뒤, 내가 어떻게 나올지 지켜보려고 아무 말 없이 사태를 그대로 내버려 둘 사람이다. 시작은 바르 교장선생님일 것이다.

그의 큼지막한 눈썹이 서서히 움직였다.

"바스콘셀로스."

드디어 시작이구나! 무대 위에는 오직 우리 둘뿐이었다. 거의 흰색에 가까운 내 금발 머리가 땀에 젖은 이마에 들러

붙었다. 내가 마지못해 뾰로통한 목소리로 대답했다.

"네, 주제 수사님."

파이올리는 시선을 다른 수사님들 자리로 두었는데 아마도 그 의자에 나 있던 모든 흠집들을 하나하나 다 세었을 것임이 틀림없다. 혹시 나를 위해 기도하고 있었을 수도 있다.

"좋아요, 바스콘셀로스. 군이 교복을 어떻게 입고 다니는지 우리에게 보여 주겠어요?"

나는 머뭇거렸다. 하지만 그의 새까만 눈썹이 치켜세워지자 검고 반짝거리던 그의 눈이 마치 화난 올빼미 눈 같았다.

"왜 머뭇거리고 있나요? 군은 학교의 규정을 무시한 채 진종일 그런 교복 차림으로 뻐기며 다니고 있잖아요."

얼어붙은 나의 손가락들이 칼라를 반쯤 풀어헤치는 데는 시간이 적잖게 걸렸다. 난 온몸을 오들오들 떨고 있었다. 하지만 그의 말을 신속히 따르려 했고, 결국 그가 바라는 대로 했다. 잠시 뒤 셔츠의 칼라를 풀었다.

"그런 유행을 만든 사람이 바로 군이었나요?"

나는 아무 말도 하지 못했다. 마누엘 수사님이 조심스레 거들었다.

"군이 아니었다고 말하진 않겠지요. 암탉 웃음소리는 그렇다 쳐요. 우리가 군의 설명을 받아들였으니까. 하지만 이번에는 어떻게 된 거죠?"

"바로 저였어요, 교장선생님. 저 혼자 그랬어요."

"왜죠?"

부인한들 무슨 소용이 있겠는가? 진실을 말하면서 요행을 바라는 수밖에.

"교복이 아주 못났기 때문이에요."

"그리고 또?"

"이렇게 하면 더위도 덜 타고 갑갑하지도 않아요."

"또 다른 이유가 있나요?"

"이렇게 입으면 훨씬 멋져 보여요."

"또 다른 설명은?"

"단추를 풀면 머리가 덜 아파요. 수업 시간에는 집중을 해야 하는데 날씨까지 더우면 머리가 터져 버릴 것 같은 때가 있어요."

나는 입을 다물었다. 눈에는 눈물이 가득 고였다. 주제 수사님의 목소리가 굉장히 부드러운 바람에 나는 흠칫 놀랐다.

"무엇이 군을 기다리는지 아나요?"

"분명히 한평생 내내 벌을 받겠죠. 그리고 교복을 이렇게 입지 않겠노라고 수십 장의 반성문을 쓰게 되겠죠. 마지막으로 저의 집에 전화를 하실 것이고 전 극장이고 해변이고 모두 못 가도록 금지당하겠죠."

이까짓 일로 가슴이 찢어질 듯 아플 사람이 많진 않을 것이다. 하지만 내 마음은 아팠다. 처음에는 한 줄기 작은 눈물로 시작되다가 그렇게 터놓고 나니 온 얼굴에 눈물이 홍수를 이루었다.

"전, 전…… 차라리 죽고 싶어요. 차라리 화학 실험실의 진열장 유리를 부수고 그 안에 있는 독약을 먹고 죽고 싶어요. 그러면 어느 누구도 저를 더는 괴롭히지 못하겠죠."

"좋아요, 됐어요. 이번에 죽을 필요는 없어요. 벌에 대해서는 검토해 봐야 할 문제고……. 이제 나가 봐요. 펠리시아누 수사님 방에 가서 앉아 있어요. 다시 부를 테니까."

그의 말대로 했다. 몸이 바싹 쪼그라들어서 몸무게를 느끼지 못하듯 걸어 나갔다. 나는 자리에 앉아 타일의 무늬를 바라보았고, 흐느낌을 줄여 가며 쥐구멍이든 뭐든 맨 처음 나타나는 구멍으로 사라지고 싶다는 생각을 했다. 그렇게 있으면서 시간이 얼마나 흘렀는지를 잊어버렸다. 그러다가 큰 종소리가 수업 시작을 알렸을 때에야 비르소 제정신으로 돌아왔다.

눈을 들었다. 파이올리가 내 쪽으로 걸어오고 있었다. 그의 눈에는 큰 만족감이 서려 있었다. 그가 내 곁으로 다가왔다. 이번에는 허리끈 자락을 돌리며 여유를 부리고 싶은 생각조차 없는 것 같았다.

"슈쉬!"

나는 대답하지 않았다. 그를 향해 고개를 돌리고 싶은 생각조차 없었다.

"이봐, 슈쉬. 너에게 아주 새로운 소식이 있어."

모리스와 나

분명 벌을 줄이는 데 성공했나 보다. 아니면 우리 집으로 전화를 하지 않기로 했든가.

"나를 쳐다봐야 얘기할 것 아니니. 나한테 화내지 마. 내가 무엇 때문에 그런 소동이 일어나는 걸 좋아하겠니? 그럴 이유가 전혀 없어."

내가 시선을 그에게로 고정시켰다. 그의 얼굴은 다시 선(善)이 가득한 태양이 되어 있었다. 그는 한 손으로 고무자를 쥐고 그걸로 다른 손바닥을 탁탁 치고 있었다.

"나를 믿니, 슈쉬?"

"항상 믿어요. 당신을 믿지 않는다면 이 세상에서 누굴 믿을 수 있겠어요?"

"그러면 이리 와 봐."

그의 말을 따랐다. 그가 나의 얼굴을 부드럽게 감쌌다.

"기적이 일어났어, 슈쉬. 나도 전혀 예상치 못한 기적 말이야. 뭐였는지 알아? 네가 그 싸움에서 이겼어."

"저를 벌하지 않을 건가요, 파이올리?"

"벌주지 않을 거야. 정반대야. 너에 대한 칭찬의 목소리가 높아졌어. 모두들 네가 아주 똑똑한 소년이라고 입을 모으더구나. 수사님들이 많은 토론을 했는데 네가 옳다는 것으로 결론이 났어."

그가 종교인이 아니었다면 나는 이전에 뽀르뚜가한테 했던 것처럼 그의 선한 얼굴에 키스를 했을 것이다.

"얘기할 게 두 가지 있는데, 우선 수사님들도 내가 진심으로 알고 싶어하는 걸 알고 싶어하셨어."

나는 가슴에 십자가를 그으며 진실을 말하겠다고 맹세하였다.

"너…… 그 독약 얘기 말인데…… 진짜 그럴 건 아니지? 또 화학 실험실에서 물건을 훔치겠다는 것도……. 그렇지?"

"진심이 아니었어요, 파이올리."

그가 안심한 듯 깊은 안도의 한숨을 내쉬었다.

"제가 거짓말한 거예요, 파이올리. 왜냐하면 진열장 유리를 부술 필요가 없으니까요. 전에 아마데우 수사님이 화학 약품 덩어리들에 낀 먼지를 털고 있을 때 제가 도와드렸죠. 수사님이 한눈 파신 사이에 하나를 훔쳤는데 지금까지 가지고 다녀요. 종종 죽고 싶다는 생각이 들 때가 있거든요."

그런데 내 눈이 내 마음을 배반하고 눈물을 쏟으려 했다.

"슈쉬, 너는 아직 꼬마인걸. 열두 살도 채 안 됐잖아. 그런데 왜 그런 생각을 하니?"

"전 나쁜 녀석이거든요. 불행하기도 하구요. 모든 사람들이 저더러 제가 먹는 음식만도 못한 놈이래요. 그리고 인디언이라고 놀려요. 교양 없는 삐나제 인디언이라고. 평생 농사나 지으며 살 놈이라고……."

그리고는 설움에 받쳐 울음을 터뜨렸다.

"모두가 바보 같은 소리야. 전혀 그렇지 않아. 넌 공부도 열심히 하고, 무척 영리하고, 아주 활기가 넘치는 소년이야. 모든 사람들이 너를 보면서 어리지만 무척 생각이 깊은 녀석이라고 칭찬한다는 말 안 했었니? 또 5년 만에 중학교를 끝내는 유일한 학생이 될 거라고 한 말 벌써 잊었어? 이봐, 슈쉬, 울지 마. 시간이 지나면 다 괜찮아질 거야. 나는 네가 다른 아이들처럼 행복한 소년이 될 거라고 믿어. 난 네 친구지? 그것 보라구. 이 세상에는 단 한 명의 친구도 없는 사람들이 참 많아. 그렇게 생각하지 않아?"

펠리시아누 수사님의 위로 덕택에 나의 슬픈 감정은 다시 누그러질 수 있었다.

"그래, 그래야지. 이거 받아."

그가 다시 검고 흰 손수건을 건네 주었다.

"이제 기분이 나아졌어?"

"네."

"부탁 한 가지만 들어주겠니? 친구끼리니까 하는 얘긴데, 약속할 수 있어?"

"약속해요."

"좋아, 정말 약속한 거다? 네가 약속을 지킨다면 작은 그림이 들어 있는 사탕을 사 줄게. 모든 아이들이 앨범에 그 그림을 모아 두는 네덜란드 사탕 말이야. 너는 모으지 않니?"

"네, 그걸 살 수 있을 만큼 돈을 가져 본 적이 없어요. 목에 안 좋은 아이스크림을 사 먹고 싶을 때는 차비를 써요. 그리고 집까지 걸어가요."

파이올리가 양손을 모으면서 '이만큼 많이 사 줄게'라고 말했다.

나는 미소를 지었다.

"그러실 필요 없어요, 파이올리. 당신을 위해서라면 뭐든지 다 할 거예요. 선물 같은 건 필요 없어요. 그런데 부탁이 뭐예요?"

버스 정거장을 놓칠까 봐 불안해하는 사람처럼 그의 얼굴에 주저하는 모습이 어른거렸다.

"나에게 독약을 보여 주렴."

난 반발조차 하지 않았다. 망토 주머니에 손을 집어넣었다. 그러자 유리구슬 세 개가 부딪치는 소리가 났다. 독약은 구슬 사이에 있었다. 손바닥에 그것을 올려놓자 빛을 받아 더욱 아름다운 푸른빛을 띠었다.

"여기 있어요."

파이올리가 손가락으로 그걸 집었다.

"예쁘구나, 그치?"

"예쁘지만 무척 슬퍼요. 게다가 위험해요."

그가 내 눈을 깊이 들여다보았다. 예전에는 결코 그런 적이 없었던 것처럼 나를 바라보았다. 그리고 나에게 간청을 했다.

"이걸 나에게 주지 않겠니, 슈쉬?"

 모리스와 나

"이걸 어디다 쓰시게요. 당신은 행복하잖아요. 가슴에 하느님을 갖고 계신다고 말하지 않으셨어요?"

"그랬지. 하지만 사랑스런 내 친구 슈쉬가 죽거나 바보 같은 짓을 하거나, 또 그런 생각을 하는 건 원치 않거든. 네가 이런 걸 주머니에 넣고 다니면 내가 얼마나 걱정할지 짐작이나 해 봤어? 또 너한테 닥칠지 모를 위험을 상상하면 내가 얼마나 걱정이 될지 생각이나 해 봤어?"

"알았어요. 그거 가지세요. 죽고 싶을 땐 다른 방법을 찾죠, 뭐. 괜찮아요."

"그래. 이걸 나에게 주니까 좋구나. 넌 아직 살아갈 날이 많아, 녀석. 그리고 죽는 문제는 하느님의 자비로운 손에 맡겨 두자구."

그가 이긴 것이다.

"그리고 나머지는요, 파이올리?"

"나머지라니, 슈쉬?"

그가 우리의 대화에 너무 도취한 나머지 모든 걸 잊어버리고 있었던 것이다. 그가 자신의 이마를 가볍게 쳤다.

"어이구 하느님, 내 머리 좀 봐!"

그가 행복한 웃음을 터뜨렸다.

"내가 말한 것처럼 기적이 일어났어. 수사님들이 너를 벌하지 않을 뿐만 아니라 교복을 입고 싶은 대로 입어도 된다고 허락하셨어. 이제 거의 7월 말이잖니. 이제는 누구든 자신이 원하는 방식대로 교복을 입어도 돼. 내년 교복에 대해서도 이미 약속들을 하셨어. 새 교복은 네가 말한 것과 같은 형태가 될 거야. 네가 이겼어, 슈쉬. 이제 가 봐. 네가 수업에 늦어도 아마데우 수사님은 아무 말도 하지 않으실 거야. 그것도 이미 얘기해 두었으니까."

나는 머뭇거리다가 일어서서 그의 행복한 모습을 바라보았다.

"슈쉬, 이따금 인생이 얼마나 아름다운 것인지 알지?"

"정말 그래요."

나는 등을 돌리지 않은 채 문까지 걸어갔다. 그가 기뻐하는 모습을 한순간도 놓치고 싶지 않았던 것이다. 문가에 멈췄을 때 그가 나에게 말했다.

"착한 녀석!"

모리스 아저씨 쪽으로 몸을 돌렸다. 그는 다정하게 나를 바라보고 있었다.

"제가 너무 말이 많았죠, 그렇죠, 모리스?"

"아냐, 재미있었어."

"얘기가 지겹지 않을까 걱정했어요."

"조금도 그렇지 않았어. 흠, 내가 만나 본 사람들 중에는 감정이 아주 섬세한 사람들이 드물게 있는데 그 가운데 한 명이 바로 너란다, 알겠니?"

모리스의 그 말이 나를 아주 우쭐하게 만들었다. 내가 그

모리스와 나

의 손목시계를 바라보았다.
 "이야, 멋진데요! 금이에요?"
 "전부 금이야. 줄까지."
 "이 세상에서 이렇게 멋진 건 처음 봐요. 솔직히 지금까지 시계를 많이 보지는 못했지만요. 언젠가 저도 어른이 되면 하나쯤 차고 다닐 거예요."
 "그럼. 너, 지금 이 시계가 뭐라고 말하는지 알아? 어린이들이 눈을 감고 꿈나라로 가야 할 시간이래."
 "아저씨, 아저씨는 꿈을 많이 꿔요?"
 "좀 드물어. 사람들은 커서 어른이 되고 그렇게 인생을 살아가지. 세상사도 항상 변해 가고."
 "그러게 말이에요. 저는 정말 꿈을 많이 꿔요. 그저 베개에 머리를 눕히고 아담이 가르쳐 준 대로 호흡을 고르게 하면 금세 잠들어 버려요."
 "제발 그러길 바란다. 그럼 네가 꿈나라로 갈 채비를 어떻게 하는지 보자꾸나."
 "이렇게요."
내가 베개를 다독거린 다음 거기에 머리를 눕혔다. 모리스 아저씨가 침대보를 당겨 나의 가슴 위까지 덮어 주었다.
 "이제 됐군, '몽쁘띠'. 네가 너무 힘들어하지 않도록 미리 한 가지를 알려 주마. 내가 일주일 동안 여행을 떠나기 때문에 여기 올 수 없을 거야. 하지만 되도록 빨리 돌아올게. 그러니까 다음주 목요일에."

내가 그의 두 손을 꼭 잡았다. 그는 천천히 손을 뺐다. 그리고 나의 머리를 쓰다듬어 주었다.

"모리스 아저씨, '몽쁘띠(Monpti)'가 뭐예요?"

"몽 쁘띠(Mon Petit)를 줄인 말이야. 우리말로 '나의 귀여운 꼬마 녀석'이란 뜻이지."

"알겠어요."

나는 그가 떠나는 걸 보지 않으려고 억지로 눈을 감았다. 그가 나의 아빠가 되는 순간이 점점 다가오고 있었다.

모리스가 내 얼굴에 키스를 하며 부드럽게 말했다.

"잘 자라, 슈쉬. 좋은 꿈 꾸렴, 내 아들."

평화로운 어둠, 평화로운 밤이 내 방에 가득했다. 잠이 마구 쏟아져서 저 멀리서 아득하게 들려오는 다정한 목소리조차 거의 들을 수가 없었다.

"잘 자, 제제."

"안녕, 아담."

# 6. 태양을 뜨겁게

"제제, 이제 그만 해. 제발! 그만 하라구. 이제 곧 열두 살이 될 텐데 달라져야지. 그렇게 울보인데 어떤 교인인들 참을 수 있겠어? 그만 해! 그만 하라고."

"알아, 아담. 하지만 너도 어떤지 봤잖아. 내가 아무리 참아도 항상 눈물이 나는걸."

"그래서? 어쨌든 넌 남자잖아."

"그래, 맞아. 나도 남자야. 하지만 울고 싶다는 마음만 생기면 그냥……."

나는 금세 바보 같은 울보로 변할 참이었다. 그것을 눈치 챈 아담이 작전을 바꾸었다.

"창밖을 봐, 제제. 날씨가 아주 멋지잖아. 하늘이 무척 푸르고 구름은 마치 어린 양 떼들 같아. 모든 것이 네가, 가슴속에서 노래하던 작은 새를 놓아주던 바로 그날 같아."

아담의 말이 옳다는 생각이 들기 시작했다.

"무엇보다 저 태양을 봐, 제제. 하느님의 태양이야. 하느님의 가장 아름다운 꽃. 세상을 따뜻하게 하고 씨앗들을 싹트게 해주는 그 태양이야."

나는 수업 시간에 읽었던 시 한 편을 기억해 냈다. 그 시는 씨앗들을 싹트게 하는 태양에 대한 것이었다. 아담 녀석은 정말 못 말려.

"모든 걸 성숙케 하는 태양. 옥수수가 네 피부색과 같은 색을 띠도록 하고 강물을 투명하게 해주는 태양. 정말 아름답지 않니, 제제?"

"맞아. 나는 해가 나지 않는 날은 싫어. 잠깐 왔다가 가는 비는 멋있어. 하지만 비가 너무 오래 내리면 곰팡이 냄새가 나고 눅눅해서 싫어."

"하느님의 태양이 저렇게 아름다우니 다른 태양은 얼마나 아름다울까?"

나는 깜짝 놀랐다.

"다른 태양이라니, 아담? 나는 그 자체로도 엄청나게 큰, 저 태양만 알고 있는데."

"지금 저것보다 더 큰 다른 태양을 말하고 있는 거야. 모든 사람의 가슴에서 솟아오르는 태양 말이야. 우리들의 희망의 태양. 우리의 꿈을 뜨겁게 달구기 위해 우리가 가슴속에서 달구고 있는 태양 말이야."

나는 감탄했다.

"아담, 너 시인이구나?"

"아냐. 그저 너보다 조금 먼저 내 태양의 중요성을 알았을 뿐이라구."

"'나의' 태양?"

"제제, 네 태양은 슬퍼. 비 대신에 눈물로 가려진 태양. 아직 자신의 모든 능력과 힘을 발견하지 못한 태양. 아직 자신의 모든 삶을 아름답게 만들지 못한 태양. 조금 피곤하고 나약한 태양이지."

"그러면 어떻게 해야 하는데?"

"별것 아니야. 그저 원하기만 하면 돼. 삶의 아름다운 음악들이 들어오도록 마음의 창을 열어야 해. 따뜻한 정이 가득한 순간들을 노래하는 시 말이야."

"내가 연주하는 그런 음악 말이야?"

"꼭 그렇지는 않아. 너의 연주는 안에서 밖으로 나오는, 목적이 없는 음악이야. 그 음악이 네 마음속으로 들어와야 해. 다른 사람들에게 차가운 음악을 들려줄 것이 아니라 너 자신이 먼저 음악으로 마음을 채워야 해."

나는 아담이 하는 모든 말에 연거푸 놀라고 있었다.

"제제, 무엇보다도 넌 삶이 아름답다는 걸 배워야 해. 그리고 우리가 지금 가슴속에 달구고 있는 태양이, 하느님께서 이 모든 아름다운 것들을 더 풍요롭게 하려고 우리에게 내려주신 것임을 깨달아야 해."

"그러니까 내가 울면 그 눈물이 내 태양 빛을 적셔 버린다는 거야?"

"그렇고말고. 내가 여기에 온 이유도 네 태양이 식어 버리지 않게 하기 위해서야. 이해하겠니?"

내가 동의했다.

"그러면 이제 친구로서 약속해. 함께 그 태양을 달구기로! 약속하는 의미로 악수하자."

"네가 내 가슴속에 있는데 어떻게 너랑 악수할 수 있니?"

"전처럼 생각으로 해 봐."

내가 눈을 감고 생각했다. 그러자 내 손바닥에 닿는 그의 따뜻한 손을 느낄 수 있었다.

"아담, 우리 얘기나 할까?"

"그럴 때가 아냐, 제제. 연주에 집중해야지. 학교 갈 때 언덕길에서 얘기하자."

"위험할 것 없어. 이건 눈 감고도 칠 수 있어. 볼래?"

"아니, 제제. 제발 그러지 마. 저 위에서 발자국 소리가 들려. 엄마가 깨셨나 봐. 조금 있으면 내려오실 거야."

"알았어, 네가 원치 않는다면야."

나는 건반을 다시 두드리기 시작했다. 32분 음표, 64분 음표, 8분 음표 그리고 16분 음표. 모리스 아저씨에 대한 그리움 때문에 내 마음속의 스프링 하나가 튕겨 나가 부서졌다. 팅! 그가 돌아오려면 사흘을 더 기다려야 한다. 마음을 조급하게 먹어 봤자 아무 소용이 없을 것이었다. 그는 밤에 도착할 거야······. 나는 밝게 웃었다. 전에도 그가 두 번씩이나 나를 깜짝 놀래며 돌아오지 않았는가?

한번은, 목요일에 몸에 악마가 들어왔는지 기분이 엉망인 상태에서 주엉징뉴를 열었을 때였다. 나는 건반을 몽땅 죽도록 두들겨서 피아노 줄이 스프링과 함께 터져 사방으로 날아가는 걸 보고 싶었다. 그리고 입으로는 펠트 실로 연결되어 건반을 두드리는 데 사용되는 공들을 물어뜯고 싶었다. 피아노 연습을 어떻게 시작해야 할지 도저히 생각이 나지 않는 그런 순간들 중 하나였다. 나의 태양에 불을 붙일 가능성이라고는 전혀 없었다. 나는 정신이 완전히 바닥남을 느끼면서 의자에 앉았다. 손가락들은 마치 쇠막대기처럼 단단했다. 바로 그때 나를 부르는 소리가 들렸다. 나는 몸을 돌렸고, 뛸 듯이 기뻤다.

"잘 있었니, 슈쉬."

"이 시간에 어떻게 왔어요?"

모리스 아저씨가 거실의 푹신한 의자에 앉아 있었다. 그리고 자기 입술에 손가락을 갖다 대고는 조용히 하라고 했다. 나는 아주 낮은 목소리로 말했다.

"왜 왔어요?"

"네게 용기가 필요할 거라고 생각했어."

"오늘은 정말 그래요."

"그런 것 같지 않은데? 나를 위해 피아노를 쳐 봐. 오로지 나를 위해서 말이야."

내가 그의 말대로 했다. 그러자 모든 게 변했다. 너무나 심취해 있어서 위층에서 내려오신 엄마의 목소리도 듣지 못했다. 그녀가 그렇게 할 때는 내 진도를 보고 자신이 만족하기 위함이었다.

"그렇게 하니까 마음에 드는구나. 억지로 하지 않고 좋아서 열심히 하니까 말이야."

나는 엄마가 모리스 아저씨의 무릎에 앉을까 봐 조마조마했다. 다행히 그녀는 다른 의자에 앉았다.

두 번째는 모리스 아저씨가 학교의 교실 문에 턱하니 나타나서 인사를 한 뒤 밀짚모자를 벗고 나에게 안부를 물은 것이다. 환한 미소가 내 마음속의 태양만큼이나 밝았다.

갑자기 모리스 아저씨의 모습이 먼 옛날의 어떤 모습으로 바뀌었다. 그 모습 속에서 나는 공립학교에 다니던 내 모습을 떠올렸고, 작별 인사를 하는 뽀르뚜가를 보았다. 내가 슬픔에 잠기려는 순간 아담이 나를 일깨웠다.

"제제, 제제. 저 태양 좀 봐!"

그가 옳았다. 나는 결코 뽀르뚜가를 다시 만날 수 없을 것이다. 절대로. 두 번 다시는. 그놈의 못된 기차가 그분을 죽였으니까.

"잊어버려, 제제. 모리스 씨를 생각해. 그가 더 낫잖아."

사실 그랬다. 모리스 아저씨는 결코 죽지 않을 것이다. 그가 그렇게 약속했었다. 기차도, 비행기도, 배도, 군함도, 말의 뒷발차기도 없는 세계에 사니까……. 그에게 해를 끼칠 만한 것은 아무것도 없다. 하지만 모리스 아저씨는 멀리 있었고 그가 돌아오려면 3일이나 더 기다려야 했다.

"아담, 이제 얘기해도 돼?"

"엄마는 어떻게 하고?"

"엄마는 조금 더 계실 거야. 하지만 지금 연주하는 곡은 식은 죽 먹기야."

"그토록 얘기하고 싶은 게 도대체 뭐야?"

"이번에 오신 키 크고 마른 수사님이 마음에 들어?"

"앙브로지우 수사님?"

"응, 그분 말이야. 너, 그분의 문학 수업이 별로였니?"

"솔직히 말하면 말이야, 제제. 네가 너무 재미있어하고 관심을 보여서 그 참에 실컷 졸았어."

"어떻게 그럴 수가……. 아담, 그분은 정말 괜찮은 사람이야. 내년에 우리 반 담임선생님이 될 거라고 하셨어. 그분 말은 전부 특별해. 그리고 그분은 우리의 실력을 끌어올리겠다고 약속하셨어."

"뭘 끌어올린다고?"

"실력 말이야. 그분이 그렇게 말씀하시고 나서 설명해 주셨어. 만일 네가 졸지 않았더라면 무슨 뜻인지 알았을 텐데. 실력은 머리랑 똑같은 거야."

"알겠어. 하지만 너도 오늘 미사 시간에 자지 않았어?"

"아하, 내가? 난 그때 정신이 말똥말똥했어. 내가 들은 미사 가운데 가장 재미있었거든."

"그렇다면 사실이겠지."

"아마 네가 봤어도 그랬을 거야."

그 장면은 아직도 기억에 생생했다. 벽에 붙어 있던 작은 명패에는 성 요셉을 찬미하는 찬송가 214번이 새겨져 있었다. 우리는 교회 성가대에서 찬송가를 부르기 시작했는데 주제 수사님의 우렁찬 목소리를 중심으로 아마데우 수사님의 하모니를 잘 따라가고 있었다.

나소서, 나소서, 천상의 메신저여
열심히 요셉에게로 날아가 영면하실
주 예수 그리스도의 마지막 고통을 덜도록 기도하소서
영면하실 주 예수 그리스도의 마지막 고통을

그 다음, 다른 소절을 노래했다가 후렴을 반복했다.

"그런데 주제 수사님이 완전히 잠에 곯아떨어져서 머리를 한없이 꾸벅이시는 거야. 어느 누구도 그를 깨울 용기가 없었어. 다른 수사님들조차도. 보통 때 같으면 당연히 깨웠어야 하는데 말이지. 하지만 그러지 않더군. 복음의 종소리가 울리자 모두가 노래를 멈추었어. 그리고 기도를 하려고 모두 무릎을 꿇기 시작했는데 주제 수사님이 그제야 깜짝 놀라 잠에서 깨셨어. 그리고는 혼자서 그 우렁찬 목소리를 내셨어."

나소서, 나소서, 천상의 메신져여
열심히 요셉에게로 날아가

한바탕 난리가 났다. 사방에서 폭소가 터져 나왔던 것이다. 앙브로지우 수사님과 마누엘 수사님이 학생들이 앉아 있던 좌석의 양옆을 왔다 갔다 하며 그 난리를 수습해 보려고 애를 썼다. 그럼에도 불구하고 몇몇 학생들은 웃음을 참지 못했다. 나는 주아낑 수사님의 표현대로 겨우 웃음을 참았다. 주제 수사님의 얼굴은 홍당무처럼 새빨개졌다.

"아담, 넌 파이올리 수사님이 웃었을 거라고 생각하니?"
"절대 그러지 않았을 거야."
"속으로도?"
"그럼. 그 수사님은 천사야."

"그렇게 뚱뚱한 사람이? 그런 천사는 본 적이 없어."
"다른 의미로 말하는 거야."
"넌 말을 너무 어렵게 해."
나는 잠시 동안 파이올리 수사님이 아주 큰 금색 날개를 달고 양손을 가슴에 모은 채 성모 마리아의 출현을 선언하는 모습을 상상해 보았다. '아니지. 아니야. 말도 안 되는 소리야.'
바로 그날 오후에 나는 파이올리 수사님을 찾아갔다. 몇 가지 알고 싶은 게 있어서였다. 하지만 주목적은 그가 속으로 웃었는지를 알아보려는 것이었다. 내가 그걸 물었을 때 그가 다정하게 나를 바라보았다.
"진짜 웃지 않았어요, 파이올리?"
"무슨 생각으로 묻는 거야, 슈쉬?"
"하지만 웃기지 않았어요?"
"그건 동의해."
"정말 속으로도 웃지 않았어요?"
"그럴 수가 없었어, 슈쉬. 그분은 늙으셨어. 그 사건은 그에게 굉장히 힘들고 창피한 일이었어. 그렇게 생각지 않아? 그걸 느끼기에 넌 아직 너무 어려."
의심의 여지가 없는 말이었다. 항상 그랬듯이 아담이 옳았다. 파이올리는 천사였다. 난 그를 한참 동안 쳐다보았다. 그리고 그의 등에 큰 날개가 달린 것을 상상해 보려고 애썼다.
"왜 그렇게 날 쳐다보는 거야?"

"아무것도 아니에요. 파이올리, 혹시 이거 아세요?"

"뭘?"

"천사가 어떻게 날아요?"

그가 미소를 지었다.

"또 네 상상력이 도졌구나."

"저는 진지하다구요. 알고 싶어요. 우리는 날개를 접고 꼼짝도 않는 천사만 보잖아요. 방금 전까지 날았다가 막 도착한 것처럼 언제나 팔을 가슴에 포갠 모습이요. 그들도 제비나 참새처럼 날갯짓을 할까요?"

파이올리가 굽슬굽슬한 붉은 머리카락을 긁적거렸다. 난 그가 항상 그런 머리를 하지 않는 게 안타까웠다. 그는 머리카락이 조금만 길어도 이발사를 불러 앞부분만 몇 가닥 남긴 채 나머지는 모두 대머리처럼 밀어 버렸다.

"제제, 솔직히 말하면 말이야. 나도 잘 모르겠어. 그리고 그것에 대해서는 한 번도 생각해 본 적이 없어. 천사들은 자기가 나는 모습을 누군가에게 보이는 걸 싫어하는 게 틀림없어. 아니면 어두울 때만 날아다녀서 사람들이 볼 수 없었던 건지도 몰라."

그의 설명이 내 궁금증을 크게 해소하지는 못했다. 하지만 파이올리 수사님이 대답하느라 애쓰는 모습을 보면서 그의 말에 동의하기로 했다.

"자, 그러면 이젠?"

"남자 대 남자로 말해도 돼요?"

"슈쉬. 제발 내 머리를 복잡하게 만들지 마."

"이상한 말을 한 가지 들었어요."

"뭔데?"

"잘은 모르겠지만 정확히 알고 싶어요."

"좋아, 말해 봐."

"지금 질문할 것은 벌써 두 번이나 들은 건데요. 먼저 수사님을 통해서……."

내가 그의 귀에 대고 이름을 살짝 불렀다.

"그리고 그 다음에 모리스 아저씨가 무척 화를 냈던 말인데요."

"뭔데? 얼른 털어놔 봐."

"좋아요. 하지만 당신이 허락한 거예요. 엠(M)이 무슨 뜻이에요? 이엠이(E-M-E)라고 쓰는 건가요?"

그가 터져 나오는 웃음을 참으려는 듯 손으로 자신의 입을 막았다.

"정말 알고 싶어, 슈쉬?"

"저야 뭐든지 알면 좋지요 뭐."

"좋아. 엠(M)은 똥이라는 뜻의 메르드(Merde)에서 나온 거란다."

"우리말이랑 똑같네.● 하지만 프랑스 어에서는 맨 끝에 이(e)가 오잖아요?"

"그렇단다."
"정말 웃겨요!"
"뭐가 우습다는 거야?"
"프랑스 어는 참 멋져요. 마치 장갑 낀 암고양이 이름 같아요. 이제 알겠어요."
"너, 그걸 다른 사람들 앞에서 말하면 안 돼."
"진짜 말하지 않을 거예요. 집에서 혼자 아침을 먹을 때 창을 통해 담을 보는데, 비쩍 마른 고양이 두 마리가 항상 나타나요. 한 마리는 뜨개질하며 사시는 영국 할머니 이름을 따서 '미스 소니아'라고 부르고요, 다른 놈은 노아의 방주를 기념해서 대홍수라는 뜻의 '질루비아'라는 이름을 붙였어요. 전 정말 목숨을 걸고라도 노아의 방주를 타고 여행하고 싶어요. 그런데 어제는 다른 고양이 한 마리가 또 나타났어요. 그 암고양이는 마치 장갑을 낀 듯 아주 귀엽게 걸어다녀요. 그 고양이에게 그 이름을 붙일 거예요."

파이올리가 더는 참을 수 없었던지 결국 웃음을 터뜨리고 말았다.

"난 그런 네가 좋아, 슈쉬. 무엇이든 꾸며대며 돌아다니는 개구쟁이 녀석. 과거의 슬픔이 사라진, 그런 네가 좋아."
"아담이 온 다음부터 밝은 태양이 항상 제 마음속에 자리

●포르투갈 어로 똥은 메르다(Merda)

잡고 있어요."

"그거 잘됐구나. 하지만 슈쉬, 어떻게 그 고양이들이 암컷인 줄 알았니?"

파이올리가 장난기 어린 모습으로 내가 바보 같은 대답을 하도록 쿡쿡 찔러댔다.

"아주 간단해요. 저희 집에서 일하는 다다다가 그러는데 암고양이들은 세 가지의 색깔만 가지고 있대요. 다다다는 그걸 오지에서 배웠대요."

"그것 봐. 한 가지 더 배웠군. 그렇게 살면서 배우는 거야."

내 가슴 한쪽에서 뭔가가 쿡 찌르는 듯한 느낌이 들었다. 아담의 걱정스런 목소리가 들렸다.

"그만 해, 제제. 그만 꿈 깨. 네 엄마가 방금 막 계단을 내려오셨어."

"오 하느님, 이번엔 또 뭘까? 난 똑바로 공부했는데. 위에서 사전에 경고 신호도 주지 않고는……."

"잠깐 멈춰 봐."

내가 손을 멈추고 몸을 돌렸다. 엄마가 모리스의 의자에 앉았다. 그게 나를 불편하게 했다.

"내 앞으로 와서 앉아라."

엄마가 돌돌 만 종이 한 장을 손에 들고 있었다. 전에는 한 번도 본 적이 없는 슬픈 표정이 눈가에 서려 있었다. 엄마가 단도직입적으로 말을 꺼냈다.

"아빠가 아파서 수술을 받을 거라는 거 알고 있었니?"

내가 어떻게 알 수 있을까. 아빠는 항상 얼굴에 생기가 돌 정도로 튼튼했다. 하지만 솔직히 말하면 묘한 열이 날 때가 종종 있긴 했다. 체온이 40도까지 올라간 적도 있었지만 다음날이면 아무 일도 없었던 것처럼 샤워를 하곤 했다. 난 아무것도 몰랐다는 표시로 고개를 저었다.

"어쨌든 수술을 받으실 게다. 그래서 우리가 히우지자네이루에서 두 달을 보내게 될 거야."

'왜 엄마가 그런 말을 내게 하는 거지? 아침도 먹기 전에 말이야.'

"이걸 좀 봐라."

엄마가 그 종이를 펴 보였다.

"읽어 봐라. 관심이 있을 거야."

종이에는 꼬불꼬불한 글씨로 다음과 같이 써 있었다.

쇼팽의 왈츠 제10번, 왈츠 제7번 작품 64, 야상곡 제2번 작품 9.

"그게 뭔지 알겠니?"

"알아요."

"마리아 다 뻰냐 사모님이 나더러 히우에서 가져다 달라고 한 거다. 그분은 까를루스 고미스 극장에서 자기 학생들의 독주회를 열 예정이다. 그때 네가 그 독주회의 첫 연주자가 될 거야. 그리고 꽁세르바또리우 학교의 4학년 승급 시험을 볼 수 있을 때까지 네가 좀더 열심히 연습하길 바란다고 말씀하셨다."

나는 무슨 일인지 얼른 짐작이 가지 않았다.

"우리가 히우지자네이루로 여행을 가게 되면 넌 성 안토니오 학교 기숙사에 있게 될 거다."

나는 뛸 듯이 기뻤다. 야호!

"그리고 두 달 동안 너의 연주를 감독할 사람이 없게 돼."

"어떻게 하죠? 학교 분위기가 난장판인데 그 속에서 어떻게 피아노 연습을 해요. 온 사방에서 애들이 떠들고 장난치는데……. 게다가 피아노도 멍텅구리고. 그 피아노는 낡은 데다가 조율도 안 돼 있어요. 먼지투성인 데다가 제멋대로인 걸요."

"그런 말 해 봤자 소용없다. 어쩔 수 없는 일이니까. 그건 그렇고 네게 아주 중요한 것 한 가지만 묻겠다. 네 인생에 아주 중요한 얘기다."

엄마가 마치 내 대답을 이미 알고 있기라도 한 것처럼 침착한 눈으로 내 얼굴을 바라보았다.

"너, 피아노 공부를 계속하고 싶니 안 하고 싶니?"

아담이 나를 예리하게 쿡 찔렀다.

"어서 아니라고 해, 이 바보야. 너, 이 순간을 얼마나 기다렸냐?"

"그래, 안 그래?"

마치 입술이 돌로 만들어진 듯 나의 대답은 메마르고 거칠었다.

"안 하고 싶어요."

그녀가 내 손에서 종이를 뺏어 갔다.

"좋아. 네가 결정한 거야. 다음 수업까지만 공부하려무나. 그리고 이걸 네 선생님께 돌려드리도록 해. 안됐구나!"

그리고 나서 한바탕 폭풍우가 몰아쳤다. 나에게 소리를 지르거나 심하게 말한 것은 아니었다. 엄마는 바로 자기 자신에게 말하고 있는 것 같았다.

"네가 그 피아노 덮개를 닫으면 두 번 다시 열지 못할 거다. 알겠니? 두 번 다시는. 또 네가 그림을 그리도록 연필을 준다든가 잉크를 주는 일도 절대 없을 거다. 피아노와 관련된 건 모두 금지될 거야. 단지 학교 수업에 필요한 것만 빼고. 히우지자네이루에서 예쁜 수채화 물감도 가져오고 네가 수집 활동을 시작하도록 우표나 다른 것들도 잔뜩 가져올 생각이었는데. 이제 그런 건 절대 없을 거다."

엄마가 그 종이를 쥐고 일어섰다.

"네가 결정한 거야. 이제 피아노를 덮고 밥 먹으러 가. 학교에 늦겠다. 꾸물대지 마."

그리고는 등을 돌리고 나갔다

"내 안에서 뭐가 터진 거지, 아담?"

"몰라. 이미 마음을 먹었으니 물러나지 마. 이제 넌 나무에

도 올라갈 수 있고 운동뿐만 아니라 다른 것들도 할 수 있게
됐어. 정말 잘됐지?"

"그래."

난 확신을 하지 못한 채 엄마에게 그렇게 말했다. 하지만
한 가지는 분명했다. 물러서지 않겠다는 것.

나는 전과 달리 아주 조심스럽게 주엉징뉴의 건반 위에 녹
색 펠트 천을 덮었다. 그리고 금색으로 쓰인 그의 이름을 바
라보았다. 로니쉬. 뚜껑을 닫고 나서 아무 생각 없이 방을 나
섰다. 마치 친구를 배신한 것처럼 죄책감을 느끼며……

# 7. 주영징뉴와의 이별

"이제 사흘만 더 피아노 공부를 하면 돼, 아담. 그리고 수업을 한 번만 더 하면 마리아 다 빵냐 선생님과도 작별이야."

"그분이 섭섭해할까?"

"그렇진 않을 거야. 내가 그만두고 싶다고 얼마나 자주 얘기했는데……. 정말 불평 많이 했어. 내가 마지못해 공부했던 거니까 그분도 시원하실 거야."

"한 가지만큼은 확실히 해야 돼. 그만두겠다고 분명히 말했으니까 된 거야. 절대 후퇴하거나 다른 사람들 말에 흔들려선 안 돼. 왜냐하면 제제, 이게 마지막 기회라구. 지금 그만두지 않으면 영원히 그만둘 수 없을 거야. 리스트처럼●

●리스트는 헝가리 태생의 피아니스트

백발 노인이 되어 죽을 때까지 피아노만 치다가 끝날 거야."

"물러서지 않겠어."

"네 엄마가 약속을 지킬 거라는 걸 확실히 알아야 돼. 두 번 다시 피아노 건반에 손대지 마."

"내가 건반에 손대고 싶어할 거라고 생각해? 미사랑 똑같아. 그렇게 강제로 미사에 참석시키니까 커서는 교회 근처에 얼씬도 하기 싫은 거야. 그런데 기숙생이 되면 싫든 좋든 도망을 못 가."

"더 이상 기도도 하지 않을 거야?"

"그건 달라. 기도는 하느님과 대화를 하는 거야. 재미있게, 길고 천천히 하는 대화야. 하느님께는 누워서 기도해도 돼. 그분이 좋아하시거든. 아담, 이제부터 입 다물고 연습할 거야. 이 부분은 정말 힘들어. 왼손에 집중을 많이 해야 한다구."

하지만 연습이 끝나자 나는 다시 아담과 잡담을 시작했다.

"오늘 그분이 돌아오실 거야."

"모리스 씨가?"

"물론이지, 바보. 아저씨 말고 누가 있어? 밤에 오시기를 목이 빠지게 기다리고 있다고."

하지만 나는 바닥이 꺼져라 한숨을 내쉬었다.

"뭐야, 제제. 갑자기 더 보고 싶어졌어?"

"저녁식사를 생각하고 있었어."

"그렇겠지. 너, 착하고 교양 있고 귀엽게 굴어야 돼."

"작가라……. 그분은 어떤 분일까?"

"나도 잘 몰라. 포르투갈 사람이고 히우지자네이루에 살며 『악마의 먼지』라는 책을 써서 팔고 있다는 것 정도야."

"좋은 분일까?"

"그분의 책을 읽어 본 사람이 있을까?"

"아빠는 읽었을 거야. 하지만 그 책을 숨겨 버렸어. 애들이 볼 책이 아니라면서 꼭꼭 숨기셨어. 수요일에 수업이 없으니까 샅샅이 뒤져서 몰래 읽어 볼 거야."

"제제, 너 미쳤구나."

"의학서적들도 그렇게 읽었으니까."

"의학서적은 또 뭐야?"

"위층 책장에 있는 것들 말이야. 그 책장에는 책들이 꽉 차 있어. 내가 숨어서 그 책들을 하나씩 읽은 거 몰라?"

"모르겠는데."

"언젠가 일요일에 아빠가 책장 가까이에 앉아서 책을 뒤적이고 계셨어. 왜 그랬는지 내가 가까이 지나갔지. 아빠가 안경을 벗으시더니 나를 부르셨어. 나를 뚫어져라 바라보시더니 진지한 목소리로 말씀하셨어."

"이 책들 보여?"

아빠가 집게손가락으로 책장 전체를 가리켰다.

"좋아. 아빠는 네가 저 책들에 손가락 하나 대지 않기를 바란다. 알았니?"

나는 고개를 끄덕이고는 호기심에 가득 차서 그 자리를 나왔다. 저 책들이 어떤 내용이기에 내가 봐서는 안 된다는 걸까?

"그런데 아담, 난 그때까지 그 책들에 대해선 생각해 본 적도 없었어. 그래서 곰곰이 생각하고, 또 생각하다 보니까 악마가 나를 부추기는 거야. '이 멍텅구리, 가서 봐. 수요일마다 엄마는 자선회 부인들의 모임에 가고 넌 다다다와 단둘이 남잖아. 무슨 말인지 알아? 아무도 모를 거야.'"

"그래서?"

"별거 없었어. 첫번째 수요일에는 그 책들을 보려고 별 짓을 다했어. 수요일마다 그런 식으로 책들을 훔쳐봤지. 금지된 일을 하는 게 얼마나 재미있는지 너도 알잖아. 하지만 별로 볼 게 없었어."

"볼 만한 것도 없었는데 왜 수요일마다 계속 그랬어?"

"왜냐하면 전부 보고 싶었거든. 하나씩 하나씩 자세히 말이야. 벌거벗은 남녀의 모습 같은 걸 기대했는데 상처에, 시체 토막, 종양, 시뻘건 핏덩어리, 큰 상처, 부러진 다리, 뒤틀린 팔 같은 것뿐이었어. 소름이 끼칠 정도로 무시무시했어."

"그래서 네가 얻은 게 뭔데?"

"아무것도 없었어. 그런데 식탁에 피가 가득하고 반만 구운 고기 덩어리가 올라오면 속이 뒤집히는 것 같아서 아주 혼났어."

"아빠가 눈치 챘어?"

"아무런 눈치도 못 채셨어. 어른들은 종종 바보 같아. 내가 책의 위치를 잘 표시해서 위치를 바꾸지 않으려고 무척 조심했거든."

나는 책들을 뒤적였다. 그리고 다른 공부를 시작했다. 그런 와중에도 난 꾸루루 두꺼비와 다시 대화를 시작했다.

"아담, 내가 어제 뭘 발견했는지 알아?"

"네가 말하지 않았는데 내가 어떻게 알겠어?"

"피아노를 그만두면 훨씬 일찍 집에 돌아올 수 있어. 비지아두스 학교에서 공부할 필요가 없으니까. 이제부턴 집에서 공부하고, 놀 시간도 생길 거야. 진짜 재미있게 놀 거야. 망고나무에도 올라가고 사포딜라에도● 올라가고 이웃집 구아버 열매도 훔칠 거야. 난 어릴때부터 구아버를 훔치고 싶어서 안달했었어. 그래서 그런 데는 도가 텄거든. 그리고 또 있어. 아빠가 종종 까스꾸징뉴 아저씨 집에 들러서 책을 빌려오라고 하시는데, 어느 날 까스꾸징뉴 아저씨가 나더러 책 읽기를 좋아하냐고 물었어. 그리고 나만 '괜찮다면' 몰래 볼 수 있게 모험담 책을 몇 권 빌려 주겠다는 거야."

"이젠 어떻게 할 거야?"

"옛날처럼 계속할 거야. 집에서 공부할 땐 언제든지 부엌

---

● 사포딜라는 껍질에서 나오는 치클이 껌의 재료로 쓰여서 추잉검나무라고도 부른다. 열매가 달고 향기가 좋다.

식탁에서 할 거야. 너 혹시 식탁 밑으로 손을 넣어 봤어?"

"무슨 소리야, 제제. 난 그렇게 해 본 적 없어."

"그것 봐. 그 식탁 밑에는 식탁을 넓힐 때 들어 올릴 수 있는 판이 두 개 있는데, 선반 같아. 거기다 뭐든 숨길 수 있어. 그걸 잘 활용하면 돼. 계단에서 발자국 소리가 나면 읽던 책을 식탁 밑의 판 위에 놓고 밀어 넣는 거야. 그리고 공부할 책을 펼쳐 놓은 판을 당기는 거야. 그러면 아무도 모를 거야."

"그거 정말 환상적인데, 제제. 좋은 아이디어야."

"아담, 그리고 이 집에는 아주 묘한 것들을 숨겨 두는 비밀 장소가 있어."

"그게 어딘데?"

"아직 나랑 산 지 얼마 안 됐으니까 알 수 없겠지. 어떤 잡지는 페이지가 찢겨져 있기도 한데 그걸 볼 때마다 항상 이상하다고 생각했어. 분명히 애들이 봐서는 안 되는 그런 것이었을 거야. 샅샅이 뒤진 끝에 그걸 찾아냈어. 저 회전 책장에 그런 것들을 넣어 두는 장소가 있어. 밀로의 비너스도 그렇게 찾아냈어. 아주 뚱뚱하고 키가 큰 여자인데 양팔이 없어. 그리고 그건 다 내놓고 있어."

내가 말하는 대신 가슴을 가리켰다.

"난 거기서 내가 볼 수 없는 모든 걸 찾아내."

난 안도의 한숨을 내쉬었다. 왜냐하면 시계가 7시 30분을 알리고 있었기 때문이다. 엄마는 나를 곧장 학교로 보낼 것이다. 빨라시우 광장에서는 따르시지우가 아주 멋지고 유행에 맞는 교복을 입고 기다리고 있을 것이다. 딱 달라붙는 내 짧은 바지와는 다른 나팔바지를 입은 채……. 엄마는 내 바지를 다른 애들의 바지처럼 멋지게 해주는 게 어려웠던 걸까? 빠따찌바 아주머니 자매나 떼넨찌 도비꾸가 내 교복을 재단하는 게 도대체 얼마나 비쌌기에 그러셨을까? 하지만 그게 아니었다. 거기에는 사악한 의도가 숨어 있었다. 세이싸웅의 여동생인 벨리자 아주머니가 유행이 지난 흉측한 옷을 만들어 모두가 나를 놀리고 흉보게 하려 했던 것이다.

"얘는 숲 속의 짐승같이 겁이 많아요. 낯선 사람들을 보면 재빨리 자기 방으로 돌아가려 하죠."

그런 식으로 엄마는 참을성 없는 내 성격을 사람들한테 설명했다. 그날의 지긋지긋한 저녁식사도 한없이 늘어지고 있었다. 하나도 알아들을 수 없는 지겨운 대화였다. 오로지 어떤 소설에 대해서만 얘기하고 있었다. 하지만 부분 부분 조금씩 뚝뚝 끊어 가며 얘기를 했고, 재미있을 만한 순간에는 멈춰 버리곤 했다. 나는 모두에게 겨우 밤 인사를 하고 내 방으로 돌아왔다. 내 방문이 등 뒤에서 닫히는 걸 느끼고 나서야 비로소 안도의 한숨을 내쉬었다.

모리스 아저씨가 거기 있었다. 온몸에서 빛을 발하고 있었다. 머리에서도, 미소에서도, 멋진 나비 넥타이에서도 환한 빛이 났다. 그가 자리에서 일어나 내 양팔을 잡았다. 내가 그를 힘차게 포옹하자 그가 말했다.

"조심해, 몽쁘띠. 나를 의자에 넘어뜨리겠구나."

"아! 모리스 아저씨, 모리스 아저씨. 얼마나 보고 싶었는지 몰라요. 이번 주가 영원히 지나가지 않을 것 같았어요. 정말 할 얘기가 많아요. 새로운 일들이 정말 많아요."

"어디 얼굴 한번 보자꾸나."

내가 그의 말을 따라 뒤로 물러섰다.

"좋아 보이는군, 좋아 보여. 하지만 혈색은 좋아도 언제나 마르고 허약해 보여. 무슨 수를 찾아봐야겠구나."

그가 다시 의자로 돌아갔고 나는 침대 위에 앉아 그를 마주 보았다.

"모리스 아저씨, 우선 한 가지 여쭤 볼 게 있어요. 3일 전부터 우리 식구들이 매일 얘기하고 있는 책에 나오는 거예요. 오늘 그 책을 쓴 분이랑 같이 저녁을 먹어서 방으로 늦게 돌아왔어요."

"뭘까?"

나는 총알처럼 재빨리 질문을 던졌다.

"코카인이 뭐예요?"

아저씨 눈이 휘둥그레졌다.

"뭐라구?"

"코카인 말이에요. 어제 파이올리에게 물어봤는데 말을 자꾸 돌리더니 내가 열다섯 살이 되면 알 수 있을 거래요."

모리스 아저씨는 나의 금빛 앞머리를 가지런히 매만졌다.

"음, 나는 그렇게까지 엄하게 하고 싶지 않구나. 난 거기서 조금만 더 빼서 네가 열네 살 반이 되면 얘기해 주마. 그 전에 알게 되더라도 득이 될 게 전혀 없거든. 왜냐하면 전혀 중요하지 않은 거니까. 게다가 네가 할 말이라고 한, 많은 흥밋거리에 비하면 아무것도 아냐."

"정말 할 얘기가 많아요. 그런데 촬영이 많았어요?"

"많았어."

"사랑하는 장면들요?"

그가 둘째손가락으로 나를 가리키는 모습이 아주 매력적이었기에 나는 미소를 지었다.

"몽쁘띠, 몽쁘띠! 노천 카페에서 노래하는 장면을 많이 찍었지. 요즘 내가 찍는 영화는 이미 계약이 된 거라서 어쩔 수 없이 하는 거야. 좀더 흥미로운 영화 섭외가 들어올 때까지 그냥 찍는 건데 웃기는 영화야."

모리스 아저씨는 내가 늘 좋아하는 그 눈길로 나를 바라보았다.

"그래, 새로운 것이란 게 뭐냐?"

"모리스 아저씨, 저의 날이 다가오고 있어요."

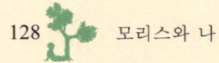

"설마, 다시 죽을 거라는 얘기는 아니겠지? 하하, 슈쉬. 그런 시기는 벌써 지났잖아."

"아니에요. 누가 죽는 게 아니라구요. 제가 피아노를 그만두고 다시 사람이 될 거라는 얘기예요."

나는 그에게 아주 자세히 설명을 했고, 그는 귀기울여 들었다. 내 얘기가 끝나자 그는 약간 걱정스런 얼굴이었다.

"너, 그 결정에 정말 만족하니?"

"그렇다고 믿어요, 아저씨. 모든 게 아주 분명했어요."

"그렇다면 우리가 첫번째 적과의 싸움에서 승리한 거로구나."

난 깜짝 놀랐다.

"또 다른 적이 있어요?"

"아마도 더 중요한 것일 수 있어. 이리 와 봐."

나는 푹신한 의자의 팔걸이에 앉았다. 그러자 그가 나를 당겨 가슴에 안더니 내 얼굴을 자신의 머리에 기대게 했다. 아빠에게서 이런 모습을 얼마나 바랐는지 모른다. 아저씨가 내 턱을 잡았다. 그의 손가락이 무척이나 부드러웠다. 그 다음, 그의 손이 내 목에서 멈췄다. 그리고 그는 다정한 목소리로 말을 꺼냈다. 그의 목소리가 어찌나 다정했던지 내가 아직 울보였다면 아마 큰 소리로 엉엉 울었을 것이다. 하지만 나는 울음을 참았고 눈시울이 젖는 것만을 느꼈다.

"몽쁘띠. 너의 가장 큰 적은 여기에 있어."

"목구멍이요?"

"그래. 가능하면 빨리 그 편도선을 없애야 돼."

난 수술을 해야 한다는 말이 절망스러워서 괜스레 칭얼거렸다.

"아이, 아저씨. 그건 제가 악마 다음으로 가장 무서워하는 거란 말이에요."

"그 단계가 지나면 넌 용감해질 거다. 두려움을 이길 줄 아는 남자가 되는 거지. 넌 두꺼비도 엄청 무서워했잖아."

"그랬어요."

"그치만 이제 너의 가장 훌륭한 충고자는 네 심장 속에 살고 있는 그 두꺼비잖아."

"아담은 정말 멋진 친구예요."

우리는 입을 다물었다. 나는 난생 처음 느끼는 그 다정스러운 분위기를 깨고 싶지 않았다. 삼십 분만이라도 이렇게 있을 수 있다면 편도선 수술을 백오십 번이라도 받을 수 있을 것 같았다.

"자, 몽쁘띠."

"아저씨, 정말 그랬으면 좋겠어요?"

"녀석, 다 널 위한 거야."

그의 손이 다시 나의 부드러운 금빛 머리카락을 쓰다듬기 시작했다.

"항상 목이 부어 있으면 좋지 않지. 너, 아이스크림 안 좋

모리스와 나

아하니?"

"미칠 정도로 좋아해요."

"편도선만 없으면 큼직한 아이스크림도 먹을 수 있을 거야. 또 감기 걱정할 필요 없이 바닷물에 오래 들어가 있을 수도 있고. 목에서 생기는 고름이 콩팥으로 간 다음 위로 내려가게 되면 나중에 그 기관들이 아파서 고생을 하게 돼."

맙소사, 이거 정말 요상하네. 모리스 아저씨가 의사선생님이 하셨던 말을 똑같이 반복하다니. 차이가 있다면 그가 의사보다도 더 친근하게, 겁을 덜 주면서 얘기했다는 것이다.

"아저씨는 하울 페르난지스 의사선생님의 친구예요?"

"그런 이름은 들어 본 적 없는데."

"아저씨가 그분과 똑같은 말을 하다니 정말 재밌어요."

"그런 것쯤은 누구나 알고 있단다. 의사나 의사의 친구가 아니어도 말이야. 네 생각은 어때?"

"목 수술을 하려고 했던 적이 한 번 있었는데 저에게는 정말 큰 실패작이었어요."

"언제였니?"

"2년이 넘어요."

"그래, 그건 이미 오래 전 얘기야. 내가 왜 수술을 하라고 하는지 아니, 슈쉬?"

"대충은요. 그런데 앞으로는 저를 몽쁘띠라고만 부르시면 안 될까요?"

아저씨가 웃으셨다.

"이제부터 너를 갓난아기라고 부르마. 자, 몽쁘띠. 네가 그 더럽고 귀찮은 편도선에서 벗어날 때쯤이면 네 인생에서 새로운 시기가 시작되고 있음을 알게 될 거야. 먼저 너는 키가 쑥쑥 크고, 튼튼한 근육질의 사나이로 변할 거야. 하도 수영을 많이 해서 가슴이 육체미 선수처럼 불룩 나올 거야."

"나를 꼬마라고 괴롭히던 자식들의 얼굴을 박살 낼 수도 있을까요?"

"물론이지. 네가 말한 그 녀석들 모두."

두려움이 다시 나의 결심을 흔들기 시작했다.

"지금은 불가능해요. 왜냐하면 '그 사람들'이 히우지자네이루로 여행을 계획하고 있어서 8일 안에 떠날 거예요."

"얘기를 딴 데로 돌리지 마. 조금 더 기다리면 되잖니. 넌 그동안에 용기를 더 키우면 돼. 그렇지?"

"당신이 원하면 할 거예요. 하지만 아저씨 생각에 맞추기가 쉽진 않을 거예요. 아주 좋아할 사람은 파이올리예요."

"우리 모두가 좋아할 거야. 네 친구인 파이올리, 아담, 그리고 나……."

"모리스 아저씨, 아저씨는 제가 가슴속에 꾸루루 두꺼비를 가질 수 있다고 정말 믿고 있잖아요. 그런데 좀 이상하다고 생각하진 않으세요?"

"왜? 우리는 세상을 살면서 수만 가지 일들을 믿잖니. 게

다가 너는 모든 꿈들이 실제처럼 존재하는 나이니까."

그가 손을 들어 시계를 보았다. 어른들은 항상 시간을 훔쳐보는 광적인 버릇이 있다니까. 게다가 분위기가 아주 좋을 땐 더 그래.

모리스 아저씨가 나의 생각을 알아챘다.

"알아, 몽쁘띠. 하지만 난 일주일 내내 정말 힘들었어. 이해하겠니?"

내가 몸을 일으키기 시작했다. 그도 역시.

난 벌써 침대로 향하고 있었다.

"오늘은 옷을 입고 신발도 그대로 신은 채 잘 거니?"

우리 둘이 한바탕 웃었다. 나는 재빨리 신발과 옷을 벗기 시작했다. 그가 베개 밑에서 잠옷을 꺼내 주었다. 바지를 먼저 입고, 그 다음에 웃옷을 입었다. 모리스 아저씨가 웃옷 단추를 채워 주기 시작했다. 나는 더 자라고 싶지 않았다. 모리스 아저씨를 내 마음 가까이 두고 싶고, 잠옷 단추도 무진장 많이 달려 있으면 좋겠다는 생각이 들었다.

나는 머릿속을 빙빙 맴도는 생각들에 빠져 그날을 보냈다. 실패로 끝난 첫번째 목 수술 사건을 곰곰이 되짚어 보았다. 나는 학교와 이웃 사람들 모두에게 수술에 대해 떠들고 다녔다. 나는 수술을 할 사람이므로 세상에서 가장 위대한 영웅이었던 것이다. 하지만 막상 수술 시간이 되어 사람들이 내게 수술복을 입히고 엄청나게 큰 주삿바늘을 들고 나타나자 '으앙' 하고 울음을 터뜨리며 몸부림쳤다. 사람들이 나를 꽉 붙잡았고 남자간호사들도 달려왔다. 내 울부짖는 소리가 어찌나 컸던지 나딸 고지대에 사는 사람들까지도 틀림없이 그 소리를 들었을 것이다. 비극 그 자체였다. 하느님 살려 줘요. 그 난리로 수술이 실패하자 수치심이 밀려왔다. 어디를 가든 사람들이 나를 놀렸고, 난 부끄러운 눈으로 그들을 봐야 했다.

생각에 깊이 빠져 있어서 아담과 얘기해 볼 생각조차 들지 않았다. 수요일 오후였으므로 나는 식탁에서 공부를 하고 있었다. 그러다가 책들을 숨겨 놓은 탁자 밑으로 슬며시 손을 집어넣었다. 이 책들이 내가 좀더 상상의 나래를 펼 수 있게 도와줄 것이다.

모리스 아저씨의 얘기가 귓가에 맴돌았다. 그때 갑자기 무슨 생각이 떠올라 급히 일어섰다. 아담이 나의 의도를 알아차렸다.

"제제, 엄마가 금지시켰잖아."

"아무도 모를 거야. 다다다가 아무에게도 얘기하지 않을 거니까."

피아노를 그만둔 지 일주일이 지났다. 처음으로 주엉징뉴에 대한 그리움이 일었다. 나는 거실로 들어섰다. 그리고 조

용히 그의 옆으로 다가갔다. 뚜껑을 열었더니 결코 잊을 수 없는 그 냄새가 나의 코를 찔렀다.

"안녕, 주엉징뉴."

의자를 빼서 자리에 앉았다. 그리고 건반 위에 손을 얹었다. 나는 내가 좋아했던 노래들을 모두 치기 시작했다. 연습과는 전혀 무관한 곡이었다. 우선 차이코프스키의 '비창'을 친 다음 '야상곡'을 쳤고, 이어 슈만의 '환상곡'을 쳤다. 마치 전에는 한 번도 그래 본 적이 없었던 것처럼 혼신의 힘을 다해 피아노를 쳤다. 왜냐하면 내게 연주를 강요하는 사람이 아무도 없었을 뿐만 아니라 이번에는 내가 하고 싶어서 하는 것이었으니까. 나는 영혼과 마음으로 건반을 두드렸고 그 모든 것이 나에게는 정말 좋았다.

"주엉징뉴, 이러니까 좋지?"

일주일 동안 연습을 하지 않았는데도 손이 전혀 무뎌지지 않았다는 사실이 이상했다. 한 곡을 더 쳤다. 그러자 이렇게 일찍 오리라고는 생각지 못한 어떤 야릇한 슬픔이 느껴졌다. 아주 다정한 손길로 펠트 천을 덮고 나서 천천히 피아노 뚜껑을 닫았다.

나는 공부를 시작했다. 그러자 모리스 아저씨의 얘기가 다시 귓전에 울렸다. 그는 이번엔 실패하지 않을 거라고 확신했지만 나는 겁이 났다. 다시 실패한다면 그는 내게 화를 낼지도 모르고 두 번 다시는 몽쁘띠라고 부르지 않을지도 모른다. 그렇게 되면 차라리 죽는 게 나을 거야. 진짜로 죽어 버리는 게.

이제는 피아노 공부를 하지 않으므로 저녁에 엄마랑 누나랑 대문 앞에 앉아 중께이라 아이레스 언덕의 평온한 모습을 바라보고 있었다. 그때 마침 도메스찌까 학교의 여선생님 한 분이 지나가고 있었다. 인생의 힘겨운 고비를 어렵게 넘긴 나이의 여자였다. 그녀가 우리 앞에 멈춰 서더니 인사를 했다. 그런데 갑자기 황당하고 처참한 일이 벌어졌다. 그녀가 엄마 쪽으로 몸을 돌렸다.

"오늘 오후에 이 집 앞에 한참 동안 서 있었어요. 피아노를 치는 천사 한 분이 있더군요. 정말로 훌륭한 연주였어요."

엄마가 내 눈을 뚫어져라 쳐다보았다. 그러나 아무 말도 하지 않았다. 난 얼굴이 빨개졌고 어떻게 해야 할지 몰랐다.

그로부터 이틀 후 학교에서 돌아왔을 때, 어떤 불안감이 느껴졌다. 마음이 영 이상했다. 무엇을 예고하는 듯한 느낌이었다.

"왜 그래, 제제?"

"모르겠어, 아담. 뭔가가 나를 아주 슬프게 해."

우리는 집으로 들어갔다. 가방을 내 방 탁자 위에 던져 놓고 거실로 내려갔다. 무언가가 나의 발길을 거실로 이끌었다. 거실에 이르자 나는 모리스 아저씨의 의자에 털썩 주저앉았다. 주엉징뉴의 자리가 텅 비어 있었던 것이다. 이제 그

거실은 죽음처럼 적막에 싸일 것이다. 슬픔이 북받친 내가 바르바라 아주머니를 찾았다. 그녀는 마치 여왕자리에서 쫓겨난 듯 그 옆의 작은 탁자에 앉아 있었다.

"괜찮아요, 바르바라. 내가 어른이 되고, 아주머니가 완전히 제 식구가 되면 아주머니를 위해 훨씬 더 멋있는 피아노를 사 드릴게요."

솔직히 그때 내 마음은 완전히 텅 비어 버린, 허전함 그 자체였다. 나는 눈물을 흘리지 않으려고 이를 꽉 물었다.

아담의 목소리가 내 안에서 나지막이 들려왔다.

"태양을 봐, 제제. 태양을 뜨겁게 달구자고."

2부

악마의 시간

# 1. 늦춰진 결정

주엥징뉴가 거실에서 그토록 오랫동안 살았지만 이젠 그런 느낌조차 들지 않는다. 가구들이 늘어나면서 점차 주엥징뉴의 자리를 몽땅 차지해버렸던 것이다. 하지만 솔직히 그가 없는 거실은 완전히 활기를 잃었고, 흉측해 보이기까지 했다.

"잊어버려, 제제. 자책하지 마. 넌 아무 잘못도 없어. 어쩔 수 없는 일이었잖아."

"알아, 아담. 너도 보다시피 내가 천천히 그를 잊어 가고 있잖아."

"타잔 책을 다시 읽는 게 어떨까?"

"곧 읽을 거야. 곧."

아, 타잔! 까스꾸징뉴 아저씨가 내게 새로운 세계를 찾아 주었는데 그 세계가 내 안에 흐르는 인디언 피를 끓어오르게 했다. 정글에 사는 원숭이들의 친구로 넝쿨을 타고 날아다니는 타잔, 고릴라와 장난치거나 악어, 하마와 수영하는 타잔, 코끼리 등에 올라타고서 치타와 표범들을 데리고 다니는 타잔. 그것이야말로 진짜 멋진 세계였다.

난 『타잔의 맹수들』이라는 책을 거의 다 외워 버렸다. 나도 얼른 자라 밀림으로 도망쳐 사슴 가죽으로 팬티를 만들어 입고 허리엔 칼을 차고 싶었다. 그럼 어려운 일이란 게 없을 텐데. 난 인디언의 자손이 아닌가? 야생의 피를 물려받지 않았는가? 아마존이 아프리카처럼 사자들이 사는 곳은 아니다. 엄청나게 큰 아마존 강엔 악어와 맥(貘)들이 우글거린다. 나는 지칠 줄 모르고 자연과학 서적들을 읽고 또 읽었다. 나는 파이올리가 가르치는 과목을 무척 좋아했다. 루이스 다 까마라 까스꾸두 박사님이● 존경심과 감탄이 가득한 눈길로 그를 찾아오는 외부 사람들을 감동시켰다면, 까스꾸징뉴 아저씨는 호기심에 가득찬, 어린 우리의 마음을 사로잡았다.● 까스꾸징뉴 아저씨는 내가 무얼 보고 싶어하는지를 알아차린 것 같았다. 그는 내가 연약한 외모와 달리 마음속에는 갈망과 모험심이 가득하다는 것을 알았다. 타잔 시리즈를 다

---

● 브라질 민속학자이자 역사학자. 브라질의 전통, 관습, 전설과 신화 등 브라질의 정신적, 문화적 뿌리에 관한 많은 연구 업적을 남겼다. 까스꾸두의 애칭이 까스꾸징뉴이다.
● 루이스 다 까마라 까스꾸두의 애칭이 이웃집의 까스꾸징뉴 아저씨와 같은 것을 이용하여 서로 연관짓고 있다.

악마의 시간

읽고 나서는 금방 『스카라무쉬』를● 읽었으며, 그것도 다 읽으면 『가비아웅 두 마르』와● 다른 멋진 해적들의 이야기를 담은 책에 푹 빠졌다.

나는 부엌의 식탁으로 돌아왔다. 그리고는 별 의미 없는 리듬으로 탁자를 톡톡 두드렸다. 타잔을 다시 보고 싶은 마음은 이제 식어 버린 것 같았다.

"제제, 오늘 무슨 일 있어?"

"아무 일도 없어, 아담. 단지 뭔가가 목을 죄는 것 같아. 마음속에 어떤 슬픔이 있는 것 같아."

"다시 목이 아픈 거야?"

"그게 아냐, 아담. 왜 너나 앙브로지우 수사님이 항상 이용하는 표현 있잖아. 나도 '숨은 다른 의미'로 말하는 거야."

"그러니까 그게 뭔데?"

대화하고픈 마음이 사라졌다.

"알겠어. 기숙학교에 들어가는 일이 걱정되는 거지? 그렇지? 거기서는 아주 즐거울 거야, 제제. 정말 자유로울 테니까. 공도 찰 수 있을 거고. 또 누가 알아? 네가 루이스 지 멜루 팀에 들어갈 수 있을지……."

---

● 라파엘 사바티니가 쓴, 모험과 로맨스를 주제로 한 소설. 1923년과 1952년에 영화화되었다.
● 월터 안소니가 쓴 모험 소설 『바다매』의 포르투갈어판. 1924년, 1940년 그리고 1954년에 영화로 만들어져 당대 최고의 어드벤처 영화라는 평가를 받았다.

"말도 안 되는 소리 하지 마. 이따라레는 공을 잘 차는 사람만 받는단 말이야. 그런데 난 축구를 전혀 못하잖아. 속상해 죽겠어."

"누가 알아? 조금만 연습하면……."

"그래 봤자 소용없어. 내가 잘하는 건 수영이라구. 수영은 자신 있어. 물만 보면 안달이 나서 미칠 지경이니까."

내가 다시 입을 다물었다.

"나도 알아, 제제. 두 달 동안 모리스 아저씨를 보지 못할 거야. 분명 너를 찾아오지 못할 테니까."

나 자신에게도 하고 싶지 않았던 그 말이 내 마음을 불편하게 했다.

"그런 얘기하지 마. 마음이 아파."

"그러니까 익숙해져야지."

"알아. 날 보러 학교에 올 수도 없을 거야. 항상 그랬듯이 밤새도록 나랑 얘기할 수도 없을 거구. 그를 만나는 방법은 오직 하나야. 잠자는 것. 그를 정말 간절하게 보고 싶어하면 꿈에서 만날 수 있겠지."

깊은 한숨이 나왔다.

"하지만 내가 지금 마음이 아픈 건 기숙학교 때문도 아니고, 모리스 아저씨가 없어서 그러는 건 더더욱 아니야."

"그럼 왜 그러는지 말해 봐."

"아빠 때문이야. 너 그분이 요즘 슬프고 걱정스런 얼굴을

악마의 시간

하고 있는 거 못 봤어? 이젠 욕실에서조차 노래를 하지 않으셔. '일어나, 창문을 열어, 스텔라……' 세상을 향해 불평을 늘어놓던 습관도 잃어버리셨어. 통 말씀도 없으시고 책과 신문에만 파묻혀 지내셔."

"그건 정상이야. 수술은 수술이니까."

"그래."

내가 다시 입을 다물었다.

"좋아, 제제. 난 네 감정을 존중해. 지금 말하기 싫으면 하지 마. 널 너무 잘 아니까 고집을 부릴 수가 없구나."

내가 모리스 아저씨의 무릎에 앉은 후에도 대화는 계속되었다. 내 걱정을 그에게 말했다.

"기도해라, 몽쁘띠. 수술은 수술이니까. 그분이 아주 강한 분이라는 건 알지?"

"네, 강하신 분이죠."

"그래서 하는 말인데, 그분은 곧 회복하실 거야. 돌아올 때는 다 나아 있을 것이고, 별 탈 없이 건강하게 살아가실 거야."

"그렇다고 해도 그분에 대해선 뭔가 다른 감정이 느껴져요."

"너, 그분을 좋아하지 않니?"

"조금 좋아해요. 어쨌든 그분은 제가 얻은 아빠고, 아니,

저의 아빠이시고…… 절대로 적은 아니죠. 애들은 가끔 어른들이 원하는 걸 이해하지 못할 때가 있잖아요. 하지만 전 그분이 그분 방식대로 제가 잘 되기를 바라고 있을 거라고 생각해요."

"너의 그런 모습이 보기 좋구나. 아주 아름답게 생각하고 있어."

그가 나에게서 떨어지며 덧붙였다.

"잠깐만 침대에 앉아 있어라. 오늘 날씨가 엄청 덥구나."

그의 말을 따랐지만 그에게서 멀리 떨어지진 않았다. 난 우리가 두 달 동안 서로 멀리 떨어져 있을 것임을 알기에 그 모든 순간들을 헛되이 놓치고 싶지 않았다.

"몽쁘띠, 한 가지만 말해 줄까? 너는 무의식적으로 그분을 무척 좋아하고 있어. 그건 좋은 일이야."

"하지만 그분을 좋아하는 건 아저씨를 좋아하는 것의 절반만큼도 안 돼요."

아저씨가 웃었다.

"아냐, 넌 그분을 좋아해. 언젠가 네가 세상사를 마음먹은 대로 할 수 있을 나이가 되면 그분을 정말 사랑하게 될 거다."

"그럴까요?"

"장담해. 그리고 사람을 있는 그대로 봐야지, 그 사람의 능력 이상을 요구해서는 안 돼. 언젠가 넌 그분을 있는 그대로 좋아하게 될 거다."

"똑같은 말이군요."

"뭐가 똑같다는 말이니?"

"앙브로지우 수사님도 언젠가 그런 말을 다른 식으로 한 적이 있어요. 행복이란 우리가 그것이 있기를 바라는 장소에 있는 것이 아니라 자기만의 장소에 있다고 했어요. 이 말하고 똑같지는 않은데, 정확히 뭐라고 하셨는지는 모르겠어요. 앙브로지우 수사님은 말을 아주 멋지게 해요. 알아요? 언젠가 당신에게 소개해 드리고 싶어요."

나는 그렇게 말하면서도 확신은 없었다. 둘은 전혀 딴 세상에서 살고 있었다. 그리고 두 사람 모두 무척 바쁜 사람들이었다.

"모리스 아저씨."

"응."

"조니 웨이스뮬러를 아시죠?"

"아니."

"뭐라구요? 영화에서 타잔 역을 한 분인데."

"아! 알겠어."

"지금 로얄 극장에서 '밀림의 왕자, 타잔'이라는 영화가 상영 중이에요. 언제 그걸 볼 수 있을지 모르겠어요."

난 모리스 아저씨에게 조금 실망했다.

"아저씨가 일하는 곳에서는 모두가 서로 잘 알 거라고 생각했는데……."

"어이구, 이 녀석. 거기는 엄청나게 큰 세계야. 거대한 도시 같지. 나딸 시처럼 자그마하지 않아. 사실, 그는 메트로 사와 계약해서 일하지만 난 파라마운트 사에서 일하거든. 산이 있고 그 둘레에 별이 그려진 원이 나타나는 회사 말이야."

"전부 알아요. 메트로는 큰 사자가 상징이죠."

"하지만 얘기할 게 하나 있는데, 내 매니저들이 3년 뒤에 메트로에서 내 영화를 찍으려고 접촉 중이야."

내가 못 믿겠다는 듯이 그를 쳐다봤다. 나를 위안해 주려고 그런 말을 하고 있는 건 아닐까? 아저씨가 그런 나의 생각을 짐작하셨다.

"정말이야. 큰 뮤지컬 영화를 준비 중인데 그 영화에서 내가 지네트 맥도널드 옆에서 열연하는 걸 볼 수 있을 거야. 이미 우리는 크게 성공했던 '사랑의 여명'이라는 영화를 함께 찍은 적이 있어."

"전 못 봤어요. 집안사람들이 말하는 걸 듣긴 했지만 그 영화 근처에도 못 갔어요. 당신이 나온 걸 알았더라면……. 하지만 전 너무 어렸어요, 이해하시겠죠?"

"그럼 지금은?"

"아직 어려요. 하지만 계속해 보세요."

"그러니까, 내가 메트로에서 일하게 되면 타잔을 알게 될 거야."

"와, 전 정말 행복해요."

악마의 시간

"지금 뭐 때문에 그렇게 흥분하는 거니?"

"어른이 되면 그 사람하고 똑같이 되고 싶어요. 밀림으로 가서 살 거예요. 제가 인디언 피를 가지고 있으니까 거기에 잘 적응할 거예요. 저를 믿지요, 아저씨?"

"네가 말하는 건 전부 믿는다만 이번에는……."

"왜 제가 그럴 수 없나요?"

"간단히 말해, 밀림에서 살려면 힘도 세고 저항력도 강해야 하고 또 다른 조건도 갖춰야 돼."

"그런데 제가 그런 것 모두를 가지지 못할 거란 말씀이세요?"

"원하면 가질 수야 있겠지만……."

나는 얼굴이 홍당무처럼 빨개졌다. 아저씨가 그 다음에 무슨 얘기를 할지 이미 알고 있었다.

"알아요, 아저씨. 목 수술에 대하여 말하고 싶으신 거죠? 수술 받겠다고 이미 약속했잖아요."

"하지만 언제?"

"지금은 불가능하고요. 제가 두 달 동안 기숙생이 될 거라는 거 아시잖아요. 그러니까 그분들이 히우에서 돌아와야만 가능하죠."

"허허, 녀석. 그건 문제가 아냐. 네 친구인 파이올리와 얘기해 봐. 그분이 모든 걸 해결해 주실 거야."

내가 입을 삐죽 내밀었다. 상황이 그쯤 되자 아담이 나를 훈계하며 끼어들었다.

"그가 옳다는 건 너도 알잖아, 제제. 한 시간 안에 결정해야 해."

모리스 아저씨는 아무 말도 하지 않으셨다. 그저 나를 뚫어져라 쳐다볼 뿐이었다.

"좋아요, 파이올리와 얘기해 볼게요."

"그래야지, 몽쁘띠. 태양에 그을린 강인한 모습으로 물고기처럼 수영하는 너를 보고 싶어. 너를 괴롭히는 그 자식들 얼굴을 부숴 버리는 너를 보고 싶다구. 그게 싫어?"

"아니요. 저도 그랬으면 좋겠어요. 하지만 저에게 한 가지 약속하세요."

"약속하마."

"수술 받는 날 저를 지켜보며 격려해 주세요."

"그러마. 그날은 만사 제쳐 두고 네 옆에 있으마. 벌금 낼 필요도 없어."

그가 시계를 쳐다보았다.

내 심장이 쿵쿵 뛰었다. 정말 원치 않는 순간이 온 것이다.

"몽쁘띠, 이리 와."

그가 팔을 벌리고 나를 꼭 껴안았다.

"가야 돼."

"우리 정말 두 달 동안 떨어져 있을 건가요, 모리스?"

"그래야지, 그래야 한다고 생각하지 않아?"

그가 손으로 나의 눈 주변을 훔쳤다.

"네가 우는 거 싫어. 이번 일은 금방 지나갈 거야. 그리고 너도 같은 또래의 친구들과 한없이 놀 수 있기 때문에 나중에는 행복해질 거야."

"그럴지도 모르죠. 하지만 아저씨가 퍽 보고 싶을 거예요."

"네 마음속에 아담처럼 나를 잘 간직하렴. 이따금 나를 기억해 주기도 하고."

"그건 어려울 거예요."

그가 깜짝 놀랐다.

"나를 기억하는 게 힘들 거라고, 몽쁘띠?"

"네. 왜냐하면 기억을 하려면 먼저 잊어야 하니까요. 그런데 저는 절대로 그럴 수 없어요."

그는 나를 놓지 않은 채 머리를 부드럽게 쓰다듬었다.

"오늘 네가 잠자는 걸 도와주지 못할 것 같구나."

"그게 나아요. 벽으로 돌아누워 당신이 떠나는 걸 보지 않을래요."

그가 나에게서 떨어져 벽으로 사라질 때 내 몸과 마음이 허전한 빈 공간을 느꼈다. 마치 방이 천천히 어두워져 가는 것과 같이.

내 결심을 말하자 파이올리는 당황했다.

"잘 이해가 안 되는데, 슈쉬. 갑작스레 목 수술을 하기로 결심하다니."

"모리스 아저씨와 많이 얘기했어요. 그분이 그러라고 하셨어요. 아담도 그 일로 시도 때도 없이 저의 인내심을 시험하구요."

"그럼 내가 어떻게 하면 될까?"

"식구들 몰래 의사선생님에게 가서 수술에 대해 합의해 주세요."

펠리시아누 수사님은 당황스런 일이 생길 때마다 항상 그랬듯이 머리를 긁적였다.

"그런데 슈쉬, 난 그렇게 할 수 없어."

"할 수 있어요. 모리스 아저씨가 수사님이 그렇게 할 수 있을 거라고 장담했거든요.

"그래, 좋아. 하지만 네가 책임을 져야 할 텐데……."

"아무도 그 수술로 죽지 않아요. 목 수술은 쉬워요. 그분들이 돌아오시면 아마 깜짝 놀라실 거예요."

"그렇다 해도 생각 좀 해 봐야겠다."

"오래 생각해선 안 돼요. 지금 당장 하셔야 해요. 수사님도 늘 그렇게 말씀하셨잖아요. 아이스크림을 예로 들면서……."

그는 주머니에서 시계를 꺼내고, 이마의 땀을 닦으려 체크무늬의 손수건을 꺼내기도 하면서 시간을 벌었다.

"그렇다면 한 가지만 약속하자, 슈쉬."

"그래요."

"네가 원하는 대로 하자. 다만 네 부모님께서 돌아오신 다음에."

"그러면 재미없어요."

"그렇지 않아. 왜냐하면 미리 다 짜 놓은 대로 할 거니까. 한번 들어볼래? 그들이 제 날짜에 정확히 돌아올 경우 넌 여기서 사흘을 지내는 거야. 그들이 집을 정돈할 때까지는 내가 알아서 할게. 그러니까 그 기간 동안 우리는 의사한테 가서 수술 문제를 합의해 두는 거야."

"그분들이 모르게요?"

"절대 비밀로 하지. 그리고 아직 한 가지가 남았어. 이번에는 정말이야. 내게 이번에는 반드시 수술을 하겠다고 분명히 약속을 해야 해."

"지금 바로 할게요."

"당장 그럴 필요는 없어. 그 순간이 좀더 가까이 올 때 해. 무슨 말인지 알겠지, 슈쉬?"

"네, 알았어요. 그분들이 없을 때 내가 수술 받는 거 원치 않는다는 말씀이죠. 왜냐하면 무슨 일이 일어날지 모르니까요……."

"그래."

"그럼, 이제 됐어요. 하지만 제가 수술 받으러 갈 때 그분들이 알아서는 안 돼요."

"보장하마. 그런데 너 언제 올 거야?"

"그분들은 이틀 뒤에 떠나요. 그분들이 떠나는 즉시 짐을 싸 가지고 올게요. 참, 루이스 수사님과의 일은 성공했어요?"

"그래, 이 녀석아. 넌 상급생들과 함께 지내게 될 거야. 앙브로지우 수사님은 그 생각에 그다지 찬성하지는 않으셨어."

"앙브로지우 수사님은 고리타분해요. 배불뚝이 꼬마들 사이에서 지내는 거 상상이라도 해 보셨어요?"

그가 웃음을 터뜨렸다.

"이제 수업에 빨리 가 봐, 슈쉬. 벌써 종이 울렸어."

그로부터 두 달 간은 내 인생에서 가장 행복한 순간들이었다. 공도 차고, 넘어져 뒹굴고, 싸우고, 달리고, 일광욕도 하고……. 게다가 내 목도 기적같이 완벽했다. 단 한 번도 문제를 일으키지 않았다. 어느 오후 플라비우 수사님이 햇볕에 잔뜩 그을린 채 마냥 즐겁게 놀던 나를 보고는 마누엘 수사님에게 이렇게 말했다.

"저 개구쟁이 녀석 얼굴 좀 보세요. 사과처럼 새빨갛게 탔어요."

"저 염소새끼 같은 녀석에게 필요했던 건 바로 저거였어요. 우리에서 나와 자기 또래의 꼬마들이랑 함께 노는 것 말이에요."

난 뭐든지 마음껏 할 수 있었다. 어느 누구도 내가 하고 싶은 걸 금지시키지 않았다. 우리는 자기가 한 일에 대해 책임을 지니까.

그 무렵 내 가족이 약간 더 늘어났다. 파이올리 수사님이 일요일과 공휴일에 극장에 갈 수 있도록 나에게 돈을 주었다. 난 '20세기에'라는 영화에서 조안 크래포드를 보았다. 모리스 아저씨가 멀리 떨어져 있었기 때문에 그녀가 내 누나가 되면 좋겠다고 생각했다. 예전의 고약한 누나와는 달리 아주 단아한 차림의 누나이므로 조니 웨이스뮬러와 결혼하면 잘 어울릴 것이고, 그렇게 되면 우리는 아무런 위험 없이 밀림으로 갈 수 있을 것이다. 다른 유명한 영화도 보았다. 그것은 '화장한 여인'이라는 영화였는데, 거기선 한 번도 본 적이 없는 스펜서 트레이시라는 남자배우가 나왔다. 진주 조개잡이꾼의 생활을 다룬 다른 영화에서는 하울 훌리앙이라는 브라질 배우가 인디언 역할을 했는데 그를 내 삼촌으로 삼기는 영 싫었다. 단지 스펜서 트레이시만 마음에 들었다. 후에 나는 두 명의 형제를 만났는데 그들은 바로 조지 래프트와 찰스 보이어였다. 나보다 나이가 훨씬 많은 형제들이었다.

일요일만 되면 파이올리가 나를 극장으로 보냈다. 그는 내 머리에 즉흥적으로 떠오르는 영화를 보도록 내버려 두었다.

그는 그런 영화들이 나에게 나쁘지 않다는 걸 알고 있었다. 네 시가 되면 그는 위장을 한 채 앙드레 알부께르끼 광장을 한 바퀴 돈 뒤 광장의 끝 부분에서 나를 기다렸다. 나는 영화에서 본 것을 전부 얘기했고 그는 무척 즐거워했다. 나의 새 가족들에 대해 말하자 그는 배꼽을 잡고 웃었다.

"그런데 슈쉬, 너무 많지 않니?"

"무슨 말씀이세요? 전 늘 형제들이 많았어요, 파이올리."

그는 나의 외로움과, 멀리 있는 형제들에 대한 그리움을 다시 한 번 이해했다.

"딱 한 가지는 아직도 이해하지 못하겠어. 너의 새 누나가 모리스 아저씨의 딸이니?"

"그건 아직 생각하지 못했어요."

"또 그녀가 너의 새로운 두 남자 형제들과 남매 사이니?"

"그런 건 중요하지 않아요, 파이올리."

"어떻게 중요하지 않단 말이니? 그리고 너의 그 삼촌이 모리스 아저씨의 형제셔?"

"잘 하면 그럴 수도 있어요. 왜냐하면 그분도 진짜 천재이고 선한 분이니까요. 그런데 제 형들은 서로 사이가 안 좋아요. 찰스와 조지는 카인과 아벨 같아요. 서로를 증오해요. 그래서 한 형하고 있을 땐 다른 형하곤 같이 있을 수 없어요. 그들은 모리스 아저씨의 자식도 아니고 스펜서 트레이시의 조카들도 아니에요."

파이올리 수사님이 잠시 쉬려고 광장의 벤치에 앉았다. 그리고 계속 웃었다.

"네가 더 얘기를 하면 난 완전히 헷갈려 버릴 거야."

"좀 복잡하기는 해도 그렇게 복잡하진 않아요."

"한 가지만 말해 봐, 슈쉬. 넌 언제 그 모든 세계를 상상하는 거야?"

"그러고 싶은 생각이 날 때에 그래요. 어떤 때는 당신의 일반과학 시간에도 그러는 걸요. 책을 잡고 있는데 창문으로 한줄기 바람이 불어오면 모든 게 바뀌어요. 그럴 때면 제가 교실에도 학교에도 있는 것 같지 않아요. 아주 좋아요."

뚱뚱한 몸을 일으킨 그가 내 머리를 쓰다듬으며 칭찬했다.

"이 머리에서 아직 더 많은 것들이 나올 거야. 당분간 꿈꾸며 행복해하렴, 녀석."

그가 발걸음을 재촉했다.

"공동식당에 간식하고 치즈가 있으니 어서 가자. 네 부모님들이 널 만날 땐 네가 최소한 지금보다는 덜 말라 있었으면 해."

나는 놀며 꿈꾸며, 그렇게 생활했다. 다만 모리스 아저씨를 생각하고 싶진 않았다. 그를 학교로 데려올 방법이 없었기 때문이다. 나의 진짜 가족들에 대해서도 생각하지 않았다. 단지 다다가 빨래할 옷을 찾으러 학교에 올 때나 옷을 빤 뒤 다려서 가져올 때만 생각했을 뿐이다. 그녀가 나에게 소식을 전해 주곤 했다. 아빠는 수술을 받으셨고 좋은 상태라고 했다. 그리고 회복을 위해 히우지자네이루에서 꼬박 두 달을 머무르실 거라고 했다. 때때로 누나가 학교로 전화하여 아빠의 건강에 대해 이것저것 얘기할 때면 가족들 생각이 나곤 했다.

시간이 무척이나 빨리 흘렀다. 아빠가 돌아왔다. 난 학교에 일주일을 더 머물렀다.

어느 화창한 날 아침, 나는 병원으로 향했다. 야자열매 아이스크림처럼 식은땀을 흘리면서 파이올리 수사님이 나를 데리고 다녔고 진찰실에서도 함께 있어 주었다. 목 수술은 특별한 수술이 아니었다. 난 모든 상황을 있는 그대로 받아들였다. 아담이 내 안에서 나를 격려해 주었고 문에서는 밝은 하늘색 스포츠 티를 입은 모리스 아저씨가 항상 웃는 얼굴로 용기를 북돋아 주었다.

## 2. 부당한 고통

단지 목에 난 종양들을 떼 내는 것뿐이었다. 하지만 난 기침으로 인해 완전히 뻗어 버리고 말았다. 내 바지가 학교에서 가장 흉한 팔부 바지로 소문나는 바람에 내가 아무리 끝단을 잡아 내려도 마을에서 여전히 최고의 웃음거리였다. 하지만 장마 뒤에 오이 자라듯 내가 무럭무럭 자라서 이제는 본격적으로 싸움거리를 찾아 쏘다니게 되었다. 뺨을 때리고 등을 두드리고 발로 차고 눈은 벌게지고……. 하지만 이제 집에서는 버릇없는 행동을 하지 않았다.

난 체육시간을 좋아하기 시작했다. 언제나 좀더 크고 강해지기 위해 모든 것에 혼신의 노력을 다했다.

모리스 아저씨도 놀라워했다.

"내가 말했지, 몽쁘띠?"

그는 나에게 옛날과 같은 장난을 더는 하지 않았다. '제가 어렸을 때 말이죠'라는 말을 시작하기만 하면 그는 '이야, 몽 쁘띠. 벌써 청년이 됐어?'라고 놀리곤 했다.

그런데 이제는 그렇지 않다. 내가 이미 우리 반의 땅딸보인 주엉 호샤의 키를 앞질렀다. 아마도 그는 우리 반에서 나이가 가장 많은 학생이었을 것이다. 그리고 축구 하면 빼놓을 수 없는 친구였다. 아무도 드리블로 그를 제칠 수 없었다.

하지만 내가 가장 미쳐 있던 것은 수영이었다. 수영. 나는 조니 웨이스뮬러가 전성기 때 연기했던 타잔처럼 수영하고 싶었다. 실제로 그 때문에 나는 펠리시아누 수사님이라는 배경만 믿고 오후 수업 몇 개를 빼먹기도 했다. 그럴 때는 뽀뗑지 요트 센터로 가려고 아빠의 병원을 피해 도로를 빙 돌아서 쏜살같이 달리곤 했다. 나는 다 펼쳐도 손바닥에 쏙 들어가는 아주 작은 수영팬티가 너무나 좋았다.

"슈쉬, 제발 조심하라구."

나는 날이 갈수록 더 신이 났다.

"슈쉬, 매일은 안 돼. 3일마다 수영하는 거야. 알았지?"

날마다 실력이 늘어서 나는 너무나 행복했다.

"파이올리, 오늘은 요트 센터에서 스포트까지 왕복하는 데 성공했어요. 언제나 그렇게 하는데 피곤하지도 않고 식은

죽 먹기예요."

파이올리가 감탄하는 표정으로 나의 말을 들었다.

"슈쉬, 내가 하는 행동이 정말 옳은 건지 나도 모르겠구나. 네가 이제 옛날처럼 슬프고 연약한 소년이 아니라서 좋아. 하지만 너 때문에 나는 매일 참회를 해야 한단다."

"효력이 없어요?"

"효력이 있어. 하지만 네가 수영을 갔다가 돌아올 때까지 기도하며 지낸단다. 그 시간 내내 조마조마해서 그런지 심장이 크게 뛰어."

"위험하지 않아요, 파이올리. 조만간 따바리스 지 리라 부두까지도 갈 수 있을 거예요."

"녀석, 그 모든 게 정말 멋져. 그 모든 게. 여기 이 의자에 잠깐 앉아 봐. 간단하지만 진지하게 대화해야 할 것이 있어."

뭘까? 누가 내 행동을 집에다가 찌른 걸까?

"난 네가 그 센터 근처에서 뭘 하는지 다 알고 있어."

내가 웃었다.

"파이올리, 우리가 서로서로 마주 보고 옷을 갈아입기 때문에 걱정을 하시는군요. 거기서는 어른이든 꼬마든 모두 섞여 있어요."

"그게 아니야. 바보 같은 소리. 그런 것은 나쁠 게 없어. 게다가 너도 어른이 되어 가고 있잖니."

나는 우쭐해졌다.

"일요일에 그곳에 카누를 타러 갈 젊은이들이랑 얘기를 나눴어. 바다 먼 곳에 정박하고 있는 배들 가까이로 헤엄쳐 가는 큰 애들이 있다면서. 그렇지?"

"네, 있어요. 그곳에는 조나스 오호르스나 에베네제르같이 수영 잘하는 사람만 가요."

"네가 수영을 잘하게 되더라도 그 배들 근처에는 가지 않겠다고 약속해라."

"왜요?"

"사람들이 그러는데 거기에는 항구 입구에서 오는 상어들이 우글거린대. 그 상어들이 말이야, 배에서 버리는 음식 찌꺼기를 먹으러 몰려든다는구나."

"그것도 맞아요."

"그러니까!"

"한데, 아직까지 아무도 상어에 물리지 않았어요."

"하지만 누군가는 당할 거야. 그렇지 않겠니? 너, 나를 위해 그러지 않겠다고 약속할 수 있니, 슈쉬?"

"나중에 약속할게요. 아직 그렇게까지 수영을 잘하진 못하거든요."

나는 한 가지 일이 생각났다.

"파이올리, 수박 좋아하세요?"

그가 이제까지와는 다른 새로운 얘깃거리에 눈을 둥그렇게 떴다.

"그다지 좋아하지 않아. 수박을 먹으면 자꾸만 '이렇게' 되거든."

나는 미소를 지었다. '이렇게'라는 것은 트림을 말하는 것이었다.

"하지만 그게 우리의 대화랑 무슨 관계가 있니?"

"관계가 있어요. 수박 냄새가 아주 강하지 않아요?"

"무시무시하게 강해."

"그건 클럽의 모든 사람들이 다 아는 사실이에요. 상어에게선 그 수박 냄새가 나요. 그래서 먼저 그 냄새를 맡는 아이가 소리를 쳐요. '수박이다'라고요. 그러면 아무도 그 가까이 가지 않아요. 모두가 얕은 곳으로 줄행랑치죠. 그리고 거리가 멀면 부근에 닻을 내리고 있는 배에 올라가서 그 냄새가 사라질 때까지 거기에 있어요."

파이올리가 가슴에 손을 얹었다. 그는 거의 절망적인 표정으로 얼굴이 붉어져 있었다.

"슈쉬, 네가 그 얘기를 한 이상 이제 내 인생에는 평화가 없을 거야."

내가 좀더 부드러운 목소리로 말했다.

"놀라지 마세요, 파이올리. 제겐 아무 일도 일어나지 않을 거예요. 절대 멀리 헤엄치지 않겠다고 약속할게요. 그리고 연습할 때는 요트 센터 건물의 맨 구석에서 할게요."

그가 크게 안도의 한숨을 쉬었다. 내 약속으로 마음이 가라앉은 것 같았다.

"좋아. 너, 나에게 약속한 거야."

"약속했어요. 남자의 약속이에요. 저도 이제 남자가 되었다고 말하지 않았어요?"

우리는 별다른 주제 없이 긴 대화를 나누었다. 아주 편하게 이런저런 주제를 넘나들었다.

"너 상상해 봤어, 아담? 타잔이 킹콩과 싸우는 거. 정말 환상적일 거야."

"하지만 큰 고릴라 옆에 서면 타잔은 새끼병아리만할 걸."

"그건 네 생각이고. '밀림의 왕자, 타잔'에서 그는 자기만큼 큰 원숭이와도 싸웠어. 그리고 '전쟁'이라고 소리치기만 하면 온갖 종류의 코끼리들이 그를 도와주러 나타났어. 그 다음부터는 식은 죽 먹기가 되는 거야."

식당 쪽으로 한줄기 시원한 바람이 불어왔다. 책 더미가 내 옆에 쌓여 있었지만 그것을 읽고 싶은 마음이 전혀 들지 않았다. 그 바람은 나를 멀리 데려가고 싶어했다. 내가 아파치라고 불렀던 바람이었다. 위네토우가● 초원을 달릴 때 그의 검

●위네토우는 영화감독 칼메이가 만든 서부영화 속의 주인공

악마의 시간

고 긴 머리카락을 뒤로 나부끼게 하던 바로 그 바람이었다.

이제 위네토우에게 미쳤던 얘기를 해 볼까? 아버지가 세 권의 책을 샀다. 그걸 다 읽은 후에 책장에 던져 놓으셨는데 내가 그 책들을 부엌 식탁의 그 비밀 장소에 숨겨 놓았다. 그 책들 가운데 한 권은 항상 내 손이 닿는 곳에 있었다. 엄마가 이웃 아주머니들에게 하던 말이 우스웠다.

"우리 애는 그런 특성이 있어요. 공부하는 게 좋은가 봐요. 시키지 않아도 자기가 알아서 하니……. 점수도 아주 좋아요. 단지 수학이 좀 약하긴 하지만."

수학은 정말 싫었다. 그나마 성적이 나아진 것은 파이올리 수사님이 우리 반의 수학을 담당했기 때문이었다. 그가 가르치는 수학에는 숫자들보다 말이 더 많아 나를 기쁘게 했다.

"봤지, 아담? 학교에서는 모든 사람들이 나를 존중해. 어느 누구도 나를 짐승 대하듯 하지 않는다구. 너도 내가 어른이 되어 간다고 생각해?"

"네가 그렇게 빨리 어른이 된다면 그땐 나를 필요로 하지 않을 것이고 나도 떠날 수 있을 거야."

"또 바보 같은 소릴 하네. 그 얘기는 벌써 세 번째야."

"누구도 피할 수 없는 운명에 맞서 싸울 수는 없어."

"젠장, 아담! 지금 우리는 아주 행복하잖아. 아파치 바람도 그렇고. 그런데 넌 밑도 끝도 없이 엉뚱한 소리만 해대고 있으니……."

2. 부당한 고통

우리는 정말 바보 같았다. 내 머릿속은 세상 온갖 것들에 대한 호기심으로 가득 찼다.

난 벌써 열두 살이 되었다. 시간이 흐른 것이다. 중학교 2학년 생활도 벌써 중반에 접어들고 있었다. 나의 생활은 나아졌다. 내가 해변에 더 오래 있어도 누가 뭐라 하지 않았다. 내가 정원의 세계에 빠져도 내버려 두었다. 난 정원의 모든 나무들을 잘 알고 있었다. 사포딜라에는 숨겨진 보물창고가 있었다. 밤에 창문을 통해 도망치는 것은 정말 짜릿했다. 닭들을 놀래지 않고 담을 타고 걸어가 혼자 서 있는 망고나무 가지를 붙잡고 기어오르는 일은 정말 환상적이었다. 닭장은 큰 칸막이를 중심으로 갈라져 있었다. 먼저 한쪽에는 새하얀 옷을 입은 '레그혼' 암탉들이 있었는데 모두 『카미유』라는● 책에 나오는 주인공 아가씨들이었다(난 이 책을 미치도록 읽고 싶었다). 다른 쪽에는 '로드 아일랜드 레드' 암탉들이 있었다. 그것들은 모두 불타는 듯한 넓은 치마를 멋지게 차려입고 있었으며 머리에는 노란빛이 약간 도는 작은 자수 두건을 쓰고 있었다. 귀걸이가 무척 커 보였다. 그 닭들이 하는 행동은 모두 품위 있었다. 나는 몇 시간이고 담 위에서 그들의 생활을 지켜보곤 했다. 그들은 모이를 먹을 때 우아한 자태로 몸을 낮추었다. 옥수수 대신 보석을 먹는 것 같았다. 모이를 쫄 때

●알렉상드르 뒤마의 소설. 1937년 조지 쿠커 감독에 의해 영화화되었다.

는 신경을 건드리지 않는 노래를 불렀는데 그것은 다른 언어로 작사된 것 같았다. 아마도 영어 같았다.

다른 애깃거리도 있다. 집안사람들이 집에 친구 한 명을 불러 같이 지내는 것을 허락하였다. 그 친구는 앞집에 사는 꼬마였다. 그도 나만큼이나 갇혀 살고 있었다. 그는 시에서 제일가는 부잣집 아들로 유명했다. 학교에서 집으로 돌아갈 때도 자가용만 탔다. 나는 그와 함께 암소 울음소리가 나는 경적을 단 그 큰 차를 타고 학교에 가곤 했다. 그 친구의 집은 엄청 컸고 사방이 담으로 둘러싸여 있었다. 아주머니들이 그 애를 길렀는데 그녀들은 햇볕이 들까 두려워서 앞 창문을 절대 열지 않았다. 일요일에는 그 차를 타고 아주머니들 사이에 앉아 미사에 갔다. 시간을 허비하지 않으려고 차고에서 빠져나오면서부터 기도를 하기 시작했다. 그 아주머니들 가운데 한 명은 키가 아주 크고 말랐다. 다른 아주머니는 작고 동글동글했다. 그녀들이 입는 옷의 칼라는 목의 상단에 딱 붙어 있었고 항상 반짝거리는 구두 한 켤레만 신는 것 같았다.

그 꼬마는 두 달마다 계단을 내려와 나에게 놀러 오는 것이 허락되었는데 그럴 때에도 주변 사람의 간섭과 두려움에 사로잡혀 있었다.

"그 친구 오늘 여기 와?"

아담이 내 생각을 추측해 냈다.

"그럴 거야."

"제제, 너 그 아주머니들이 겁나?"

"아주머니들? 아니. 한번은 그 아주머니들이랑 얘기를 나눴는데 내가 열 살 때에야 비로소 첫 성찬 배수를 받았다는 걸 알고는 가슴에 십자가를 긋더군."

"저런, 쯧쯧. 애들은 여섯 살이나 일곱 살 때 아기 예수를 받아들여야 돼. 네가 훨씬 더 순수할 때 말이야."

"당연히 그래야겠죠. 하지만 제가 이전에 살던 곳에서는 아무도 그것에 신경 쓰지 않았어요."

키가 큰 아주머니가 안됐다는 표정으로 나를 바라보더니 감정이 북받친 듯 질문을 하였다.

"왜? 네 부모님은 녹색 망토셨니?"

키가 작은 아주머니가 그 말을 되풀이하며 가슴에 성호를 그었다. 언젠가 학교에서 파이올리 수사님이 녹색 망토가 신교도와 같은 말이라고 설명한 적이 있다.

아담이 대화를 막더니 재차 물었다.

"그 애가 오늘 정말 와?"

"올 거라고 말했잖아. 분명히 그 아주머니들도 그 애 역시 어른이 되어 가고 있다고 생각할 거야."

어른. 그 말은 나에게 무척 멋있는 말이었다. 아담에게도 그럴 거라고 생각했다. 내가 너무 남성다워서 아빠는 내가 하녀들과 얘기하는 것뿐만 아니라 다다다와 얘기하는 것도 좋아하지 않았다. 이제는 그녀를 다다다라고 부를 수도 없었다. '이자우라야, 알겠니? 이자우라가 그녀의 이름이라고.' 그보다 훨씬 더 심한 주의도 빠뜨리지 않았다. '부엌에 들어가지 마. 부엌은 남자가 있을 자리가 아니야.'

"아담, 너 왜 그렇게 그 애가 오는지 안 오는지를 캐묻는 거야?"

"오늘은 앰뷸런스가 오는 날 아냐?"

나는 화들짝 놀랐다.

"진짜 그렇구나."

양부모 쪽 내 사촌의 발이 부러져 엑스레이를 찍어야 했다. 앰뷸런스가 있는 병원을 찾는 데는 성공 했지만 병원에 앰뷸런스가 단 한 대뿐이었기 때문에 밤이 되어야 올 수 있다고 했다. 앰뷸런스는 저녁 여덟 시에 아빠를 데리러 온다고 했다. 그때 나는 왜 사람들이 나에게 그와 함께 가야 한다고 했는지 몰랐다. 솔직히 나는 사촌의 발이 전혀 걱정스럽지 않았다. 내 관심은 오직 보조로서 앰뷸런스를 타고 여행하는 것이었다. 그건 두말할 필요조차 없었다. 나는 일찍부터 그런 생각을 했었다. 내가 펠리시아누 수사님을 만나면 제일 먼저 꺼낼 얘기도 그것이었다. 또 모리스 아저씨가 사태가 끝난 밤에 올 때 제일 먼저 꺼낼 이야깃거리이기도 했다.

"시간은 충분해. 길가에서 조금 놀 수 있어. 저녁은 조금 일찍 차려질 거야. 왜냐하면 아빠는 배부른 상태에서 일하는 걸 싫어하거든. 좋아. 이젠 아무 문제 없는 거야."

2. 부당한 고통

그의 이름도 주엉징뉴였다. 정확히 말하면 주엉 가우바웅지 메데이루스였다. 그는 언제나 아주 깔끔하고 멋있게 옷을 차려입고 다녔다. 그의 바지는 푸른색 캐시미어로 만들어졌고 블라우스는 비단으로 만들어졌다. 우리는 예정대로 저녁을 함께 먹은 다음 집 앞 공원 벤치에 앉아 자동차를 보면서 하는 성냥개비 놀이를 했다.● 그런데 그 장난은 시간이 좀 걸렸다. 나딸에는 차들이 별로 없었고 더욱이 밤에는 그 수가 훨씬 적었기 때문이다.

이따금 언덕 위에 있던 그 애의 큰 저택에서 두 명의 아주머니들이 감기에 걸리지 않으려고 목에 수건을 맨 채 창 밖으로 머리를 내밀곤 하였다. 시간이 다 되면 그 아주머니들이 요란하게 종을 쳐댔다. 그러면 주엉징뉴가 머리카락과 블라우스 그리고 바지 매무새를 다듬은 다음, 나와 악수를 하고 집으로 돌아갔다. 정해진 일과시간 때문에 여덟 시 반을 어찌할 도리가 없었다.

우리 집 대문에선 다다다(참, 다다다가 아니라 이자우라지)가 신선한 저녁 세상을 바라보며 우리가 하는 장난에 눈길을 주곤 했다.

●지나가는 차의 번호판 숫자를 모두 합하여 9로 나눈 뒤 나머지가 자신이 집은 성냥개비 수와 같으면 이기는 놀이

정원 구석에서 고양이 울음소리가 희미하게 들려왔다. 우리는 일단 게임을 멈추고 다음 소리가 나길 기다렸다. 다음 소리는 좀더 크게 들렸다.

"가 보자!"

우리는 정원의 잔디밭까지 단숨에 뛰어갔다. 내가 구석에 손을 뻗어 어린 고양이 한 마리를 잡았다.

"가엾은 것, 버림받았구나! 여기 있으면 누군가가 와서 녀석을 잡아 갈거야. 그렇지 않으면 떠돌이 개가 이 녀석을 잔인하게 죽일 거야."

주엉징뉴가 내 손에 있던 고양이를 쓰다듬었다.

"수고양이야, 아니면 암고양이야?"

"어디 보자. 좀더 환한 전봇대 근처로 가자."

나는 고양이를 뒤집었다.

"아이고, 암고양이구나."

"네가 그걸 어떻게 알아?"

내가 깜짝 놀라는 주엉징뉴를 쳐다보았다. 기도쟁이 아주머니들이 그에게 바깥 세상일이라면 뭐든지 숨겨 왔던 모양이었다.

"안 보여? 암고양이잖아. 암고양이는 여기가 납작해. 그리고 수고양이는 여기에 동전 주머니 같은 것이 있어."

"잠깐 안아 봐도 될까?"

"받아."

그는 고양이에게 완전히 매료되었다. 녀석이 한없이 고양이를 쓰다듬었다.

"너, 동물 길러 본 적 없어?"

"없어. 너는?"

"뚤루라는 강아지를 기르고 있어. 그 강아지는 털이 아무렇게나 나 있고 온몸에 얼룩이 있어서 솔직히 강아지 같지 않아."

"난 그런 것조차 없는걸."

"닭도 안 길러?"

"아무것도 기르지 않아."

한 가지 생각이 떠올랐다.

"그럼 말이야. 너, 이 고양이를 집으로 데려가는 게 어때? 이 고양이가 먼저 나타났으니까 나타난 암고양이라는 뜻의 '아빠레시다'라고 부르자."

"내 아주머니들이 절대 놔두지 않을 거야. 아마 거의 그럴 거야."

"하지만 여기 놔두면 죽을 텐데. 너, 몰래 데려가면 되잖아. 너네 정원사와 얘기한 적이 있는데 정원이 엄청 넓다고 했어. 그러니까 어느 누구도 눈치 채지 못할 거야."

"알아챌 거야. 아주머니들이 매일 아침 미사에 가기 전에 정원에서 기도를 하거든. 그러니까 눈치 채고 말 거야. 저기 우리 집에는 두꺼비든 벌레든 아무것도 들어가지 못해."

"정말 나쁜 사람들이군!"

"아니야, 그렇지 않아. 그 아주머니들은 습관이 안 되어 있을 뿐이야. 난 농장에 가야 짐승들과 놀아. 거기서는 그렇게 할 수 있어."

우리는 고양이 문제를 해결할 방법을 생각하느라 침묵하였다.

"네 집에 숨기면 안 돼?"

"하녀의 방이라면 될지도 몰라. 가 볼까?"

우리는 이자우라한테로 달려갔다.

"꼬마야, 그 구역질 나는 짐승을 내다 버려."

"구역질 나지 않아, 다다. 예쁜 암고양이라구. 이 고양이를 내일 아침까지 숨겨 놔야 해. 내일 해결 방법을 찾아볼테니 네 방에 놔두면 안 돼?"

"너, 미쳤구나! 내 방을 벼룩으로 채울 셈이니?"

나는 애걸복걸했다.

"불쌍한 고양이! 이 녀석은 죽을 거야. 방에 좀 놔둬, 다다. 내일까지만."

이자우라는 결심했다.

"짐들이 있는 저 구석방이라면 좋아. 낡은 가방들이 쌓여 있는데 거기엔 놔둬도 돼. 하지만 그 이후의 일은 그 고양이 녀석한테 달렸어. 야옹 소리를 내면 방법이 없어. 쫓겨나게 될 거야."

"야옹거리지 않을 거야. 얼마나 조용하게 있는지 안 보여? 춥지만 않으면 이 녀석은 잘 있을 거야."

"가자."

우리는 시간 가는 것도 잊고 있었다. 중요한 것은 아빠레시다를 불행에서 구해 내는 것이었다.

이자우라가 부엌에서 양초 하나를 들고 왔고, 나는 고양이를 가슴에 안은 채 그녀를 따라갔다. 주엉징뉴는 계단 위에서 기다리고 있었다. 나는 이자우라를 따라 아래로 내려갔다. 그녀가 문을 열었다.

"여긴 먼지투성이야. 왜 이런 낡아 빠진 가방들을 태워 버리지 않는지 모르겠어."

그녀가 그 가방들 가운데 덜 낡은 것을 찾기 시작했다. 흔들거리는 촛불이 방 전체를 그림자와 유령으로 가득 채웠다.

"이 가방 속에 놔둬. 더는 먼지 털기도 싫고 거미줄 치우기도 싫어."

바로 그 순간, 내 인생에서 가장 큰 비극이 일어났다.

나는 모든 걸 잊고 있었다. 앰뷸런스도, 시간도, 엑스레이도 모두……. 아빠가 이미 삼십 분 전에 나갈 준비를 마치고 나에게 그걸 알리려고 위층에서 내려왔던 것이다. 아래층에 왔지만 우리를 보진 못하였다. 그래서 구석방까지 갔는데 거기서 우리를 기다리고 있던 주엉징뉴와 맞닥뜨린 것이다.

아빠는 엄청 화를 내었고 무슨 일이 벌어지고 있는지 추측

하기 시작했다.

"이 녀석 어디 있어?"

주엉징뉴는 그의 목소리에 겁을 먹고 바들바들 떨었다. 그래서 창문 밖으로 촛불이 새어 나오는 방을 가리켰다.

나는 사태를 예감했다. 쿵덕거리는 가슴을 안고 밖으로 나갔다.

"이리 나와. 이 말 안 듣는 놈."

내가 무릎을 달달 떨면서 계단을 올라갔다. 겁에 질린 나는 말문이 막혀 버렸다.

아빠가 내 등을 확 떠밀어 내가 그의 앞에서 걷게 되었다. 우리는 불빛이 환한 작은 정원에서 멈췄다. 그의 목소리는 분노로 가득한 자신의 눈만큼이나 화가 나 있었다. 그의 눈에서 불꽃이 튀었다.

"그래, 이 음탕한 놈! 그 방에서 하녀와 무슨 짓거리를 하고 있었어? 파렴치한 놈 같으니. 당장 위로 올라가. 오늘 엑스레이는 보러 가지 않겠어."

앰뷸런스의 사이렌이 언덕 위에서 울렸다. 그 소리가 나를 두 동강 내는 것 같았다.

아빠가 나에게서 등을 돌렸다. 나는 너무 힘들었다. 고통과 부끄러움 때문에 완전히 죽은 시체 같았다. 나는 주엉징뉴가 그 자리를 도망쳐 나와 자기 집 계단을 헐떡거리며 오르는 것도 보지 못했다.

손가락 하나도 움직일 수 없었다. 목에 뭔가 아픈 것이 걸려서 울 수조차 없었다. 내 귓전에는 하나의 질문만이 고통스럽게 반복되었다. '오, 하느님. 왜 이런 일이?' 정원을 맴도는 바람이 땀으로 흠뻑 젖은 내 몸을 차갑게 식히고 있었다.

이자우라가 계단을 올라와 내 쪽으로 왔다. 그녀는 내 비극의 전말이 부당하다고 생각했다. 사람들이 자신에 대해 어떻게 생각할지는 신경 쓰지 않았다. 자신의 거친 사고 방식으로는, 아직 꼬마인 내게 그런 행동을 한다는 것이 범죄나 마찬가지였다.

"안으로 들어가, 어서."

그녀가 나를 부드럽게 밀었다. 내 턱은 덜 익어서 쓴 자두를 씹듯이 덜덜 떨고 있었다.

"자, 안으로 들어가. 내일 네 엄마에게 전부 설명할게. 그러면 이 일은 끝나."

## 3. 동심은
## 잊기는 해도 용서하지는 않는다

모리스 아저씨가 도착했을 때 나는 거의 쓰러지듯 그의 품 안으로 몸을 던졌다. 너무 많이 우는 바람에 내 눈은 붓고 충혈되어 있었다.

"애야, 무슨 일이 있었니?"

내가 눈물을 삼키면서 목멘 소리로 사건의 전말을 조금씩 이야기하기 시작했다. 아저씨는 내가 더 울도록 내버려 두었다. 한참 후에 그가 나를 진정시키려 애썼다.

"이 일은 곧 지나갈 거야, 몽쁘띠."

"결코 그렇지 않아요. 아저씨. 이번 일은 제가 어렸을 때 우리 아빠에게 일어났던 크리스마스 사건만큼이나 마음이 아파요. 크리스마스가 올 때마다 내 눈은 항상 눈물로 가득 차고 아빠의 얼굴은 수염이 텁수룩하게 자라 있었죠. 이 일은 절대 잊혀지지 않을 거예요."

"시간을 두고 기다려 봐. 시간이 모든 걸 잊게 해줄 거야. 이제 좀 진정되었구나. 나 좀 앉자. 오늘 하루 종일 서서 일했어."

그가 낡은 의자에 앉았다. 그리고 나를 자신의 무릎 쪽으로 잡아당겼다.

"이렇게, 처음처럼."

흐르는 눈물 사이로 한 가지 일이 생각났다.

"제가 너무 바보 같죠. 그렇죠, 아저씨?"

"절대 그렇지 않아. 너는 지금도 어린이고, 또 네 인생 내내 그렇게 어린아이처럼 맑고 때묻지 않은 모습으로 살아갈 거야. 그건 분명해."

"저도 이제 컸으니까 애들처럼 구는 일은 피할 거라고 아담한테 약속했었는데……."

"내가 그걸 몰랐을 거라고 생각해? 내가 돌아왔을 때 네가 종종 나랑 뽀뽀하는 걸 피하더구나. 그렇지?"

내가 머리를 흔들며 코맹맹이 소리로 말했다.

"그게 사나이가 할 행동이라고 생각하세요?"

그가 웃으며 내 머리를 쓰다듬었다.

"그건 바보 같은 생각이야. 아들이 아빠에게 뽀뽀하는데 뭐 잘못된 거라도 있어? 잘못된 게 전혀 없어. 그리고 네가 날 아빠로 선택했다면, 네가 나이 들고 수염이 텁수룩해져도 내가 나가거나 돌아올 때는 언제나 나에게 뽀뽀를 해야 한다는 걸 잊어서는 안 돼."

눈물이 멈추길 바랐으나 끊임없는 흐느낌으로 몸 마디마디가 흔들렸다.

"그렇게 태양을 운운하던 내 아들은 어디로 갔지? 그 태양을 달구자던 녀석 말이야. 그래, 바로 이럴 때 말을 행동으로 옮기는 게 필요해."

"힘들 거예요. 제 태양이 너무 얼어 버린 것 같아요."

"내일은 새로운 날이 시작되는 거라고 얘기했잖니. 모든 게 변할 거야."

"모리스 아저씨, 삶이란 게 뭐죠?"

"아! 그건 모르겠어. 그런데 그건 왜 물어?"

"그냥 생각해 본 거예요. 처음 여기에 왔을 때 저는 지리를 몰랐어요. 그걸 생각하고 있었어요. 그땐 여기가 북아메리카인 줄 알았어요. 그리고 매일 창 밖으로 카우보이 친구들을 볼 수 있을 거라고 생각했어요. 벅 존스, 톰 믹스 그리고 특히 프레드 톰슨이요. 하지만 전부 환상이었어요. 그걸 알았다면 여기에 오지 않았을 거예요."

내가 코맹맹이 소리로 길게 말했다.

"하지만 올 수밖에 없었을 거예요. 왜냐하면 애들은 원하는 걸 가질 수가 없으니까요. 어른들이 시키는 건 다 해야 하니까요. 게다가 그때 저는 아주 어렸어요."

"이제 다 끝났어?"

"네."

"네가 한 가지 잊은 게 있다. 나 말이야. '저쪽' 출신인데도 난 너를 매일 보러 오잖니?"

"당신은 달라요."

"내 경우엔 그렇다고 치자. 하지만 조니 웨이스뮬러나 타잔도 네가 잠들 무렵에 자주 찾아왔잖아. 그렇지 않니?"

"맞아요."

"그러니까 넌 정말 멋진 선물을 갖고 있는 거야. 그런 선물을 가진 사람은 태양이 필요한 만큼 자주 달궈질 수 있다는 걸 믿어야 해. 그래서 난 네가 그렇게 의기소침하는 거 원치 않아. 네가 이렇게 큰 슬픔에 빠져 있는데 내가 어떻게 내일 일을 할 수 있겠니?"

그가 잠시 입을 다물었다. 그리고 나의 머리를 다정하게 쓰다듬었다. 피곤에 지친 나의 눈이 무거워지기 시작했다.

"네가 잠들 때까지 여기 있을게."

그가 축 쳐진 나를 안고 의외로 쉽게 자리에서 일어나 침대에 눕혔다.

"옷을 갈아입힐 필요는 없겠구나. 넌 벌써 잠옷을 입고 있으니까."

나는 아직 떨고 있는 나 자신을 추슬렀다. 그가 다가와 말했다.

"잠옷 끈을 풀어라. 이렇게 습관이 들어야 해. 배를 꽉 졸라매고 잠들면 악몽을 꿀 수도 있거든."

나는 거의 잠든 상태에서 그의 말을 따랐다. 그가 내 손을 잡고 있음이 느껴졌다. 아빠란 이런 분이야. 내 몸이 안정을 되찾았다고 느낄 때까지 내가 잠든 모습을 곁에서 지켜보는 사람.

나는 새벽에 잠에서 깼다. 아직 불이 켜 있었다. 모리스 아저씨는 의자에서 졸고 있었다. 나의 기척에 그가 눈을 떴다.

"아저씨, 아직 거기 계셨어요? 벌써 늦었는걸요."

"네가 괜찮은지 보려고 하다가 평소보다 조금 늦었어. 그 다음에 잠이 들었지."

그가 자리에서 일어나 침대 위로 몸을 굽혔다.

"이제 가마. 몽쁘띠."

그가 이불을 내 가슴 위로 당겨 주었다.

"새벽바람이 차가우니 좀더 자도록 허."

그리고 나의 머리카락을 쓰다듬어 주었다.

"잘 자라, 녀석. 이 모든 일에도 불구하고 인생이란 참 아름다운 거란다."

고통은 정말 지긋지긋한 것이다. 왜 고통은 한 번 크게 겪는 것으로 끝나지 않는 걸까. 그런 고통이 지나가면 다시는 고통스럽지 않을 텐데.

나는 파이올리에게 내게 벌어졌던 일을 모두 얘기하고 재빨리 교실로 들어갔다. 코는 딸기같이 빨갛고 눈은 퉁퉁 부어 있었다. 따르시지우가 나에게 무슨 일이 있었느냐고 물었다. 하지만 나는 아무 대답도 하지 않았고 할 수도 없었다. 눈물이 다시 고이기 시작했기 때문이다. 세상은 인간적인 면을 모두 잃어버렸다. 모든 것이 나를 아주 잔인하게 짓밟았기에 세상일이 어떻게 돌아가는지 혼란스러웠다. 가슴속에 있는 그 무엇이 나를 완전히 쇠잔시키고 있었다. 격렬한 고통이 다시 시작되었다. 나는 책상으로 고개를 숙였다. 죽어서 이 세상에서 완전히 사라지고 싶었다.

"이 부도덕한 놈! 이 파렴치한 놈!"

반 전체가 나의 그 외침에 깜짝 놀랐다. 아마데우 수사님이 다가와 무슨 일이냐고 물었다.

"아무도 몰라요. 그저 울기만 해요. 죽어라 울기만 해요."

아마데우 수사님이 황급히 교실을 나가더니 펠리시아누 수사님, 레엉 수사님과 함께 돌아왔다. 나를 양호실로 데려갔다. 나는 계단을 오를 힘조차 없었다. 그러자 그분들이 나를 안고 갔다. 나를 침대에 눕히더니 허리띠를 풀었다.

"이거 마셔. 좋은 거야."

약간 쓴 물약을 먹었다. 잠시 후 허탈감이 온몸에 밀려왔다. 손에서 점점 힘이 빠지고 있었고, 몸은 한여름 태양에 달궈지는 것 같았다.

파이올리 수사님만이 남아서 부드러운 눈길로 나를 바라보고 있었다.

"파이올리!"

"왜, 슈쉬? 나 여기 있어. 하지만 조용히 있어. 약을 먹었으니 곧 괜찮아 질 거야."

급작스레 모든 것이 다시 떠올랐다.

"저는 아무 짓도 하지 않았어요, 파이올리. 나쁜 짓은 절대 하지 않았다구요."

"알아. 하지만 울지 마. 그러면 몸에 나빠."

나는 안정을 되찾지 못했다. 눈물이 터져 나온 것이다.

"저는 절대로 나쁜 짓을 하지 않았어요. 저는 파렴치하거나 부도덕한 놈이 아니란 말이에요. 그가 나를 가리켜 말한, 더러운 놈도 아니란 말이에요."

"그렇고말고, 슈쉬. 모든 사람이 다 알아. 넌 상상력이 풍부하고 좀 장난꾸러기이긴 하지만 그뿐이라구."

"이제 집으로 돌아가지 않을래요. 점심을 먹으러 가지도 않을 거구요. 두 번 다시 그를 쳐다보지 않을 거예요."

"오늘은 우리랑 점심 먹자. 내가 집으로 전화해서 오늘은 네가 수사님들이랑 점심을 먹는다고 할게. 수사님 한 분의 생일이라고 둘러대마. 그러면 됐지?"

"좋아요. 하지만 누구하고도 점심을 같이 먹고 싶지 않아요. 더는 아무것도 알고 싶지 않아요. 죽어서 사라지고 싶을 뿐이에요."

나는 힘을 내어 그를 향해 손을 내밀었다.

"왜 제게 돌려주지 않는 거예요?"

"무얼 원하는 거니, 애야?"

"왜 제게 돌려주지 않냐구요. 제가 가지고 있던 그 푸른 색 알맹이를 돌려주지 않을 거예요? 사는 게 무슨 소용 있어요? 뭘 위해 사는 거예요?"

"이러지 마, 슈쉬. 나에게 그런 식으로 말하지 마. 그 알맹이는 이제 없어. 게다가 그걸 내게 주었잖니. 한번 주었으니 끝이야."

나는 더 울기 시작했다.

"그가 말하는 걸 모두 들으니 차라리 바다에서 상어한테 잡아먹히는 게 나았어요."

파이올리는 더는 어떻게 나를 위로해야 할지 몰랐다. 그의 눈도 눈물로 가득 찼다. 그가 주머니에 손을 넣더니 체크무늬 손수건을 꺼냈다. 이번에는 나의 눈물을 닦아 주기 위한 것이 아니었다.

이제는 양호실에서 앙브로지우 수사님과 단둘이 있게 되었다. 그가 프랑스 어로 파이올리에게 우리끼리 있게 해 달라고 거의 명령하다시피 하는 걸 들었다. 그러자 파이올리는 계단을 통해 아래로 사라졌다.

그가 옆 침대에 앉았다. 그리고 긴 손을 자신의 무릎 위에 털썩 내려놓았다. 그는 어찌나 진지했던지 평소 눈을 깜빡거리던 안면경련증상도 보이지 않았다.

"나하고 똑같은 자세로 앉아라."

그렇게 앉기가 무척 어려웠다. 몸이 너무 쇠약해져서 거의 말을 듣지 않았기 때문이다. 하지만 그렇게 했다.

"그래."

그의 말은 여전히 딱딱하고 위압적이었다.

"우리 이제 그만 끝낼까?"

나는 깜짝 놀라 광대뼈가 툭 튀어나온 그의 마른 얼굴을 쳐다보았다.

"제게 무슨 일이 있었는지 아세요?"

"알고 있어. 그래서 어쨌다는 거야? 그것 때문에 내가 여기 왔어. 이 일에 종지부를 찍으려고. 넌 집으로 돌아갈 준비를 해야 해."

"집에는 두 번 다시 가지 않을 거예요. 그분과 부딪치고 싶지 않고, 더는 정면으로 그의 얼굴을 보고 싶지도 않아요."

"정면이든 측면이든 상관없어. 이미 말했듯이 너는 집으로 돌아가야 해. 지금 당장 말이야."

"그 험한 소리를 다 들었는데도요?"

"바로 그거야. 그 험한 소리를 다 들은 후니까. 또 실제로 그건 아무 일도 아니었어."

"아무 일도 아니었다고 말씀하시는 거예요? 아무 일도 아니었다고요? 저를 어떻게 생각하시는 거예요?"

나는 입술을 깨물었다. 화가 치밀기 시작했고 눈물이 나려고 했다. 절망이 너무나 컸기에 언성을 높였다. 나는 내 신분이고 뭐고 모든 걸 망각했다.

"수사님은 우리더러 미사에 가라고 가르치시죠. 성찬 배수를 하고, 하느님을 영접하고 그리고 더 뭔지는 모르겠지만 예수님을 마음으로 영접하라고 가르치시죠. 그리고 마음이 북받쳐 오면 가슴에 손을 얹고 우리에게 이렇게 말하라고 가르치시죠. '나의 주님과 하느님.' 그런데 그게 뭘 위한 거예요? 무슨 소용이 있냐구요? 가슴에 손을 얹고 성체로 자신을 채우고 그리고는 제일 먼저 그런 나쁜 행동을 하면서······."

흥분한 나는 모든 게 꺼지기를 바라듯 양발로 바닥을 쿵쿵 구르기 시작했다. 바로 그 순간 세상이 폭발하여 내려앉기를 바라는 것처럼······.

앙브로지우 수사님이 엄청 화난 표정으로 자리에서 벌떡

일어났다. 그리고 나에게 고함을 쳤다.
 "그래. 바닥을 부숴. 벽에다가 머리를 처박지 그러니? 그게 훨씬 나을 테니까!"
 그 순간 나는 이미 슬픔에 잠겨 있었다. 나의 목소리는 점점 더 작아졌다.
 "앙브로지우 수사님, 이게 다 무슨 소용 있어요? 사랑과 자비는 어디 있나요? 바로 그렇기 때문에 저는 종종 성찬 배수를 하러 갈 때 화가 치밀어요. 왜냐하면 그걸 하지 않으면 바닷가에도, 극장에도 갈 수 없으니까요."
 앙브로지우 수사님이 손으로 내 입을 막았다.
 "입 닥쳐! 조용히 해. 안 그러면 어느 누구도 차마 입에 담지 못할 심한 말들을 듣게 될 거야."
 그가 나의 어깨를 눌러 강제로 자리에 앉혔다. 그리고 자신의 얼굴을 내 얼굴에 들이밀었다.
 "이 배은망덕한 놈. 다른 사람들을 제멋대로 판단하는 너란 놈은 어떤 놈이냐? 넌 복잡한 문제를 안고 있는 그분의 근심에 대해 한 번이라도 생각해 본 적이 있어? 없지? 너에게는 아무 일도 아니었을 거다. 그저 하나의 즐거운 모험 같거나 앰뷸런스를 타고 소풍 가는 정도였겠지. 단지 그것뿐이었겠지. 하지만 그분 입장에서 생각해 봐."
 그는 조금 전보다 더 침착해졌다. 하지만 계속 말했다.
 "제까, 배은망덕한 놈 같으니라구. 은혜를 모르는 놈은 바로 너란 말이야. 그분은 너를 거리에서, 공장에서, 가난에서, 그리고 폐결핵에서까지 구해 줬어. 그분은 네게 가정을 주었어. 옷도 주고, 그것도 최고 좋은 것으로. 또 네 형제들은 하지 못한 공부도 시켜 주었어. 그분은 네 형제들과 부모님의 삶을 보다 낫게 해줄 수 있는 사람이야. 그런데 너는? 너는 그가 처음으로 내민 손을 물었어. 그분이 네가 저지르는 바보 같은 짓과 교양 없는 행동들을 얼마나 많이 용서해 주었는지 생각해 보기라도 했어? 너는 이제 와서 불평들을 늘어놓으며 그분을 비난하고 있잖아? 무슨 말인지 알겠어?"

감정이 복받친 듯 그의 목소리가 떨리고 있었다.

"그분이 한 번쯤 부당한 행동을 했다고 해도 그렇지. 잘 봐. 한 번의 부당한 행동이야. 너 자신이 너무 성급하게 행동한 것을 깨달았을 때 네 마음을 스치게 될 양심의 가책에 대해서는 생각해 봤어? 아마도 한순간 절망하거나 큰 근심에 사로잡힐 거다. 그러니까 제까, 더는 내 앞에서 네 아빠를 비난하는 말을 한 마디라도 벙긋하지 마. 내가 네 입을 묶어 버리지 않은 것이 천만다행이라고 생각해, 알아들었어?

그가 양호실의 병상들 사이로 걷기 시작했을 때 나는 머리를 숙였다.

그가 다시 되풀이하였다.

"내가 이렇게까지 말한 건 네가 자초한 거야. 내가 그런 식으로 말하는 데 희열을 느낄 거라고는 생각하지 마. 힘든 것,

힘든 진실 들도 언젠가는 말해야 해. 네가 내 말을 이해하려면 어른이 돼야 해, 알았어? 좀더 크고 책임감이 있어야 돼."

그가 나에게 가한 충격이 효과를 나타내고 있었다. 하지만 그 다음에 나온 목소리는 내 것이 아니었다. 너무나 태연하고 침착했다.

"좋아요, 앙브로지우 수사님. 제가 어떻게 하기를 바라세요?"

그가 깜짝 놀란 듯 뚫어져라 나를 쳐다보았다. 나의 그런 행동이 그렇게까지 일찍 나오리라고는 기대하지 않았기 때문이다.

"그러니까 훨씬 낫구먼."

내가 다시 재촉했다.

"제가 어떻게 하기를 바라세요?"

"집으로 돌아가. 그래서 이 모든 일을 끝내. 네 아빠에게 기회를 한 번 더 드려. 그리고 이 모든 일이 없어지기를 바라라구."

이제 나는 눈물을 그치고 그의 날카르운 눈을 똑바로 쳐다보았다.

"좋아요. 그렇게 하겠어요."

그의 얼굴색이 바뀌었다. 그의 입술에 미소까지 맴돌았다.

"그렇게 말해야지, 제까."

"하지만 당신이 생각하는 것만큼 쉽지는 않을 거예요."

"처음에는 그럴 거다. 하지만 시간이 지나면 그 모든 것이다 지나가 버려. 펠리시아누 수사님이 너를 '착한 마음'을 가진 아이라고 부르지 않았니? 그런 착한 마음은 타인을 용서할 줄 알지."

"펠리시아누 수사님의 마음속에 있는 것은 모두 다 선(善)이에요. 그런데 나는 착하지 못해요. 좋아요, 앙브로지우 수사님. 저는 잊을 거예요. 잊도록 노력할 거예요. 왜냐하면 저는 용서를 믿지 않으니까요."

"잊어버리는 것과 용서한다는 것의 차이가 뭔데?"

"용서를 하면 모든 걸 다 잊어버리죠. 하지만 용서를 하지 않고 그냥 잊어버리기만 하면 종종 그 일을 다시 기억하게 돼요."

그가 나의 설명에 당황하는 것을 느꼈다. 그래서 그는 내 말에 반박할 방법조차 잃어버렸다.

태풍이 지나갔음을 본 그가 나를 일어나게 하려고 손을 내밀었다.

"이봐, 제까. 너는 나쁜 애가 되고 싶어하는 모양인데 사실 넌 나쁜 애가 아니야."

"저는 착하거나 나쁜 사람이 되고자 하는 마음이 없어요."

"너를 망치고 있는 건 네가 아주 자존심 강한 소년으로 자라고 있다는 거야."

"모든 사람이 두들겨 패는 빨래판이 되고 싶진 않아요."

우리는 나란히 양호실의 계단을 내려왔다. 나는 앙브로지우 수사님이 조금 전의 그 무시무시한 순간들을 잊어버리려 노력하고 있음을 느꼈다.

"교실에 가서 가방을 가져와. 난 여기서 기다릴게. 빨라시우 광장까지 너를 데려다 주마."

"뭣 하려구요? 집에 돌아가겠다고 약속을 했으니까 전 돌아갈 거예요."

"물론 나도 알아. 하지만 네가 나 때문에 상처를 받고 돌아가는 걸 원치 않아."

"상처받지 않았어요. 오히려 저를 도와주셨어요. 그것도 아주 많이."

"그거 다행이구나. 하지만 너랑 얘기하고 싶은 게 하나 있어. 아주 차분하게 대화해야 할 문제야."

나는 가방을 집었다. 그리고 우리는 함께 걸어 나갔다. 큰 벤자민 고무나무의● 그림자들이 모래 위에 평소보다 길게 늘어져 있었다. 해가 저물기 시작한 것이다.

광장 한복판에 다다랐을 때 앙부로지우 수사님이 다시 나에게 말하기 시작했다. 그의 목소리는 낮았고 약간 고통스러운 듯했다.

"제까, 네가 조금 전에 한 말이 사실이니?"

"조금 전에 한 말이라뇨?"

---

●뽕나무과에 속하는 관엽식물. 벤자민이라고도 한다.

  악마의 시간

"화가 난 채로 성찬 배수를 하러 갔다는 말 말이야."

"그 말은 하고 싶지 않았어요. 감정이 너무 복받친 순간에 나왔을 뿐이에요."

"어쨌든 그런 말이 나온 것은 어떤 배경이 있기 마련이니까……."

내가 절망적인 마음으로 그를 바라보았다. 우리는 걸음을 멈췄다.

"앙브로지우 수사님, 솔직히 말해도 돼요?"

"그럼."

"그러면 이 벤치에 앉아요. 기운이 하나도 없고 기분도 엉망이니까요."

우리는 얘기를 꺼내고 싶은 마음이 없는 듯 한동안 그렇게 앉아 있었다. 그는 내가 먼저 얘기를 꺼내기를 기다리고 있었다. 내가 계속 침묵을 지키자 그가 먼저 물었다.

"너 지금 몇 살이지, 제까?"

"거의 열세 살이에요."

"그렇구나. 반에서 가장 어리지. 또 내 포르투갈 어와 문학을 듣는 학생 중 제일 뛰어난 학생이기도 하고."

나는 무관심하고 의기소침한 상태에서 미소를 지었다.

"이제 얘기해 볼래?"

"얘기할 거예요, 앙브로지우 수사님. 어떻게 하면 좀더 쉽게 시작할 수 있을지 그 방법을 찾는 중이에요."

한 가지가 총알같이 튀어나왔다.

"뭔지 아세요? 사람들이 우리에게 종교를 가르치는데 모두 잘못 가르친다는 생각이 들어요. 그래서 좀 혼란스러워요. 제가 처음 성찬 배수를 했을 때 숙모님이 집에서 손수 저를 준비시키셨어요. 제 인생에서 가장 행복한 날이 될 거라고 말했어요. 그리고 예수님을 마음으로 영접하는 것이 세상에서 가장 큰 행복이라고 하셨어요. 그런데 저는 그런 걸 전혀 느끼지 못했어요. 무료함만 느꼈을 뿐이에요. 왜냐하면 제가 어렸을 뿐만 아니라 제 교복에 달려 있던 은배지들이 제가 4학년이라는 걸 보여 줬기 때문이에요. 저는 모든 눈들이 저를 향해 있다고 생각했어요. 찬송가와 기도를 드리면서 성찬 배수를 했을 때 실제로 제가 느꼈던 것은 배고픔이었어요. 실망스러웠어요. 성찬의 빵이 저에게 기다림을 가르치는 것과 마찬가지였으니까요. 정말 힘든 하루였어요. 단체로 사진을 찍는 거 하며……. 오후 늦게야 커피와 초콜릿이 나왔죠. 저는 배가 하도 고파서 현기증까지 났어요. 그런데도 다시 사진이나 찍어대고……. 그때가 9월 7일이었어요.● 그때 시가행진이 있었는데 전 피곤한 몸으로 시가행진을 하느라 다른 사람들과 더불어 오후 내내 걷기만 했어요. 제 마음속은 왠지 허전했어요."

● 브라질 독립기념일

내가 비스듬히 그를 바라보았다. 그는 심각한 표정으로 땅을 응시하고 있었다.

"그 다음, 시간이 흘렀죠. 성찬 배수는 거의 의무사항이 되었어요. 집안의 요구사항이 된 거죠. 바닷가와 극장에 가는 기회를 잃지 않기 위해, 마치 성적표처럼, 아주 중요한 것이 된 거예요. 그래서 하는 수 없이 교회에 가야만 했어요. 거의 강요당한 거죠. 제가 말하고 싶은 것은 분노가 아니라 아무런 힘이 나지 않는다는 것이에요."

"그것 참 끔찍하구나."

"끔찍하죠. 하지만 어느 누구도 이해를 못해요. 저는 종종 고해성사를 할 마음이 없는데도 가야만 해요. 어떤 때는 고해성사도 없이 곧장 성찬 배수를 하고 싶기도 해요."

앙브로지우 수사님이 깜짝 놀랐다.

"너 벌써 그렇게 했어?"

"아뇨, 아직은……. 하지만 나중에 그럴 수 있을 거라고 생각해요."

"안 돼. 절대로 그래선 안 돼. 성찬 배수는 세상에서 가장 성스러운 거야."

"그러면 집에는 거짓말을 해야 해요? 전 거짓말하는 거 좋아하지 않아요. 자기 자신을 속여서는 안 되니까요."

앙브로지우 수사님은 내 문제로 마음이 혼란스러운 것 같았다.

"아마 그렇다면 거짓말하는 것이 나을지도 몰라."
우리는 더 대화할 거리가 없었다.
"저, 가야겠어요. 앙브로지우 수사님."
내가 가방을 집어 들었다. 그와 악수를 하고는 자리를 떴다. 기운이 나질 않았다. 슬펐다. 몸은 거의 초주검이 되었다. 축 처진 어깨로 땅을 보며 걸었다. 그분과 점점 멀어질수록 나를 바라보는 그분의 멈춰진 시선이 느껴졌다.

# 4. 돔발상어와 실패한 비스킷 던지기 싸움

덥지도 춥지도 않은 밤이 되자 신선한 바람 한줄기가 반쯤 열린 창을 통해 들어왔다. 하지만 난 추위를 느꼈다. 너무 추운 나머지 이불을 몸에 돌돌 말고 그걸 턱까지 당겨 덮었다. 이미 늦은 시간이었지만 모리스 아저씨가 올지도 모른다는 희망 때문에 방의 불을 끌 수 없었다.

"끔찍한 하루였어, 아담. 그렇지 않아?"

"그래, 정말 재수 없는 날이었어! 하지만 넌 아주 잘 처신했어."

"저녁 시간에는 더했어. 마치 공동묘지에서 식사하는 것 같았다니까. 싸늘한 침묵이 흘렀어. 음식이 목에서 내려가질 않고 걸리는 것 같았어. 시간은 왜 그렇게 가질 않는지. 식사

시간 내내 접시만 바라보았는데 밥알이 그렇게 많은 줄은 처음 알았어. 이제부터 매일 그런 분위기일 거야. 두 번 다시 그가 있는 쪽으로 눈을 돌리지 않을 거야. 언제든 입을 열어 나를 다시 부도덕한 놈이라든가 파렴치한 놈이라고 부르기만 해 봐."

"너는 곧 잊어버릴 거야."

"잊어버리지도, 용서하지도 않을 거야. 절대로. 지팡이를 짚고 턱이 무릎에 닿을 정도로 꼬부랑 할아버지가 되어도 절대 잊지 않을 거야. 넌 아직 나를 잘 몰라, 아담."

우리는 누가 다가와 대화를 가로막지 못하도록 아주 낮은 소리로 얘기했다.

"잊지도 않고 용서도 하지 않는다고? 그래. 하지만 나는 네가 잊고 용서한 적이 한 번 있다고 들었는데."

나는 궁금해졌다.

"웃기는 소리 하지도 마. 지금 무슨 말을 하는 거야?"

"너의 뽀르뚜가를 얘기하는 거야. 네가 박쥐를 잡았을● 때 그가 너를 때린 적이 있잖아."

나는 아득히 먼, 그리운 그 시절로 들어갔다. 그래서 현실로 돌아오는 데 다소 시간이 걸렸다.

"좋아, 하지만 그때는 달랐어. 왜 그걸 기억했어?"

---

● 달리는 자동차 뒤에 매달리는 장난을 말한다.

"아무것도 아냐. 그냥 기억이 났을 뿐이야."

아담이 내 마음을 시험하려 하고 있었다.

"그래, 달랐어. 그때 난 나쁜 짓을 했어. 그런데 잠시 억지를 부렸던 거야. 하지만 어제는 달라. 나쁜 짓을 전혀 하지 않았으니까. 너도 그걸 알잖아. 나를 생각 없는 개보다 더 심하게 다뤘다구."

"네가 옳다고 하는 게 낫겠군. 왜냐하면 살다 보면 우리가 진짜 잊지 못하는 것들이 있으니까."

"생각이 일치해서 천만다행이다."

"너무해, 제제. 나는 언제나 너에게 동의해. 그리고 내 임무는 너를 도와주고 의혹이 있으면 분명히 밝혀 주는 거야."

"알아. 고마워, 아담."

우리는 다시 침묵했다. 거실의 시계가 10시를 알렸다. 집안이 어둠에 싸여 있음을 알았다. 모두가 자기 방으로 돌아간 것이다. 아무도 얘기할 거리라든가 거들 거리가 없었던 것이다.

"아담!"

"응."

"졸려 죽겠어. 하지만 잠을 못 잘 것 같아."

"편지에 대해 생각하는구나."

"응. 고도이아 누나에 대해 생각하고 있었어. 그녀가 너무 가엾어. 더 큰 문제는 내가 그녀에게 위로가 될 편지 한 장

다정하게 쓸 줄 모른다는 거야."

"펠리시아누 수사님께 부탁해 봐. 그분은 도와주실 거야."

"좋은 생각이야. 그러나 저러나 너도 봤지? 모든 일이 한꺼번에 벌어졌어."

"그게 인생이야. 잊도록 해 봐. 눈을 감아. 기도해 보는 게 어때?"

"뭣 하러? 오늘 난 하느님께 조금 기분이 상했다구."

"그래 봤자 무슨 소용이 있어? 네가 질 게 뻔한데."

사실이었다. 아담이 옳았다. 어느 누구도 하느님과 싸울 수 없다. 아프리카의 코끼리들을 전부 다 친구로 가지고 있는 타잔이라도 소용없을 것이다. 하느님은 너무나 위대한 분이셔서 항상 이길 것이다. 더군다나 그분은 우리의 삶을 아주 아름답게 만들어 놓았다. 나무와 푸른 하늘, 파도가 출렁이는 끝없는 바다 등등…….

나는 마음이 아팠다.

'저는 솔직하게 말하지 않았어요. 들었어요, 하느님? 마음속에 당신이 없이 산다는 것은 정말 나쁜 것임에 틀림없어요.'

내 귀가 너무나 무감각해서 모리스 아저씨가 도착한 것도 알아채지 못했다. 그가 내 등을 칠 때에야 비로소 침대에서 몸을 돌렸다. 내 얼굴 가까이에서 미소 짓는 그의 얼굴. 그와 더불어 내 태양의 희미한 빛 한 줄기가 희망에 가득 찬 모습으로 다시 고개를 내밀었다.

"시간이 많이 걸렸네요, 아저씨."

"몇 장면 때문에 일이 아주 늦게 끝났어."

그가 평소처럼 낡은 의자에 앉았다. 그는 자신의 팔을 쓰다듬으며 방 안의 슬픈 분위기를 바꾸려 했다.

"너, 나한테 이 의자의 이름을 말해 준 적이 없지?"

"정말 없었어요?"

"그래."

"아무도 그 의자를 좋아하지 않아요. 그래서 제 방에 버려진 거예요. 이름이 아주 고약해요. 오로징바라고 해요."

"뚱뚱하고 나이 든 아주머니에게 아주 잘 어울리는 이름이구나."

"성만 없어요. 그 이름이 예쁘다고 하시니까 당신의 성을 붙일게요."

모리스 아저씨가 한바탕 큰 웃음을 터뜨렸다. 그리고 프랑스 말투가 섞인 목소리로 말했다.

"오로징바 슈발리에! 그거 나쁘지 않은데."

그는 자신이 내 태양에 불을 지핀 것을 알자 오로징바를 침대 가까이로 당겨 내 손을 잡았다.

"그래, 몽쁘띠. 요즘 어때?"

나는 눈물이 고이는 걸 애써 참으면서 그에게 모든 것을 얘기했다.

"무척 힘든 하루였겠구나, 녀석. 다시 사람들을 믿을 필요

4. 돔발상어와 실패한 비스킷 던지기 싸움  201

가 있어. 특히 어른들을 말이야."

"하지만 그게 전부가 아니에요, 아저씨. 저의 옛날 집에 대한 나쁜 소식을 들었어요. 제 누나, 고도이아를 아시죠? 그 누나가 끔찍한 자동차 사고를 당했대요. 온몸이 다 망가졌나 봐요. 한쪽 시력을 잃었고 얼굴 수술을 벌써 네 번이나 했대요. 이도 거의 다 부러진 것 같아요. 정말 슬픈 일이죠? 절정말로 사랑하던 누나인데……."

그는 대답하지 않고 내 손을 좀더 따뜻하게 감싸 쥐었다.

"어떤 일이 있어도 제가 계속 나아갈 수 있도록 도와준 것도 바로 그녀였어요."

"계속 나아가다니, 뭘?"

"여기서 사는 거요. 저는 앞으로도 계속 살아갈 거예요. 끝까지요."

"오늘 하루 종일 그것에 대하여 많이 생각해 봤다. 네가 잘못된 결정을 내릴까 봐 걱정이 되었어."

"이따금 제가 잘 할 수 있을지 의심이 되긴 했어요. 하지만 계속 살아갈 거예요. 저의 형제들의 생활을 생각해 봤어요. 앙브로지우 수사님의 말씀도 생각해 보구요. 그들은 거기서 힘들게 살고 있는데……. 새벽에 일어나 시내로 일하러 갔다가 밤늦게 돌아오고…… 그 다음날도 다시 그렇게 시작하죠. 한 명씩 공장에 던져지는 거예요. 자기 이를 치료할 수도 없고 좋은 옷, 좋은 신발 하나 사 보지도 못한 채, 그렇게 커 가고 있어요. 저도 그걸 다 알아요. 하지만 그들은 불평 한마디 없이 거기에서 행복한 모습으로 제가 사는 쪽을 쳐다봐요. 왜냐하면 저는 그 모든 것으로부터 자유롭고, 언젠가 박사까지 될 수도 있을 테니까요."

"정말 마음에 드는구나, 몽쁘띠. 암, 그래야지. 사나이는 바로 그래야 해. 네가 자랑스럽구나."

"전 그저 사람들이 항상 제게 던지는 몇 마디 말들을 반복하고 있는 것뿐이에요. 그리고 앙브로지우 수사님이 저에게 그런 모욕을 주면서까지 말하고자 했던 것들도요."

모리스 아저씨가 눈높이로 시계를 가져갔다.

"녀석. 안됐지만 이제 가 봐야겠구나."

"가셔도 괜찮아요. 전 이해해요. 다만 한 가지는 대답해 주세요."

"뭐든지 대답하마."

"아저씨도 저처럼 안 좋은 날이 있었어요?"

"정말 안 좋은 날이 있었어. 되는 일이 아무것도 없었어. 사람 맥 빠지게 하는 날이었지."

"피곤했어요?"

"아직도 피곤하단다."

내가 그를 보며 미소 지었다.

"왜 웃어, 몽쁘띠?"

"아무것도, 아무것도 아니에요. 아저씨는 성냥불을 켜는

데 성공하셨어요."

"정말이야?"

"네. 성냥으로 저의 태양에 희망의 불을 밝히셨어요."

"그렇다면 다행이다. 내가 즐거운 마음으로 돌아갈 수 있겠구나."

그는 언제나처럼 나의 머리를 쓰다듬어 주었다.

"그렇다면 내일은 새로운 날이겠지?"

"아마도 그럴 거예요."

그가 내 이불을 가지런히 해주었다.

"이제 눈을 감고, 네가 항상 하던 대로 몸을 벽 쪽으로 돌리렴."

나는 그의 말대로 했다.

"안녕, 몽쁘띠. 잘 자라."

그는 자신이 내 방에 피운 온정의 바람을 흔들기라도 하듯 사뿐히 방에서 나갔다. 모든 게 어둡고 조용했다.

"아담!"

"응."

"너 들었어?"

"전부."

"아빠라는 건 바로 그런 거야. 일을 많이 해서 피곤하지만 여기까지 와서 내가 하루를 어떻게 보냈나 알아보고 잘 자라고 말씀하시는 거. 그게 바로 아빠야."

"나도 그렇게 생각해. 하지만 이제 그만 자자. 졸려 죽겠어."
아담 역시 나의 결심에 매우 만족하고 있다는 걸 느꼈다.

 창문을 열었을 때 나는 '새로운' 날이 밝았음을 보았다. 하지만 이상하게도 뭔가 전날과 비슷했다. 다만 마음은 전보다 굳고 단호해져 있었다. 단호해졌다는 것은 그날은 물론, 앞으로 다가올 많은 날들도 그날과 비슷할 거라는 내 마음가짐을 의미했다. 옷을 입고 식탁에 앉아 묻는 질문에 간단하게 대답하고 절대 그분 쪽으로 눈을 돌리지 않을 것 등등.
 그렇게 하루하루가 흘러 한 달이 되었다. 다음달에도 나는 똑같은 태도로 살아갈 것이다. 아담조차 그런 나를 자주 꾸짖었다.
 "너 말이야. 그분이 빵이나 버터를 부탁하면 건네줄 수 있는 거 아냐?"
 "나한테 그러지 말고 내 누나나 엄마에게 말해."
 학교에서 나보다 더 고립되어 지내거나 말없는 사람은 없었다. 따르시지우마저도 함께 길을 걷거나 공원 벤치에 앉아 있을 때 나의 침묵을 깨뜨리지 못했다. 파이올리는 나의 고통이 지나가기를 바라면서 내 행동을 존중했다. 집안의 어느 누구도 내 성적에 신경 쓰지 않았으며 내가 성찬 배수를 했는지조차 묻지 않았다.
"아빠랑 바닷가에 가지 않을래?"
"머리가 아파요. 그리고 공부해야 돼요."
나는 바다도 제쳐 두었다. 바다에 가고 싶을 때면 수업을 빼먹고 나와 뽀뗑지 강에서 마음껏 수영을 했기 때문이다. 식구들은 일요일 오후면 차를 타고 시내에 나가곤 했다. 가는 길은 항상 같았다. 찌롤까지 갔다가 해변을 돌아 아레이아 쁘레따까지 갔다. 이따금 친구 댁에 들르기도 했다.
"나가고 싶지 않아요. 책 읽을 거예요."
그러면 그들이 더는 고집을 부리지 않았다.
나는 이웃집 담을 뛰어다니는 등 하고 싶은 것은 뭐든지 할 수 있었다. 사포딜라나 망고나무 가지 위에 올라가 앉아 있을 수도 있었다. 암탉들이 나를 쳐다보면서 내가 더는 밀기울이나 물을 가져다 주지 않는 것을 이상하게 여기는 듯했다.
한번은 내 사촌의 다리가 말썽을 일으킨 적이 있었다. 그래서 그는 특수치료를 받으러 헤시피에 가게 되었다. 아빠도 같이 가야 했는데 돌아오는 길에 그가 나에게 줄 선물을 하나 사 왔다. 그가 아무 말 없이 내게 검은색 허리띠를 내밀었다. 나는 그것을 받을까 말까 망설였다.
"감사하다고 해."
"감사합니다."
나는 허리띠를 받아 들고 등을 돌렸다. 내 손이 불타고 있

었다. 나는 그 허리띠를 옷장의 서랍에 내던지고는 한 번도 사용하지 않았다.

아담이 다시 나를 꾸짖었다.

"제제, 그렇게까지 할 것은 없잖아."

"너는 내가 개성을 가지도록 가르치려고 여기 온 것 아냐? 앞으로는 항상 이렇게 행동할 거야."

나 역시 현재의 괴로움을 완화시키기 위해서는 무언가가 필요했다. 그런데 그 무언가가 예기치 않은 시기에 불쑥 발생했다.

아마데우 수사님은 내가 다가가자 겸연쩍게 웃었다. 그는 내가 무엇을 부탁할지 이미 알고 있었던 것이다.

"아마데우 수사님, 오늘은 돼요?"

"오늘은 안 돼."

"왜 안 돼요?"

"일주일에 딱 두 번만 허락한다고 우리 서로 합의했잖아."

그는 검사하고 있던 공책을 뒤적였다. 내가 돌아가지 않고 계속 서 있었지만 그는 안 된다며 고개를 저었다.

"저는 당신이 정말로 제 친구라고 생각했어요."

"바로 그렇기 때문에 오늘은 허락하지 않는 거야."

"그게 무슨 차이가 있어요? 제가 언제 숙제를 잊어버리던 가요? 제가 그 수업에서 일등이 아닌가요?"

"그렇다 해도 너는 나의 선의를 악용하고 있어. 내 책임에 대해서 생각해 본 적이 있어?"

악마가 나를 강하게 부추겼다.

"오늘 허락하셔도 지난번에 허락한 것과 다를 바 없잖아요."

그가 거의 버터 색깔에 가까운 아주 맑은 눈으로 안경 너머 나를 쳐다보았다. 그리고 약간 근심스런 표정을 지었다. 그는 내가 논쟁에서 얼마나 강한지 이미 알고 있었다.

"제 말 좀 들어 보세요, 아마데우 수사님. 제 수영 솜씨가 갈수록 나아지고 있단 말이에요. 위험할 건 없어요. 딱 한 시간만 연습하고 돌아올게요."

그는 하던 일로 다시 눈을 돌리고는 대답하지 않았다. 나는 계속 고집을 부렸다.

"오늘만이라고 약속할게요. 그 다음에는 다시 일주일에 두 시간만 수영할게요."

나는 내가 거짓말하고 있다는 걸 알고 있었다. 왜냐하면 한 시간 안에 돌아오지 못할 테니까. 나는 밀물이 몰려오기를 기다릴 것이다. 그때쯤 파도는 하수구에서 쏟아져 나오는 이상한 '항해자들'과● 뒤섞여 썰물로 빠져나가고 있었다.

●하수구에 둥둥 떠다니는 것들을 재미있게 표현한 말

악마의 시간

아이들은 그 부유물들을 '브리두'라고 불렀다. 밀물이 몰려
올 때까지 기다리다 보면 시간이 부족해서 학교로 돌아올 시
간이 없을 것이다. 방법은 그곳에서 곧장 집으로 가는 것일
게다.

내가 고집을 부리며 귀찮게 굴자 그가 마침내 동의했다.
"바스콘셀로스, 오늘만이라고 약속하는 거지?"
"맹세해요."
"맹세할 것까지는 없어. 펠리시아누 수사님께 얘기해 봐."
"이미 얘기했어요. 이제 모든 것이 당신에게 달렸어요."
"좋아. 그렇게도 좋아? 녀석."

출석을 부를 때 그가 나의 결석을 눈감아 줄 것이다.

나는 '감사합니다'라고 말한 뒤 나는 듯이 밖으로 뛰어나
갔다.

아이들이 밀물이 좀더 밀려오기를 기다리면서 부둣가에
쌓인 면화 더미에 앉아 있었다. 우리는 거기에서부터 스포츠
클럽까지 헤엄쳐 갔다. 용기 있는 애들은 부두의 높은 담 위
에서 뛰어내렸다. 나도 그러고 싶었지만 그런 멋진 일을 해
내기에는 아직 일렀다. 높이가 만만치 않았던 것이다.

"헤나뚜 빌만 박사님과 체조하러 갈래?"
"가자."

우리는 모든 일에 있어서 헤나뚜 박사님을 따라다니는 것
을 무척 좋아했다. 그는 완벽한 체력을 가지고 있었다. 그는

우리에게 운동할 때 몸을 어떻게 움직여야 하는지 가르쳐 주었다. 누구든지 틀리면 그때그때 교정도 해주었다. 인간은 악마의 힘을 가지고 있음에 틀림없었다. 그는 혼자서 카누를 들고 강까지 가곤 했다. 마치 종이 한 장을 들고 가듯 쉽게 들고 갔다. 그러면 우리가 도울 차례였다. 우리는 노를 운반했다. 그는 고맙다고 말했다.

"저도 크면 선생님처럼 되고 싶어요."

그가 싱긋 웃으며 남부지방 사투리로 대답했다.

"그러려면 옥수수가루를 많이 먹어야 해."

그러자 우리 꼬맹이들 사이에서 말다툼이 벌어졌다.

"그분은 조니 웨이스뮬러보다 힘이 더 세."

"무슨 소리야. 타잔이 더 세고 키도 더 커."

"영화 속에서는 모두가 강하게 보일 뿐이야."

"그래? 그러면 어디 한번 가 봐. 진짜 그런지."

서로서로 비웃고 난리였다. 모두가 말도 안 되는 근육을 커 보이게 하려고 비쩍 마른 가슴을 한껏 부풀리며 용을 쓰고 있었다.

그런 와중에 에베네제르가 등장했다. 그는 우리의 또다른 영웅이었다. 스키프를● 탈 때 그의 모습은 왕과 같았다. 그의 모든 동작이 완벽했다. 그리고 스키프 역시 그가 목으로

●스키프는 1인용의 가벼운 카누 종류

만 움직여도 그의 말을 따르는 것 같았다. 수영을 할 때는 아주 침착했다. 그는 모든 수영법을 알고 있었다.

에베네제르가 우리가 앉아 있던 경사면 가까이 다가왔다. 그리고 밀물이 어느 정도인지 살폈다.

"에베네제르, 수영할 거야?"

"생각 중이야."

"밀물이 많이 들어와서 이제 좋은데. 그렇지 않아?"

"조금만 더 있으면 훨씬 나을 거야."

우리들 모두 그에게서 시선을 떼지 못했다. 그는 푸른 망고나무들로 가득한 강 연안을 바라보고 있었다. 갑자기 그가 시선을 우리 쪽으로 돌렸다.

"혼자 수영하고 싶지 않은데. 나하고 같이 갈 용기 있는 녀석 누구 없어?"

"어디까지 갈 건데?"

"물살이 약할 동안 뽀르뚜 부두까지 갈 거야. 그 다음 물살을 이용해서 따바리스 지 리라 부두까지 갈 거야."

어느 누구도 용기를 내지 못했다.

"우리한테는 너무 먼 거리야."

"너희들, 배우고 싶지 않은 거야?"

나중에 녹초가 되든 말든 나는 그와 같이 가고 싶어서 안달이 났다.

"같이 갈래, 렐레?"

4. 돌발상어와 실패한 비스킷 던지기 싸움  211

"저 앤 굉장히 빨라. 우리는 저 애 근처도 못 갈 거야."
에베네제르가 웃었다.
"좋아, 내가 천천히 수영하겠다고 약속하지. 나랑 같이 갈 사람?"
렐레와 내가 일어났다.

에베네제르가 멋진 폼으로 강물에 다이빙했다. 이제 포기하면 스타일을 다 구기는 것이 된다. 분명히 야유를 받을 것이다. 우리도 똑같이 그를 따라 했다. 그리고 그의 옆에 붙었다. 그는 약속한 대로 천천히 수영을 했고 우리가 뒤에 처지면 기다려 주었다. 나는 여태껏 강의 물살 한가운데 있어 본 적이 없었다. 거기 물은 아주 깨끗하고 투명했다. 우리는 앞으로 나아갔다. 이제 에베네제르는 우리를 재촉하려고 한참 앞서 나갔다. 스포츠 센터의 본건물과 요트 센터 건물이 아주 작게 보였다. 여러 배들이 닻을 내리고 정박해 있었다. 해양경찰선을 뒤로한 채 우리는 계속 앞으로 나아갔다.

이때 에베네제르가 경고했다.
"수박 냄새야! 수박 냄새!"

심장이 가슴 밖으로 튀어나오는 것 같았다. 수박 냄새라니. 우리 근처에 상어가 있었던 것이다. 냄새가 점점 더 가까이 느껴졌다. 에베네제르는 이미 경찰선 쪽으로 헤엄쳐 간 상태였다. 렐레는 몸을 돌려 가장 가까운 배를 찾았다. 나만 미친 녀석처럼 계속 수영을 하고 있었다. 에베네제르가 나를

향해 소리치는 것이 들렸지만 무슨 말인지는 알 수 없었다.

나는 마음속으로 기도하기 시작했다. '루르드 성모님, 저를 보호해 주세요. 앞으로는 말씀을 어기지 않겠다고 약속할게요.' 하지만 수박 냄새가 점점 더 가까워졌다. 마치 큼지막한 수박덩이 앞에 앉아 있는 것처럼 냄새가 강하게 느껴졌다. 한 발짝 앞으로 나갈 때마다 전신이 떨렸고, 그 냄새가 이제 나를 쫓고 있다는 걸 느꼈다. 나는 침착하려고 애썼다. 그러자 에베네제르의 고함 소리가 들렸다.

"빨리 헤엄쳐. 경찰선으로 헤엄쳐. 어서."

경찰선이 그렇게 커 보인 적이 없었다. 그쪽으로 헤엄을 쳤다. 심장이 얼마나 뛰는지 가슴이 터질 것만 같았다. 나는 경찰선으로 다가가고 있었다. 절망적인 눈으로 경찰선의 높은 선체를 쳐다보았다. 선체에 도달한다 할지라도 몸을 들어 올릴 힘이 없을 것 같았다. 성모님께 드린 기도가 받아들여졌는지, 나를 엄습한 두려움 때문인지는 모른다. 그 순간 어떻게 했는지조차 기억나지 않는다. 어쨌든 나는 선체를 꼭 붙잡고 몸을 들어 올려 배 안으로 뒹굴었다. 울고 싶고 토하고 싶은 마음으로 몸을 숙여 강물을 바라보았다. 그 냄새가 훨씬 더 강하게 풍겨 왔다. 공포에 질린 내 눈 앞에 물살을 가르며 작은 파도를 일으키는 돔발상어의 날카로운 꼬리가 보였다. 순식간에 일어난 일이었다. 은회색의 그 꼬리가 점점 멀어지더니 완전히 사라졌다.

배의 구석진 곳에 누웠다. 몸을 떨기 시작했다. 단순한 두려움 정도가 아니라 극심한 공포가 엄습했기 때문이었다. 깊은 숨을 몰아쉬려고 했지만 몸이 꽁꽁 얼었음을 느꼈다. 무릎이 달달 떨리며 서로 부딪쳤다.

이제 돌아가는 문제가 남았다. 용기가 어디로 사라졌는지 온데간데없었다.

그제야 아담이 절망에 빠진 내게 말했다.

"휴, 제제. 간발의 차이였어."

나는 화가 치밀었다.

"그 순간에 넌 코빼기도 안 보였어."

"겁이 나서 죽는 줄 알았단 말이야. 네 심장이 얼마나 쿵쾅거렸는지 하마터면 토할 뻔했어."

"그래서?"

"돌아가야지."

"그 상어가 여기를 맴돌고 있다면? 내가 물에 들어가기만 하면 바로……."

"진정하고 기다리자구. 다른 사람들은 어디 있는지 둘러봐."

렐레는 나와 똑같은 상황에 처했었다. 하지만 그는 클럽에서 가장 가까운 배로 헤엄쳐 갈 여유가 있었다. 에베네제르는 서서 강물을 바라보며 공기를 들이마시고 있었다. 그는 이제 수박 냄새가 나지 않음을 느꼈는지 나를 향해 소리쳤다.

"잠시 뒤에 우린 돌아갈 수 있을 거야. 위험은 지나갔어."

4. 돌발상어와 실패한 비스킷 던지기 싸움  215

그는 10분 남짓 기다렸지만 그 시간이 나에게는 수백 시간 같았다. 그가 물에 뛰어들어 내가 있던 배로 헤엄을 쳐 왔다.

"뛰어내려. 내가 네 옆에서 천천히 수영할게."

나는 싫다고 고개를 저었다.

"이젠 못하겠어."

"어서 가자. 용기를 내. 다른 꼬마가 있는 배까지 갈 거야. 어서 가자. 우리 셋이서 함께 헤엄치자."

"난, 안 가. 죽을 때까지 여기에 있을 거야."

내가 헤엄을 치려 시도해 보았자 성공 못할 거니까.

"네가 원치 않더라도 나는 갈 거야. 평생 너를 기다리며 있을 순 없으니까."

그는 잠시 기다렸다. 하지만 내가 결정을 내리지 못하는 걸 보고 나서는 렐레를 데리러 클럽 쪽으로 헤엄쳐 갔다.

나는 그 두 사람이 점점 멀어져 가는 걸 보았다. 그들은 클럽에 도착했다. 그리고 비탈길을 올라가서 경찰선 쪽을 가리켰다.

나는 배의 갑판 위에 앉아서 기적을 기다리기 시작했다. 오후가 점차 다가오고 있다는 징후가 보였다. 내가 학교나 집으로 가고 있을 시간이었다.

시간은 지체 없이 빨리 흘렀다. 밤바람이 불었고 해가 기울기 시작했다. 추위를 느꼈고 물에 젖은 작은 반바지 때문에 더 고통스러웠다.

"이제 어떡하지, 아담?"
내가 거의 울다시피 말했다.
"난 여기서 떠나지 않을 거야. 그 상어가 가까이에 있을 거야."
"나도 안 떠날 거야."
"생각나는 게 하나 있어. 긴장을 푸는 데 도움이 될 거야."
"그게 뭔데?"
"내가 오줌을 눌 수만 있다면 나아질 거야."
"그럼 한번 시도해 보는 게 어때?"
"너무 떨려서 서 있기도 힘들어."
"배에다가 바로 해. 누가 그랬는지 아무도 모를 거야. 내일 해가 나면 냄새도 사라질 거니까."
"그것도 좋은 방법이군."
날이 어두워지기 시작했다. 무서움도 커졌다.
"루르드 성모님, 저를 도와주세요. 제발!"
부두의 전깃불이 켜졌다. 시내도 마찬가지일 거야.
"그런데 클럽이 문을 닫으면? 우리는 오늘 밤 추워서 죽을 거야."
"그거 아주 잘됐군. 그런데 제제, 너희 집에 무슨 일이 벌어질지 상상해 봤어?"
"지금은 생각조차 하기 싫어. 내가 원하는 건 여기서 빠져나가는 거야."
무슨 소리가 나는 것 같아 입을 다물었다.

4. 돔발상어와 실패한 비스킷 던지기 싸움  217

"아담, 듣고 있니?"
"노 젓는 소리 같은데?"
"바로 그거야."
나는 더 잘 들으려고 애썼다.
"이쪽으로 오고 있어."
한 척의 카누가 나타났다. 헤나뚜 빌만 박사님이었다.
"얘야, 어쩌다 이렇게 됐지?"
그는 내가 타고 있던 배의 가장자리를 잡으며 카누를 멈춰 세웠다.
나는 감정이 복받쳐 아무 말도 하지 못했다.
"상어가 너를 잡으려 했어? 이제 다 지나갔어. 난 너를 데리러 왔다. 카누로 건너올 수 있겠니?"
"다리가 너무 떨려서 건너갈 수 있을지 모르겠어요."
"할 수 있어. 침착해."
그의 목소리는 엄청 선하고 부드러웠다.
"자, 해 보자구."
내가 배 밖으로 다리를 내밀었다. 그리고 몸을 카누의 앞부분으로 옮기려 했다.
"다리를 앞으로 쭉 펴. 물에 약간 잠겨도 괜찮아. 이제는 위험하지 않아."
물이 미적지근했다. 그리고 나의 두려움도 조금씩 사라졌다. 곧 그의 강한 팔이 노를 젓기 시작했고 배는 뽀뗑지 요트 센터의 비탈길로 접근하고 있었다.

저녁을 먹자마자 우리는 잠옷으로 갈아입었다. 삼십 분의 쉬는 시간이 있었다. 이어서 우리는 큰 독서실로 갔다. 그 짬을 이용해 나는 파이올리 수사님의 방으로 향했다. 그가 안절부절못하며 나를 기다리고 있으리라는 걸 알고 있었다.

예상대로 그가 있었다. 그는 책을 읽지도, 공책을 검사하지도, 자를 가지고 장난하지도 않고 있었다. 내가 다가가자 그는 뚱뚱하고 붉은 얼굴에 눈이 파묻듯 미소를 지었다.

"몽 쉐 프레르 펠리시앙 파이올리."●

그가 손가락으로 나의 가슴을 가리켰다.

"슈쉬, 슈쉬. 언젠가 너 때문에 심장마비로 죽겠어."

나는 그 상어를 기억하며 한바탕 웃음을 터뜨렸다.

"그건 제가 먼저 죽지 않을 경우겠죠."

그가 자기 옆에 있던 의자를 가리켰다.

"여기 앉으렴. 그리고 전부 다 얘기해 봐. 전부 다 알고 싶단다."

내가 그 사건의 극적인 순간들을 하나도 빼지 않고 자세히

---

● '나의 친애하는 펠리시아누 파이올리 수사님'이라는 뜻의 프랑스 어

4. 돔발상어와 실패한 비스킷 던지기 싸움  219

설명했다. 얘기를 끝내자 그가 식은땀을 흘렸다.

"상어가 너를 잡아먹을지도 모른다고 상상한 적이 있니?"

"생각조차 하기 싫어요. 아직도 눈을 감으면 물살을 가르던 그 상어의 큰 꼬리가 보여요. 파이올리, 그걸 뭐라고 하죠?"

그는 대답을 하기 전에 먼저 큰 숨을 쉬었다.

"바르바따나라고 해, 슈쉬."

나는 일부러 이마를 찌푸리며 진지한 척하려고 했다. 교장 선생님이 그더러 나에게 뻔한 설교를 하라고 했을 것이다.

"너, 건물들로부터 멀리 떨어져 헤엄치진 않을 거라고 약속했지? 그래서 생명을 위험에 처하지 않게 할 거라고 말이야, 그러지 않았니?"

"네, 그랬어요."

"그런데 그 약속은 어디로 가 버렸니?"

"파이올리, 제가 전에는 그런 적이 한 번도 없잖아요. 에베네제르가 우리의 자존심을 건드렸어요."

"그래서 네가 상어에 잡아먹히면? 그건 상상해 봤어?"

"안 죽었잖아요, 안 그래요? 만약에 제가 죽었다면 쉬꾸단따스라는 꼬마가 봉핑 호수에서 죽었을 때처럼 그렇게 했겠지요. 그때 모든 사람들이 울었어요. 장례를 치르던 사람들이 그를 위해 기도를 했어요. 너무 멋있어 보이는 바람에 다른 사람들이 저를 기억하도록 저도 물에 빠져 죽고 싶다는 생각이 들었거든요."

"바보 같은 소리 그만 해."

그의 큰 얼굴에 나타났던 근엄하고 심각한 표정이 사라졌다. 그는 나의 그러한 생각에 미소를 짓기 시작했다.

"누가 당신을 곤란하게 했어요, 파이올리?"

"그 얘기는 하지 않을 거야. 하지만 힘들었다. 모든 책임이 나와 가엾은 아마데우 수사님의 머리 위로 쏟아졌지. 하지만 신경 쓰지 않아. 이미 지나갔는걸, 뭐."

"사람들이 어떻게 다 알았어요?"

"어떻게 모르겠니? 밤이 되었는데도 네가 집으로 돌아오지 않으니까 사방으로 전화를 한 거지. 동네도 작고 사람들의 입도 가벼우니 순식간에 모든 사람들 사이에 '바스콘셀로스가 상어한테 잡혀먹혔을지 모른대'라는 소문이 퍼졌던 거야."

"진짜 상어가 아니라 작은 돔발상어였어요."

"그게 무슨 차이가 있어?"

"진짜 상어는 몸집도 크고 먹는 것도 빨라요."

파이올리가 한바탕 크게 웃었다.

"그래, 너는 어땠니?"

"말도 마세요. 완전히 기진맥진했어요. 어떻게 집에 들어갈 수 있었는지 모르겠어요. 만일 아담이 제게 용기를 불어넣지 않았더라면……. 셀 수 없을 정도로 많은 꾸중을 들었어요. 어젯밤만 집에서 자도록 해주더군요. 그리고 가능하면 빨리 저를 기숙사에 보내려고 곧장 제 짐을 싸더라구요. 차라리 그게 더 나아요. 안 그래요, 파이올리? 집안 상황이 견디기 힘들 정도거든요. 최소한 연말까지라도 기숙사에 있다가 돌아가면 전부 잊게 될 거예요……."

"너, 기숙사 생활이 좋니?"

"다른 비밀 얘기 한 가지 할게요, 파이올리. 집에서는 기숙사 생활이 세상에서 가장 큰 벌이라고 생각해요. 하지만 제게는 지상 최대의 낙원이에요. 무엇보다도 상황이 이럴 때는 더욱 그래요."

"슈쉬, 사람들이 나에게 뭘 요구했는지 아니?"

"아뇨."

"아주 많아. 어떤 식으로든 네가 수영하러 도망치지 못하게 하라고 했어. 내가 어떻게 대답했는지 알아?"

"글쎄요."

"앞으론 허락하지 않겠다고 약속했어. 내가 무슨 말을 하고 싶은지 이해하겠니?"

나는 약간 감정이 복받쳐서 그의 눈을 바라보았다.

"더는 도망치지 않을게요. 저 때문에 곤란해지시는 거 보고 싶지 않아요."

그는 미소를 지었다.

"네가 그렇게 약속할 거라는 걸 이미 알고 있었어. 네가 약속을 어기지 않을 거라는 것도 알아."

우리는 잠시 서로의 의중을 살폈다.

"또 있어, 슈쉬. 일요일에 외출을 할 수 없게 됐어. 집에도 갈 수 없고."

"그건 좋아요. 그런데 일요일에 영화를 잠깐 보는 것도 안 될까요?"

"그건 검토해 보마. 어쨌든 그 영화 같은 이야기들은 당분간 하지 않는 게 좋겠다."

나는 그가 농담하고 있다는 것을 알고 있었다.

"네 가족은 너무 많더구나."

"그 문제는 신경 안 써도 돼요. 친구 수를 조금 줄였거든요. 그동안 많은 애들이랑 어울리느라 몸이 열 개라도 모자랐어요. 이젠 모리스 아저씨, 타잔 그리고 조안 크래포드하고만 지내기로 했어요."

모든 근심과 걱정이, 쾌청한 하늘처럼 말끔히 사라졌다. 파이올리는 항상 그랬던 것처럼 변함이 없었다. 모든 게 해피 엔드였다. 침착했던 원래의 성격대로 그가 이 사건을 잊어버리는 게 그 자신에게도 좋을 것이다.

종이 울렸다.

"수업 시간이야. 가 봐라."

나는 자리에서 일어났다.

파이올리가 나에게 부탁을 했다.

"한 바퀴 돌아 봐. 너의 전체 모습을 보고 싶구나."

내가 발끝을 세운 채 돌았고 그는 미소를 지었다.

"끄 세 아니말 아 그랑뒤!"
이번에는 내가 웃었다.
"무슨 말인지 이해했니?"
"망둥이 같은 녀석이 이만큼이나 자라다니!"
나는 침착을 되찾았고 날아갈 듯한 기분으로 방에서 나왔다. 마치 전날 상어에게 목숨을 잃을 뻔했던 바로 그 소년이 아닌 것 같았다.

아담조차 나의 그런 모습을 의아하게 생각했다. 물론 내 입장에서 봤을 때는 전혀 변한 것이 없었지만. 아주 어릴 때부터 사람들은 나를 악질이라고 불렀다. 크리스마스 때 나한테는 아기 예수가 아닌 인간의 탈을 쓴 악마가 태어날 거라고 말했다. 하지만 악마가 태어나지 않은 대신 항상 나를 따라다녔다. 그는 나의 절친한 친구이자 '가르치는 자'가 되었다. 내가 뭔가를 상상해 내지 못하고 얌전히 있으면 그가 나를 부추겼다. 난 잠시도 가만히 있지 못했다. 펠리시아누 수사님을 제외한 다른 모든 수사님들은 항상 내가 어떤 장난을 칠지 몰라 나를 주시하였다.

학생들은 모두 검은 고무자를 하나씩 갖고 있었다. 나는 그것을 가려운 곳을 긁는 데 사용했다. 그 자를 하도 주물럭

거리다 보니 그걸 열이 날 때까지 책상 나무에 빡빡 문지르면 타는 냄새가 난다는 사실을 알게 되었다. 때마침 채플 선생님이 많이 아픈 바람에 그를 대신해 이스떼버웅 수사님이 오셨다. 난 잘됐다고 생각했다. 이스떼버웅 수사님은 크고 빨간 코를 가지고 있었으며 자주 콧물을 흘리셨다. 그 냄새에 아주 적합한 코였다. 나는 생각을 실행에 옮겼다. 쓱싹 쓱싹 쓱싹. 그렇게 많이 문지를 필요도 없었다. 그는 끊임없이 주머니에서 손수건을 꺼냈고 바닥에 침을 뱉었다. 당연히 수업은 엉망이 되었다. 친구들도 기침을 하기 시작했다. 그들은 안경 너머로 시뻘게진 눈을 한 채 어쩔 줄 모르고 있는 이스떼버웅 수사님을 남겨 둔 채 모두 교실에서 줄행랑쳤다. 그는 책상에 앉아 있던 내게로 곧장 다가왔다. 아무 말도 하지 않은 채 나의 소매를 잡아끌더니 칠판 가까이로 데리고 가서 벌을 세웠다. 오후의 후텁지근한 날씨와 더불어 그 냄새는 도저히 참을 수 없을 정도였다. 그가 칠판 근처의 구석에 나를 세워 놓더니, 채플 수업을 망친 대가가 어떤 것인지를 느끼게 하려는 듯 교실의 모든 창문을 닫은 뒤 밖으로 나갔다.

한번은 내가 너무나 장난이 심했으므로 나를 교실의 맨 뒷줄 책상에 혼자 앉도록 했다. 나는 그림 도구함을 열고 그 안에 무엇이 있는지 자세히 살펴보았다. 나의 시선이 연필 깎는 낡은 칼에 멈췄다. 그 칼이 안쓰러워 보였다. 그런 신세로 전락하다니 정말 우울할 거야. 단지 연필을 뾰족하게 만든다거나 손을 베게 하는 데만 유용할 뿐이니까. 나는 그 가엾은 칼을 집고서 책상 뚜껑을 열었다. 그리고 책상의 작은 틈에 끼운 뒤 다시 뚜껑을 닫았다. 이젠 그 칼이 아주 안전할 거야. 나는 책상 뚜껑을 손가락으로 톡 두드려 보았다. 그랬더니 아주 멋진 신음소리 같은 것이 났다. 한 번, 두 번, 세 번 그렇게 했다. 친구들이 무슨 일인가 싶어 뒤를 돌아보기 시작했다. 하지만 나는 아주 진지한 모습으로 수업에 몰두하듯 칠판을 바라보며 시치미를 뗐다. 두 손을 포갠 채 내 장난감을 숨겼다. 그리고 교실이 다시 조용해지면 윙, 윙, 윙 하는 소리를 내기 시작했다. 곧바로 킥킥 웃는 소리가 터져 나왔다. 다시 조용히 했다가 수업이 본래의 리듬을 되찾으면 곧바로 윙윙 소리를 냈다. 그러자 수사님이 관심을 보였다. 내 가까이로 다가와 멈췄다. 그는 나를 근엄하게 쳐다보았고 나는 책상에 손을 얹은 모습 그대로 아주 얌전하게 있었다.

"바스콘셀로스 군, 하프 좋아해요?"

"아뇨, 선생님. 피아노도 싫어요."

그가 나에게 손을 내밀었다.

"어디 있지요?"

거절해 봤자 무슨 소용이 있겠는가. 연필 깎는 칼을 집어 그에게 주었다.

"주엉 수사님, 이건 그냥 연필 깎는 칼인데요……."

"좋아요. 수업이 끝날 때까지 발을 모으고 팔짱을 낀 채 칠판 옆에 서 있어요."

내가 자리에서 일어나 앞으로 나가자 책상을 바꿔 버렸다. 나는 창 옆에 멈춰 섰다. 바깥 거리를 볼 수 없다니, 젠장. 책상에 기어올라야 볼 수 있겠군. 덧창이 나의 관심을 끌었다. 세 조각으로 이루어져 있었다. 쉬는 시간에 저걸로 아주 멋진 생각을 실험해 봐야지. 그리고 실행에 옮겼다. 덧창을 반쯤 접은 뒤 그 가운데를 앞으로 밀었다. 그러자 창문이 아주 흥미로운 소리를 냈다. 하지만 내가 발견한 그것을 곧장 사용할 수는 없었다. 지겹다고 느껴지는 수업에 제일 먼저 실험해 봐야지.

이제는 칠판 옆으로 가서 벌을 받는 일이 부지기수로 늘었다. 마치 그 구석진 곳이 내 전용공간이 돼 버린 것 같았다. 그리고 악마도 갈수록 내가 자기 친구인 것을 확신시켜 주었다. 고학년 학생들의 공부와 기숙 문제를 전담하는 루이스 수사님이 차 마시는 시간이 끝나는 대로 나랑 얘기하고 싶다고 한 것도 아마 바로 그 때문이었을 것이다. 차 마시는 시간에 먹는 거라야 마테 차● 한 잔에 딱딱한 비스킷 세 개가 고작이었다. 그 비스킷은 어찌나 단단한지 만일 그것이 발등에라도 떨어졌다간 사람 잡을 만큼 아플 것이다.

● 파라과이 원주민인 과라니 족들이 즐겨 먹던 차. 브라질에도 즐겨 마신다.

4. 돌발상어와 실패한 비스킷 던지기 싸움

"쉬는 시간에요, 아니면 수업 중에요? 루이스 수사님."

"수업이 시작된 직후에."

그가 말했으니 따르는 수밖에. 그의 높은 탁자 앞에 섰다.

"저 왔어요, 수사님. 저를 부르셨잖아요."

그가 미소를 지으며 나를 바라보았다. 그는 결코 화를 낸 적이 없었고 인생의 모든 것이 아주 재미있다고 생각하고 있었다. 물론 단호한 면도 있었지만 재미있는 일은 웃어 넘기곤 했다.

"내가 왜 너를 부른 줄 아니?"

"전혀 모르겠는데요."

"나는 네가 알 거라고 확신하는데!"

나는 평소처럼 태연한 표정을 지었다.

"수사님께서 말씀하시면 알게 되겠지요."

"본론부터 얘기하지. 누가 비스킷 전쟁을 꾸며 냈어?"

"왜 저라고 생각하세요, 수사님? 잘못된 일만 벌어지면 제가 몽땅 뒤집어써요."

"내가 설명하지. 그 비스킷 전쟁은 이틀 전에 일어났어. 네가 기숙사에 온 지 정확히 일주일이 되던 날 말이야."

내가 깜짝 놀란 표정을 지었다.

"그 전에는 없었어요?"

"전혀. 확실해, 쟤까. 너, 내 부탁 하나 들어줘야겠어."

그가 손을 아래로 내밀며 나의 '보물'을 요구했다.

난 생각에 잠겼다. 젠장, 동맹군이 없던 그 전쟁은 정말 좋았는데……. 그 전쟁에서는 모두가 적이었다. 차 마시는 시간에 우리들은 그 돌맹이처럼 딱딱한 비스킷 세 개를 받아서 잠옷 주머니에 넣고 기숙사로 향했다. 루이스 수사님이 불을 다 끄고 15분가량 돌아다니며 아무런 문제가 없는지를 확인한 후 기숙사의 구석에 위치한 자신의 작은 방으로 그림자처럼 조용히 돌아갔다. 바로 그때부터 그 전쟁이 시작됐다. 모두가 싸움에 가담했다. 사방으로 그 비스킷들이 날아다녔다. 그것을 좀더 세게 던지려고 침대에 올라서기도 했다. 비스킷들이 날아다니는 소리에 숨죽인 채 킥킥거리는 웃음소리가 뒤따랐다. 그 전쟁을 벌인 첫날 밤에는 루이스 수사님이 무슨 일인가 싶어 불을 다시 켜는 순간에 우리 모두가 이미 자기 자리에 누워 있었다. 둘째 날, 시골에서 올라온 쉬꾸 벤또자라는 촌놈이 그 딱딱한 비스킷에 맞았을 때도 마찬가지였다. '욱!' 하는 소리만 났을 뿐이었다. 그러나 불이 켜졌을 때 쉬꾸 벤또자의 코에서는 피가 분수처럼 솟아나고 있었다. 그는 양호실에 가서 치료를 받아야 했다. 루이스 수사님은 아무런 말도 없이 태연하셨다. 기숙사 바닥에 뒹굴고 있던 수많은 비스킷을 찬찬히 살펴보셨다. 치료를 받은 쉬꾸가 돌아오자 불만 끄고 아무 말도 하지 않으셨다.

그런 그가 이제 저기에 앉아 나를 유심히 살피고 있었다. 항상 그랬듯이 일을 잘 처리하고 있었던 것이다.

그의 손은 고집스럽게 요구하고 있었다.

"네 주머니 속에 있는 거 나에게 줄 거야, 안 줄 거야?"

나는 그가 가리킨 쪽의 주머니에 손을 집어넣었다. 그리고 아주 슬픈 마음으로 다섯 개의 비스킷을 꺼냈다.

"다섯 개나 돼, 바스콘셀로스? 너, 예수님의, 빵의 기적을● 모방하고 있는 거니?"

"저는 단지 세 개만 받았어요. 나머지 것들은 친구들이랑 거래한 거예요. 전쟁놀이 하는 걸 싫어하는 애들도 있으니까요."

내가 탁자 위에 비스킷들을 한 줄로 나란히 올려놓았다.

그가 내 쪽을 쳐다보며 아주 다정하게 웃었다.

"돌처럼 딱딱하죠, 그렇게 생각하지 않으세요, 수사님?"

"부정하진 않겠다. 학교측이 어떻게 하길 바라니? 다 큰 녀석들에게 카스텔라라도 주길 원하는 거냐?"

"네, 맞아요."

"자리로 돌아가거라."

충격적이었다.

"저에게 아무런 벌도 내리지 않을 거예요?"

그는 선한 모습으로 미소를 지었다.

"그래. 왜, 제까?"

"모르겠어요. 만일 다른 수사님이었다면 제 머릿가죽을 벗

●보리빵 다섯 개와 물고기 두 마리로 5000명을 먹이고도 열두 광주리가 남았다는 예수의 기적

기든가 펄펄 끓는 목욕통에 저를 집어넣고 삶았을 거예요……."

"난 안 그래. 아주 재미있는 아이디어였어. 내가 쉬꾸 벤또자를 재우고 침대로 돌아갔을 때 웃음이 나오더군. 더는 참을 수가 없더라구. 가 봐. 전부랑 얘기할 게 있어."

내가 자리엔 앉았을 때 그가 손뼉을 치며 아이들의 주의를 끌어 모았다.

"제군들, 나는 지금 벌어지고 있는 무시무시한 어떤 일에 대해 얘기하고자 합니다. 비스킷 전쟁에 대한 것은 아니니 걱정 말아요. 그것보다 더 진지하고 인상 깊은 거예요."

그가 한 학생을 향해 손짓을 하자 그 학생이 자리에서 일어났다.

"끌로비스 군, 오지 출신이죠. 그렇지 않나요?"

끌로비스가 그렇다고 했다.

다른 친구를 불렀다.

"주제 아르노비우 군, 어디 출신인가요?"

"아까리 오지 출신이에요."

그는 그런 질문들에 놀라는 애들의 표정을 살피며 주위를 둘러보았다.

"오지 출신들은 손을 들어 봐요."

거의 전부가 손을 들었다.

"여러분들은 가뭄에 대해 들어 본 적이 있나요?"

4. 돌발상어와 실패한 비스킷 던지기 싸움  231

오지 출신이라면 어떻게 그걸 모를 수가 있겠는가? 몇 개월 전에 빌라 바헤뚜 마을을 습격해 아무거나 닥치는 대로 먹어 치우던 이재민들을 내가 직접 목격하기도 했다. 설익은 망고까지도 모두 먹어 치웠다. 그들은 작은 호수의 흙탕물을 마치 깨끗한 빗물인 것처럼 마셔댔다. 모두가 지저분한 얼굴에 옷차림이 엉망이었으며 몸에는 이가 득실거렸고 악취까지 풍겼다. 또한 너나 할 것 없이 뼈와 가죽만 앙상하게 남았으며 손은 마치 지저분하고 앙상한 동물의 발 같았다.

루이스 수사님은 그 얘기를 하는 동안 너무나 감정이 복받쳐서 금방이라도 쏟아질 듯한 눈물을 글썽거렸다.

그분은 북동부지방의 오지를 쓸고 지나간 빌어먹을 가뭄에 대해 설명하였다. 어느 누구도 부인할 수 없는 얘기였다. 그리고 우리가 알지 못했던 굶주림과 가뭄에 대해서도 말했다. 우리가 한 번도 경험하지 못한 것들이었다. 우리 모두의 고개를 숙이게 하는 것이었다.

그가 비스킷을 사랑스럽게 쥔 채 자신의 얘기를 마쳤다.

"여러분에게 즐거움을 주는 이것이 그러한 오지 사람들의 배고픔을 줄일 수 있는 것입니다. 오지에서 온 제군들이 잘 알고 있는 그 많은 사람들의 배고픔을."

그는 비스킷들을 이전의 자리에 다시 갖다 놓았다.

"학교는 제군들에게 이보다 더 부드러운 것들을 제공할 수 없습니다. 만일 여러분들이 이 비스킷들을 먹고 싶지 않다면 그건 분명 배고프지 않기 때문입니다. 저는 어떤 벌도 내리지 않을 것이며 어떤 이상한 조치도 취하지 않을 것입니다. 다만 한 가지 부탁을 하겠습니다. 식당 입구의 종 옆에 내가 갖다 놓으라고 한 주머니 하나가 있습니다. 식당으로 가기 전에 비스킷을 그 주머니에 넣고자 하는 사람들을 위하여 5분을 주겠습니다. 매일 밤 그렇게 반복하겠습니다. 그렇게 모인 비스킷들은 조금 전에 말한 그 이재민들에게 보내질 것입니다."

감정이 너무나 복받쳐 그가 잠시 말을 멈추었다. 나도 자칫 눈물을 흘릴 뻔했다.

그의 목소리가 다시 이전처럼 선하고 침착해졌다. 오히려 그것이 우리를 더욱 비참하게 만들었다.

"하나만 더 알리고자 합니다. 하나만. 비스킷 전쟁을 계속하고 싶은 사람은 계속해도 좋습니다. 절대 금지하지 않을 겁니다."

그는 그렇게 얘기를 마무리했다.

"오늘 수업은 이만 하겠습니다."

그가 눈을 아래로 한 채 책상들 사이를 지나 교실을 나갔다. 그렇게 복도로 나가 어둠이 내린 학교의 한 모퉁이로 사라졌다.

# 5. 타잔, 지붕의 아들

기숙사에서는 아담과 얘기를 하거나 모리스 아저씨의 불가능한 방문을 기다릴 시간조차 없었지만 나는 그곳의 생활이 무척 좋았다. 우리들이 똑같은 일과표대로 움직인다면 혼란이나 난리가 벌어지지 않을 텐데.

나는 최근 들어 야간학습을 무척 좋아하게 되어서 그것이 두 시간뿐이라는 게 안타까웠다. 모든 일은 약간의 정직 혹은 지나친 오만 때문에 발생하였다.

기숙사를 책임지고 있는 루이스 수사님은 원래 그런 분이 아닌데도 쎄아라● 주의 전통과 자신의 뼈대 있는 집안 자랑

●브라질 북동부에 위치한 주

을 하셨다. 쎄아라에 대한 것은 그에게 최고의 얘깃거리였다. 수업에 들어가기 전 쉬는 시간에, 나는 별일 아닌 것처럼 그에게 다가갔다. 그가 주머니에 손을 넣고 묵주를 만지작거리고 있었다.

"무슨 일이지, 제까?"

"아무것도 아니에요, 수사님."

"뭐 새로운 소식이라도 있나?"

"오늘은 없어요. 그저 당신과 얘기하고픈 마음이 생겼을 뿐이에요. 분명히 말씀 드리자면, '분명히 말씀 드린다?' 이건 아닌데. 앙브로지우 수사님이 하기 힘든 말을 시작할 때 쓰는 것처럼, '확실히 밝히자면'이 좋겠군요."

루이스 수사님은 벌써 웃고 계셨다. 그 역시 내가 뭔가 꾸미고 있다는 것을 눈치 채고 있었다.

"물론이죠, 발데마르 씨."

"조용히 해, 제까."

펠리시아누 수사님이 서품을 받기 전에 루이스 수사님의 이름이 발데마르라고 내게 얘기했었다. 주변에 아무도 없었기에 내가 농담을 했던 것이다.

질문이 나도 모르게 갑자기 튀어나왔다.

"만약에 다시 태어난다면 빠라이바● 사람이 되고 싶어요,

●브라질 북동부에 위치한 주

아니면 쎄아라 사람이 되고 싶어요?"

"또 그런 질문을 하다니! 그게 무슨 질문이야? 당연히 쎄아라지. 근데 그건 왜?"

"전 아니에요. 다시 태어날 수 있다면 히우지자네이루 사람보다는 쎄아라 사람이 되고 싶어요. 오로지 문학 때문에요."

루이스 수사님이 관심을 보였다.

"문학 때문에?"

"네. 문법책에 있는 알렝까르의 몇몇 구절이 저를 감동시키거든요."

"그의 소설들도 한번 읽어 봐."

"당신은 어떤 작품을 좋아하세요? '인디언 과라니', '은광', 아니면 '이라쎄마'?"

"'이라쎄마'는 시야. 난 '인디언 과라니'가 더 좋아."

"쎄아라 출신만이 그런 진짜 작품을 쓸 수 있을 거예요. 그렇게 생각하지 않으세요? 히우지자네이루 출신으로는 마샤두 지 아씨스와 음…… 기억이 안 나지만, 다른 작가들이 있어요."

"이봐, 제까. 마샤두 지 아씨스도 아주 훌륭한 작가야. 알렝까르와는 문체가 다른 거지."

"알아요. 하지만 알렝까르는 누구보다도 밀림에 대해 잘 써요. 그런데……."

"그런데, 뭐?"

"언젠가 알렝까르의 작품을 읽을 기회가 있으면 참 좋겠어요."

"아주 간단해. 그런 기회가 오면 즉시 잡으면 되지."

"제가 그런 기회를 갖도록 내버려 두지 않는걸요."

"그건 범죄야. 요즘 꼬마들에게서 보기 힘든 그런 호기심을 가지고 있다면 박수라도 쳐야 할 텐데."

"하지만 불행히도……."

"네 집에서 그러니?"

"네, 절대 금지예요. 하지만 괜찮아요……."

"이봐, 제까. 왜 이런 얘기를 길게 하는 거지?"

"아마도 한 가지 이유 때문일 거예요. 루이스 수사님, 당신은 제가 좋은 학생이라고 생각하지 않으세요? 저는 한 번도 일등 자리를 놓치지 않았어요. 단지 수학은 좀 약하지만 공부를 덜해서 그런 건 아니에요. 다시 말하면 제가 좋아하지 않으니까 공부해 봤자 소용이 없어요. 나머지는 제 성적표를 보면 알 수 있을 거예요."

"그래서?"

"그러니까 저는 당신과 쎄아라 주에 경의를 표하고 싶어요."

그는 아직 나의 의도를 알아채지 못했다. 하지만 깜짝 놀란 모습이었다.

"경의라니, 그게 무슨 소리야, 제까?"

"아무도 제게 주지 않는 그 기회를 당신이 마련해 주실 수 있을 거라고 생각해요. 잘 들어 보세요, 수사님. 저에겐 바로 그 책 세 권이 있어요. 제가 그 책을 수업 시간에 읽을 수 있도록 허락해 주세요."

나는 그를 기습 공격한 것이었다. 그가 잠시 생각하더니 방어의 몸짓으로 자신의 입에 손을 대었다.

"몰라, 모르겠는데."

"어휴, 루이스 수사님. 우리는 깨치고 싶은데 당신은 다른 사람들이랑 똑같이 행동하는군요."

나는 앙브로지우 수사님이 우리에게 가르쳐 주었던 그 멋진 포르투갈 어에 완전히 매료되어 있었다.

그럼에도 불구하고 그분은 아직 결정을 내리지 못했다.

"그러면, 네 수업은?"

"언제든 제 성적을 확인해 보세요. 단약 성적이 나빠진다면 그 '기회'를 없애도 좋아요."

"그것까지는 아주 좋아. 그런데 다른 학생들이 너처럼 하려고 한다면?"

"애들은 알아차리지 못할 거예요. 그 책들의 표지를 교과서 표지랑 똑같이 만들 거니까요."

"너, 전부 다 생각해 뒀구나, 그렇지?"

그가 한바탕 크게 웃었다. 그가 웃었다는 것은 성공한 거나 다름없는 뜻이었다.

"그리고 한 가지 더 있어요. 다른 아이들과 아주 멀리 떨어진 맨 뒤쪽 책상으로 자리를 옮겨 주세요."

"나는 전적으로 허락해 주고 싶다만 펠리시아누 수사님과

상의해 봐야겠어."

"그럴 필요 없어요. 그분은 이미 알고 계세요. 제가 그분에게 그 책들을 부탁했더니 저를 위해 구해 주셨어요."

🔔 🔔 🔔

나는 알렝까르의 책들을 읽은 뒤에도 더 많은 다른 책들을 읽어 나갔다. 내 손에 들어온 것은 뭐든 닥치는 대로 읽고, 또 읽었다. 거의 모든 친구들이 야간학습이 지루하다고 투덜대면서 하품을 하며 마지못해 교실로 향할 때도 나는 마냥 즐겁기만 했다.

낮에는 이야기가 달랐다. 나 자신도 내가 어떻게 된 건지 알 수 없었지만, 다른 친구들처럼 아래에 있을 수가 없었다. 오를 수 있는 것이면 뭐든 올라가 걸터앉았다. 기둥의 이음새에 매달리기도 하고 이 기둥에서 저 기둥으로 옮겨 다니기도 했다. 덕분에 나는 건물의 지붕과 그 안의 내용물까지 모두 알게 되었다. 어디로 이동하건 간에 나는 기숙사의 계단을 이용하지 않았다. 기숙사의 안마당 구석을 돌아 높은 담벼락에 올라갔다. 그리고는 친구들이 짐가방을 보관하는 장소로 훌쩍 뛰어서 그들 앞에 나타났다. 그 때문에 종종 선생님들로부터 고함 소리와 꾸지람을 들었다.

"거기서 내려와, 바스콘셀로스."

나는 그 말에 따라 내려왔다. 실은 나중에 다른 장소에 다시 올라갈 생각으로, 일단 그 말을 따른 것이었다.

"너 이 녀석, 미쳤어? 거기서 떨어져 팔이라도 부러뜨리고 싶은 거야?"

내가 얼마나 광적으로 담을 타고 이쪽저쪽으로 훌쩍 뛰어다녔던지 한때 수영에 미쳤던 내 모습을 연상한 사람들이 '타잔'이라는 새로운 별명을 지어 주었다.

하지만 정말 좋았던 것은 기숙사 경비원의 눈을 피해 탑에 오르는 것이었다. 나는 교회의 음악당을 가로질러서 탑에 올라가곤 했다. 탑으로 오르는 계단은 거의 다 썩어 있었다. 여덟, 아홉 개 정도의 계단이 위태로워 보였지만 원숭이 무리를 이끄는 밀림의 아들, 타잔에게 무슨 문제가 되겠는가? 탑의 종 가까이로 다가갔다. 그리고 발을 밖으로 내민 채 그 자리에 앉아 먼 세상을 바라보았다.

종이 벙어리가 된 지 한참 되었다. 나는 이미 오래 전부터 기회가 생기면 굵은 노끈을 달아 아래로 늘어뜨릴 생각을 했었다. 그러면 어느 날 밤 상급생 중 누군가가 자정에 종을 울려대는 재미난 일이 일어날 수 있으리라. 그런데 어떻게 된 영문인지 그때까지 탑 주변에서는 튼튼한 노끈 하날 찾지 못했다. 그 종이 살짝만 건드려도 쉽게 움직이므로 아무도 큰 밧줄을 매달아 아래로 내려뜨려 둘 필요성을 느끼지 못했기 때문이었다. 나는 일전에 그 종을 살짝 건드려 보았는데 그

때 진짜로 울렸다. 모두가 잠들었는데 종이 혼자 땡땡 울리면 얼마나 멋질까. 그 소리를 들으면 아마 귀신의 짓이라고 믿을 거야. 그러면 이튿날 여자 광신도들이 성 안토니오님에게 촛불을 들고 오겠지. 게다가 가하펭냐 지 비우자는 하루 종일 교회에서 기도하며 흥분을 가라앉히려 할 거야.

그 할머니는 사람들이 자신을 그렇게 부르면 노발대발했다. 오래 전에 어떤 사람이 교회에서 가하펭냐 지 비우자라고 부른 적이 있었는데 그때 정말 난리가 났었다. 그녀는 그 자리가 성스러운 곳임을 잊은 채 '이 몹쓸 놈' 등 차마 담기 민망할 정도의 온갖 욕을 해댔다…….

다시 주변 풍경을 바라보며 종에 대하여 생각했다. 그래, 내가 계획했던 것은 절대 실행할 수 없을 거야. 누군가 종을 당길 경우 그 자리에 노끈을 놔둔 채 도망갈 수밖에 없을 것이고, 그렇게 되면 누가 끈을 매달아 놓았는지 찾게 될 테니까. 그러면 작살나겠지. 내가 아주 어렸을 때 스타킹으로 뱀 모양을 만들어 길거리 사람들을 놀라게 했을 때처럼. 그땐 정말 죽을 만큼 얻어맞았다. 엉덩이를 대고 앉을 수도 없었고, 설사 앉더라도 긴 신음소리를 계속 질러대야 했다.

그 높이에서는 모든 게 아름다워 보였다. 자유로운 한 마리의 새처럼 느낀다는 것, 앙드레 알부께르끼 광장에 있는 본당의 큰 탑과 나 자신을 비슷하게 느낀다는 것은 정말 멋진 일이었다. 따르시지우는 본당의 탑에서 작은 깃발들을 단

배를 가리키던 어떤 남자의 친구였다. 그는 언젠가 거기에도 같이 올라가 보자고 나에게 약속했다. 하지만 내 탑이 더 소중해졌다. 어느 누구도 한꺼번에 폭삭 내려앉을지 모르는 그 계단을 올라오지 못했기 때문이다. 그래서 그 탑은 오로지 나만의 것이었고, 내 꿈이 되었다. 나는 따르시지우에게 들려줄 계획까지도 세웠었다. 우리가 외국 용병대에 들어가 보 제스뜨와● 그 형제들의 친구가 되어서 죄를 짓고 도망쳐야 할 경우, 여기보다 더 나은 장소는 없을 것이다. 우리가 교내 약국에서 에테르를 훔쳐서 수건을 적신 다음 교장선생님의 입을 틀어막아 숨을 못 쉬게 하는 거야. 그 다음에 끈으로 묶어 그의 뚱뚱하고 무거운 몸을 계단 위로 끌고 가서는 그 위에서 아래로 밀면 땅바닥에 부딪혀 납작콩이 되겠지. 그러면 다른 아이들에게는 신나는 혜택이 갈 거야. 3일 간 쉬게 될 테니까. 하지만 죄를 지은 우리는 아프리카로 보내지겠지. 어디가 될까? 모로코? 세네갈? 파이올리에게 물어봐서 그 의문을 풀어야겠어.

멀리서 돛단배들이 뽀뗑지 강물을 따라 흐르고 있었다. 큰 삿대들로 움직이는 무거운 짐배들이 수심이 가장 얕은 곳으로 가고 있었다. 그리고 소금배들은 따바리스 지 리라 부두에 정박해 있었다. 여객선들은 밀물이 시작되어 강어귀까지

●보 제스뜨는 게리 쿠퍼와 레이 밀란드가 주연한 영화 제목이자 그 주인공 이름

바닷물이 차면 수평선 너머로 사라질 준비를 하고 있었다.

나는 종종 교장실로 불려가 꾸중을 들었고 벌을 받을 거라는 말도 들었다. 탑의 출입문을 잠가 버릴 거라는 위협도 있었지만 난 속으로 웃었다. 자물통이 너무 낡아 더는 작동하지 않았기 때문이다. 나는 스스로의 유혹에서 한 걸음 물러나 속으로 악담을 해대었다.

'심술궂은 노인네 같으니! 탑에 올라가서 그렇게 멋진 것들을 보는 사람에게 무슨 잘못이 있다는 거야? 작은 탑 하나에도 그렇게 겁을 먹으면서 어떻게 저 높은 하늘나라에 도달할 생각을 할 수 있을까?'

나는 사람들이 잊을 만하면 다시 탑으로 갔다. 다만 시간이 지나면서 내가 겸손해진 탓인지 발을 안쪽으로 숨긴 채 탑 위에 앉아 있게 되었다. 모이제스까지도 내가 한동안 나타나지 않으면 이상하게 생각했다. 모이제스는 항상 말이 없는 그 큰 종의 이름이다. 이제 겁에 질려 정신이 없는 것은 아담이었다. 여러 일들에 대해 결정을 내리곤 했던 그가 어떤 경우에는 일급 겁쟁이가 되었다.

나는 이따금 수영이 무척 하고 싶었다. 내 몸에 닿던 부드러운 강물의 촉감이 무척 그리웠다. 기숙사에 혼자 있을 때 사방이 무거운 침묵 속에 잠기면 아담을 부추기곤 했다.

"수영하러 가자."

그리고는 마치 뽀뗑지 강에서 헤엄을 치듯 팔을 이리저리 움직였다. 팔을 멋지게 저으면서 기숙사를 왔다 갔다 했다. 한번은 루이스 수사님이 방에 계신 줄도 모르고 잠수 흉내를 냈다. 200미터 자유형을 하고 있는데 때마침 문이 열리면서 현장을 들키고 말았다. 그가 얼마나 크게 웃었는지 창피해서 얼굴이 빨개질 뻔했다.

"이게 무슨 짓이니, 타잔?"
"아무것도 아니에요. 그냥 수영 연습을 좀 하고 있었어요."
그가 나에게 다가와서는 내 얼굴에 가득한 모험심을 보았다. 그리고 내가 왜 그랬는지를 이해했다.
"제가, 이제 일요일에 바닷가에 안 가니?"
"못 가게 해요. 아직 벌을 받는 중이거든요."
"하지만 넌 정말 가고 싶지, 그렇지?"
나는 체념한 듯 머리를 저었다.
"좋아하지 않을 사람이 어디 있겠어요?"
"방법을 찾아보자. 좌우간 너는 착한 녀석이야. 조금 정신이 나갔지만 마음은 착하니까."

나는 교회의 여자 광신도들이 싫어졌다. 나는 틈만 나면 교회 사정을 살폈는데 그때마다 그들은 교회에 있었다. 그들은 마치 교회, 촛불, 예수님이 십자가를 짊어지고 지나간 길,

벽, 아마데우 수사님이 성가대에서 내려와 치던 오르간 음악의 일부 같았다. 그들은 기도 외에 다른 일은 아무것도 하지 않는 게 틀림없었다. 교회 왼쪽 구석에는 그들의 전용 공간까지 있었다.

미사는 그들 때문에 더디게 진행되었다. 그들이 성찬 배수를 하러 탁자까지 가는 데 시간을 엄청 끌었기 때문이었다. 단지 몽찌 신부님만이 성인처럼 그것을 참아 냈다.

한번은 이런 일이 있었다. 축구를 하다가 발을 다치면 신발을 한쪽밖에 신을 수 없는데 그렇게 되면, 앙부로지우 수사님의 말대로, 미관상 좋지 않아서 교회에 들어가지 못했다. 하지만 일일미사를 놓쳐선 안 되므로 성가대 연단에서 미사를 보게 했다. 그러니까 혹시라도 발을 다치게 되면 뭔가 재미난 일이 있을 것 같았다.

당시 성가대 연단은 바닥이 오래되어 구멍이 여러 군데 나 있었다. 그 구멍으로 망토나 베일, 수건을 쓴 광신도 할머니들의 머리가 보였다. 나는 그것을 보자 장난거리가 떠올라 행동에 옮기기로 했다.

나는 성가대 연단에 나 혼자 남았을 때 드디어 일을 꾸몄다. 소리 없이 걸으면서 눈에 띄는 것은 뭐든지 끌어 모았다. 나뭇조각부터, 손톱으로 낡은 벽의 구멍을 더 크게 만들 때 떨어지는 돌 조각, 딱정벌레 시체, 바퀴벌레 날개, 둘둘 말려 뭉치가 커진 거미줄, 타다 남은 성냥개비 등등.

여자 광신도들이 찬송가를 부르며 점차 기도에 몰두할 때 나는 그들 머리 위로 그때까지 모은 온갖 잡동사니들을 쏟아 부었다. 웅성거림이 이어졌다. 모든 사람들이 그들에게 몸을 돌렸다. 그리고 망토와 베일을 터는 등 춤추는 듯한 몸짓을 하고 있던 그들을 이상한 눈길로 쳐다보았다. 그 순간 나는 이미 현장에서 멀리 도망쳐 나와 내 자리로 돌아와 있었다. 나는 그 장난을 사흘 간 했다. 단지 그뿐이었다. 루이스 수사님이 다리에 반창고와 붕대를 두른 나의 모습을 보더니 웃었다.

"수사님, 성가대에 가도 돼요?"

"이제부터는 안 돼. 제까."

"그러니까, 미사를 안 해도 된다는 거예요?"

"절대 아니야. 너는 양호실로 올라가 교회 내부로 난 창을 열고 거기에서 매일 미사를 지켜봐야 한다. 너의 그 타잔병이 나을 때까지."

나는 체념한 채 그의 말대로 했다. 그 창에 있으면 구도상 성찬 배수가 이루어지는 탁자 위에 있는 셈이었다. 몽찌 신부님이 하는 모든 것을 아주 가까이서 볼 수 있었다. 수사님들이 눈을 아래로 향한 채 참회하는 모습으로 교장선생님을 따라 성찬 배수 탁자로 가는 것도 보았다. 나는 그 자리에 양초를 바르면 어떨까 하는 상상을 하곤 했다. 한 명씩 쿵쿵 미끄러질 거야. 하지만 생각을 바꾸었다. 어쨌든 성찬 배수는 아주 성스러운 것이니까. 게다가 그들 가운데 펠리시아누 수사님이 있으니 그가 다칠지도 모른단 말야.

나는 언젠가 그 여자 광신도들에게 복수하겠다고 맹세했다. 늙고 교양 없는 가하핑냐 할멈을 부를 계획은 없었다. 만약 그럴 경우 무지막지한 소란이 벌어질 테니 그런 것과는 다른 계획을 세워야 한다. 분명히 방법이 있을 것 같은데……. 살다 보면 그런 일들이 벌어지게 하는 방법이 나타나기 마련이니까.

간절하게 바라는 것은 꼭 이루어지듯이, 어느 날 내게도 그런 일이 벌어졌다. 정확히 말하면 저녁 무렵이었는데 그 시간은 그녀들이 가장 열광적으로 기도하는 시간이었다.

수업이 끝난 후 우리는 수사님들이 새로 구입한 땅에 축구를 하러 갈 예정이었다. 수사님들은 그 땅에 새로운 마리스따 학교를 세우려 하고 있었다. 그렇게 되면 축구장이 두 군데로 늘어나는 셈인데, 하나는 상급생들을 위한 것이고, 다른 하나는 하급생들을 위한 것이었다. 그러나 그곳에서 내가 하는 것은 축구가 아니었다. 내 관심은 엄청나게 큰 나무들에게 쏠렸다. 저 웅장한 캐슈들,● 무환자나무들, 그리고 내가 꿈꾸는 밀림까지. 나무를 비롯한 모든 것들이, 타잔인 나의 독특한 입맛에 맞게 준비되어 있었다. 나는 아주 멋진 몸놀림으로 이 가지에서 저 가지로 넘나드는 방법을 터득해 가고 있었다. 땅

●캐슈는 열대 아메리카산 옻나무과 식물

에 발을 딛고 걷는 것은 금지사항이었다. 축구를 하지 않는 많은 학생들이 나처럼 하려고 했다. 하지만 그들은 곧 포기하고 말았다. 원숭이들의 우두머리인 타잔같이 하기란 결코 쉬운 일이 아니니까.

다섯 시에 루이스 수사님이 자신만의 방법으로 휘파람을 불며 모두 모이라는 신호를 했다. 나는 신발도 신지 않은 채 알레끄링으로 가는 길을 내달렸다. 그건 정말이지 아무나 할 수 없는 멋진 동작이었다. 모두가 땀에 흠뻑 젖은 데다가 머리도 흐트러져 더럽기 이를 데 없었다. 우리는 도착하자마자 곧장 기숙사로 가 후닥닥 잠옷 바지를 입었다. 그리고 목욕을 하러 아래로 내려갔다. 욕실은 여섯 개뿐이고 한 사람이 샤워하는 데 오 분이 걸렸으므로 우리는 그 틈을 이용해 술래잡기를 하였다. 언제나 끝까지 살아남는 녀석들이 있었다. 그러는 동안 수건 전쟁이라는 새로운 장난이 시작됐다. 이번에는 내가 주모자가 아니었다. 하지만 나는 그것이 무척 재미있었다.

그 장난은 한눈 파는 녀석이 있으면 돌돌 만 수건으로 벌거벗은 그의 등짝을 철썩 때리는 것이었다. 그러다 보니 서로 복수를 하려고 이리 뛰고 저리 뛰고 난리 법석이었다. 사실 그것은 어디까지나 장난일 뿐 싸움으로 번질 일이 아니었다. 하지만 그런 장난을 좋아하지 않는 녀석들이 있었다. 아르노비우도 그 중 하나였다. 그 앤 아주 힘이 셌다. 오지에서 소꼬리를 잡아 소를 넘어뜨리며 험하게 자란 카우보이 같은 녀석으로 우람한 근육을 가지고 있었다. 그래서 어느 누구도 그를 목욕수건으로 때릴 용기를 내지 못했다.

"누가 할 수 있을까?"

"웃기는 소리 하지 마, 너."

"저렇게 등을 돌리면서 우리를 유혹하고 있잖아."

웃옷을 입지 않은 그는 더 강인해 보였다. 하지만 지금은 그저 수건을 말기만 하면 되는데 말이야. 그러고 나서 철썩!

정말 둘도 없는 유혹이었다. 하지만 겁이 난 듯 아담이 나에게 충고를 했다.

"하지 마, 제제. 그 녀석이 너를 반쯤 죽여 놓을 거야."

"글쎄. 저 녀석은 아무도 자기를 건드리지 못할 거라고 자신하고 있어. 그래서 지금 공격하면 놀라서 꼼짝 못할 거야. 그러면 내가 왕이 되는 거지. 달리기는 내가 저 녀석보다 더 빠르다고 확신해."

"그래도 나라면 위험을 무릅쓰지 않을 거야."

"재미있을 거야."

나는 아주 조심스레 그에게로 다가갔다. 그리고 수건을 아주 단단하게 감은 뒤 그의 등판을 철썩 때렸다. 그가 펄쩍 뛰더니 괴물처럼 몸집이 불어났다. 키가 5미터는 되어 보였다. 그의 얼굴이 부풀어오르더니 가슴도 부풀어올랐다. 그는 땅바닥에 수건을 내동댕이치더니 붕 날아서 나를 덮쳤다.

"아담, 겁먹지 말고 꾹 참아."

나는 운동장을 따라 아이들 사이로 줄행랑을 치기 시작했다. 그러자 그 황소 같은 녀석이 씩씩거리며 나를 쫓아왔다. 내가 벽에 등을 튕기며 잽싸게 도망치자, 나를 잡으려던 그가 하마터면 벽에 부딪칠 뻔했다. 한바탕 웃음소리가 터졌다. 그러나 그뿐이었다. 그것은 아르노비우를 더욱 화나게 하기에 충분했다. 내가 다시 운동장을 총알같이 내달렸지만 그는 포기하지 않았다. 나는 양호실 쪽으로 달렸다. 아치 문을 뛰어넘어 4학년 교실로 들어갔다. 창문을 뛰어넘어 복도로 내달렸는데 그도 나와 똑같이 하며 쫓아왔다. 나를 잡으면 깔아뭉갠 뒤 목 졸라 죽일 거야. 나는 운동장으로 돌아온 다음 처음부터 똑같이 반복했다. 벽에 등을 튕기며 도망을 쳤다. 그는 지쳤지만 다시 힘을 냈다. 나는 기숙사 계단을 네 칸씩 뛰어올랐다. 그가 조금 전보다 뒤떨어지긴 했지만 계속해서 쫓아왔다. 나는 짐가방들이 놓인 쪽으로 달린 뒤 창살을 넘어 천장에 붙었다가 담벼락으로 뛰었다. 그러자 그가 멈췄다. 그런 동작은 따라 하지 못하니까.

"반드시 잡을 거야. 이 나쁜 놈."

그가 반원을 그리며 계단으로 향했다. 나는 거리를 더 벌릴 작정으로 바닥에 뛰어내렸다. 그가 씩씩거리며 다시 나를 쫓아왔다. 이제 남은 방법은 단 한 가지밖에 없고 나는 그 위험을 무릅쓸 수밖에 없었다. 절망 속에서 광신도 할머니들을 떠올렸다. 너무 놀라 죽고 말 거야. 그렇지만 선택의 여지가 없었다. 교회로 향하는 큰 복도로 들어섰다. 내가 교회 문에 도달했을 때 아르노비우도 벌써 큰 복도에 들어와 있었다. 소문이 나고 말 거야. 하지만 내 목숨을 쉽게 내주고 싶진 않았다. 잠옷 바지만 입었다고 위축되거나 신경 쓸 문제가 아니었다. 문으로 들어가 교회 안의 작은 길로 내달렸다. 나는 그가 다 큰 남자이니 부끄러워서 포기할 거라고 생각했다. 하지만 그게 아니었다. 나는 예배석 사이로 가로질러 달렸고 그때는 정말 아무 생각도 나지 않았다. 단지 할머니들이 웅성거리는 소리만 들렸다.

"하느님 맙소사."
"저런 파렴치한 것들을 봤나!"
"교회에 벌거벗은 두 남자가 있어요!"
"신성모독이야."

교회에서 그런 차림으로 달리는 것이 신성모독이라면 길거리에서는 더했다. 모든 사람들이 가던 길을 멈추고, 먼지가 자욱한 길을 달리는 반라의 두 남자를 훔쳐보려고 야단이었다.

나는 최대한 호흡을 조절하며 그가 다가오기를 기다렸다. 몸을 허우적거리며 헥헥거리는 그의 피곤한 기척을 들을 수 있었다. 그래, 저 녀석은 나를 잡지 못할 거야.

외출하는 날이면 상급생 몇 명이 숨어서 사탕수수로 만든

술을 홀짝거리곤 하던 아르뚜르 씨의 구멍가게가 있는 골목 길로 뛰었다. 총알같이 그 가게로 뛰어들자 안에 있던 사람들이 화들짝 놀랐다. 한 번 만에 가게를 통과하여 다른 문으로 나왔다. 아르노비우 역시 막 가게로 들어와 뒷문으로 나오고 있었다. 하지만 얼마나 달렸던지 그는 이미 녹초가 되어 있었다. 내가 다시 그 골목으로 방향을 틀자 그와의 거리가 다시 벌어졌다. 길거리 사람들이 무슨 일인가 보려고 가던 길을 멈추고 있는 모습이 다시 눈에 들어왔다. 이 모든 난리가 어떤 결과를 초래할지에 대해서는 생각할 여유조차 없었다. 우선 학교로 돌아가는 게 급했다. 그때의 유일한 통로는 그 교회였다. 아르노비우가 이미 내게로 바짝 다가오고 있었다. 나는 훌쩍 뛰어 교회 안으로 몸을 날렸다. 잠잠해졌던 교회에서 외마디 비명소리가 다시 시작됐다.

"하느님 맙소사, 저런 몰지각한 놈들을 봤나!"

"벌거벗은 남자들이 다시 나타났어요!"

내가 소리 지르는 할머니들 쪽을 흘깃 쳐다보았고 그때 그 할머니를 보았다.

가하펑냐 지 비우자!

그 할머니는 억세게 욕을 해댔다. 그녀는 양산을 집더니 예배석 가운데에 서서 아르노비우를 가로막고 나섰다. 그리고는 사정없이 그를 후려쳤다. 어떻게 설명할 수조차 없었다.

그에게 아무 일도 없으면 좋으련만. 나는 몸을 숨겨야 했

다. 운동장으로 돌아갔다가는 죽을 게 뻔했다. 나는 달리는 속도에 신경을 쓰며 침착하게 호흡을 했다. 내게도 피곤함이 밀려왔다. 복도에서 소음이 들렸다. 오, 하느님! 바로 그분일 거야. 파이올리 수사님 방으로만 가면 살 수 있어. 나는 그 직관을 따랐다. 하지만, 이게 웬일인가. 그의 방이 텅 비어 있었다.

다시 복도로 향했다. 저학년들이 머물고 있는 기숙사 계단이 보였다. 그 시간에 그들은 모두 식당에서 저녁을 먹고 있었다. 위험을 무릅쓰는 수밖에 없었다. 계단을 올라가 안쪽 벽에 몸을 기댔다. 숨이 얼마나 찼던지 심장이 입 밖으로 튀어나올 지경이었다.

"멈춰, 제제. 그러지 않으면 나를 토해 내고 말 거야."
"조금만 참아. 곧 그가 목욕할 시간이 돼. 그러면 포기할 거야."

그런데 만일 공교롭게도 저 기숙사에서 주무시는 수사님 가운데 한 분이 합동예배를 포기하고 전에 잊은 뭔가를 찾으러 이리로 온다면? 생각조차 할 수 없는 일이었다.

아르노비우는 분명 내 발자취를 잃어버린 게 분명했다. 내가 계단을 쿵쾅거리며 정신없이 올라오던 것을 보지 못했는가 보다. 오 분만 참으면 그가 복도로 돌아가 대운동장으로 나가겠지. 하지만 내 심장이 다시 펄떡거렸다. 그 자식이 나를 잊지 않았던 것이다. 내 발자국을 따라와서 나를 잡으려고 아주 천천히, 그리고 살금살금 계단을 오르고 있었다. 이젠 어떻게 하지? 달리 방법이 없었다. 도망치기 위해서는 그를 기절시키는 수밖에. 나는 계속 들고 다녔던 수건을 돌돌 말았다. 그리고 얼굴과 몸에 흐르는 땀을 닦았다. 겁이 났다. 겁이라는 단어가 대문짝만하게 느껴졌다. 그 녀석이 이제 금방 기숙사에 들어올 거야. 수건을 돌돌 말아 방망이처럼 만들어서 그를 내리칠 준비를 했다. 머리를 내밀기만 하면 그 땐 마구 내리치는 거야.

나는 벽에 바싹 붙었다. 그리고 그가 머리를 내밀자 사정없이 내리쳤다. 건물 전체를 뒤흔드는 신음소리가 났다. 굵직하게 울리는 신음소리였다. 아마도 맞는 고통보다 놀라움이 더 컸던 모양이다.

그러나 이게 웬일인가. 내 앞에는 오후의 마지막 햇살이 비치는 가운데 잔뜩 놀란 눈을 한 이스떼버웅 수사님이 서 있었다. '그때 예수님은 자신의 제자들에게 말씀하셨습니다'라는 말로 항상 채플시간을 시작하는 코흘리개 이스떼버웅 수사님이 아니라 꼬르꼬바두 동산에 서 있는 예수 동상처럼 덩치가 아주 큰 이스떼버웅 수사님이었다. 그분 손이 얼마나 컸던지 그걸로 우리의 등을 치면 등뼈가 어긋날 정도여서 프랑켄슈타인이라는 별명까지 붙었다.

그는 아무 말도 하지 않은 채 내 목을 잡더니 마치 나뭇잎을 들어올리듯 나를 위로 들어올렸다. 그 순간, 나는 원숭이

5. 타잔, 지붕의 아들

들과 같이 사는 타잔이 되어 커다란 고릴라와● 싸우기엔 내가 아직 한참 모자란다는 생각이 들었다. 나는 양발이 그의 큰 가슴에 눌려 꼼짝달싹 못한 채 허공에 매달려 벌벌 떨며 식은땀을 흘리고 있었다. 그는 내가 마치 해변의 야자나무에 매달린 도마뱀이기라도 한 양 나를 납작하게 만들고 있었다. 나를 놓아주지 않은 채 그가 다음과 같이 물었다.

"이 바보 같은 녀석, 이게 무슨 짓이야?"

나는 말문이 막혀 대답을 하지 못했다. 대체 내 목소리가 어디 간 거지?

그가 두 손 중 하나를 놓더니 나에게 혹 한 방을 먹이려는 듯 위협을 가했다. 그리고는 나를 계단의 맨 위로 잡아끌더니 아래를 가리켰다.

"너를 저 아래로 내던졌을지 몰라."

나를 놓아주지는 않았지만 그는 조금씩 침착해져 갔다.

"어서 말해 봐. 도대체 이게 무슨 짓이야?"

노래를 잃어버린 수탉처럼 목이 잠긴 채 내가 급히 사건의 전모를 설명했다. 아르노비우가 나를 쫓아오는 바람에 그걸 피하려고 거기에 숨었으며 그의 머리와 아르노비우의 머리를 혼동해서 그랬다고……

"좋아. 그런데 이제 어떻게 할까?"

●타잔의 부모를 죽인 사나운 원숭이 집단의 우두머리로, 당시 한 살이었던 타잔까지 죽이려 했다.

악마의 시간

나는 약간 풀이 죽었다.

"이제 당신이 저를 죽이겠지요."

"죽인다고? 그건 네가 생각하는 거고. 임마, 그걸로는 성에 차지 않아."

"제가 정말로 후회를 하고 용서를 구한다면요?"

"너에게는 그것도 소용없어. 말썽꾸러기라는 이름값을 톡톡히 치러야 할 게다."

그가 아직도 무척 화난 표정으로 나를 바라보았다. 투명한 그의 눈이 깨진 병 바닥과 비슷하였다.

"이제부터 교장선생님께 뭐라고 말할지 잘 생각해 둬. 상급생 녀석이 하급생들 기숙사에서 한 짓거리라고는. 흠!"

나는 다시 할 말을 잊었다. 더욱 강한 무언가가 양심을 짓눌러 왔다. 이건 아무것도 아니야. 광신도 할머니들이 내가 대낮의 교회에서, 그것도 성모 마리아님과 성 요셉 그리고 성 안토니오님 앞에서 벌거벗은 채 달리기를 했다고 얘기한다면 난 어떻게 설명하지?

속으로 빌었다. '루르드 성모님, 제발 저를 굽어 살펴 주세요. 저, 약속할게요…….' 젠장, 뭘 약속하지? 왜 이렇게 일이 꼬이는 거야? 성모님에게 약속한들 무슨 소용이 있을까? 아마도 내가 하는 맹세를 더는 믿지 않으실 거야. 난 언제나 맹세를 하고서도 한 번 더 기회를 얻으면 곧장 사고를 쳤으니까. 절망에 빠진 난 내 과거를 전혀 모르는 새로운 성자를 찾아봐야겠다고 생각했다. 그때 나에게 유일하게 떠오른 성자가 성 제랄도님이었다. 나는 이 세상에서 가장 비굴한 마음으로 그에게 도와 달라고 애걸했다.

"그러면, 아무 말도 안 할 거야?"

"제가 어떤 얘기를 해도 아무 소용 없을 거예요. 제가 잘한 구석이 하나도 없거든요. 제가 모두 잘못했어요."

"그래도 아직 약간의 양심이 남아 있으니 다행이군. 가자."

우리는 함께 계단을 내려왔다. 그 다음 내가 앞서 걸었다. 침묵 때문에 우리의 발자국 소리가 더욱 크게 들렸다. 작은 목소리가 저 하늘 위에서 들려왔다.

"제제, 너 아직 살아 있니?"

"근데, 너는?"

"지금 부활 중이야."

"그거 다행이구나. 잘 참아야 해. 매가 아플 테니까."

루이스 수사님이 우리 둘을 함께 데려갔다. 다른 학생들의 호기심의 표적이 되지 않도록 기숙사 방문을 잠갔다. 아르노 비우와 나는 각각 다른 침대에 앉았다. 심문이 시작되기 전에 걱정이 되었지만 다행히 그분은 곧바로 심문을 시작했다.

"그러니까 결론부터 말하자면 누구의 잘못이지? 네 잘못이냐, 아르노비우?"

그의 목소리는 잔뜩 겁에 질려서 이전의 그 큰 덩치가 아니라 마치 다섯 살 먹은 어린애 같아 보였다.

"저는 구석에서 목욕 차례를 기다리며 조용히 있었어요."

"그게 사실이냐, 제까?"

"네, 루이스 수사님. 그는 아무 잘못이 없어요. 전부 제가 벌인 일이에요."

이미 대책이 없었으므로 계속 정직하게 나가는 것이 나았다. 게다가 자신이 벌을 받지 않는다면 나중에 나를 붙잡는 건 포기할 테니까.

"그러면 모든 잘못을 인정하는 거냐? 모든 책임을?"

"인정합니다."

"그러면 아르노비우, 너는 이제 가도 좋아. 내 기숙사에 서로 앙숙으로 지내는 학생이 있는 걸 원치 않으니 나가기 전에 서로 악수를 하도록 해."

우리는 서로 악수를 했다. 나는 그가 아직 복수할 생각이 있는지 알아보려고 그의 눈을 자세히 쳐다보았다. 하지만 그의 눈을 보고 감동하고 말았다. 그의 표정이 얼마나 부드러웠던지 나를 미안하게 만들었다.

"아르노비우, 나갈 때 기숙사 문을 잠그고 열쇠를 문 아래로 던져. 누구한테도 방해받고 싶지 않으니까."

루이스 수사님은 방안을 왔다 갔다 하며 나를 이리저리 훑어 보았다. 그리고는 멈춰 섰다.

"제까, 그렇게 많은 미친 짓을 꾸미다니, 도대체 너의 그 머리 속에는 뭐가 들어 있는 거야?"

나는 충격을 받았다. 울려고 하지 않았지만 이미 울음이 터져 나오기 일보 직전이었다.

"모르겠어요, 수사님. 그런 일들은 제게 느닷없이 떠올라요. 그리고 그런 일이 확연히 눈에 들어올 때쯤이면 저도 모르게 이미 그 일을 저질렀거나 저지르고 있는 중인 걸요. 한번 시작하면 걷잡을 수 없어요. 모든 게 복잡하게 꼬이다가 끝날 때에야 비로소 멈추거든요."

"사실 그랬지."

나는 반쯤 애걸하는 표정으로 루이스 수사님을 쳐다보았다.

"이스떼버웅 수사님이 저를 절대로 용서하지 않을 거예요, 그렇죠?"

그가 우리들이 흔히 쓰는 표현을 사용했다.

"프랑켄슈타인이 엄청 화가 났어. 네 피를 보고 싶어해. 다른 수사님들이 널 어떻게 할 것인지는 물어봤자 소용없어. 지금 교장선생님 방에서 모두 회의 중이야. 이제 나에게 어찌 된 일인지 얘기해 봐. 단 한 가지도 빼지 말고."

그가 내 앞의 침대에 앉았다. 나는 솔직히 터놓고 얘기했다. 모든 걸 얘기해 감에 따라 그가 웃기 시작하였다. 광신도 할머니들 얘기에 도달하자 그가 어찌나 크게 웃었던지 앉아 있던 침대가 들썩거렸다. 그래서 나도 웃기 시작하였다. 왜냐하면 루이스 수사님이 재미있다고 생각한다면 다른 수사님들 역시 그렇게 생각할 테니까. 확실히 나의 새로운 수호자이신 제랄도 성자께서 나를 도와주고 있음이 틀림없었다.

내가 얘기를 끝냈을 때, 루이스 수사님은 너무 많이 웃은 나머지 눈에 눈물이 고인 채 배를 움켜잡고 있었다.

"이봐, 제까. 네가 한 짓은 너무 어처구니 없는 것이었어. 만약 그런 일이 내게 벌어졌다면 난 널 용서했을지도 모르지. 그러니까 벌을 절반으로 줄여 줬을 텐데 말이야."

"이제 어떻게 해요?"

그가 주머니에서 시계를 꺼내더니 나에 대한 판결이 시작됐다고 말했다.

"이제, 거기 가 보자."

"루이스 수사님, 샤워도 할 수 없나요? 지금 온몸이 더럽다구요."

"그런 생각 하지도 마. 오늘은 그냥 이렇게 자야 할 거야. 그것도 아주 운이 좋을 경우에 말이야. 왜냐하면 내 생각에 넌 오늘 밤새도록 팔짱을 낀 채 기둥을 보며 벌을 설 거니까."

기숙사로 걸어가며 그에게 물었다.

"제가 여기서 쫓겨날 거라고 생각하세요?"

"그 정도로 심각한지는 모르겠어. 하지만 분명한 것은 그런 조치가 네 코앞에 닥쳤다는 거야."

나는 생애 두 번째로 탁자들이 원형으로 놓인 장례식 같은 분위기의 방에 들어갔다.

"팔짱 껴!"

나는 기다렸다는 듯 팔짱을 꼈다.

"내가 뭔가를 질문할 때는 나를 쳐다보도록 해. 그리고 답변을 끝내면 그 즉시 다시 칠판을 쳐다보도록."

마음의 준비가 다 되어 있었다. 나는 학교에서 가장 큰 칠판을 바라보았고, 그 가운데서도 분필로 쓴 부분을 쳐다보았다. 몇몇 부분들이 덜 지워져서 어떤 글자의 경우 아직 흔적이 남아 있었다.

이미 루이스 수사님께 말씀 드렸던 모든 것을 다시 설명해야 했다. 다만 이번에는 어느 누구도 내 얘기가 재미있다고 생각지 않았다.

최종 결과가 나왔다. 학교에서 쫓겨나거나 정학을 받지는 않았지만······.

"모든 휴식 시간에 꼼짝 말고 부동 자세로 걸상에 앉아 있어야 한다."

"모든 야간수업 시간에 팔짱을 낀 채로 있어야 한다."

"부동 자세로 걸상에 앉아 있는 벌이 끝나면 똑같은 자리에서 다리를 포개고 팔짱을 낀 자세로 두 시간 더 있어야 한다."

"그리고 마지막으로 똑같은 반성문 천 줄을 써야 한다."

마른침을 꿀꺽 삼켰다. 천 줄이나? 차라리 책 한 권을 쓰는 편이 낫겠군. 소설 한 권 말이야. 젠장, 내가 알게 뭐야. 거지 같은 걸로 한 권 쓰고 말지. 그런데 천 줄이나 쓰라니, 한 문장 한 문장 똑같은 내용을 반복하는 건 연옥에 떨어지는 것보다 더한 걸 거야. 게다가 추방이 안 된 것을 하늘에 감사해야 하다니. 무슨 낯으로 가족을 대한담?

그렇지만 비극은 거기서 끝나지 않았다. 수사님들이 그 문장을 바로 내게 맡기기로 결정한 것이다. 이제 망할 놈의 문장을 골라야 한다. 빨리 머리를 굴려 보았다. 하지만 수사님들은 벌의 효과를 극대화하기 위해 내가 좋아하지 않는 문장을 쓰도록 요구했다.

"자, 바스콘셀로스 군, 문장은?"

그때 아주 어릴 때부터 무척 좋아하던 문장 하나를 생각해 냈다. 나는 일부러 그걸 증오한다고 말할 텐데, 그게 받아들여진다면 최소한 내가 사랑하는 문장을 쓰게 될 것이다.

"문장을 말해요!"

"이뻬랑가의 평온한 강변들은 들었노라……." ●

모두가 실망하는 눈치였다. 교장선생님이 눈썹을 치켜세우는 바람에 그 눈썹이 검은 활 모양으로 변했다. 비탄과 낙심의 무지개 모양이었다.

"이 아이가 완전히 돌았구먼. 애국가를 증오한다고?"

●브라질 국가의 첫 소절

5. 타잔, 지붕의 아들    263

나는 팔짱 낀 양팔에 붙어 있던 손가락들로 내가 좋아하는 애국가에게 용서를 비는 시늉을 했다.

"아주 좋아요. 제군이 선택했지만 그것만으로 끝나진 않을 것이오. 주아껭 수사님, 죄송하지만 칠판에 써 주세요."

주아껭 수사님이 칠판으로 걸어가서 분필을 잡았다.

"써 주십시오, 수사님."

그가 위엄이 가득한 자세를 취한 뒤 천천히 말했다.

"이뻐랑가의 평온한 강변들은 들었노라. 내가 배은망덕하고 무책임한 학생이라는 것을."

내가 '끄응' 하고 신음소리를 냈다. 아담도 마찬가지였다. 내 꾀에 내가 빠진 것이다. 내가 다른 문장만 골랐어도 이런 결과는 빚어지지 않았을 것이다. 언제쯤 저 문장, '이뻐랑가의 평온한 강변들은 들었노라. 내가 배은망덕하고 무책임한 학생이라는 것을'을 끝낼 수 있을까? 오, 어린 양을 돌보시는 예수님! 수십 장의 종이 뭉치와 그 망할 놈의 문장을 쓰느라 굳은살이 박일 손가락들을 생각해 보았다. 어쨌든 끝내야 할 일이었다. 10일 아니면 20일?

"힘을 내, 제제. 학교에서 추방되는 것보다는 낫지 뭐."

"알아. 이제 약한 모습 보이지 않을 거야. 밀림의 왕자 타잔이 결국 이기고 말 테니까. 내가 약해지고 있다고 느끼면 내게 일깨워 줘. 태양을 달구는 것을."

하지만 커다란 무기력이 나를 짓눌러 왔다. 낮에는 태양을, 밤에는 달을 달구어야 하니…….

회의가 끝나자 루이스 수사님은 나를 조용히 식당으로 데려갔다. 내 생각을 짐작하는 것 같았다.

"샤워는 절대 안 돼, 제까. 벌을 견뎌 내려면 너희들이 '맨날 콩죽'이라고 부르는 것을 많이 먹어 둬야 할 거야. 왜냐하면, 제까, 상황이 아주 안 좋으니까. 게다가 네가 사랑하는 광신도 할머니들이 시 전체에 소문을 퍼뜨리며 일을 크게 만들고 있으니까."

그는 음식을 씹으며 내 고통을 지켜보고 있었다. 모든 것이 고요한 침묵 속에 잠겨 있었다. 나는 큰 컵에 물을 잔뜩 담아 벌컥벌컥 들이킨 다음 화장실에 가도 되는지 물었다.

"가도 좋아. 지금 필요한 것은 다 해 둬. 다음번에는 자정 무렵에나 가능할 테니까."

그가 용기를 주려는 듯 내 등을 토닥거렸다.

"불쌍한 녀석. 이번에는 널 구해 줄 성자가 없어. 펠리시아누 수사님도 이번 사태를 막을 수 없고, 전과 같은 기적을 만들 수도 없어."

나는 두 시간 동안 똑같은 자리에서 다리를 포개고 팔짱을 낀 채 있었다. 얼마 안 있어 대강당의 불이 모두 꺼졌다. 내 주위의 전등 두 개만 빼고. 학교 전체가 침묵 속에 잠들었고 나는 거기서 혼자 있었다. 자꾸 눈이 감기려 했다. 몸이 앞으로 숙여졌다가 다시 원래 자세로 돌아왔다. 밤이 일찍 내렸다. 나는 모이제스의 침묵을 기억해 냈다. 그가 다정한 종소리로 모두를 깨웠으면 좋겠는데. 그러면 양심도 없는 그 사람들이 잠을 자지 않는 게 얼마나 좋은지 알 수 있을 텐데.

다리는 후들거렸고 시간은 좀처럼 가지 않았다.

칠판 옆에서 모리스 아저씨가 어색한 미소를 지으며 나를 쳐다보고 있음을 알았을 때 내 눈시울이 붉어졌다.

"제 모습 보이시죠, 모리스 아저씨. 팔을 펴 당신을 껴안을 수도 없어요."

"괜찮아. 사람들이 너를 어떻게 한 거야, 몽쁘띠?"

"양심도 없는 어른들이 저지르는 일들이에요……. 우리, 애들은 아무 짓도 하지 않았는데 이런 벌을 받아요."

"힘내. 이번 일은 잘 지나갈 거야. 첫째 날이 항상 제일 힘들지 그 이후부터는 차츰 적응하게 돼."

"오늘 일이 많았어요?"

"응."

"조금만 더 있으면 피곤해서 쓰러질 거예요."

"잘 이겨 내야 해. 네가 한 일에 대해서는 절대 불평하지 마. 꾹 참아."

그가 그 멋진 금시계를 쳐다보았다.

"너의 태양에 불을 붙여. 네가 내게 그러겠다고 말하지 않았니? 너의 태양을 달궈. 이제 이 분밖에 안 남았어."

펠리시아누 수사님이 나를 찾으러 왔다. 마음이 불안해서 내 벌이 끝날 때까지 잠을 주무시지 않았던 것이다.

"가자, 슈쉬."

나는 팔을 풀었다. 하지만 팔들이 약을 먹었는지 이전 자세로 돌아가고 싶어했다.

칠판을 향해 미소를 지었다. 그리고 모리스 아저씨에게 아주 낮은 소리로 말했다.

"안녕히 주무세요."

"이것 받아, 슈쉬."

"뭐예요, 파이올리?"

"아주 시원한 과라나야. 네가 목마를 것 같아서 가져왔어."

나는 그의 손에 있는 컵을 제대로 확인하지도 못한 채 단숨에 그것을 마셔 버렸다.

"가자, 슈쉬. 벌써 졸고 있구나. 서서 졸고 있어."

"파이올리."

"뭔데, 슈쉬?"

"다시 태어나면 단추가 되고 싶어요. 아무 단추나요. 팬티의 단추라도 상관없어요. 인간이 되어 이렇게 고통받는 것보다는 그 편이 나을 거예요······."

# 3부

나의 꾸루루 두꺼비

# 1. 새로운 집, 차고 그리고 세베루바 아주머니

"화가 다 풀렸니, 제제?"
"모르겠어, 아담."
"거짓말하지 마. 다 알고 있으니까."
"거의 다 풀렸어. 잠시 후면 다 잊어버릴 거야."
아담이 안도의 한숨을 쉬는 걸 느꼈다.
"젠장! 너 정말 고집이 세구나. 누구든지 이런 큰 집에서 살게 되면 자기 아빠의 어떤 잘못이라도 용서해 줄 수 있을 거야."

사실 나는 무진장 기뻤다. 방학도 이제 막 시작되었고 학교에서 나와 새집으로 이사를 갔으니까. 정말로 큰 집이었다. 이런 집을 진짜 집이라고 할 수 있을 거야. 나는 이사하는 걸 보지 못했다. 그래서 전에 살던 집에 있던 흰색과 빨간색 암탉들에게 작별인사조차 하지 못했다. 그 암탉들이 팔렸는지, 남에게 줘 버렸는지는 모른다. 분명한 것은 그 암탉들이 이 새집에는 어울리지 않는다는 것이었다.

새집의 정면에는 굉장히 큰 테라스가 있는데 그것이 집의 왼편까지 감싸고 있었다. 사방이 유리르 덮여 있었으며 정면에서 뻬뜨로뽈리스 다리를 볼 수 있었다. 그리고 저 밑으로는 이 세상의 모든 바다를 다 담을 만큼 큰 바다가 펼쳐져 있으니 그 원시의 바다가 얼마나 큰지 잘 볼 수 있었다. 그리고 그것만으로는 부족한 듯 시멘트를 깔아 평생 뛰어다녀도 좋을 것 같은 큰 정원도 있었다.

나는 이전과는 완전히 다른, 나만의 방을 얻었다. 머리맡 보관함이 없는 큰 침대도 있었고 아직 싱싱한 나무 냄새를 풍기는 새 옷장도 있었다. 그런데 한 가지가 빠졌다. 나의 낡은 의자, 오로징바. 누군가 그것을 물려받았으리라. 대신 그 자리에는 붉은색 나무로 만든 아주 고급스럽고 우아한 의자 하나가 놓여 있었다. 모든 걸 만져 보고, 앉아 보고 싶은 충동을 느꼈다. 침대에도 쿵하고 앉아 보았고 의자에도 앉아 보았다. 모두 부드럽고 마음에 들었다.

아담에게 말했다.

"옛날 집으로 돌아가지 않아서 정말 다행이야."

그 하녀와의 사건을 염두에 두고 말한 것이었다.

"네가 지금 생각하고 있는 것을 네 아빠가 미처 생각지도 못했다고 어느 누가 장담할 수 있겠니?"

약간 혼란스러웠다.

"그렇다고는 믿지 않아. 나는 별로 중요하지 않은 녀석이니까. 나는 아무 데도 쓸모가 없는 녀석이라구. 아무도 내게 신경 쓰지 않을 거야."

"누가 알아? 인간의 마음은 항상 짐작치 못한 것들로 가득한데."

"아니야, 그렇지 않아, 아담. 하지만 어쨌든 여기 사는 게 정말 멋질 것 같아."

새집에서 내 호기심을 가장 자극한 곳은 오른쪽이었다. 그곳에는 타잔이 타고 다닐 법한 매혹적인 가지들이 무성하게 나 있는 장엄한 망고나무 한 그루가 있었다. 가지들이 얼마나 컸던지 이웃집 담벼락을 넘어가 있었다. 시간이 지나자 나는 어떤 사람들이 이웃에 사는지 알고 싶어서 안달이 났다. 그건 매우 중요했다. 구스따바 아줌마라고 부르면 딱 맞을 망고나무와 우리 집 사이에는 천막으로 만든 아주 큰 차고가 있었다. 나는 매료된 눈빛으로 그 차고의 지붕 쪽을 쳐다보았다. 거기에 적어도 두 개의 공중그네를 설치할 수 있을 것 같았다.

새집에서는 모든 생활이 축제 같았다. 등뼈를 교정한 뒤부터 다른 강아지들처럼 뛰어다닐 수 있게 된 뚤루에게는 더욱 신나는 일이었다. 뚤루는 내가 기숙사에서 생활하는 동안 같이 있지 못했던 것을 보상받고 싶은 듯 항상 내 뒤를 졸졸 따라다녔다. 잠을 잘 때도 내 방 앞에서 잤고, 날이 밝으면 아주 조심스럽게 내 방문을 긁어댔다.

내 근처에 없다 해도 내가 휘파람을 불기만 하면 어느새 흰 꼬리를 흔들며 나에게로 달려왔다.

"차고를 보러 가자, 뚤루."

차고로 달려가는 도중에 뚤루는 내 다리 사이를 왔다 갔다 하며 뛰었다.

"우와! 정말 엄청나네. 그렇지 않니? 차가 열 대 이상은 들어가겠는데. 전에 이 집에 살았던 사람은 엄청난 부자였을 거야."

"창문도 무진장 큰데."

나는 창문을 열고 그 위에 걸터앉았다. 발은 밖으로 내놓은 채 담으로 완전히 갈라져 있는 나머지 뒤뜰 부분을 자세히 살펴보았다. 뚤루는 절망적으로 낑낑거렸다. 나에게 닿으려고 발끝으로 서서 무진장 애를 쓰고 있었다. 내 눈앞에는 엄청난 세계가 펼쳐져 있었다. 울창한 숲에 캐슈가 정말 많았다. 게다가 양옆으로는 야자수까지 있었다. 어디를 먼저 둘러봐야 할지 모를 정도였다. 계획을 잘 짜야 했다. 방학이 시작된 지 얼마 안 됐으니까 최소한 석 달은 내 세상이다. 그 넓은 뒷마당의 모래들은 바닷가의 모래처럼 하얗고 부드러웠다. 제2의 사하라 사막이라고 여겨질 만큼 멋졌다. 참, 사막에 캐슈가 있던가? 그런 것 같지 않던데. 아무렴 어때. 내 사막은 다르니까. 캐슈가 있을 수도 있는 거지.

나는 차고 안으로 내려갔다. 낡았지만 아직 쓸 만한 것들로 가득한 큰 선반들을 하나씩 살펴보았다. 우리가 암탉들을 두고 왔듯이 분명 이 집의 옛 거주자들도 이 많은 것들을 버리고 떠났던 것이다. 특히 나를 가장 매료시킨 것은, 그 선반들 위에 가득 쌓여 있던 타이어 튜브들이었다. 한쪽에는 타이어에 바람을 넣는 큼지막한 펌프도 있었다. 아직 작동할까? 먼지가 잔뜩 앉아 있어서 후 불어 날렸다. 그리고 그걸 세워 내 무릎 사이에 고정시켰다. 머리 부분을 들자 목이 빠지듯 쑤욱 위로 올라왔다. 머리야, 팔이야? 팔임에 틀림없었다. 기름칠이 잘 되어 있었다. 내가 윗부분을 누르자 쉬이익 소리를 내며 땅바닥의 먼지를 날렸다. 나는 너무 신났다.

"작동해, 뚤루. 이제 타이어 하나에다가 공기를 채울 수 있는지 실험해 보자."

타이어 튜브를 가지런히 놓은 다음에 펌프의 팔 부분을 잡고 공기를 채우기 시작했다. 튜브가 점점 부풀어오르다가 탱탱해졌다.

"어휴, 정말 힘들군!"

바닥에 앉아 쉬면서 벽에 기대어 놓은 펌프를 만족스러운 듯 바라보았다.

"이제부터 매일 저 낡은 타이어 전부에다 공기를 채울 거야. 이제 일요일에도 나가지 않고, 이것들 모두에게 바람을 채웠다가 뺐다가 할 거야. 그러면 타잔도 믿지 못할 만큼 내 몸의 근육이 빵빵해질 거야."

아담이 물었다.

"이 차고하고 펌프에게 붙일 이름을 생각해 봤어?"

"잠깐 같이 생각해 보자. 이것들에게 이름을 붙이는 게 아주 중요하니까."

"차고 이름에 대해서는 모르겠어, 제제. 하지만 네가 괜찮다면 펌프한테는 내가 이름을 지어 주고 싶어."

나는 궁금해졌다. 여태껏 아담이 내게 그런 부탁을 한 적이 없었기 때문이다.

"좋아. 허락하지."

아담이 아주 수줍어하며 말했다.

"셀레스찌 아주머니."

"캬, 아담. 그거 정말 멋지다. 조금 전까지는 이름이 없었지만 지금 이름이 생겼어. 그러니까 이제부터는 어느 누구도 셀레스찌 아주머니라는 이름을 없애지 못할 거야."

뚤루가 나의 발치에 누워 나와 꾸루루 두꺼비 사이의 대화를 듣고 있었다. 나는 한참 동안 차고를 바라보았다. 차고에 알맞은 멋진 이름을 지어 줘야 한다. 아무 이름이나 지어서는 안 된다. 차고는 아주 크고, 정말 우아한 자태를 지니고 있었다. 그때 갑자기 좋은 생각이 떠올랐다. 됐어. 찾아냈어. 아담의 승낙을 받아야 했다.

"차고가 뚱뚱하면서도 귀여운 하녀 같아 보이지 않니?"

"그런 것 같아, 제제."

"그리고 흰색과 빨간색으로 된 체크 무늬 앞치마를 두르고 있는 것 같지 않아?"

"맞아."

"그러면 마네까 아주머니라고 부르자."

"우와, 정말 멋진데."

우리는 서로서로 축하를 했다.

"이봐, 아담. 내 생각엔 우리가 이 세상에서 이름을 가장 잘 짓는 사람들 같아."

"나도 그렇게 생각해."

처음 며칠 동안은 식사시간에 분위기가 어색하였다. 아직 아빠와 말을 하지는 않았지만 우리는 이미 서로 쳐다보기 시작했다. 아담은 내 가슴속에서 긴장한 모습으로 나를 쿡쿡 찔러댔다. 잘하고 있어, 제제. 잘하고 있어.

예를 들어, 그가 밥이 담긴 큰 접시를 쳐다본 뒤 나를 쳐다보면 나 역시 그 접시를 쳐다본 뒤 그를 쳐다보았다. 그러면 내가 밥이 담긴 접시를 들어올리고, 그가 손을 뻗쳐 그 접시를 받았다.

아담이 너무나 좋아했다. 잘하고 있어, 제제. 잘하고 있어.

처음에는 조금 어려울 것임을 알고 있었다. 나와 아빠 사이에는 접시가 많았지만 나는 그가 원할 때마다 그걸 넘겨주었다.

그 후 첫번째 맞는 일요일에 아빠가 내 방문을 두드리고 들어와서는 불을 켰다.

"새벽 미사에 가고 싶니?"

"네."

"그럼 빨리 서둘러. 십오 분 안에 성당에 도착해야 하니까."

나는 쏜살같이 아래로 내려가 나딸 시에서 가장 멋진 마켓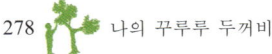차가 빠져나올 수 있도록 마네까 아주머니 문을 열었다.

도시는 아직 어둠에 싸여 있었다. 불빛들이 아직 켜 있었다. 그가 나에게 말했다.

"원치 않으면 성찬 배수를 할 필요 없어."

내가 그를 약간 옆으로 쳐다보았다. 그는 그런 나를 알아채지 못한 듯 시선을 앞으로 향하고 있었다.

"전 할 수 없어요. 고해성사를 하지 않았거든요."

"좋아."

● 차종의 하나

그는 아무 말 없이 운전을 계속했다. 아담이 나에게 고백했다.
"이봐, 제제. 그가 좋아지기 시작했어. 결국……."
"벌써 알고 있어. 결국 우리는 아주 멍청한 두 명의 바보들이지."

처음에는 그에게 무척 힘겨운 일이었다. 하지만 그는 배워야 했다.
"이봐, 뚤루. 겁내지 마."
강아지는 담벼락 위에서 여러 차례 시도하려 하다가도 온몸을 떨었다. 나는 그를 안심시키려고 애썼다.
"겁내지 마. 넌 떨어지지 않아. 이게 고양이에게 더 적합하긴 하지만 요령을 알면 너도 걷게 될 거야."
뚤루가 붉은 혀를 내민 채 겁먹은 눈으로 나를 보고 있었다.
"바보처럼 굴지 마. 저 아래가 부드러운 모래뿐인 게 안 보여? 굴러 떨어져도 안 다쳐. 어서 해 봐."
나는 담벼락 위에서 1미터 가량 그와 떨어져 앉았다.
"어서 와, 임마. 어서."
나는 그를 받아 주려고 팔을 벌렸다. 그가 낮은 신음소리를 내며 자리에서 일어났다.
"침착하게 와. 달려오면 안 돼. 그러면 배우지 못해. 하나

둘, 하나 둘."

뚤루가 나의 말을 따라 움직였지만 너무 떨고 있었기에 만일 그 녀석이 굴러 떨어질 것에 대비해 만반의 준비를 하고 있었다. 결국 뚤루는 조심조심 움직여서 내게로 왔고, 나는 그를 사랑스럽게 꼭 안아 주었다.

"바로 그거야, 뚤루. 넌 이 세상에서 가장 용감한 강아지야. 한 번 더 연습해 보자. 어서."

나는 2미터 정도 뒤로 물러나 앉았다. 뚤루가 그런 내 모습을 지켜보았다.

"자, 아까 했던 것처럼 반복하는 거야. 천천히, 침착하게."

뚤루는 처음 발을 내딛는 것만 겁났을 뿐이었다. 몸을 일으켜 세우는 순간 나에게 다가오려는 의지가 커져 문제가 없었다.

"이제는 좀더 멀리 떨어져 연습하자."

내가 3미터 넘게 떨어져 앉았다.

"하나 둘, 하나 둘."

이번에는 훨씬 더 쉽게 해냈다. 두 시간이 채 안 되어 그는 담 위에서도 나를 잘 따라오기 시작했다. 더는 앉아서 부를 필요가 없었다. 나는 뚤루의 앞에 서서 천천히 걸었다. 몸을 돌렸더니 뚤루가 내 뒤꿈치에 바싹 따라오고 있었다.

다다다가 그 훈련을 모두 지켜보며 조용히 다가왔다.

"이런 건 본 적이 없어. 강아지가 담벼락 위를 걷다니."

내가 한바탕 큰 소리로 웃었다. 그리고 땅으로 뛰어내려 뚤루를 팔로 받아 안았다.

"이제 조금 쉬어. 잠시 후에 연습을 더 할 거니까."

긴장이 풀렸는지 뚤루가 뒤뜰로 달려갔다. 캐슈를 뱅뱅 감고 올라간 시계꽃 가지에 오줌을 싸러 간 것이었다.

"이제 금방 담 위에서도 달릴 수 있을 거야. 처음에는 너무 겁을 먹어서 조금 실망했었어. 그 녀석이 등뼈를 부러뜨린 적이 있기 때문에 평생 몸의 균형을 못 잡을 줄 알았어."

다다다가 웃으며 나를 바라보았다.

"네가 가지고 있는 건 바로 그 또라이 같은 머리지. 오직 네 머리에서만 고양이가 아닌 강아지를 담 위로 걷게 할 생각이 나올 수 있어."

나는 기와를 쌓아 놓은 곳 위에 앉았다.

"다다다, 왼쪽 집에는 누가 살아?"

"어떤 부부가 살아. 히우지자네이루에서 공부하는 딸이 하나 있는데 다음 방학 때 올 거라고 하더라."

"그리고 반대편에 사는 그 아주머니는?"

"으윽, 그 여자는 영국인인데 정말 사나워. 세베루바 아주머니라고 불러."

"뭐라구?"

"발음하기가 아주 힘든 이름이야. 그 집 하녀도 정확히 발음할 줄 몰라서 그냥 세베루바라고 부른데."

나는 깔깔대며 웃었다.

"그건 사람 이름이 아냐. 웃기는 이름이군."

다다다가 나에게 주의해야 할 일을 한 가지 알려 주었다.

"그 여자 집에 너무 가까이 가지 마. 그녀는 자기 하녀조차 뒤뜰의 과일을 따 먹지 못하게 한대. 그리고 자기 것에 대한 집착이 심해."

내가 미소를 짓다가 급히 물었다.

"다다다, 너 구아버 좋아해? 피같이 시뻘건 구아버 말이야."

"내가 가장 좋아하는 것 중에 하나야."

"그러면, 기다려."

내가 기와를 몇 장 들어냈다. 그리고 일고여덟 개 정도의 구아버를 보여 주었다.

"얼마나 맛있는지 한번 먹어 봐."

그녀가 한 입 베어 물더니 맛을 음미했다.

"너 이거 어떻게 구했니? 여기 뒤뜰에는 구아버나무가 없는데."

"세베루바 아주머니 집에서 따 온 거야."

"그 아주머니가 네게 줬어?"

그녀가 질문을 하면서 눈을 휘둥그렇게 떴다.

"주긴 뭘 줘. 이 구아버 모두 작은 구멍이 난 거 보여?

---

● 세베루바라는 발음이 어렵고, 브라질에 없는 괴상한 이름이어서 웃은 것으로 보인다.

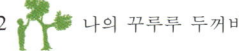

다다다가 한두 개를 살펴보았다. 구멍을 보더니 의아하게 생각했다. 구아버마다 작은 구멍이 나 있었다.

"벌레가 파먹은 거야?"

"아니. 못 구멍이야."

그녀는 갈수록 이해가 안 된다는 표정이었다. 그래서 곧바로 그녀에게 설명했다.

"우물가 쪽에 있는 방에서 긴 막대기 하나를 꺼내 한쪽 끝에다가 못을 단단히 박았어. 그리고 저 담 위에 올라가 주변에 아무도 없을 때 그걸로 구아버를 땅바닥으로 내리치는 거야. 그 다음에 끝에 박은 못으로 구아버를 찍어서 조심스레 당겨. 그러면 단 한 개도 놓치는 법이 없어."

입에 구아버를 잔뜩 문 채 다다다가 말했다.

"내가 너를 희한한 녀석이라고 말했지, 안 그래?"

"구아버를 먹고 싶으면 나한테 부탁만 해. 아니면 이 비밀 장소를 뒤져 봐. 이제 알았지? 하지만 비밀이야."

따로 권할 필요도 없었다. 다다다가 구아버를 맛있게 먹으면서 자리를 떴다. 나는 뚤루를 불러 연습을 계속했다.

"빨리 배워, 바보 같은 녀석. 넌 서커스의 강아지처럼 아주 잘하게 될 거야."

서커스, 서커스, 서커스. 서커스가 나를 완전히 매료시켰었다. 나는 이미 차고에 두 개의 공중그네를 만들어 두었다. 하지만 나는 영 엉망이었다. 뚤루가 모든 걸 지켜보고 있었다. 내게서 담 타는 것을 배운 다음에 그의 작은 머리에 공중 그네를 타는 선수가 되고 싶다는 생각이 들었는지도 모른다.

내가 탁자를 하나 놓고 그 위에 올라가 공중으로 몸을 날려 그네에 매달렸다. 머리를 아래로 향하게 하고 발끝으로 매달렸다. 이어 무릎으로 매달린 다음 몸을 풀면서 발끝으로 땅에 내려왔다. 처음 그것을 할 때는 온몸이 꽁꽁 얼어붙었다. 땅바닥에 깔린 깨끗한 타일을 보고는 더럭 겁이 났다. 실수하면 그 타일에 부딪혀 머리가 박살 날 거라는 생각이 들었다. 하지만 한번 해 봐야 했다. 서커스의 공중그네 타기 선수들이 다 하는 거라면 나라고 못할 이유가 없었다. 서커스에서 그네 타기 선수가 했던 모든 걸 다 해 봤는데 실패할 이유가 없었다. 그 다음부터는 식은 죽 먹기였다. 단지, 그네에 매달리다 보니 발등이 약간 아팠다. 익숙해질 때까지 발등엔 그네에 긁힌 자국들이 가득했다.

그네 타기는 내 꿈이 되었다. 내가 화려한 색깔의 옷을 입고 탁자 위에 올라 관중들에게 인사를 했다. 아래에 있는 아나운서가 입에 고깔형 마이크를 대고 말하는 소리가 들렸다. 내 번호를 소개하고 있었다.

"신사, 숙녀 여러분. 이 세상에서 가장 강한 사나이, 깔데우 씨가 자신의 위험한 묘기를 선보이겠습니다."

허공으로 몸을 날렸다. 그네가 오락가락함에 따라 서커스의 이쪽 천장과 저쪽 천장이 번갈아 가며 가까워졌다. 우레

와 같은 박수 소리가 터져 나왔다. 나는 자리에서 나와 그때까지 모든 것을 앉아서 지켜보고 있던 뚤루에게 다가갔다.

녀석이 내 얼굴에 흐르는 땀을 핥았고 나는 그런 뚤루를 따뜻하게 쓰다듬어 주었다.

"네가 이런 거 할 줄 몰라서 안됐어, 뚤루. 나한테도 어려운데 자동차 사고로 등뼈가 부러진 강아지에게는 얼마나 힘들겠어. 괜찮아. 네가 자신감이 확실하게 생기면 그땐 담을 타며 뒤뜰 전체를 돌아볼 거야. 땅으로 걷는 것은 예술가가 할 짓이 못 되니까."

내가 충분히 쉬고 나서야 비로소 아담이 불평하는 소리를 들었다.

"내 뱃속이 다 뒤집혔어."

"허풍 떨지 마, 아담."

"네 심장에 있는 것은 네가 아니라 나니까 허풍이라고 하지. 네가 동작을 바꿀 때마다 심장이 더워지고 조여 와. 언젠가 네가 자신도 느끼지 못한 채 나를 죽이고 말 거야."

"젠장, 아담. 넌 항상 내가 용감해지기를 바란다고 말했잖아. 이제 보니까 네가 겁쟁이구나."

"물론 네가 어떤 두려움도 극복하길 바라지. 하지만 과장할 필요는 없잖아, 안 그래?"

나는 정말로 아담이 애처롭게 느껴졌다. 그래서 공기가 더 많이 들어가 아담이 빨리 나아지도록 셔츠를 활짝 풀어헤쳤다.

1. 새로운 집, 차고 그리고 세베루바 아주머니

🌿 🌿 🌿

 내가 언젠가 밀림으로 여행하는 것을 포기하고, 조니 웨이스뮬러처럼 전 세계의 모든 수영대회에서 우승하기를 포기하고, 세상에서 가장 멋진 그네 타기 선수인 깔데우가 되기를 포기한다면, 내가 잘 해낼 수 있는 직업이란 아마도 스파이일 것이다. 그것을 위해서는 기꺼이 목숨도 바칠 것이다. 그럴 경우 지금 당장 내가 표적으로 삼을 희생자는 바로 세베루바 아주머니였다. 나는 그녀의 일거수일투족을 다 알고 있었다. 정원을 가로질러 호스로 꽃에 물을 주는 시간에서부터 다 익은 과일이 몇 개인지를 세는 시간까지…….

 나는 잎이 무성한 구스따바 아줌마의 가지에 올라가 꼼짝 않고 있었다. 세베루바 아주머니가 아주 푸른 눈에 산악지도 같이 줄이 간 얼굴로 눈썹을 찌푸리며 갑자기 훌쩍 자란 마멍을● 쳐다보고 있었다. 과일들이 완전히 익을 날짜를 손가락으로 세고 있음이 틀림없었다. 물론 나도 날짜를 세고 있었다. 이따금씩 그녀는 노랗기도 하고 붉기도 한, 자기 머리 위에 매달린 홀쭉하고 작은 야자열매를 만져 보기도 했다. 그녀는 언제나 노란색의, 속이 비치는 긴 잠옷을 바람에 흩날리며 흡족한 모습으로 경찰견 같은 큰 개를 데리고 사라졌

●마멍은 파파야의 일종

다. 사람들은 그 개가 아주 사납다며 밤마다 짖는 소리를 통해 자기 존재를 확인시키는 것 같다고 말했다. 하지만 나는 그 개가 좋았다. 만일 그 개가 내 것이라면, 사자라는 뜻의 레엉보다는 힝찡찡이라고● 부를 텐데. 그 녀석은 내가 담 위에 걸터앉아 있는 것을 여러 번 발견했었다. 그럴 때 나는 그를 낮은 소리로 불러 빵이나 파스텔● 조각을 던져 주었다. 우리는 그런 식으로 우정을 쌓아 가고 있었다.

사흘이 지났다. 내가 구스따바 아줌마의 가지에서 시간을 보내는 동안, 레엉은 세베루바 아주머니의 꽁무니를 따라다녔고, 세베루바 아주머니는 녹색의 큰 등짝에 노란색을 띠기 시작한 탐스런 마멍에 시선을 보냈다.

"세베루바 아주머니가 오늘 마멍을 딸 거야."

하지만 따지 않았다. 나는 초조하게 다른 날을 기다렸다.

"오늘은 그 아주머니가 마멍을 따지 않고는 못 배길걸."

하지만 그녀는 마멍을 따지 않았다.

"내일까지 미루면 후회할 텐데."

세베루바 아주머니는 그 멋진 과일을 요모조모 뜯어보며 날짜를 계산했다. 그리고 과일이 하루는 더 견딜 것이라고 확신하는 눈치였다. 하지만 그 가엾은 아주머니는 야생 동물 같은 두 눈이 자신의 일거수일투족을 모두 감시하고 있다는

● 힝찡찡은 우리말의 '멍멍'과 비슷한 말
● 군만두와 비슷한 음식

1. 새로운 집, 차고 그리고 세베루바 아주머니

것을 눈치 채지 못했다. 밀림의 왕자 타잔이 그녀의 모든 움직임을 관찰하고 있다는 것을.

저녁을 먹은 후 가족들이 아주 드물게 나선, 바다로 난 다리● 산책에도 따라가지 않았다. 책을 조금 읽은 뒤 잠을 자야겠다고 핑계를 댔다.

나는 방문을 잠그고 집안의 모든 동정을 살폈다. 가족들은 산책에서 돌아온 뒤 샤워를 하느라 엄청 시간을 끌었다. 나는 목욕탕 문이 몇 번 열리고 닫히는지 모두 세었다. 그 다음 각 방마다 전등이 몇 개가 꺼지는지도 살폈다. 이제 차고 가까운 곳에 위치한 다다다의 방문이 언제 닫힐지를 들으려고 온 정신을 집중했다. 그런데 그게 어찌나 시간이 걸리던지……. 그녀가 세베루바 아주머니의 하녀와 잡담을 하고 있음에 틀림없었다. 하느님 맙소사. 밀림 탐색을 열한 시에 시작할 참이었다. 나는 너무나 흥분한 나머지 침대에서 몸을 구르며 안절부절못했다. 그러다가 잠들어 버릴지도 모른다는 걱정은 아예 없었다. 오늘이 아니면 안 되는데. 신속히 행동해야 하는데. 왜냐하면 오늘은 마멍이 나무에 매달려 있는 마지막 밤이 될 거니까.

드디어 모든 가족들이 잠들었다.

●여기서는 두 지점을 연결하는 다리가 아니라 산책이나 낚시를 할 수 있게 바다 쪽으로 낸 다리를 말한다. 따라서 형태는 나루와 유사하며, 높이는 5~10미터에 이르기까지 다양하다.

"타잔, 오늘 나를 따라올 거야?"

"아니. 오늘 일은 너무 힘들어. 일찌감치 너에게 타잔 자리를 양보하마."

나는 고마움을 표시한 뒤 서랍 깊숙한 곳에 넣어 둔 타잔 팬티를 찾아냈다. 허리띠를 풀고서 아주 작고 새하얀, 나의 멋진 팬티를 입었다. 너무 작아서 앞에 있는 중요 부분만 겨우 가릴 지경이었다. 엉덩이는 완전히 밖으로 드러났다.

나는 그 모든 것을 불도 켜지 않은 채 해낼 수 있었다. 내 눈이 어둠에 익숙해졌던 것이다.

"그런데 칼은?"

머리맡에 있는 작은 탁자를 뒤졌다. 안쪽 구석에 딱 붙어 있었다. 그걸 허리춤에 찬 뒤 잘 고정되었는지를 확인했다.

"자, 제제. 숨을 멈추고 소리를 내지 않으면서 창문을 여는 거야."

그렇게 막 작전을 시작하려는데 갑자기 한 가지 생각이 떠올랐다. 다시 내 방으로 돌아왔다. 방문을 반쯤 열고 문밖의 작은 양탄자에서 잠자고 있던 뚤루를 쓰다듬었다.

"어떤 일이 있어도 소리를 내면 안 돼. 난 나갈 거야."

털을 쓰다듬자 녀석은 아직 졸린 듯 그저 꼬리만 흔들어 대답했다. 낮에는 뭐든지 척척 잘했다. 하지만 밤에는……

나는 다시 조심스레 창가로 갔다. 기름칠이 잘 되어 있는 작은 걸쇠는 소리 없이 잘 돌았다. 안마당 쪽으로 스르르 내려가 다시 창문에 기대었다. 바람이 없는 푸근한 밤이라서 위험할 것이 없었다. 거대한 망고나무 같은 시커먼 밤하늘을 바라보았다. 그 나뭇가지들 모두가 반짝이는 별들을 달고 있었다. 나는 차고로 부드럽게 미끄러져 갔다. 그네들도 퍼진 채 잠들어 있었다. 숨을 죽인 뒤 아담에게 말했다. 전혀 위험하지 않으니 놀라지 말라고.

몸을 세워 담벼락 너머에 있는 구스따바 아줌마의 가지를 찾았다. 잠깐 귀를 쫑긋 세우고 무슨 소리가 들리는지, 안전한지를 확인했다. 혹시 레엉이 냄새를 맡고 벌써 저 아래에 나타났는지도 모를 일이었다. 아무럼 어때. 밤의 침묵만이 깔려 있었다. 나는 담을 내려갔다. 그리고 앉은 채로 이웃집 뒷마당으로 살금살금 다가갔다. 거기서 마멍나무 가지까지 쏜살같이 움직였다. 마멍나무를 오르는 것은 정말 기분 나쁜 일이었다. 야자나무를 오르는 것보다 더했다. 아주 조심해야 했다. 나무를 살짝 긁기만 해도 하얀 진물이 나와 어두운 곳에서도 환히 보이기 때문이었다. 이제 다 됐다. 조심스레 마멍을 비틀었다. 생각했던 것보다 컸다. 비틀면서 꼭 잡아야 했다. 만일 땅에 떨어뜨리면 굉장한 소리가 날 테니까. 결국 마멍을 땄다. 하지만 혼신의 힘을 다해 양발에 힘을 더 주면서 한 손으로만 내려와야 했다.

드디어 땅에 내려오자 심장이 터질 것 같았다. 겁이 나서가 아니라 기뻐서였다. 담벼락 위에 마멍을 흔들리지 않게 잘 올려놓은 뒤 담으로 올라가 우리 집 마당으로 뛰어내리는 일만 남았다. 그 모든 걸 잘 해냈다. 약간 몰랑한 마멍을 가슴에 안고 차고 쪽으로 내려갔다. 큰 뒷마당의 담에 올라 가장 으슥한 곳을 찾았다. 아주 깊숙한 구석의 부드러운 모래 위로 마멍을 던졌다. 그리고 캐슈 가지를 잡고 뛰어내렸다.

쓸모없는 상자들과 잡동사니들로 가득한 낡은 닭장이 내 보물을 숨길 장소였다. 나는 그곳을 마웅 지 페후 광산이라고 불렀다. 멀리 떨어져 있어서 덜 위험한 곳이었다. 위네토우 광산은 낡은 기와들로 이루어져 있었다. 거기는 발각될 위험이 컸다. 차라리 그 밀림과 사막을 전부 지나가는 편이 더 안전할 것이다. 나는 큰 상자 위에 걸터앉아 허리춤에서 칼을 꺼낸 뒤 미소를 지었다. 그 칼은 책 펼치는 일에서 손 뗀 것을 무척 자랑스러워 하는 대단한 칼이었다. 아빠가 의학서적들이 넘치는 바람에 추가로 책장을 설치한 창고 같은 곳에서 슬쩍했다. 아빠는 그 칼이 아쉬울 때면 식구들을 모두 동원해 집 전체를 뒤지곤 했다.

"이사하다가 잃어버린 게 분명해."

그들은 결국 칼을 포기했고 이제 내 것이 되었다. 아직 날을 충분히 세우진 않았지만 그래도 마멍 하나쯤 자르는 데 문제될 건 없었다.

작전이 종료되자 나는 그 마멍을 상자들 속에 숨겼다. 그리고 오래된 야자수 잎들로 잘 덮어 두었다. 그 잎들은 지금과 같은 비상사태에 사용하기 위한 것이었다.

나는 자리를 뜨기에 앞서 그와 잠시 대화를 나눴다.

"겁먹지 마. 날씨가 더우니까 넌 잘 익을 거야. 매일 밤 한 조각씩 먹으러 올게. 그럼, 안녕."

작전이 놀라울 만큼 성공적으로 끝남에 따라 돌아가는 길이 훨씬 수월하고 빨랐다. 내 방의 아늑한 침대로 돌아왔다. 뚤루가 나의 무사귀환에 대해 알고 있다는 것을 보여 주기 위해 방문을 부드럽게 긁었다. 나는 몸을 식히기 위해 한동안 발가벗은 채 있었다. 욕실로 가서 발을 씻고 싶었으나 그까짓 거야 뭐. 나는 어떤 흔적도, 어떤 의혹도 남기고 싶지 않았다.

나는 이튿날 염탐 시간에 아지트에 숨어 상황을 살폈다. 어린 양을 돌보시는 예수님! 세베루바 아주머니는 판화에서 본, 활을 쏘는 주피터 같았다. 한마디로 그녀는 난리 법석을 떨고 있었다. 소리를 고래고래 지르며 하녀들을 불러 텅 빈 마멍나무를 가리켰다. 한바탕 큰 소리로 웃고 싶었다. 그렇게 오래도록 놔뒀으니 잘 됐지 뭐. 앙브로지우 수사님이 말씀하셨듯이 '아! 숟가락에서 입까지 가져가는 순간에 국물은 이미 없어져 버렸어'. 마멍은 이제 내 배 속으로 들어갈 거니까. 밤이 되면 그 마멍을…… 크크크.

밤이 되자 밀림의 타잔 옷으로 갈아입고 마멍을 게걸스레 먹기 시작했다. 꿀처럼 달았다. 얼마나 많이 먹어댔는지 아담이 다시 나를 꾸짖었다. 마멍이 꿀처럼 단 것은 맛 때문만이 아니라 이전에는 결코 없었던 신나는 모험 때문이었다. 게다가 세베루바 아주머니가 미친 듯 울부짖던 모습이 떠올랐기 때문이기도 했다. 나는 다음날 밤을 위해 절반을 조금 넘게 남겨 뒀다. 먹다 남은 껍질을 막 버리려는 순간에 어떤 낯선 소리가 나에게 말했다.

"내가 너라면 버리지 않고 보관할 거야."

"뭐 하러?"

"두고 보면 아니까 버리지 말고 보관해 둬."

웃기는군. 그런데 그걸 보관하려는 순간에 아담이 말했다.

"버려, 제제. 그건 아무 쓸모도 없잖아."

"하지만 쓸 데가 있을지 누가 알아."

껍질을 모아 상자 밑에 숨겼다.

그로부터 이틀 동안 세베루바 아주머니는 단서나 흔적이라도 찾으려는 듯 나무 주위를 맴돌았다. 그녀는 문제의 마멍을 범죄자들이 훔쳐 갔다고 확신하고 있었다.

나는 이틀 밤 동안 마멍을 푸지게 먹었다.

"너는 내가 이제까지 맛보았던 마멍 중에 가장 맛있는 마멍이었어."

마지막 껍질들이 내 손끝에서 허전하게 덜렁거렸다. 내가 그 낯선 소리에게 물었다.

"이제 이 껍질들을 어떻게 하지?"

아담이 대답을 가로챘다.

"몽땅 버려, 제제."

하지만 난 그의 말을 따르지 않았다. 그 낯선 소리가 나에게 계속 고집을 부렸다.

"그거 전부 모아."

나는 그 말을 따랐다.

"이제는?"

"즐거운 축하 파티를 열고 싶지 않니?"

"그러고 싶어."

"그러면 그 껍질들을 집어서 저기로 가져 가. 마멍나무 근처에 잘 갖다 놔. 내일이면 누가 네 대신 속죄양이 될지 보게 될 거야."

"바로 그거야. 그건 미처 생각을 못했어. 고마워, 낯선 소리."

정말 멋진 아이디어야! 아담이 안 된다고 소리쳐 봤자 아무 소용이 없었다. 이 세상의 그 어떤 것도 내 마음을 바꾸진 못할 거야.

나는 손에 껍질들을 들고 구스따바 아줌마 위로 올라갔다. 이번에는 밤바람이 약간 불고 있었다. 담 위로 올라선 다음 옆집 뒤뜰로 내려갔다. 무릎을 꿇은 채 껍질들을 소복이 피라미드 형태로 쌓았다. 껍질들이 아주 잘 따라 주었다.

바로 그때, 얼마나 놀랐는지 온 머리카락이 쭈뼛 섰다. 레엉이 바람결에 냄새를 맡고서는 목털을 세운 채 나에게 다가

오고 있었던 것이다.

"성 프란시스꾸 지 아씨스님 저를 도와주세요! 루르드 성모님, 저를 구해 주세요. 저 녀석이 짖지 않게 해주시면 묵주 기도를 세 번 할게요. 연옥에 있는 나의 영혼들이여, 그대들이 원하는 건 뭐든지 그대들을 위해 기도할게요. 대신 저 개가 나를 알아보게 해주세요."

레엉은 갑자기 달려들려는 듯 꼼짝 않고 서 있었다. 나는 어찌할 바를 몰랐다. 아담이 경고했었는데, 난 왜 이런 나쁜 짓을 하려 했을까? 마멍을 훔쳐서 이미 다 먹어 치워 놓고서는. 그것 봐. 내가 뭐랬어? 그 낯선 소리는 악마의 유혹이었던 것이다.

내 심장이 얼마나 쿵쾅거렸는지 이번에는 아담이 구역질을 느낀다 해도 용서할 참이었다.

내 몸이 식은땀으로 흠뻑 젖어 끈적거렸다.

"나의 루르드 성모님, 제발! 성 프란시스꾸 지 아씨스님, 저를 구해 주세요."

몸을 일으키려고 시도해 봤다. 하지간 발이 말을 듣지 않았다. 양 무릎이 서로 달달 부딪치며 떨고 있었다.

가까스로 벽에 기대었다. 나의 눈은 경찰견 같은 그 녀석에게 고정되어 있었다. 그런데 그의 털이 차츰 수그러지기 시작했다.

"레엉! 착하기도 하지! …… 쭈쭈쭈쭈!"

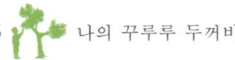

내 목소리는 늙어 은퇴한 귀뚜라미의 목소리처럼 아무 힘이 없었다.

"나야, 착한 레엉. 나라구. 기억해? 내일 파스텔 갖다 줄게. 이리 와. 착하지. 이리 와, 이리……."

그제야 레엉이 나를 알아보고 꼬리를 흔들었다. 나에게 다가와서 손을 핥았다. 나는 아주 부드럽게 그의 털을 쓰다듬었다. 왜냐하면 그 녀석이 생각을 바꿔 나를 물기라도 한다면 난리가 날 거니까. '의사의 아들이 거의 벌거벗은 채 마멍을 훔치다니'라는 소문이 퍼질 게 뻔했다.

이제는 좀더 마음이 놓였다. 나의 성자님들이 도와주신 거였다. 나는 그런 도둑질을 두 번 다시 하지 않겠다고 맹세했다. 그 개도 나의 파스텔 약속을 알아들은 것이 틀림없었다.

나는 더 용감한 척 그의 등 전체를 쓰다듬었다. 그가 기분이 좋았는지 꼬리를 흔들었다. 나는 더는 아무것도 바라지 않는 사람처럼 조금 전에 뛰어내렸던 담 쪽으로 걸어갔다. 그도 따라왔다.

"이제 난 올라갈 거야, 레엉. 시간이 나는 대로 약속한 파스텔을 줄게."

내가 재빨리 담을 뛰어올랐다. 레엉이 나를 잡으려는 듯 훌쩍 뛰었다. 하지만 나를 공격하려고 그런 것이 아니라는 걸 느꼈다. 그저 장난치려 했던 것이다.

차고의 탁자에 앉았다. 마음이 산산조각 부서져 있었다.

1. 새로운 집, 차고 그리고 세베루바 아주머니

마치 고기를 토막토막 썰어 놓은 듯한 느낌이었다. 다시 안정을 찾는 데 힘이 들었다. 아담은 아무 말도 하지 않았다. 나보다도 더 놀랐을 것이 분명했다. 사악한 세베루바가 분명히 일부러 개를 풀어 놓았던 거야.

"며칠 간 먹어 치운 마멍에 대해서는 묵주 기도로 갚아야지. 괜찮아. 토요일에 몽찌 신부님에게 고백하고 내 죄를 줄여 줄 수 있는지 물어봐야지. 그런데 죄를 줄이는 대신에 늘리면 어떡하지? 의심스럽긴 하지만 몽찌 신부님은 아주 좋은 분이니까……."

조금 더 안정을 찾은 나는 내 방 창가로 다가가 방 안으로 뛰어 들어갔다. 창문을 닫았다. 하지만 나는 다시 한 번 기절초풍할 뻔했다. 누가 내 침대에 누워 있었던 것이다. 아빠가 분명해. 하지만 스탠드를 켜 보니 침대 위에는 모리스 아저씨가 누워 있었다.

그가 내 옷차림을 보더니 웃기 시작했다. 나는 아직 허리춤에 칼을 찬 채 온몸을 떨고 있었다.

"그 옷 멋진데, 몽쁘띠."

눈물이 왈칵 쏟아졌다. 땀이 뒤범벅되고 더러웠지만 나는 그에게로 달려가 안겼다. 그제야 조금씩 마음이 안정되었다.

한 명의 타잔에게는 너무 벅찬 일이었다. 두 번씩이나 그렇게 놀랐으니.

"전부 얘기해 보렴."

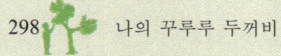

하지만 그가 생각을 바꾸었다.

"먼저 욕실에 가서 샤워를 하고 물에 설탕을 타서 한 모금 마셔. 그런 다음 돌아와서 얘기해."

사람들을 깨울까 봐 겁이 나서 아무 소리도 내지 않은 채 그의 말을 따랐다. 샤워를 하고 설탕 탄 물을 마신 뒤 돌아와서 그에게 모든 것을 자세히 얘기했다.

그가 배꼽을 잡고 웃었다.

"조심해요, 모리스 아저씨. 사람들이 깨겠어요."

"그럴 염려 없어. 굉장한 모험을 했구나, 몽쁘띠."

그는 거의 쉼 없이 웃어댔지만 나는 전혀 우습지 않았다. 그가 웃음을 멈춘 뒤 내 반응을 유심히 살폈다.

"내일, 껍질들이 어떤 결과를 초래할지 몰래 훔쳐볼 거니?"

"말도 안 되는 소리 하지도 마세요."

모리스 아저씨가 내 머리를 쓰다듬었다.

"귀여운 개구쟁이 녀석."

엄마가 점심시간에 말했다.

"이웃집 여자는 미친 여자야."

"어떤 이웃 말이야? 왼쪽 집 여자 아니면 오른쪽 집 여자?"

"오른쪽 집 여자 말야. 그 여잔 뻐꾸기시계 같아. 시간마다 창 밖으로 고개를 내밀거든. 지금 늙은 영국 할멈 얘기를 하는 거야. 서로 가까워지려던 참이었는데. 글쎄, 오늘 인사를 했더니, 나한테 어떻게 한 줄 알아?"

말을 하기 전에 엄마가 우리 모두를 쳐다보았다.

"마치 화난 사람처럼 혀를 굴리며 중얼대더니 얼굴을 획 돌리더라구."

## 2. 마누엘 마샤두 숲

내가 휘파람을 불자 뚤루가 이미 무슨 일인지 눈치 챈 듯 쏜살같이 달려왔다.

"산책 가자. 이 시간에 주비누 바헤뚜 병원 쪽 바다로 난 다리 끝까지 산책 가는 건 정말 멋지거든."

말을 끝내기도 전에 뚤루가 앞서 달려가 대문에서 나를 기다렸다.

우리는 전찻길을 건너 천천히 걸어갔다. 오후의 바닷바람이 너무나 달콤했기 때문이다. 그 바람이 내 머리카락을 흩뜨리며 얼굴에 부딪쳐 왔다.

해변 가운데로 고기잡이 뗏목들이 도착하는 걸 볼 수 있었다. 돛들은 둘둘 말려 흰 모래톱 위에 던져졌고 주민들은 신선한 물고기를 사려고 다가가고 있었다.

검은 암초들 위에서는 낚시꾼들이 썰물을 이용해 낚싯대를 드리우고 있었다. 그리고 저 멀리에는 국가적 영웅을 잡아넣었던 헤이스 마구스 요새가● 보였다. 그 가엾은 사람들은 거의 생매장 상태로 살았는데, 바닷물이 불어나면 물이 그들의 목까지 차 올랐다고 한다. 사람들이 그 얘기를 했었는데 사실임에 틀림없을 것이다. 역사는 절대 거짓말을 하지 않으니까.

나는 바다로 난 다리에 걸터앉았다. 뚤루는 뒷다리만 접고 앞다리는 세운 채로 있었다. 난 그 모습이 우스웠다.

'너 중독됐구나. 담도 없는데 금방이라도 뛰어오를 자세를 취하다니. 네가 이 세상에서 가장 훌륭한 담 타넘기 선수가 될 거라고 내가 말하지 않았니?'

나는 자세를 낮추고 녀석을 담 위에 올려놓았다.

병원 뒤쪽의 전망이 더 멋있었다. 사람이 다니지 않는 모래언덕 끝에 호까스 구(區)가 보였다. 그쪽으로 깐뚜 두 망기 부두가 있는데, 그 시간이면 어선들이 고기잡이를 마치고 귀항하곤 했다. 큰 돛단배들이 밤을 보내기 위해 천천히 돛을 내리고 있었다.

나는 정면을 바라보았다. 그쪽에서는 뻬뜨로뽈리스의 노란색 전차 궤도가 시작되고 있었다. 하지만 내 시선을 끈 것은 전차가 아니라 거대한 푸른 숲이었다. '마누엘 마샤두'라

---

●1598년에 나딸 시에 건설된 요새. 포르투갈이 식민통치 기간 동안 브라질의 독립운동가를 투옥시키는 장소로 활용했다.

는 폐쇄된 숲이었다. 밀림의 왕자 타잔의 입맛에 딱 맞는 숲이었다.

다시 낯선 소리가 말했다.

"저길 한번 둘러보는 게 어때?"

"늦었어."

"아직 어두워지려면 멀었는걸? 어쨌든 타잔 흉내 내면서 사는 게 너잖아."

아담이 걱정스러웠는지 내 관심을 다른 데로 돌렸다.

"봤지, 제제. 네가 얼마나 유명인사가 되어 가고 있는지."

"무슨 뜻이야?"

"모두가 너를 걱정하고 있잖아."

아담은 헤시피의 바닷가에서 휴가를 보내고 온 펠리시아누 수사님을 찾아갔을 때의 일을 이야기했다. 그분은 전보다 더 빨갛게 익어 있었고 피부 껍질도 벗겨지고 있었다.

나를 포옹한 뒤 그가 근심스러운 듯 이맛살을 잔뜩 찌푸렸었다.

"슈쉬, 슈쉬……."

나에게 뭔가를 요구하듯 손가락으로 나를 가리켰다.

"내가 뭘 얘기하려는 건지 다 알지?"

"짐작돼요."

파이올리는 최근에 내가 무엇에 신이 나 있는지를 이미 알고 있었다. 그것은 서커스였다. 나는 극장에 더는 가고 싶지

2. 마누엘 마샤두 숲

않았다. 서커스 천장을 뒤덮은 천과 기둥 들에 완전히 빠져지냈다. 서커스의 한 회 공연이 단 두 시간뿐이라는 게 안타까웠다. 우리를 바짝 긴장시키는 오토바이 곡예사 지누, 형제인지가 미심쩍었던 3인조 그네 타기 형제들, 반짝이 옷들로 치장한 몸, 공중에서 춤추는 묘기, 화난 체하는 데 익숙해진, 피곤하고 사나운 사자를 마음대로 요리하는 남자, 작은 양산을 든 채 몸을 이리저리 움직이며 발빠르게 무대를 가로지르는 아가씨, 철조망 안에서 왔다 갔다 하는 모습.

나는 세계 방방곡곡을 여행하는 서커스단의 마차에서 잠자는 꿈을 꾸곤 했다. 스테바노비치 서커스단, 올리메샤 서커스단, 그리고 다른 무수한 서커스단들과 편안하게 쉬면서 세계 각지를 돌아다니는 내 모습. 내 작은 솜씨들을 보여 주면서 나 역시 그네 타기 선수가 될 수 있다는 걸 증명할 수 있을 텐데. 내 차고같이 좁은 공간에서도 온갖 재주를 부렸는데 훗날 공부하고 실력을 쌓아 이렇게 넓은 곳에서 쇼를 한다면 오죽 잘할까.

파이올리가 나를 현실 세계로 데려왔다.

"넌 지금 그분에게 중요한 존재라는 것을 증명하고 싶은 거야. 그렇지 않다면 그런 얘기를 하러 나를 찾아오진 않았을 거야."

"좋아요. 하지만 우리는 인생에서 정말 되고 싶은 것이 있어도 될 수 없을 때가 많아요."

"슈쉬, 왜 그런 말을 하니?"

"한번은 당신에게 몽찌 신부님이 가르쳤던 천문학을 무척 좋아한다고 말한 적이 있어요. 그러면서 그것을 공부하고 싶다고 말씀 드렸다가 제가 들은 대답이 뭔 줄 아세요? '포기해. 천문학은 부자나 할 직업이야. 너는 졸업 즉시 가족을 도와야 하니까 좀더 실용적인 걸 배워야 해'였어요. 그런데 이제 서커스도……."

"너, 정말 그네 타기 선수가 되고 싶니?"

"말도 마세요. 제 손을 보세요."

나는 그네 타기 연습을 하느라 굳은살이 잔뜩 박인 손바닥을 보여 주었다.

"그렇군. 상처가 많이 나서 엉망이구나."

그는 내 손바닥을 툭 치더니 미소를 지었다.

"슈쉬, 이건 네가 잠시 동안 무척 좋아하는 것일 뿐 오래가지 못해. 그런 사람들을 쫓아다니면 아무런 미래도 없어. 그들과 얘기해 보렴. 그러면 그들 모두 그 위험한 직업을 버리고 좀더 안락한 가정과 삶을 갖고 싶어한다는 걸 알게 될 거야. 모리스 아저씨는 그것에 대해 뭐라고 말씀하실까?"

"아무 말도 안 하실 거예요. 이미 말씀하셨으니까요. 제가 미쳤다고 그랬어요. 그런 엉뚱한 생각을 한 번만 더 한다면 더 이상 저랑 얘기도 하지 않겠대요."

"그리고 아담은?"

"훨씬 더 심한 말을 했어요. 상상해 브세요. 제가 망고나무에서 비틀거리는 것만으로도 토하려고 그랬는데 높은 곳에서 붕 뛰어 그네를 잡고 천장 가까이까지 차 오르기도 하고, 다른 곡예사의 몸을 뛰어넘어 그네를 주고받는다면 어떻게 되겠어요? 내 말에 정신이 멍한 듯 당장 떠나 버리겠다고 으름장을 놓았어요."

"그것 보렴, 슈쉬. 너의 가장 좋은 친구들뿐만 아니라 이제는 나까지도 그런 생각에 반대하잖니. 내가 그런 생각을 인정하지 않는다는 거 알겠니?"

"우리가 그것에 대해 얘기하긴 이번이 처음인데 제가 그걸 어떻게 알겠어요? 당신이 헤시피로 여행을 가 버렸으니 이런 새로운 사실을 얘기할 기회가 없었잖아요."

"포기할 거야?"

"달리 방법이 있겠어요? 제가 그들과 같이 여행할 수 있는 것도 아니잖아요?"

"네가 그런 결정을 내려서 마음이 놓이는구나. 물론 네가 수영도 기꺼이 포기했다고는 믿지 않지만 말이야."

"그게 이거하고 무슨 상관이 있어요?"

"상관 있고말고. 서커스단에 들어가면 다른 어떤 것도 할 시간이 없을 거야. 그들은 하루에 열두 시간씩 쉴 새 없이 연습해. 오후에 공연이 있을 때만 연습을 멈추지. 아침에 공연을 하기도 하고……. 밤에도 하는 일이 있지. 큰 도시의 경우, 밤에 공연을 두 번이나 해. 그리고 그들은 더러운 마차에서 생활한다구. 목욕할 때에도 나무에 물 줄 때 사용하는 호스만 써."

내가 깜짝 놀라서 파이올리를 쳐다보았다.

"어떻게 그런 걸 다 아세요?"

"이제까지 살아오면서 서커스단의 많은 사람들과 얘기해 봤단다."

"수영을 정말 할 수 없다면 서커스는 깨끗이 포기할래요."

파이올리가 안도의 한숨을 쉬었다.

"네가 스스로 포기하다니 다행이다. 네가 어떤 서커스단을 따라 도망치는 것도 정말 불가능한 얘기야. 나이도 안 될뿐더러 또……."

"또 뭐예요?"

"이미 네 아빠가 필요한 조치를 다 취해 두셨거든. 네가 그 분이라도 똑같이 했을 거야……."

"필요한 조치라뇨?"

"너, 경찰국장이신 프란시스꾸 베라스 씨를 아니?"

"네."

"그분과 네 아빠가 아주 친한 사이잖아. 그러니까……."

바람이 다시 내 머리카락을 나부끼게 했다. 나는 다시 바다로 난 다리 쪽을 바라보았다. 전차 다가오는 소리가 내 귓전에 울렸다.

그때 그 낯선 소리가 나를 부추겼다.

"아직 시간은 충분해."

"곧 어두워져."

"어두워질 때마다 너는 모험을 하며 돌아다니지 않았니?"

"그건 다른 얘기야."

"내가 이러는 건, 네가 아직 그 숲이 얼마나 멋진가를 보지 못했기 때문이야. 아마존의 밀림과 견주어도 손색이 없을 뿐만 아니라 아프리카의 야생 숲 같다구. 늦었다고 핑계 댈 필요 없어. 아직 불들이 켜지려면 30분은 있어야 할 거야."

"가 볼까, 뚤루?"

나는 아담의 현명한 충고에도 아랑곳하지 않았다. 이미 목욕을 마친 그 시간에 나무를 오르내리며 몸을 더럽히진 않을 거라며 그를 안심시키려 애썼다.

마누엘 마샤두 숲은 마치 자석처럼 나를 끌어당겼다. 나는 모래톱을 가로질러 몇몇 오두막집 근처를 지나갔다. 그 오두막집 사람들은 옷을 빨아 밤새도록 밖에 걸어 두어 이슬을 맞혔다. 그 빨래들은 밤이 되면 바람에 흔들려 마치 종교행렬 놀이를 하는 유령들처럼 보였다.

아주 어렸을 때처럼 빨랫줄을 자르고 싶다는 충동을 느꼈다. 그땐 그랬다가 누나들한테 죽도록 얻어맞았었다. 하지만 이젠 달랐다. 그저 마음으로만 그쳤을 뿐이다. 빨래는, 정말 가난한 사람들이 끼니를 때우려고 하는 일이었기에 그런 못된 짓을 할 마음이 전혀 없었다.

이미 밤의 냄새가 나무들의 심장으로부터 나와 사방으로 퍼져 있었다.

뚤루는 내가 몸을 낮춰 철조망을 넘기 전부터 몸이 굳어 꼼짝 않고 있었다.

"이리 와, 바보. 아무 위험도 없어."

그는 내가 철조망을 뚫고 반대쪽으로 넘어간 것을 본 뒤에야 따라왔다.

나는 사람이 많이 다닌 길을 찾으며 걸었다. 발 밑에서 낙엽 밟히는 소리가 들렸다. 숲 속은 이미 어두워진 상태였다. 나는 우선 줄기가 가는 여문 재목들을 헤치고 나아갔다. 굵은 가지에, 꼭대기 부분이 우산처럼 생긴 이름 모를 큰 나무들이 나타났다.

저 모든 가지들을 타고 오르면 얼마나 재미있을까, 그 꼭대기에서 시원하게 뚫린 세상을 바라보면 얼마나 멋질까를 상상해 보았다.

내가 그렇게 매료되어 있는데 낯선 소리가 끼어들었다.

"이봐, 바로 이런 것을 위대한 모험이라고 부르는 거야."

나는 사람들이 칼로 나뭇가지나 풀을 치고 다녀서 생긴 길을 따라갔다. 폭이 넓은 길이었다. 많은 사람들이 허가를 받고 낮에 마른 가지와 장작들을 주워 갔다.

낯선 소리가 나를 더 흥분시켰다.

"밤에는 여기에 유령들, 도깨비들, 사씨들,● 그리고 까아뽀라● 등 외로운 영혼들이 떠돌아다녀. 게다가 온몸에 거북이 껍질을 두른 전설 속의 털북숭이 인간 마뺑과리와 달밤에 음산한 울음소리를 내는 독수리류의 우루따우도 있어."

"허풍 떨지 마. 그런 건 아마존이나 브라질의 밀림에만 산다는 거 이미 배워서 다 안단 말이야."

그가 약간 겸연쩍은 듯 말을 바꾸었다.

"어쨌든. 그런 것들이 많다는 얘기는 아니야. 단지, 그런 것들이 몇 개 있는데, 항상 여기에 모습을 드러낸다는 거지. 그것들은 어둠을 밝히려고 자기 주위에 반딧불 같은 것들을 잔뜩 두른 채 나타나."

나는 그의 멋진 묘사에 완전히 반해 버렸다.

"너 작가니?"

"아니. 하지만 그런 각도에서 인생을 보는 걸 좋아해."

"그러면 작문 시간에 방금 들은 것들을 인용해도 돼? 앙브로지우 수사님은 아주 멋진 것들을 찾아내는 사람을 좋아하시거든."

"당연히 되고말고. 그런데 넌 아직 아무것도 보지 못했잖아. 밤의 숲을 알기로 작정하면 다 볼 수 있어. 별들이 밤하

---

● 브라질의 전설 속에 나오는 흑인 소년. 빵떡모자에 파이프를 물고 외다리로 어두운 숲을 돌아다닌다고 한다.
● 원주민 인디언의 말로, 숲에 사는 야만적인 괴물인간이라는 뜻

나의 꾸루루 두꺼비

늘의 그물에 걸려 있거나 달이 나무들을 재우려고 나무들의 머리카락을 쓰다듬을 때, 네 작문에 넣을 아주 멋진 것들을 발견하게 될 거야."

"고마워. 그 문제는 생각해 볼게. 이제 돌아가 봐야겠어. 집에서 저녁식사 준비를 하고 있을 시간이야."

나는 뚤루를 데리고 숲을 뛰어 나왔다. 내 마음은 희열과 숲의 아름다운 풍경들로 한껏 부풀어 있었다.

정말 겁이 났다. 처음 몇 번은 타잔이 나의 등을 떠밀어 앞으로 나가게 도와주어야 했다. 우리는 맹세를 했다. 그건 어느 누구도 우리의 탐험에 대해 알아서는 안 된다는 피의 맹세 같은 것이었다. 아니, 여러 차례 탐험을 했으니까 그 '탐험들'이라고 해야 옳다.

전에 나는 빨래하는 아주머니들 집이나 다른 외딴 곳들까지 위험을 무릅쓰고 간 적이 있었다. 하지만 진짜 멋진 일은 밤에 숲으로 들어가는 일이었다. 초기에는 매일 밤 타잔하고 그 숲의 입구에서 만나기로 했다. 그는 내가 탐험할 준비가 완벽히 될 때까지만 따라오기로 했다. 고릴라, 사자, 표범 등이 있는 아프리카 세계는 그의 도움을 많이 필요로 했기 때문이다.

저녁식사가 끝나고 나서 내가 하는 일이라고는 매일 똑같은, 식구들의 일과가 끝나길 기다리는 것이었다. 그 일과라는 것은 뉴스를 보고 바다로 난 다리로 나가 잡담을 나눈 뒤 집으로 돌아와 각자 자기 침대로 가는 일이었다. 그 다음 불이 꺼지고 완전한 침묵이 올 때까지 잠시 기다렸다가, 체육복 반바지를 입고 허리춤에는 칼을 차고서 밤의 모험을 시작하는 것이다. 아빠가 할 말이 있어서 내 방에 왔다가 침대가 텅 빈 것을 발견할지도 모른다는 것에 대해서는 전혀, 한 순간도 신경 쓰지 않았다. 그런 경우는 생각조차 하기 싫었다. 어떤 핑계도 내가 밤에 싸돌아다닌 것에 대해 충분한 이유가 되지 못할 것이기 때문이었다.

"제제, 오늘이 그날이야?"
아담의 목소리는 고민 그 자체였다.
"바로 오늘이야."
"작심을 했군. 그런데 너는 잘 될 거라고 생각해?"
"난 정말 마음의 준비가 다 됐어. 준비가 되어 있지 않다면, 타잔이 나 혼자서 그 모험을 하도록 내버려 둘 것 같아?"
아담이 내 심장에서 꾸루룩 소리를 냈다.
"진정해, 아무 일도 없을 거야."

"세베루바 아주머니의 마멍 사건 때에도 똑같은 말을 수십 번 해 놓고는……."

"이번에는 달라. 아무도 없을 거니까. 사람들은 숲에 들어가길 겁내고 있어. 밤에는 아무도 나뭇가지나 장작을 주우러 오지 않아."

"내가 너라면 포기하겠어."

"난 네가 아니니까 포기 못해. 밤에 숲 속을 걷는 것이 대낮처럼 익숙해질 때까지 수십 번이라도 다닐 거야."

아담이 기다란 신음소리를 내더니 중얼거렸다.

"그나마 내 시간이 다가오고 있으니 천만다행이군."

"무슨 시간?"

"너를 떠나 내 인생에 신경 쓸 시간 말이야. 왜냐하면 넌 이제 더는 두려움이 없으니까."

내가 한바탕 큰 소리로 웃었다.

"그거 잘됐군. 나에게 겁먹지 말라고 가르치러 와 놓고선 이제는 자기가 사시나무 떨듯 떨고 있으니."

하지만 이내 안타까운 마음이 들었다. 왜냐하면 그처럼 좋은 친구를 가지기란 무척 힘드니까.

"침착해. 모든 게 다 잘될 거야."

나는 그날을 아무 걱정 없이 보냈다. 막연한 불안감도 없었다. 오전에 해수욕을 하러 갔다가 오후에는 셀레스찌 아줌마랑 운동을 하며 시간을 보냈다. 모리스 아저씨가 더 이상 나를 비웃지 못하도록 근육을 부풀리고 단단하게 만들면서……. 오후 늦게는 뚤루를 데리고 그날 밤 사용하게 될 담벼락들을 모두 정찰했다. 모든 게 완벽했다. 이웃과 전혀 얘기하지 않는 이웃집 아주머니의 담부터 시작해서 집들의 정원을 경계 짓고 있는 담들을 차례대로 통과할 거야. 세 번째 집에서는 모래톱으로 내려서 걸어가야지. 그 집에는 사나운 큰 개가 있으니까. 그리고 항상 그늘만 이용할 거야. 그래야 동물들의 접근을 피할 수 있을 테니까. 전부 타잔과 같이 있을 때처럼 행동할 거야. 이상한 소리가 들리면 누가 오는지 확인하기 위해 잡초더미에 숨어야지. 그 다음에 피마자나무들이 모여 있는 곳으로 쏜살같이 달려간 후 모든 감각을 총동원해서 길 양편을 살필 거야. 전차는 위험할 것 없어. 막차가 열 시에 있으니까. 그리고 나선 생각한 대로 길을 가로질러 다른 피마자나무들 그늘로 몸을 날릴 거야. 그러면 숲까지 가는 건 식은 죽 먹기지 뭐.

"잘된 거 봤지, 아담?"
"지금까지는 그래."
"앞으로도 그럴 거야. 이제 몸을 숙이자. 철조망을 통과해야 하니까. 숲은 우리 세상이 될 거야. 게다가 우린 이미 모든 길을 훤히 꿰고 있으니까."

"제제, 생각해 봤어?"

"뭘?"

"두 가진데 말이야. 첫번째는 네가 집에서 2킬로미터 이상 떨어져 있다는 것이고……."

"그래서?"

"만일 사람들이 그런 옷차림을 한 널 붙잡기라도 하면? 엉덩이가 다 보이고 허리엔 칼까지 찬 너에 대해 뭐라고 할지 생각해 봤어?"

"사람들이 왜 나를 잡겠어? 이 숲에 산 영혼은 없어. 어느 누구도 이 숲을 지나가지 않을 거야."

"방금 영혼이라고 말했지, 그렇지?"

"그래. 하지만 영혼은 존재하지 않아. 존재하더라도 누구를 놀래진 않아. 이 바보, 산 사람도 남에게 해를 입히지 않는데 죽은 영혼이 어떻게 그럴 수 있겠어. 이 밤을 즐기자구. 숲의 냄새가 느껴져? 사방에서 느껴지는군. 음…… 아주 좋아! 땅에서도, 나무껍질에서도, 잎에서도 냄새가 나. 조금 있다가 저 큰 나무에 올라가 보자."

"제제, 너 자정까지 있진 않겠다고 약속할 수 있어?"

"그래. 저 위에 십오 분만 앉아 있자. 운 좋으면 밤의 유령들을 볼 수 있을 거야. 사씨와 마뻥과리…… 빙글빙글 도는 반딧불 행성들도 말이야. 가자."

2. 마누엘 마샤두 숲

나는 가장 마음에 드는 나무를 골라 아무 소리도 내지 않고 매달렸다. 대낮에 나무에 오르는 것도 좋았지만 밤에 비할 바가 아니었다. 눈도 어둠에 익숙해졌고 귀는 어떤 소음이든 놓치지 않으려고 쫑긋 세웠다. 멀리서 두꺼비 우는 소리가 들렸다.

"아담, 저 두꺼비들 알아?"
"아니. 내 종족은 특이해서 노래는 잘 못 불러."

아담이 너무 작은 소리로 말해서 거의 알아들을 수가 없었다. 사방에서 귀뚜라미들이 울어댔다. 그들간에 큰 전쟁이 벌어지고 있는 게 분명했다. 쥐들이 마른 덤불 밑으로 달리고 있었다. 나는 나무 꼭대기에서 몸을 줄기에 기댄 채 튼튼한 나뭇가지 위에 양발을 뻗고 앉았다. 오른손으로는 양갈래의 나뭇가지를 붙잡았다. 설사 아무것도 나타나지 않더라도 느낌이 그보다 좋을 수 없을 것이다. 마치 따뜻한 바다에서 수영을 하는 것처럼 기분이 좋았다. 자유라는 게 이런 것이거나 이와 아주 비슷한 것일 거야.

아담이 애걸하는 목소리로 말했다.
"제제."
"말해 봐."
"자정이 가까워지지 않았어?"
"내 계산으로는 아직 많이 남았어."
"너, 이거 생각해 봤어?"

 나의 꾸루루 두꺼비

"뭘?"

"오늘이 몇 일이야?"

"내가 어떻게 알아? 5일 아니면 6일이겠지 뭐."

"요일은?"

"금요일."

내가 미소를 지었다.

"오늘이 저 세상 영혼들의 날이라고 생각하는 거 다 알아. 그렇지?"

"그래."

"하지만, 아담. 그건 바보 같은 생각이라구. 그건 수요일도 될 수 있고, 목요일, 아니, 월요일도 될 수 있어. 금요일이 저 세상 영혼들의 날이라는 건 사람들이 그냥 꾸며 낸 것일 뿐이야. 전부 우스운 얘기지. 저 세상 영혼이란 건 없으니까 걱정하지 마."

"네가 그것들이 존재하는 걸 원치 않으니까 없는 거라구!"

갑자기 이상한 낌새를 느껴 두 손으로 양갈래 가지를 잡았다.

"그 소리 들었어, 아담?"

"그래. 나 지금 달달 떨고 있어."

"내 목소리도 몰라?"

휴! 난 놀라서 죽는 줄 알았다. 그 낯선 소리였다.

"너, 여기서 뭐 하는 거야?"

2. 마누엘 마샤두 숲

"너에게 영감을 주려고 왔지. 싫어?"

"뭔가에 따라 다르지."

낯선 소리가 나의 재능과 호기심을 자극하며 귀에 바싹 대고 말했다.

"네가 직접 저 세상의 영혼이 되어 보는 게 어때?"

"내가?"

아담이 안에서 펄쩍 뛰었다.

"귀 막아, 제제. 아무 말도 듣지 마."

하지만 나는 정말 궁금해졌다.

"내가 어떻게 저 세상의 영혼이 될 수 있어?"

"이봐, 제제. 넌 언제나 영리하잖아."

"그건 맞아. 하지만 늑대인간으로 변하면 다시 인간이 되기 어렵다는 거 영화에서 봤는걸. 보름달이 지나야 하잖아."

"다른 걸로 변할 필요 없어. 그저 흉내만 내면 돼."

그제야 무슨 말인지 이해한 나는 그의 제안이 마음에 들기 시작했다.

"오늘이 금요일 아니니? 사람들이 엄청 겁을 먹고 있거든."

"모든 사람들이 다 그럴걸."

"그래. 그러니까 네가 사람들의 심장을 가르는 무시무시한 괴성을 지르면 모두 이곳에 저 세상의 영혼이 있다고 믿게 될 거야."

"그거 정말 멋지겠는데!"

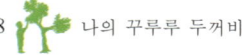

"그럼, 뭘 기다리고 있어?"

"이제까지 한 번도 흉내를 내 본 적이 없어서……."

"그럼, 한번 해 봐."

그 무렵 아담은 이미 체념한 상태였다. 더는 나에게 충고를 하지 않았다. 나는 나뭇가지에 섰다. 오른손으로 몸의 균형을 잡은 뒤 왼손을 입으로 가져갔다. 띄엄띄엄 간격을 두고 괴성을 질러댔다. 그 소리는 숲에서 메아리 친 뒤 멀리 사라져 갔다.

"잘했어?"

"처음치고는 그런 대로 괜찮아. 하지만 감정을 더 넣어야겠어. 좀더 아픈 소리를 내 봐. 톱이 네 몸을 절반으로 자르는 것처럼 말이야."

"상어에 물려 잘릴 때처럼?"

"대충 그 정도."

"그건 알겠어."

나는 세상에서 가장 고통스러워하는 듯한 신음소리를 질렀다. 흐느낌이 뒤섞인 고통의 소리를. 잠깐 쉬었다가 다시 소리를 질러댔다.

"이번엔 좋았어. 두 번 더 해 봐. 저 세상의 영혼은 밤새도록 신음하진 않으니까."

그의 말대로 했다. 약간 피곤해서 다시 가지에 앉았다.

"이제, 잘 들어 봐."

내가 귀를 쫑긋 세웠다. 개 한 마리가 짖기 시작했고 이어서 다른 개들 여러 마리가 따라 짖었다.

"효과가 어떤지 봤지?"

개 짖는 소리가 한 십 분 간 계속되다가 차츰 잦아들었다.

"이제 딱 한 번만 더 해 봐. 그리고 오늘은 그만 하자."

나는 이 세상에서 가장 고통스럽게 신음하는 소리로 밤의 적막을 갈라놓았다. 그러자 이번에는 좀더 흥분된 듯 개 여러 마리가 다시 짖어댔다.

"개들이 짖지 않으면 집으로 가야 해. 많은 사람들이 이미 네 목소리를 들었으니까."

"언제 다시 해?"

"3일마다 하고 그 다음에는 금요일에만 해. 그래야 더 실감나니까."

낯선 소리가 하품을 했다.

"졸려서 자야겠어. 안녕!"

주위를 돌아보았다. 밤이 이전의 고요함을 찾았다. 하늘에는 수천 개의 별들이 야간 탐험을 하고 있었다.

"돌아가자, 아담. 얼마나 멋진지 봤지? 이제까지 내가 한 장난 가운데 가장 멋졌어. 천사처럼 잠자러 갈 거야."

이주일도 기다릴 필요가 없었다. 내 장난이 효과를 나타내기 시작한 것이다. 벌써 사방에서 그 얘기가 나돌았다.

"마누엘 마샤두 숲에 신음소리를 내는 영혼이 있대요."

"저도 벌써 들었어요. 온몸이 오싹하더라구요. 교수형 당한 영혼들을 위해 아베마리아를 세 번 외쳤어요. 아이고, 세상에, 어찌 이런 일이!"

사람들이 그런 얘기를 할 때마다 나는 더 우쭐해졌고, 임무를 완수하기 위해 다시 숲에 가고 싶은 마음도 더 커졌다.

사람들의 웅성거림이 어찌나 컸던지 결국 우리 집 아침식사 때에도 그 얘기가 화제로 떠올랐다.

"이자우라 말이, 빨래터 사람들이 잔뜩 겁에 질려 있다던대. 마누엘 마샤두 숲에서 신음소리를 내는 영혼 때문에. 그 신음소리가 얼마나 처절한지 사람의 애간장을 다 태운대."

"그건 사람들이 지어 낸 거야. 가난한 사람들은 그런 걸 보는 광적인 면이 있거든."

아무 말 없이 커피를 따라 주던 이자우라가 침묵을 깨고 거들었다.

"진짜예요, 박사님. 그 근처에 사는 라우린다가 밤이 너무 고통스럽대요. 그 영혼들은 자정이 지나거나 누군가 촛불을 켜야 조용해진대요."

'공화국' 지를 읽던 아빠가 그 대화에 더 많은 관심을 나타냈다.

"연옥의 영혼들을 위해 미사를 올리자고 해야 할까 봐."

그가 안경을 다시 쓰고 신문을 읽기 시작했다.

그 대화가 나를 즐겁게 했다. 나는 모든 사람들이 언급하기 시작한 다른 세계의 영혼만큼이나 예술가적인 재능을 가지고 있었다. 마치 그것에 대한 두려움을 가진 것처럼 짐짓 꾸몄다.

어느 날 오후, 파이올리 수사님이 쉬는 시간에 나를 찾아왔다. 그는 내게 간식을 주면서, 빠져나갈 틈을 안 주겠다는 듯 의미심장하게 말을 걸었다.

"슈쉬, 너 마우엘 마샤두 숲의 영혼에 대해 들어 본 적 있지?"

대답을 하기 전에 최대한 침착하게 마른침을 꼴깍 삼켰다.

"집에서 하녀한테 들었어요."

"넌 그 얘기를 믿니? 영혼이 가난한 사람들을 놀래려고 연옥에서 나온다는 얘기 말이야."

"네, 믿어요. 그 영혼들을 위해 기도라도 할 참이에요."

"난 믿지 않아."

내가 대화를 다른 방향으로 돌렸다.

"그런데 교리문답은 우리가 육체와 영혼을 가지고 있다고 가르치잖아요?"

"그건 다른 얘기야."

그가 내 눈을 깊숙이 쳐다보자 나는 자신을 배신하지 않으려고 안간힘을 다해야 했다.

2. 마누엘 마샤두 숲

"난 네가 그 문제에 대해 더 많이 알고 있다는 느낌이 드는데. 아니, 실은 잘 모르겠어. 하지만 그런 음산한 얘기들이 어떤 시점부터 시작됐단 말이야. 네가 그 부근으로 이사한 직후에……."

"제가 그 일과 관계 있다고 생각하시는 거예요?"

"누가 알겠니. 네게 아주 잘 어울리는 사건이니 말이야. 네가 어떤 개구쟁이 녀석들이랑 어울리고 있는지도 모르지."

나는 아주 침착하게, 가장 순진한 척 대답했다.

"저 세상 영혼들을 오금이 저릴 만큼 무서워하는 제가 어떻게 그런 일에……. 그런 건 생각조차 하기 싫어요."

그가 내 말을 그대로 받아들였는지는 모르겠다. 어쨌든 그는 나를 별일 없이 보내 주었고 나는 약간의 창피를 느끼며 남은 쉬는 시간을 보냈다. 젠장, 파이올리가 정곡을 찔렀어. 나는 그에게 거짓말을 하고 싶지 않았다. 하지만 타잔과 피로 맺은 약속을 저버릴 수도 없는 노릇이었다.

나는 그 사건이 몰고 올 파장은 미처 예상하지 못했다. 그 사건의 소문은 호까스 구에도 전해졌고 알레끄링의 장날, 상인들 사이에도 퍼졌다. 겁이 나기 시작했다.

아침식사 시간에 다시 그 얘기가 나왔다.

"사람들이 금요일에 그 숲에 축복을 내리기 위해 라딩 사제님을 모셔 올 생각까지 하나 봐."

"사람들이 금요일 밤에 촛불 행진을 할 생각이더군."

"사람들이 목을 매고 죽은 어떤 남자의 영혼일 거라고 하던 대요. 흑단나무 가지에 목매달고 죽은 늙은 봉사 말이에요."

나는 아무 말도 하지 않은 채 밖으로 빠져 나왔다. 집안사람들이 나라는 사실을 알면 아마 아빠가 원장으로 있는 정신병원에 나를 집어넣을 거야.

아담이 나를 꾸짖었다.

"네가 꾸며 낸 일이 어떤 건지 봤지?"

"어쨌든 그 영혼들에게 좋은 일이 됐잖아. 이제 많은 사람들이 그 영혼들을 위해 기도할 테니까."

"이제 그만둘 거야?"

"오늘만 가고 당분간 쉴래. 사람들이 다 잊을 때쯤 다시 시작할 거야."

"뭐 하러?"

"나도 몰라. 하지만 지금까지 한 일 가운데 가장 좋았어. 우리가 마치 이 세상의 주인이 된 같은 기분이 들거든."

"이제 갈 거야."

"제발, 제제. 그만둬."

"오늘만, 아담. 당분간은 안 할 거야."

"너, 정말 조심해야 돼. 권총과 장총으로 무장한 사람들이 기다리고 있을 수도 있어."

"무슨 소리야. 그 사람들은 생선칼만 사용한다구."

우리는 최선을 다해 실행에 옮겼고, 이번이 마지막인 양 가장 완벽하게 해냈다. 나는 가슴을 저미는 신음소리와 흐느낌 소리를 냈다. 그 낯선 목소리가 나에게 충고했던 대로 간격을 두었다. 낯선 목소리도 거기에 있었다.

밤의 어둠이 담을 타고 돌아오는 내 모습을 가려 주었다. 조금만 더 가면 우리 집 뒤뜰에 도착할 것이다. 낡은 닭장으로 훌쩍 뛰어내렸다.

그때 내 눈에 비친 어떤 것이 내 가슴을 너무나 놀래는 바람에 순식간에 몸 전체가 식은땀으로 젖고 말았다. 어찌나 놀랐던지 하마터면 팬티에 오줌을 쌀 뻔했다.

어떤 물체가 이불로 얼굴을 가린 채 몸을 웅크리고 있다가 내 앞에 우뚝 섰던 것이다. 나는 자빠지지 않으려고 담 벽에 몸을 기대었다.

"이 미친 자식! 지금 무슨 짓을 하고 있는 거야?"

다다다였다. 나는 가슴을 진정시켰으나 말은 거의 할 수 없었다.

"젠장, 다다다. 유령인 줄 알았잖아."

그녀는 무척 화가 나 있었다.

"그러니까 너였구나, 망할 자식. 벌써부터 의심을 하고 있었지. 마누엘 마샤두 숲에서 신음소리를 내던 유령이 바로 너였어."

나는 사시나무처럼 떨기 시작했다. 조금만 더 그랬다면 아마 울었을 것이다.

"제발, 다다다. 아무에게도 말하지 마."

"네 귀때기를 잡아끌고 들어가서 집안사람들을 몽땅 깨워야겠어. 어떻게 이런 짓거리를……."

"그러지 마, 다다다. 두 번 다시 그러지 않겠다고 약속할게. 만약 네가 그러면 난 정신병원에 들어가거나 감옥에 잡혀갈 거야."

"네가 한 짓에 비하면 그 정도는 약과야."

"비밀을 지켜 주면 두 번 다시 그런 짓을 하지 않겠다고 맹세할게."

"처음부터 그런 짓을 하지 말았어야지. 하지만 똑똑히 들어. 만일 다시 그런 일이 벌어지면, 만일 누가 마누엘 마샤두 숲에 유령이 있다고 하는 소리를 하면, 당장 집으로 달려와 전부 말해 버릴 거야."

"절대로, 두 번 다시 가지 않을게."

"맹세해?"

"네가 원한다면."

그녀가 잠시 생각하더니 아빠나 집안의 다른 사람 이름으로 맹세해 봤자 소용없을 거라는 걸 알아차렸다.

"두 번 다시 그런 짓을 하지 않겠다고 펠리시아누 수사님이름으로 맹세해."

"펠리시아누 수사님의 이름으로 맹세해."

그녀가 진정한 듯했다. 그리고 자기 마음속에 있던 큰 걱정거리가 생각난 모양이었다.

"누가 너한테 총이라도 쏘면 어떻게 될까 상상이나 해 봤어? 그곳 인간들이 떼거리로 생선칼이라도 휘두른다면 어떻게 될지 말이야."

그리고 나서 그녀가 웃기 시작했다. 내가 엉덩이가 훤히 보이는 차림인 것을 알고는 배꼽을 쥐고 웃었다. 얼마나 크게 웃어댔는지 담이 흔들릴 정도였다.

"그만 해, 다다다. 누가 듣겠어."

그녀는 웃음을 멈추지 않은 채 손가락으로 가리켰다.

"가서 자, 이 또라이 같은 녀석. 하지만 한 가지는 잊지 마. 저기로 다시 가는 날엔, 알지?"

나는 내 방으로 뛰었다. 몸이 아직 땀에 젖어 있었다. 잠을 자며 기도를 많이 해야 했다. 연옥의 불쌍한 영혼들을 위해 새로운 묵주 기도를 시작해야 했다. 만약에 그 낯선 소리가 다시 나타난다면 그 놈의 얼굴을 박살내 버릴 거야.

그날 밤 이후로 마누엘 마샤두 숲의 유령에 대한 얘기는 한 마디도 들리지 않았다.

# 3. 아담이라고 부르는 나의 심장

그날 밤 아주 이상하고 슬픈 무언가가 내 마음을 짓누르고 있었다. 저녁을 먹은 후 나는 집안사람들의 광적인 습관대로 뉴스를 들으러 라디오 가까이에 있었다. 그 프로그램이 배를 타는 사람들을 위해 여러 정보들을 미리 준다고 했으나 그때까지 그런 정보를 알려준 적이 없었다. 그래도 청취율이 높았다. 주로 히우지자네이루로부터 오는 뉴스들이었다.

  테라스를 한 바퀴 돌았다. 새까만 하늘의 별들을 바라보았다. 평소와 달리 바다로 난 다리 끝까지 산책하고 싶은 마음이 생기지 않았다. 뽀뗑지 강으로 들어가려고 방파제 밖에서 만조를 기다리는 환한 불빛의 배들을 보고 싶은 마음조차 없었다. 천천히 하품을 한 뒤 한껏 기지개를 켰다. 그 모든 것이 이럴 때는 침대가 가장 좋은 피난처라고 말하는 듯했다.

5분 만에 이를 닦고 잠옷으로 갈아입었다. 날씨가 약간 더웠다. 저 멀리 바닷가에서 불어오는 바람을 느끼려고 창문을 반쯤 열어 두었다.

잠이 어찌나 쏟아지던지 기도하는 것조차 포기했다. 잠에 완전히 곯아떨어지기 전에 불을 끄는 게 나았다. 용을 써 겨우 불을 껐다. 다시 부드럽고 아늑한 침대에 누웠다.

몇몇 생각들이 천천히 나의 마음을 아프게 했다. 사소한 것들. 작은 기억의 조각들.

저 멀리, 아주 멀리서 모리스 아저씨에 대한 아스라한 그리움이 밀려왔다. 최근 들어 그는 거의 모습을 나타내지 않았다. 분명, 시간이 많이 흘러 내가 전보다 자신감이 많아졌다는 걸 알아차렸기 때문이다. 게다가 그 가엾은 아저씨는 하나의 계약이 끝나면 또 다른 계약을, 한 편의 영화가 끝나면 또 다른 영화를 찍느라 바빴다. 그러니 사생활을 위한 시간이 거의 없었고, 그 결과 나도 그가 언제 다시 찾아올 것인지에 대한 확신이 없었다. 아! 모리스 아저씨는 정말 훌륭한 분이었어. 그리고 앙브로지우 수사님의 문학 수업은 정말 훌륭했고. 그분은 우리에게 문학적인 작문을 하도록 가르치고 부추겼지. 우리의 작품을 평가할 때 눈을 가늘게 뜨고 몰두하던 그 모습이란······.

하품을 더 크게 했다. 졸음이 오늘 밤 내가 타잔 행세를 할 가능성을 완전히 없앴다. 담들도 평화롭게 잠들어 있었고,

캐슈들이며 내가 주름잡던 세상도 밤하늘 저 멀리로 하나 둘씩 사라져 갔다.

잠을 많이 잤는지 알 순 없으나 방안의 불빛 때문에 눈을 떴다. 나는 눈을 비비며 투덜거렸다.

"제기랄! 자기 전에 분명히 불을 껐는데."

하나의 목소리가 침대 밑에서 들려왔다.

"방금 내가 켰어."

침대 끝으로 몸을 돌려 그 목소리가 어디서 났는지 두리번거렸다. 그 목소리는 언뜻 아담의 목소리와 닮았다. 하지만 최근 몇 년 사이 그의 목소리는 전보다 많이 묵직해지고 침착해졌으며, 특히 발음이 불분명해졌다.

아담에게 물었다.

"아담, 저 목소리 들었어?"

나의 가슴이 묵묵부답이었다. 심장에서 아무 대답도 들리지 않았다. 울컥 걱정이 되었다.

"아담! 아담! 너, 내 말 듣고 있어? 너, 거기 있니?"

"거기가 아니야. 바로 네 침대 밑에 있어."

잠이 확 깼다. 이상한 놀라움이 나를 엄습했다.

"너, 왜 내 심장에 안 있는 거야? 침대 밑에서 뭐 하는 거야?"

"이봐. 네가 직접 찾아봐."

내가 몸을 펴 그 쪽으로 고개를 숙였다. 나의 꾸루루 두꺼비가 있는 힘을 다해 작은 짐가방을 침대 밖으로 당기고 있었다.

"도와줄까?"

"필요 없어. 내가 알아서 할 거야."

그렇게 놀라기도 오랜만이었다. 다른 질문을 하기 전에 잠시 지켜보기로 마음먹었다.

아담이 짐가방에 쌓인 먼지를 '후' 하고 불었다. 그리고 약간 녹슨 작은 걸쇠들을 만지작거리더니 '딱' 하는 소리와 함께 그것을 열었다. 가방 안의 모든 것이 잘 정돈되어 있었다. 팬티와 양말 그리고 다른 것들이 뒤죽박죽 섞여 있는 내 옷장 서랍과는 정반대였다.

아담이 챙이 짧은 작은 모자를 집더니 머리에 썼다. 그리고 나를 바라보며 미소를 지었다.

"나한테 잘 어울려?"

"기가 막히게 잘 어울려."

그가 약간 무심한 표정으로 어깨를 으쓱거렸다.

"난 모리스 아저씨가 아니지만 내 모자를 쓸 권리는 있지."

나의 놀라움이 더 커졌다. 그렇게 오랜 세월을 지내면서 아담이 모리스 아저씨에 대해 씁쓸한 감정이나 질투심을 느꼈던 걸까? 그는 언제나 모리스 아저씨에 대해 친근한 감정을 나타냈는데. 그를 무척 좋아했고, 칭찬하기도 했었다. 그런데 왜 그런 질문을 하고 약간 비아냥대는 말을 하는 걸까?

그가 모자를 벗더니 가방 옆에 내려놓았다.

"집 안에서 모자 쓰는 걸 좋아하지 않아. 좋지 않은 예감을 주거든."

그가 목도리를 풀더니 조심스레 목에 걸었다.

"거기는 추울지 몰라. 목이 예민해져서 붓는 게 싫어."

"'거기'라니, 아담?"

"조금 있다가 설명할게."

"그게 좋겠어. 너, 나한테 설명해야 할 게 많아. 예를 들면, 지금 내 심장 밖에 나와서 뭘 하는 건지."

"난 거기서 나올 수도 없다는 말이야?"

"무슨 소리, 나와도 돼. 그렇지 않으면 지금 거기에 있을 수가 없지. 아담, 지금 뭐 하는 거야?"

"별것 아니야. 중요치 않아."

"별게 아니라고? 너, 나한테 심장에서 나오는 거 허락해달라고 하지도 않았잖아."

"무슨 차이가 있어?"

"차이가 있지. 나랑 같이 살려고 왔을 때는 내 몸에 들어가려고 아부까지 하고는."

"그건 이미 오래 전 얘기야. 모든 게 변했어."

"뭐가 변했다는 건지 모르겠어. 나에겐 아무런 변화도 없어."

"나에게 변화가 생겼을 수도 있어."

"설사 그렇다 해도 나에게 그런 식으로 말할 필요는 없잖

아. 그렇게 딱딱하고 무정하게 말이야. 어쨌든 우리는 아주 다정한 친구였잖아."

"여전히 그래."

나는 약간 거칠게 행동했다. 그를 침대 가까이로 당겨 조심스레 잡아서 침대 위에 앉혔다.

"이제 진짜 무슨 일인지 나에게 얘기해 봐."

그는 내 눈과 마주치지 않으려고 그 푸른 눈을 아래로 떨구었다. 감정을 억누르기 위해 정말 애쓰는 것 같았다. 그것을 말하느니 차라리 죽는 편이 낫다는 듯이.

"어서 얘기해 봐."

가느다란 눈물이 그의 얼굴에 흘러내렸다.

남이 우는 것을 냉정하게 바라보지 못하는, 아주 바보 같은 나약한 마음이 나를 뒤흔들었다. 나는 거칠던 말투를 바꾸었다.

"이봐, 무슨 일이야, 아담? 우리 둘 사이에는 어떤 나쁜 일도 일어나서는 안 돼. 뭐가 네 마음을 아프게 했는지 어서 얘기해 봐. 어쨌든 내가 너의 가장 친한 친구잖아.

그는 눈물을 그쳤다.

"제제, 나 떠날 거야."

"너 미쳤어? 다짜고짜 이런 식으로 떠난다니!"

"이미 여러 번, 언젠가는 떠나야 할 거라고 얘기했잖아."

어떤 허탈감이 나를 엄습했다.

"하지만 왜 내 심장에서 나올 거라고 알리지 않았어?"

"힘들어질 거라고 생각했어. 난들 아무렇지도 않았을 거 같아? 그래서 살금살금 빠져나오려고 널 깊이 잠들게 했었어."

"이별 인사도 하지 않은 채 떠나려고 했단 말이지?"

"거의 그랬어. 하지만 이미 떠나기로 마음먹은 나를 이렇게라도 볼 수 있잖아."

내가 아주 다정한 목소리로 말했다.

"하지만 왜? 뭐 때문에 이러는 거야, 아담?"

"세월이야. 아니면 바로 우리 때문일 수도 있고. 시간은 존재하지 않는데 그저 우리가 흐르는 것뿐이지. 우리가 흐르다 보니 어느새 떠날 시간이 온 거야. 내가 해야 할 일은 다 한 것 같아."

"혹시 내가 무슨 실수라도 했니? 너에게 용서를 구할 수도 있을 텐데……."

그가 슬픈 미소를 지었다.

"이봐, 제제! 그게 무슨 말이야. 시간이 돼서 떠나는 것뿐이라구. 넌 이제 내가 필요하지 않아. 넌 이제 의지가 굳고 두려움이 없는 소년이 됐어. 자신을 보호하는 법을 배운 거야. 내가 간절히 바라던 대로 네 모든 것이 바뀌었어, 친구."

"최근에 내가 널 무서움에 떨게 만들었기 때문이니?"

"어느 정도는 그랬지만 그건 중요하지 않아. 나를 잘 봐! 이리 더 가까이 와 봐. 내 푸른 눈 주위로 늘어난 주름살이 보여? 내 눈썹이 얼마나 하얗게 변했는지 봤지? 눈도 침침해졌어. 아마 지금부터 안경을 써야 할지도 몰라. 앞으로 내가 살려는 새로운 인생에서 말이야."

양심의 가책이 나를 강하게 짓눌렀다. 가엾은 아담. 상어 사건이며 마누엘 마샤두 숲 사건으로 그를 두려움에 떨게 했던 나 자신이 원망스러웠다. 그것에 대해 그에게 말했다. 그는 나를 비난하지 않고 웃었다.

"솔직히 말해서 이따금 무척 겁이 났었어. 하지만 마음속으로는 그런 일들이 자랑스러웠어. 네가 의지가 굳고 용감한 소년으로 바뀌고 있었으니까."

그가 길게 한숨을 쉬었다.

"내 인생에서 가장 아름다운 시절이었어. 누군가에게 이로운 사람이 된다는 것과 뭔가 이룩할 수 있다는 것 때문에 행복했지. 내가 너의 미래를 위해 뭔가를 했다고 네가 느낀다면 난 그것만으로도 정말 만족해."

"아담, 넌 내 인생의 전부였어. 파이올리와 너 그리고 모리스 아저씨가 없었다면……."

"타잔도 있잖아."

"그래. 타잔도……. 그들이 없었다면 내 지난날들이 어땠을까?"

그는 아무 말도 하지 않았다.

"이봐, 아담. 뭔가 아주 이상한 일이 내게 벌어지고 있어. 모리스 아저씨까지도 점점 더 내게서 멀어지고 있어. 방문도 점차 뜸해지고……. 전에 그분이 이런 말을 했었어. 언젠가 나를 떠날 거라고. 그런데 왜 모든 게 이렇게 돼야 해?"

"간단해, 제제. 네가 자라고 있고, 또 그렇게 현실 세계로 조금씩 들어가고 있으니까."

우리는 아무 말도 하지 않았다. 난 수긍할 수 없었다. 아담이 없는 허전한 마음을 어떻게 감당할 수 있을까? 또 그와 대화하지 못한다는 것을 어떻게 감당할 수 있을까? 여태 같이 살면서 충고도 하고, 꾸짖기도 하고, 때론 칭찬도 하던 그에게 이미 익숙해져 버렸는데, 이제는 나 자신과 대화하면서 혼자 중얼거려야 하다니…….

"너 진짜 떠날 거야, 아담?"

"이젠 방법이 없어. 사람 가슴에 들어갈 운명을 가진 꾸루루 두꺼비는 단 한 번만 그렇게 할 수가 있어. 다시 네 심장으로 돌아갈 결심을 한다 해도 들어갈 방법이 없어. 내가 바란다고 되는 것이 아니라 멀리서부터 명령이 와야 돼."

그가 감정이 복받친 듯 두꺼비들의 흔한 기침 소리를 내더니 말을 계속했다.

"생각 많이 했어, 제제. 가까이든 멀리든, 어디에 있든 결코 너를 잊지 않고 그리워할 거야."

맥이 풀린 나는 '나도 그래'라고 말했다. 그리고 약간 우울해져 벽에 몸을 기댔다. 아담이 나와 화해를 하고 내 가슴속으로 돌아오는 기적이 일어날 수 있을지 누가 알겠는가?

"그러면, 우리의 꿈은?"

"이제부터 그 꿈들도 둘로 나눠질 거야. 너의 꿈들은 단지 너의 것이고 나의 꿈들 역시 이제 나 혼자 꾸게 될 거야."

아담이 훌쩍 다가와 내 손을 잡았다. 그의 손은 죽음의 땀처럼 차갑게 느껴졌다. 그 순간이 그뿐만 아니라 나에게도 너무나 가슴 아픈 순간이라는 걸 느꼈다.

"내 친구 제제, 내 사랑 제제. 이제 내가 얘기하는 거 잘 들어."

그가 거의 애원하듯 말했다.

"네 심장 속에서 살았던 그 어떤 순간에 대해서도 난 후회하지 않아. 좋은 순간이든 나쁜 순간이든 아주 작고 잊기 쉬운 순간에 대해서도 말이야. 이해하겠니? 좋아. 이제 내가 두꺼비로 살아갈 시간이 되었어. 내 몸이 더 굼뜨고 뚱뚱해지기 전에, 그리고 내 눈이 총기가 더 떨어지고 희미해지기 전에 인생의 아름다움을 보고 싶어. 아름다운 강변에 살면서 흐르는 강물이 재잘거리는 이야기도 듣고 싶고……. 강변의 풀잎 사이로 작은 집을 만들어 졸기도 하고, 잠도 자고, 모기들을 사냥하면서 살고 싶어. 도시의 소음을 떠나 하느님의 평온한 노래도 듣고 싶고, 부드러운 빗방울로 내 몸을 적시고 싶고, 햇살을 받으며 내가 갖고 있는 잔병과 류머티즘을 치료하고 싶어. 강바닥의 조약돌과 어두운 색의 작은 물고기들을 금빛으로 물들이며 물 속으로 비쳐 드는 햇살을 보고 싶고, 밤에는 내 귀에 밤의 음악을 전해 주는 산들바람의 노랫소리도 듣고 싶어. 그 노랫소리는 야생 넝쿨나무 잎을 갉아먹는 귀뚜라미들 소리야. 보름달이 뜨는 밤이면 강 한가운데 비친 쟁반 같은 그 그림자에 누워 보잘것없는 내 두꺼비 노래도 부르고 싶고. 밤하늘이 너무 어두울 때면 별들의 반짝이는 옷깃에 노쇠한 내 눈을 비비고 싶어. 모든 게 너무나 깨끗하고 평온하지, 그렇지 않아?"

나는 대답조차 할 수 없었다. 내 눈에는 눈물이 가득 고였다.

"이해해, 아담. 소년의 마음보다 훨씬 더 아름다운 세계야."

"아니야, 제제. 그런 말이 아니야. 우리가 이 세상 삼라만상의 운명을 탓해서는 안 돼. 네가 무척 보고 싶을 거야. 너에 대한 그리움은 인생의 아름다움으로 대체해야만 하겠지. 그 아름다움이 네 어린아이 같은 마음이 지닌, 온정이라 불리는 소박한 것을 채워줄 테니. 그건 아름다운 별들에게서나, 반짝이는 불빛 속에서도 결코 찾을 수 없는 거야. 그 아름다움이, 네 따뜻한 마음을 그리워하는 내 마음을 조금씩 지우고 진정시켜 줄 거야."

나는 땅이 꺼져라 깊은 한숨을 쉬며 중얼거렸다.

"네가 방금 한 가지를 증명해 줬어. 너 같은 동물이 인간보다 훨씬 낫고 품위 있다는 거 말이야."

아담이 나를 짓누르고 있던 싸늘한 낙담을 막아 주었다.

"제제, 네 가슴속에 살았던 그 모든 세월 동안 네가 이기적으로 굴었던 적은 단 한 번도 없었어. 너의 특성 가운데 하나가 관용이었어. 어찌 보면 네 그런 선함을 남용한 사람은 바로 나였어. 나는 네 안에 살면서 세도 한 푼 내지 않았잖아. 게다가 너는 나를 항상 데리고 다니면서도 피곤하다거나 무겁다는 불평을 한 번도 안 했어. 그렇지?"

"넌 전혀 무겁지 않았어, 아담. 네가 돌아오기만 한다면 30킬로그램이 나가더라도 상관없어."

"이젠 불가능해. 이럴까 봐 너 모르게 나가려고 수없이 생각했었어. 아마 너도 차라리 그렇게 되길 원했을지 몰라. 아니야?"

"아니, 전혀 그렇지 않아. 네가 그랬다면 배은망덕한 녀석이거나 나를 너무나 싫어해서 이별 인사도 없이 떠난 거라고 생각했을 거야."

"고마워, 친구. 하지만 이 순간에 입술을 쭉 내밀고 울려고 하지 말고 눈물도 글썽이지 마. 나는 한 마리 두꺼비로서의 삶을 살아가야 하니까. 너하고 있는 동안 모든 게 정말 아름다웠어. 내가 꿈꾸었던 것 이상이었어. 모든 꾸루루 두꺼비들이 어린이의 마음을 성숙시키고 그들의 꿈속에서 살 기회를 갖는 건 아니야."

"네 말이 맞아. 울지 않을게. 너는 내 가슴에 큰 구멍을 남길 거야. 난 너의 빈 자리를 기억하며 네 삶에서 모든 것이 가장 아름답기를 기원할게."

"그래야지, 제제. 네가 이해할 거라는 거 알고 있었어."

그가 웃음을 짓더니 다시 바닥으로 뛰어내렸다. 내 가슴은 두려움과 추위로 들먹였다. 이제 그는 안경을 쓰고, 목도리를 두르고, 멋있는 모자를 쓸 것이다. 하지만 아직 아니었다. 나에게 말을 걸고 미소를 지으려 했다.

"내가 아주 늙은 두꺼비로 보이지, 그렇지 않니?"

"절대 그렇지 않아, 아담. 너는 푸른 눈을 가진 가장 멋진 두꺼비였어. 너 같은 두꺼비는 두 번 다시 없을 거야."

"고마워. 하지만 착각은 안 해. 난 늙었어. 자수 천을 머리에 쓰고 금발의 머리카락을 길게 땋은 여자 꾸루루 두꺼비를 구해 볼 생각도 더는 하지 않아. 그런 시절은 이미 지났어. 더 정확히 말하면 내가 한물 간 거지. 시간은 멈춰 있으니까. 언젠가 너도 그걸 이해하게 될 거야. 니가 원하던 강에서 평온하게 살고 있다는 걸 알게 되면 너도 기쁠 거라고 생각해, 제제……"

"봉핑 호수로 가는 게 어때? 거기는 물이 엄청 많고 깊어서 물이 거의 자줏빛이야. 내가 두꺼비라면 거기로 갈 텐데."

"나는 네가 알지 못하는 곳, 절대 나를 만날 수 없는 곳으로 가야 해. 이봐, 제제. 난 벌써 여러 곳을 생각해 봤어. 봉핑 호수도 생각해 봤는데 거기는 항상 찾아오는 사람도 많고 소풍 오는 사람도 많아. 그래서 꼬마들이 나를 발견하고 피해를 입힐까 봐 겁이 나. 돌을 던진다거나 막대기로 때릴지도 모르지."

"왜 그런 짓을 하겠어? 난 절대 너를 돌이나 막대기로 못살게 굴지 않을 거야."

"너야 그렇지. 네가 착하지 않았다면 날 절대 네게 보내지 않았을 거야. 이제 가야겠어. 눈을 감고 싶으면 감아도 돼. 난 전혀 신경 쓰지 않을 테니까."

나는 그가 바라는 대로 하지 않았다. 끝까지 모든 걸 보고 싶었다.

아담이 가방 있는 곳으로 다가갔다. 내가 상상했던 대로 그는 안경과 목도리를 하고, 멋진 모자를 고쳐 썼다. 작은 짐 가방을 닫으려고 등을 굽혀 가며 무척 애를 썼다. 가방의 걸쇠가 많이 녹슬어서 닫을 때 '끼익' 하는 소리가 났다.

그는 폴짝폴짝 뛰어갔다. 슬픔에 잠긴 나와 부질없는 허전함을 더 크게 느끼기 시작한 내 마음을 뒤로한 채 작은 소리만을 내며 그렇게 갔다.

그가 문가에서 멈추더니 몸을 돌렸다.

"문을 조금 열어 둘까?"

목소리가 나오지 않았기 때문에 고개를 끄덕이며 그렇게 하라고 했다.

"불도 꺼?"

"그냥 놔둬도 돼."

장갑 낀 손을 들자 작은 손목시계가 불빛에 반짝였다.

"안녕, 사랑하는 제제."

그리고는 복도의 어둠 속으로 사라졌다.

바로 그때 내가 잠에서 깨어났다. 온몸이 땀으로 흠뻑 젖어 있었다. 이상한 느낌이 온몸을 감싸고 있었다. 모든 게 잔인한 악몽에 불과한 거야. 하지만 불이 켜 있는 것이 이상했다. 분명히 잠들기 전에 불을 껐는데.

"아담!"

아무 대답이 없었다. 난 또 소리를 질렀다.

"아담, 내 말 듣고 있어?"

내 가슴은 대답 없이 침묵으로 일관했다.

나는 슬픈 마음으로 몸을 숙여 침대 밑을 바라보았다. 뽀얗게 쌓인 먼지 가운데에 작은 짐가방이 있던 자리만 남았을 뿐이다. 나는 반쯤 열린 문 쪽으로 뛰어갔다. 오, 하느님. 잠들기 전에 분명히 문을 닫았는데……. 정말 그가 떠난 것이었다. 자신의 강과 평화를 찾아서…….

맥이 풀려 침대로 돌아왔다. 그리고 다리 사이로 양손을 늘어뜨린 채 앉았다.

어떤 다정한 목소리가 들려왔다. 문이 열리더니 모리스 아저씨가 미소를 지으며 나타났다.

"몽쁘띠, 날 기다리고 있던 게 아니었니?"

미소를 짓고 싶었다. 하지만 흐르는 눈물 사이로 억지웃음만 배어 나왔다. 그의 얼굴이 나의 얼굴에 와 닿는 것도 거의 느끼지 못했다. 그가 새하얀 삼베 손수건으로 흐르는 눈물을 닦아 주었다.

"무슨 일이야? 무슨 일이 있었어?"

나는 훌쩍거리며 그의 가슴에 안겼다.

"모리스 아저씨, 불행한 일이에요. 아담이 떠나가 버렸어요."

"진정해라. 진정하고 무슨 일인지 전부 말해 봐."

북받쳐 오르는 감정을 억누르며 모든 것을 자세히 말했다.

"슬프구나, 몽쁘띠. 하지만 내가 여기 있잖아. 이 아저씨가 아직 네 곁에 있잖아."

나는 절망적인 모습으로 애원을 했다.

"아저씨도 이별하려고 온 건 아니죠? 그렇죠? 제발 말씀해 보세요, 아저씨."

"아니야. 난 좀더 있을 거야. 네가 사랑하는 사람을 만날 때까지는 떠나지 않아. 사랑이란 인생에서 가장 아름다운 거란다. 네가 사랑을 하려면 아직 시간이 더 있어야 돼, 녀석."

이제 우리는 서로를 바라보며 앉았다.

난 아담이 떠난 것을 받아들일 수 없었다.

"모리스 아저씨, 그가 내 가슴에서 떠나갔어요."

모리스 아저씨가 미소를 지었다.

"혹 네가 그의 마음을 떠난 것일 수도 있지 않니?"

내가 기운 없이 코 막힌 소리로 말했다.

"두 가지 다 맞는 것 같아요."

# 4. 사랑

내가 부엌을 빙빙 돌자 다다다가 꾸짖었다.
"너, 부엌이 남자가 있을 곳이 아니란 거 몰라?"
"몇 가지 알고 싶은 게 있어서 그래, 다다다."
그녀가 나에게 부엌문을 가리켰다.
"밖으로 나가, 당장. 내 생활이 더 복잡해지는 거 싫어. 새끼 암고양이 사건 벌써 잊었어?"
"집에 아무도 없단 말이야. 넌 모든 걸 제대로 알잖아."
다다다가 등받이 없는 의자에 앉더니 웃기 시작했다. 그리고는 나라는 인간을 하나하나 분석이라도 하듯 위아래로 훑어보았다.
"젠장, 다다다. 난 네가 친구라고 생각했는데."
그녀가 훑어보는 걸 멈추었다.

"너, 이제 몇 살이니?"

"거의 열다섯 살. 올해 중학교 과정을 끝내고 히우지자네 이루로 갈 거야."

다다다가 신나는 듯 휘파람을 불었다.

"시간이 정말 빨리도 가는군. 네가 벌써 진짜 남자가 되어 가고 있으니. 기저귀를 차고 다니던 때가 엊그제 같은데, 그 겁 많은 꼬마 녀석이 벌써 긴 바지를 입고 다니니, 원. 조금 있으면 콧수염에다가 턱수염까지 날 거 아냐."

"그리고 결혼해."

"오호, 그래? 머리에 아직 피도 안 마른 녀석이 벌써 그따위 웃기는 소리나 해대고 있으니."

"그 여자애 어디서 나타난 거야?"

"너, 여기서 꺼지는 게 좋겠어. 난 아주 바빠."

"그 애 예쁘지, 그치?"

"제대로 보질 못했어."

"제대로 보질 못했다면서 그렇게 오랫동안 담벼락에서 그 애와 잡담을 해?"

"그래. 그 담 때문에 제대로 보질 못했어."

"돌로리스. 그 애 이름이 돌로리스 맞지?"

"너 어떻게 알았어?"

"난 귀머거리가 아냐. 걔 엄마가 돌로리스라고 부르는 소리 들었어. 그 애는 참 예뻐."

"그렇게까지 예쁘진 않지."

"아냐. 정말 예뻐. 피부도 새하얗고 눈도 아주 투명한 밤색이던데. 얼굴은 장미 같아. 여신이야. 성스러운 여신 말이야. 이 세상에서 가장 예쁜 여자 같아."

"과장하지 마. 그저 깜찍할 뿐이라구."

"넌 그걸 이해 못해. 그 애가 대체 어디서 나타났지? 전에는 한 번도 본 적이 없는데."

"그럴 수밖에 없지. 그 애는 이웃을 멀리하는 그 부부의 외동딸이야."

"그런데 여태까지 어디에 숨어 있었던 거야?"

"히우지자네이루의 어느 기숙학교에서 생활하는데 방학이 돼서 온 거야. 언젠가 그 얘기를 했잖아."

"그 애가 오래 머물까?"

"며칠 간 머물 것 같아. 그 애의 아빠가 브라질은행에서 일하는데 포르딸레자로● 전근을 신청해 놓았대."

가슴이 찔리는 듯한 아픔을 느꼈다.

"젠장, 인생 참 불공평하군. 이제 막 사랑에 빠졌는데."

"쬐끄만 녀석이 사랑에 빠졌다니! 너 그게 뭔지 알기나 해? 무슨 소릴 하는 건지 모르겠네. 그 애랑 말도 못해 봤으면서. 그 애가 널 좋아하는지, 싫어하는지도 모르잖아."

●포르딸레자는 브라질 북동부의 쎄아라 주 수도

 나의 꾸루루 두꺼비

"지금은 날 좋아하지 않아. 하지만 곧 나를 사랑하게 될 거야. 그렇게 되면 같이 밀림으로 도망갈 거야. 그 전에 꾸하이아스 노부스에 있는 프레이 다미아웅 교구에서 결혼식을 올릴 거구."

"멍청한 소리 그만 해. 그리고 꺼져. 그 애의 몹쓸 엄마가 이 얘기를 들으면 당장 네 엄마에게 고자질할 거야. 그러면 넌 다시 마리스따 기숙학교로 보내질 거구. 이제 꺼져. 나를 조용히 내버려 둬. 다림질해야 할 옷이 산더미 같다구."

"차고에서 다리는 게 어때? 거긴 공간도 더 넓고 바람도 잘 불어."

다다다가 깜짝 놀란 듯 나를 쳐다보았다.

"너, 방금 무슨 의도로 그런 말을 한 거야?"

"네가 잘되기를 바라며 말한 거야. 나중에 네가 차고에서 다림질할 때 엄마가 오는 게 보이면 나한테 알려 줘."

"너, 무슨 일을 꾸미고 있는 거야?"

"간단해. 내가 나의 성녀인 돌로리스와 연애할 때는 담 구석에서 할 건데 창으로 주위 사정을 내게 알려 주면 돼."

다다다가 빗자루를 잡더니 나를 위협했다.

"당장 여기서 꺼져. 그렇지 않으면 널 떡판으로 만들어 버릴 거야."

나는 다다다가 어떤 해코지도 하지 않을 것임을 잘 알고 있었기에 한바탕 웃음을 터뜨렸다. 하지만 내가 궁금해하던 것 중 일부는 알아냈으므로 부엌에서 나왔다.

　세상에서 가장 난감한 일이었다. 내 가슴이 사랑하는 마음으로 정신없이 쿵쾅거렸다. 그녀의 눈을 자세히 들여다보고 싶었지만 용기가 어디로 사라졌는지 알 수 없었다. 내 얼굴은 깔라장스 신부님의 대머리처럼 빨개졌다. 우리는 서로의 눈길이 부딪치면 너무나 수줍어 황급히 담 쪽으로 고개를 돌렸다. 내 감정을 전부 표현하고 싶었지만 결과는 그 모양이었다.
　"너, 바닷가 좋아해?"
　"응. 하지만 아빠가 내버려 두지 않으셔. 여긴 햇살이 너무 강하거든, 내 피부는 너무 희고."
　내가 슬쩍 그녀의 날렵하고 예쁜 손을 바라보았다. 아! 그 손에 내 입술을 댈 수만 있다면. 그리고……
　"너 피아노 치니?"
　"옛날에도 그랬지만 지금도 음악엔 소질이 없나 봐."
　"난 아니야. 음악을 몇 년 동안 공부했어."
　젠장, 나는 왜 모리스 아저씨가 영화에서 한 것처럼 못하는 거지? 여자를 바라보며 미소를 짓고. 그리고……
　"네가 바다로 난 다리에서 롤러스케이트 타는 거 봤어. 아주 잘 타던데?"

"학교 오락 시간에 스케이트를 탈 수 있었어. 한번 해 보면 너도 탈 수 있을 거야."

우리는 말없이 있었다. 나는 다다다가 옷을 다리고 있는 차고의 창문에 귀를 쫑긋 세우고 있었다. 만일 그녀가 빠른 박자의 노래를 부르면 우리는 연애를 끝내고 그곳에서 사라져야 했다. 그러면 그곳에 아무 일도 없었다는 듯 모든 것이 평상시대로 되돌아갈 것이다. 난 마치 어쩌다 눈길이 간 것처럼, 너무나 금빛이어서 어떤 때는 거의 흰색으로까지 보이는, 그녀의 돌돌 말린 머리카락을 바라보곤 했다. 성녀야. 모리스 아저씨라면 분명히 그녀의 머리카락에 손가락을 넣어 다정하게 매만졌을 것이다. 다음번에 그가 나타나면 많은 것을 가르쳐 달래야지. 하지만 그는 이렇게 말할 것이 분명해. '그런 건 누가 가르쳐 주는 게 아니야. 저절로 알게 되는 거야.' 아니면 '몽쁘띠, 내 행동을 전부 믿지는 마. 그건 영화라구'.

"너, 타잔 좋아해? 학교에서 내 별명이 타잔이야."

"좋아하지도, 싫어하지도 않아. 난 제인 역할이 끌리지 않아. 진짜 내 이상형은 클라크 게이블이거든. 너, 그 사람 좋아하니?"

"아주 좋아해. 멋진 배우지."

그 말이 나를 기죽게 했다. 클라크 게이블은 갈색 피부에 힘도 괴물같이 센데, 나는 고작 수영이나 하고, 셀레스찌 아줌마로 타이어에 바람 넣는 연습이나 뼈빠지게 해서 가슴만 볼록 튀어나온, 덜 자란 병아리 같았기 때문이다. 게다가 클라크 게이블은 검은 머리가 항상 이마 위로 멋지게 내려오는데 나는 그녀가 별 관심이 없을 것이 분명한 금발이니 마음이 더 쓰렸다. 복수하기로 마음먹었다. 아주 진한 갈색 피부에 머리카락도 아주 검은 여배우를 찾았다.

"난 케이 프란시스를 무척 좋아해."

"맙소사. 그 여자는 할머닌데. 게다가 전봇대처럼 비쩍 마른 껑다리야. 얼굴은 그런대로 괜찮고 우아해. 하지만 너무 늙었어. 너무."

우리는 대화가 점점 불쾌해져 가는 걸 모르는 체하며 덮었다.

돌로리스가 담에 완전히 올라 앉아 다리를 쭉 폈다. 그녀의 양말은 새하얀 색이었고 비닐 구두는 지나치게 반짝거렸다. 교복과 함께 신는 구두임에 틀림없었다. 원피스 수영복을 입은 돌로리스의 몸이 무척 예쁠 거라고 상상했다. 그녀의 허리는 미끈하고 잘록했다. 아름다운 성녀야. 여신이라구. 하지만 그녀는 무관심한 듯, 애타는 내 사랑을 알지 못하는 것 같았다.

"조금 있다가 가야 해. 엄마가 의심하기 전에."

젠장! 내 마음은 벌써 그녀가 떠난다는 생각에 열렬한 사랑이 차갑게 식어 가는 아픔을 느끼고 있었다. 오, 잔인한 인생이여.

"벌써?"

"가 봐야 해."

우리는 헤어졌다. 서로의 손이 가벼운 이별 속에 살짝 스쳤다. 돌로리스가 담에서 내려 뒤뜰 쪽으로 사라졌다. 뒤돌아서 '잘 있어'라는 말조차 하지 않았다. 나의 눈은 계속 그녀를 따라갔고 하트 모양 심장의 뾰족한 부분까지도 그녀에게 아쉬운 이별의 손짓을 했다. 모든 여자들이 그토록 똑같다는 사실이 믿기 어려웠다.

저녁을 먹고 나서 라디오 뉴스를 들은 다음 성스러운 평온이 자리 잡으면 가족들은 정면의 테라스로 향했다. 각자 묵주로 무장한 채 유리로 둘러싸인 큰 테라스의 희미한 어둠 속에서 밤의 어둠에 묻혀 버린 바다를 바라보며 함께 기도했다. 이따금 불을 환히 밝힌 배 한 척이 멀리 지나갔다. 뽀뗑지 강하구를 찾느라 방파제 입구로 향하고 있었는지도 모른다.

나는 함께 기도하는 순간이 싫진 않았다. 다만 기도 전에 나누는 대화가 싫었다. 그 대화의 화제는 늘 종교와 관련된 명상거리였다.

내 마음은 사랑 때문에 어지러웠다. 돌로리스가 경사면을 오르내리며 롤러스케이트를 타고 있었고 그 바퀴 소리가 마치 음악처럼 밤하늘을 가득 채웠기 때문이었다.

얼마나 아름답고 성스럽고 우아한지……. 마치 히우지자네이루에서 온 잡지에 나온, 빈사의 백조를 연기하는 발레리나 안나 파블로바 같았다.

하지만 심술궂은 누나는 그렇게 생각하지 않았다.

"남한테 드러내 보이기를 좋아하는 계집애가 또 나왔군. 매일 밤마다 똑같아."

아빠가 반대의견을 말했다. 그 순간 아빠가 얼마나 사랑스러웠는지 모른다.

"무슨 소리야. 저 애는 아무 짓도 하고 있지 않은데. 아주 우아하게 스케이트를 타고 있구먼. 게다가 아무도 성가시게 하지 않는걸."

누나가 마음속에 독을 품은 듯 말했다.

"제가 보기에는 저 애가 자신을 다 드러내 보이고 있지 않은데요. 연약한 다리에다가 껍질이 벗겨진 바퀴벌레 같은 얼굴을 한 암오리거든요."

난 속에서 열이 있는 대로 치밀었다.

'이 늙고 멍청한 계집애야! 빈혈 환자처럼 비실대는 계집애야! 성깔 더러운 계집애! 성병에 걸린 년! 교회의 촛불 찌꺼기 냄새가 나는 년! 에우깔로우 세숫비누 포장의 낡은 그림 같은 계집애! 이 마귀 할멈아!'

자기가 돌로리스만큼 예쁘다면 말도 안 해. 모두 다, 세워

4. 사랑

둔 다림질 판때기 같은 몸매가 질투해서 그러는 거야.

아빠가 언제나 앉던 의자에 앉았다. 엄마와 우리는 서서 저 멀리 밤하늘을 쳐다보았다. 묵주 기도 중 '영광의 신비'가 시작되기 전에 종교에 관련된 얘기가 나왔다. 하지만 나의 눈은 다른 곳에 있었다. 나의 마음은, 날아갈 듯 섬세한 춤을 추며 왔다 갔다 하는 돌로리스와 같이 스케이트를 타고 있었다. 오! 아름다운 내 사랑! 내 꿈속의 여신이여!

내가 한참 넋이 나가 있을 때 그 대화가 시작되었다. 나는 얘기가 어떻게 진행되는지 전혀 관심을 두지 않았다. 그러다 얘기치 못한 갑작스런 질문에 제정신으로 돌아왔다.

"그런데 너는 어떻게 할 거냐?"

젠장! 뭘 어떻게 할 거냐니? 무슨 얘기를 하고 있던 거지?

"기독교인들의 순교 말이야."

하느님 맙소사. 하필이면 이럴 때에. 내가 기독교인들의 순교와 무슨 상관이 있다고 그러시지? 그런 얘기는 아주 옛날 얘기인데. 하지만 아빠는 고집스럽게 내 대답을 요구하였다.

"너도 대의명분을 위해 목숨을 바칠 각오가 되어 있다고 보는데. 순교자가 될 수 있겠니?"

내가 잠시 대답을 못한 채 머뭇거렸다.

"여기 있는 우리 모두는 순교자의 영광을 받아들였다. 다른 사람들이 우리를 죽이려 한다면 기독교에 대한 사랑으로 그냥 죽겠다고 말이야. 그런데 너는? 어떻게 할 건지 말해 봐."

"저는 저……."

나는 망설였다. 거짓말을 할 수는 없었다.

"어떻게 할 거냐니까?"

"저는 다른 사람들 편으로 넘어갈 것 같아요."

모두가 망연자실했다. 모두가 이구동성으로 지른 '으응' 하는 소리가 유리창으로 둘러싸인 테라스에 울려 퍼졌다.

어느 누구도 더는 내 대답에 대해 언급하지 않았다. 체념한 아빠만 참을 수 없는 고통으로 한동안 괴로워했다.

"우리가 고약한 녀석을 기르고 있구먼. 자, 다 같이 기도로 하느님께 이러한 이단에 대해 용서를 구하자꾸나. '저는 하느님을 믿습니다…….'"

돌로리스는 춤을 추며 끊임없이 빙글빙글 돌고 있었고 우리는 손가락 사이로 묵주를 세고 있었다. 20분 간격으로 다니는 전차가 테라스에 있던 우리를 비추며 지나가자 독살스러운 누나가 소리쳤다.

"전차를 봐요!"

우리는 모두가 가정으로 돌아가 편히 쉬는 그 시간에 유난을 떠는 것처럼 보이지 않으려고 손을 내려 묵주를 숨겼다. 전차가 낡은 철로 위에서 끽끽거리는 소리를 내며 돌아왔고 우리는 '영광의 신비'를 멈추었다. 전차는 곧 사라졌고 돌로리스는 다시 길 위로 지그재그를 그리며 나타났다. 그녀의 동작 하나하나가 완벽하게 아름다웠다. 껍질이 벗겨진 바퀴벌레라니, 껍질이 벗겨진 바퀴벌레라니. 그것은 순전히 질투였다. 은총이 가득하신 성모 마리아시여. 제가 어찌 순교자가 될 수 있겠습니까? 그것도 겨우 열다섯이란 나이에. 아직 수영도 하고 싶고, 삶에 대한 의지와 사랑하고픈 마음도 충만한데 어떻게……

모리스 아저씨는 장담했었다. 사랑이 미래에 내 삶을 구원해 주리라고. 돌로리스만큼 멋진 애인을 가진 어떤 바보만이, 위엄의 빛을 발하는 사자의 큰 이빨이나 무늬가 선명한 호랑이의 입에 아무런 대가 없이 몸을 던질 거야. 열다섯이라는 어린 나이에 십자가에 거꾸로 매달려 못 박혀 죽을 생각을 하고, 덩치 좋은 어떤 노예에게 내 젊은 목을 내밀어 자르게 한다는 건……. 성부, 성자, 성령에게 영광이 있으라. 그렇게는 안 되지. 옛날에 그랬다고 해서 지금도 계속 그러라는 법은 없어. 순교는 아주 오래 산 어른들의 옛날 얘기지. 성인이 되기가 지금보다 쉬웠던 시절의 얘기라구.

전차가 다시 지나갔다. 그 자리엔 다시 돌로리스가 멋진 곡예를 하고 있었다. 솔직히 곡예라고 할 수는 없었다. 그녀는 그저 비탈길을 오르락내리락 할 뿐이었기 때문이다. 아름다워! 성녀야!

모리스 아저씨, 어서 저를 찾아와 이 새로운 사실을 보세요. 아저씨, 당신의 몽쁘띠가 사랑을 하고 있어요. 완전히 사랑에 빠졌다구요. 영원히 사라지지 않을 열정 같은 것이에요.

"전차가 오고 있어."

테라스에 빛이 비치자 우리는 다시 기도를 멈추었다. 전차의 운전수와 안내원이 테라스에 동상처럼 꼼짝 않고 서 있는 우리를 본다면 뭐라고 할까?

'그리스도의 어머니이신 성모 마리아님. 죄인인 우리들을 대신해 기도해 주소서. 죄인인 우리들을 불쌍히 여기소서.' 아니야. '우리'가 아니라 다른 사람들이지. 이렇게 달콤하고도 고통스러운 사랑을 하고 있는 열다섯의 내 가슴에 무슨 죄가 있겠는가. 밤이 무척이나 깊어 오늘은 타잔의 모험 따위는 하지 않을 거야. 잠이나 자야지. 내 가슴에 돌로리스가 기대어 있는 듯 베개를 안고 잘 거야. 그녀가 타잔과 밀림을 많이 좋아하지 않는다는 게 안타까워. 하지만 익숙해지겠지. 거기서 나는 고릴라, 크로커다일● 들과 싸울 거야. 더 정확히 하자면 브라질에는 그런 게 없으니 표범, 자까레● 들과 싸울 거라고 해야겠지.

묵주 기도가 거의 끝나 가고 있었다. 이젠 전차도 끊겼을 거야. 하느님이 우리에게 내려 주신 삶을 살고 싶어하는 것이 이단이라니. 만일 하느님이 내가 호랑이나 사자 입에 들어가 죽기를 바랐다면 뽀뗑지 강에서 상어가 나를 통째로 잡아먹도록 내버려 두셨겠지. 눈을 감으면 내 얼굴을 스쳐 지나가

●악어의 한 종류로 대개 몸집이 크고 사납다.
●브라질에 사는 악어의 한 종류

4. 사랑　359

는 상어의 은빛 지느러미를 볼 것만 같았다. 내가 원하는 건 그런 것이 아니었다. 나는 돌로리스를 보고 싶었다. 그리고 어서 빨리 밤이 지나가 태양이 솟아오르면, 그 아침에 바닷가로 나가고 싶었다. 또 오후 늦게, 황금빛 폭포처럼 돌돌 말린 긴 금발을 늘어뜨린 그녀가 반짝이는 구두를 신고서 담장에 다시 나타나기를 바랐다. 여왕을 구하소서.

우리의 기도는 끝나 가고 있었다. 아빠는 오늘 밤 나에게 '잘 자라'는 말도 하지 않을 것이 분명했다. 난 쓰라린 가슴을 안고 잠들 것이다. 신앙을 저버리고 싶은 마음이 가득한, 그분 집안의 한 존재. 자신의 삶을 살고 싶어 미칠 지경인 나. 돌로리스가 스케이트를 멈췄다. 마치 우리의 묵주 기도가 끝나는 시간에 맞추기라도 한 것 같았다. 하녀가 대문가에서 그녀에게 엄마가 부르신다고 말했다. 그녀의 아름다운 스케이트 소리가 없어지자 길거리의 밤이 죽음으로 변하고 말았다. 오, 잔인한 삶이여! 아멘. 이를 닦으러 가야지. 모리스 아저씨를 무척 보고 싶었다. 모리스 아저씨가 하루가 다르게 방문 횟수를 줄이면서 내게서 멀어지고 있었다. 이제 더는 그를 그렇게 꼬옥 안을 수 없겠지. 한동안 그에게 뽀뽀를 못했으니 이번에 만나면 얼굴에 해줄 거야. 그러면 그에게서 이런 말을 듣겠지.

"이게 무슨 행동이야, 몽쁘띠? 사나이가 되어 가는데 창피하지도 않아? 나한테 이렇게 키스를 해?"

그러면 그의 맑은 눈을 쳐다보며 사실을 모두 말할 거야.
"모리스! 모리스! 당신 말이 옳았어요. 사랑이 이 세상에서 가장 아름다운 거예요. 전 지금 누군가를 사랑하고 있어요. 그 애 이름이 뭔지 아세요?"
"말해 봐, 몽쁘띠."
"돌로리스예요."

## 5. 거룩한 사랑의 훼방꾼

"슈쉬!"
파이올리 수사님이 나를 껴안으려고 팔을 벌렸다.
"조금만 숙여 봐. 이제 그만 자라라, 녀석. 안 그러면 너를 더 이상 안을 수 없을 거야."
학교 미사에 갔다. 학생은 단 한 명도 없었다. 텅 빈 복도며 잠잠한 교실이 믿어지지 않을 정도였다. 고요함이 학교를 훨씬 더 크고 슬프게 만들어 놓았다. 발소리도, 아이들이 재잘대는 소리도, 고함 소리도 없었다. 마치 나이 든 학교가 어서 방학이 끝나기를 바라며 졸고 있는 것 같았다. 교회 역시 둘로 나뉜 것 같았다. 앞부분은 몽찌 신부님, 뒷부분은 수사님들이 차지하고 있는 것 같았고, 학생들과 신자들이 머물던 가운데는 텅 비어 있었다. 모든 것이 힘없고 버려진 것 같았다. 성자들 역시 아쉬움을 느낄 게 분명했다.

"당신이 이미 헤시피로 떠났을 거라고 생각했어요."

"올해 피정은 늦게 시작될 거야. 그래, 어떻게 지냈어?"

그는 나를 더 자세히 보고 싶은 듯 반 바퀴 돌아 보라고 했다.

"새 양복이구나?"

"오늘 처음 입었어요."

"바닷가에는 계속 가니? 아주 까매졌구나."

"콧잔등이 다 벗겨졌어요. 이젠 바닷가에 더 있어도 된다는 허락을 받았어요. 정말 제 새 옷이 마음에 드세요? 돌로리스보다 선생님이 이 옷을 먼저 보았으면 하고 바랐어요."

그가 놀란 표정을 지었다.

"돌로리스? 처음 듣는데?"

"아! 아직 말씀 안 드렸죠? 제 인생에 진짜 큰 사랑이 나타난 것 같아요."

그가 한바탕 크게 웃었다.

"열다섯 살에?"

"이젠 달라요. 완전히 다르다구요."

"그러면 그 얘긴 나중에 해 다오. 수사님들의 식당에서 아침식사를 같이 하자고 너를 초대하고 싶은데."

"좋아요. 그렇게 하겠어요."

우리는 긴 복도를 건너갔다. 바람이 들어오도록 몇몇 창문을 열어 둔 교실들에는 책상들만 쓸쓸하게 남아 햇살에 반짝이고 있었다. 기숙생들의 공동 식당은 식탁에 의자들을 넣어 놓아서 그런지 더 커 보였다.

나는 앙브로지우 수사님과 파이올리 가까이에 앉았다. 그들은 내가 함께 있어서 기쁜 것 같았다. 내가 부쩍 자란 것에 대해 똑같은 말들이 반복되었다.

루이스 수사님이 물었다.

"누가 빠진 것 같지 않니, 제까?"

수사님들을 한 분 한 분 살펴보았다. 아는 분들 가운데 세 분 정도가 보이지 않았다. 하지만 그들이 일찍 피정을 떠났을지도 모를 일이었다.

"공쌀루 수사님은요?"

"떠나셨어."

"헤시피로요?"

앙브로지우 수사님이 약간 슬픈 표정을 지었다.

"아니, 영원히 떠나셨어."

"안또니우 수사님은요?"

"공쌀루 수사님의 길을 따르셨지. 그런데, 제까, 모든 사람이 인생 역정을 다 계획한 대로 마무리하는 건 아니야. 더 빠진 사람 없니?"

분명히 한 사람이 빠졌다. 그 이름을 기억하려고 애를 썼다. 한 수사님이 그 옛날의 암탉 웃음소리를 흉내 냈다. 내 가슴이 떨리며 쓰라려 왔다.

"마누엘 수사님. 그분은…… 그럴 리가 없어요."
"한데, 가셨어. 마세이오 학교로 가셨어."
"그렇게 빨리요?"
"이봐, 친구. 우리는 복종과 청빈 그리고 순결을 맹세한 몸이야."

파이올리가 남았으니 다행이었다. 내가 곧 중학교 5학년 과정을 마칠 텐데 그때까지 볼 수 있게 된 것이다. 선하신 하느님의 은총이었다.

앙브로지우 수사님이 물었다.
"그런데 집안 분위기는 어때?"
"나아졌어요. 제가 커서 그런 건지, 아니면 원래 그랬던 건지 저도 잘 모르겠는데 어쨌든 달라졌어요."
"녀석. 네가 달라진 거야! 너는 고약할 정도로 영리했어. 학교에서도 그랬으니 집에서는 오죽했겠냐."
"저도 인정해요."

앙브로지우 수사님이 내 양복 윗도리의 바깥주머니를 만졌다.
"이게 뭐지?"

난 피망처럼 얼굴이 새빨개졌다.
"집에서도 알아?"
"아뇨. 전혀 몰라요. 의심조차 않는 것 같아요."

나는 담뱃갑을 꺼내어 손바닥 위에 올려놓았다.
"조금 전에 아르뚜르 아저씨 가게에서 샀어요."

"아주 좋아. 그러니까 진짜 어른이 되어 가고 있단 말이군."

모두들 한바탕 웃음을 터뜨렸다. 나는 다시 담배를 숨겼다. 그리고 나서 같이 웃었다.

아침식사를 마치고 식당에서 나왔다. 나는 파이올리를 따라 비서실까지 갔다.

우리는 옛날처럼 자리에 앉았다. 그런데 학교의 고요함이 분위기를 어색하게 했다.

"이제 전부 다 알고 싶구나."

"돌로리스는 예쁜 소녀예요. 그녀에게 완전히 빠졌어요, 파이올리."

"그러면 일전의 마리아 지 루르드는 어떻게 하고?"

"그건 꼬마 때의 바보짓이었어요. 우리는 그저 쪽지만 주고받은 걸요. 그리고 그 앤 연민이 느껴질 정도로 바싹 말랐었구요."

"그러면 또 다른 여자애는? 이름이 뭐랬더라?"

"발지비아였어요. 서로 비교도 안 돼요. 매번 눈을 뒤집으면서 '날 건들지 마'라는 식으로 콧대를 세우던 뚱보였어요. 더욱이 걔네 엄마는 그 애더러 리본 끈을 매고 마티네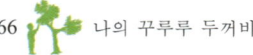에 가라고 강요하곤 했어요."

"이제 와서 하는 얘긴데, 슈쉬. '그 당시에는' 너한테 그 애

● 마티네는 오후나 저녁에 열리는 축제 또는 큰 행사

가 세상에서 가장 아름다운 여자였어."

"이제는 아니에요, 파이올리. 돌로리스가 제일이에요."

그에게 모든 것을 얘기했다. 아무것도 숨기지 않았다. 우리의 연애에 대해 진짜 숨길 것이 정말로 없었기 때문이다.

그가 미소를 지었다.

"슈쉬, 넌 곧 열다섯 살이 될 텐데 마음은 어린애하고 똑같아. 다 하느님의 은총이시지. 앞으로도 그럴 거야. 이제 남은 얘기를 해 봐."

"남은 얘기라뇨, 파이올리?"

"네 꾸루루 두꺼비는 그 모든 사랑을 인정했니?"

속이 아려 왔다. 왜 우리가 커 버린 거지?

"아담은 떠났어요. 제가 강하고 용감한 아이가 되어서 이젠 자기 인생을 돌봐야겠다고 했어요. 그리고는 짐가방과 안경을 챙기고 모자와 목도리를 쓰더니 제 따뜻한 마음에서 사라졌어요. 사실 그는 언제나 저를 많이 도와주었어요."

"그러면 슈쉬, 모리스 아저씨는?"

파이올리가 나를 따뜻한 눈길로 쳐다보았다. 그는 내 인생과 꿈에 관련된 모든 것에 관심을 가지고 있었다.

"제가 미쳤다고 생각하실지 모르지만 그분은 아직 제게 나타나요."

"만일 그렇지 않다면 실망했을 거야."

"제가 사랑을 발견하게 될 때 떠날 거라고 언젠가 모리스 아저씨가 말씀하셨어요. 그분도 이제 떠날 준비를 하는 것 같아요. 이젠 드물게 나타나요. 아주 띄엄띄엄 말이에요."

내가 슬픔에 잠긴 것을 눈치 챈 파이올리가 화제를 바꿨다.

"슈쉬, 이제 내게 한 가지 얘기를 해 다오. 거짓말하거나 숨기지 말고. 약속하겠니?"

"그럼요."

"마누엘 마샤두 숲에서 신음소리를 내던 유령들 말이야."

내가 씩 웃었다.

"끝났어요. 그렇지 않아요? 이제 아무도 그것에 대해 말하지 않아요."

"알아, 슈쉬. 사람들이 결국 잊어버렸어. 하지만 네가 그 사건에 연루되어 있었지?"

"어떻게 알았어요?"

"네 구미에 딱 맞을 사건이었으니까. 게다가 그 모든 일이 네 가족이 뻬뜨로뽈리스로 이사했을 때부터 일어나기 시작했으니까."

"사실을 말할 수 없었어요, 파이올리. 당신이 제게 처음 물었을 때 전 이미 타잔과 피의 맹세를 했거든요. 허황된 몽상을 많이 하는 꼬마의 짓거리들에 대해서는 당신이 잘 아시잖아요."

"슈쉬, 슈쉬……! 넌 정말 위험한 순간을 넘긴 거야. 만일 사람들이 네게 총이라도 쏘았으면 어쩔 뻔했니. 모든 게 잘 끝나서 천만다행이었어."

내가 자리에서 일어났다.

"파이올리, 이제 가야겠어요. 집에서 저를 기다려요."

그가 명랑하게 말해서 내 마음이 다시 밝아졌다.

"인생을 즐기렴, 슈쉬. 마음속에 꿈을 갖고 있는 한 그것들을 지키려고 노력해야 해. 내가 헤시피에서 돌아올 즈음 넌 학교 과정을 끝내고 있겠지. 그런데 그 얘기 들었어? 피정이 끝난 후에 수사님들이 한 달 간 바닷가에서 지내게 될 거야."

"안녕히 계세요, 파이올리."

그가 내 등을 토닥거려 주었다.

"몸조심하거라, 귀여운 녀석."

다다다가 조용한 차고에서 다림질을 하는 동안 우리는 연애를 했다.

"일요일에 뭘 했어?"

"거의 아무 일도 없었어. 너는?"

"마리스따 미사에 가서 수사님들과 아침식사를 했어. 뭐가 더 있더라? 잠깐 생각 좀 해 보자. 그래, 세 명의 수사님들이 떠났는데 그들 중 한 분 때문에 마음이 아파. 이제 학기가 시작되면 새로운 분들이 오실 거야. 그분들하고 친분을 쌓는 건 좋은 일이지."

"너, 학교 신부님들이 좋아?"

"신부님이 아니라 수사님이야. 난 그분들을 무척 좋아해."

"그래? 난 학교를 졸업하면 단 한 명의 수녀도 만나고 싶지 않아. 그녀들 때문에 고통받은 것만으로도 충분해."

"그 가운데 어느 누구도 만나고 싶지 않아?"

"어느 누구도. 수녀들은 다 똑같아."

우리는 잠시 말문을 닫았다. 나는 다른 사람들의 연애가 우리와 같은지 다른지를 알지 못했다. 다른 사람들이 우리와는 다른 얘기를 나누는지 어떤지 몰랐다. 하지만 돌로리스 곁에 있을 때 가장 행복하다는 것만은 분명했다. 행복이란 틀림없이 이런 걸 거야. 말도 안 되는 쓸데없는 얘기들이지만 즐겁게 대화를 나누는 것. 하지만 연애라는 것이 아주 이상해졌다. 왜냐하면 나 혼자만 열애 중이었으니까. 돌로리스는 틈나는 대로 곧 쎄아라로 돌아갈 것이라는 걸 상기시키면서 내 마음을 아프게 콕콕 찔러댔다.

"14일밖에 안 남았어?"

"그래."

"나한테 편지할 거야?"

"어떻게?"

"그렇구나. 부모님 감시가 심하지."

푸근한 기운이 온몸을 덮쳐 왔다.

"밤에 별들을 쳐다봐. 내가 별들을 통해서 너에 대한 그리움을 전할게."

"그런데 비가 오면?"

나는 대답하지 않았다. 그 비가 그리움을 적시면 그 그리움이 무거워져 여행하기 힘들 것이고 그러면 결국 내 마음도 늦게 전해질 테니까.

"너, 일요일에 바닷가에 갔었어?"

"응."

"여자애들이 많았어?"

"난 일광욕하고 수영하러 갔던 거야. 다른 여자애는 거들떠보지도 않아. 오로지 너만 생각해."

돌로리스가 내 손을 자기 손 아래에 포갰다. 너무 행복했다. 그녀의 손에선 콜론 향수 냄새가 났다. 오늘 밤에 나는 이 손을 침대 밖으로 내놓고 잘 거야. 이 손이 돌로리스의 향기로운 손에 가볍게 닿는 꿈을 꾸도록.

다다다가 빠른 박자의 노래를 불렀다. 돌로리스는 담 아래로 미끄러져 내려갔고 나는 낡은 기와들이 있는 쪽으로 뛰어내렸다. 나는 그 기와들 가운데 상태가 가장 좋은 것들을 쌓는 시늉을 했다. 누나가 창가에서 인상을 썼지만 못 본 체했다.

"죽을 때까지 그 기와나 만지고 있을 거야?"

내가 무시하는 표정으로 시선을 돌렸다.

"네가 신경 쓸 일 아니잖아."

그녀가 뻐꾸기시계처럼 머리를 뒤로 뺐다. 저 마녀 같은 계집애가 우리 사이를 의심하고 있어. 확실히 알게 되면 분명 별소리를 다 지껄이고 다닐 거야.

"다다다, 돌로리스가 형편없다고 생각해?"
"아니. 그 애는 아주 깜찍한 데다 교양 있잖아."
"그 애 다리가 정말 못생겼어?"
"그렇긴 하지만 이유를 모르겠어."
"그 애가 비쩍 마른 다리를 가진 암오리 같아?"
"아니."
"얼굴이 껍질 벗겨진 바퀴벌레 같지 않아?"
"전혀 그렇지 않아. 그런데 왜 그렇게 질문이 많아?"
"그 못된 누나가 돌로리스를 막 험담하며 돌아다니잖아. 돌로리스더러 대머리에 여드름투성이래."
"신경 쓰지 마, 바보야. 질투하는 거니까. 죽기 아니면 살기로 질투하는 거라구. 돌로리스의 얼굴에 여드름이 몇 개 있긴 해도 그 나이 또래 모든 여자 애들한테 다 있어."
"너도 그 애가 대머리라고 생각해?"
"말도 안 돼. 그 앤 이마가 넓은 거야. 그 애의 머리카락은 정말 환상적이야. 많은 사람들이 그녀 같은 머리카락을 갖고 싫어할걸?"

다시 분노가 내 속을 긁기 시작했다.

"몹쓸 년, 몹쓸 년, 성스러운 사랑을 헐뜯다니. 그 비쩍 마른 가슴을 치고 절규하면서 살아라. 입술을 삐죽 내밀고 기도를 하면서 우리 인생을 완전히 망치고 있어. 다다다, 너는 누나가 언젠가 결혼할 거라고 생각해?"

"결혼하든 죽든 그런 일은 다 하늘이 결정하는 거야. 그걸 누가 알겠어?"

다다다가 누나의 목소리를 괴상하게 흉내 내며 말했다.

"아무개하고는 나 결혼 안 해. 그는 놈팡이니까. 아무개하고도 안 돼. 그는 심령술사니까. 그리고 아무개하고는 결혼할 수 없어. 가톨릭 신도가 아니니까. 난 나랑 같은 종교를 가진 사람하고만 결혼할 거야……"

내가 깔깔대며 웃었다.

"다다다, 아주 똑같은데."

"내가 이 집에 있은 지가 얼만데, 아주 멍청한 여자가 아니면 전부 따라 배울 거야."

그녀가 익숙한 솜씨로 셔츠 하나를 다렸다. 다림질을 멈춘 뒤 말을 이었다.

"그런 사람들을 많이 알고 있어. 고르고 또 고르다가 시간을 다 보내 버린 사람들 말이야. 그런 여자들은 자신이 노처녀가 되었다는 걸 깨달으면 망연자실하고 말아. 그리고는 아주 치근덕거리는 진드기들만 빼고는 인간이든 동물이든 아무거나 붙잡으려고 혈안이 돼. 그런 벌레들하고 결혼하지 않는 건 어떤 것이 수컷인지 모르기 때문이야."

그녀가 다시 자기 일을 시작했다. 그리고 시선을 떼지 않고 내게 말했다.

"이제 나가 보도록 해. 그리고 네 인생이나 신경 써. 애인을 찾으러 가든가 일거리나 찾아봐. 그리고 조심해. 요즘 상황이 안 좋아. 집안사람들이 벌써 낌새를 챘어. 언제일지는 모르지만 이러다간 마리스따 학교로 돌아가게 될지도 몰라."

"이제는 안 돼. 학교가 방학으로 문을 닫았고 수사님들도 모두 헤시피로 갔으니까."

"그렇다면 나도 모르겠다. 단지 내가 아는 건 일에 신경 쓰고 싶은데 정신 사나운 일만 잔뜩 생긴다는 것과, 어떤 놈이 내 인내심을 긁어댄다는 거야."

내가 혼혈인 이자우라의 얼굴을 바라보았다.

"너, 결혼하고 싶은 적 없었어?"

"가난한 년은 그런 거 생각할 시간도 없어."

"네 약혼자 랑뻬아웅이 모쏘로를 공격했다고 네 사촌인 호자가 말하던걸."

그녀가 다리미를 내 쪽으로 들면서 위협했다.

"당장 꺼져. 그렇지 않으면 네 허벅지를 지질 거야."

나는 황급히 차고에서 빠져나왔다.

# 6. 별, 배 그리고 그리움

그 비극적인 일이 터진 것은 돌로리스가 떠나기 사흘 전이었다. 나는 고통스런 마음으로 하루하루를 헤아리며 살았다. 내가 그런 고통을 견뎌 낼 수 있을지도 알 수 없었다. 우리는 사랑을 위해 모든 순간들을 아껴서 활용했다. 하지만 언제나 핵심은 얘기하지 못한 채 시간만 보냈다. 우리는 침묵을 지켰고 함께 있다는 것을 위안으로 삼았다. 이제는 내가 그녀의 손을 잡고 그 가녀린 손가락들을 쓰다듬으며 시간 가는 줄도 모른 채 언제까지나 그렇게 있었다. 말해서 뭐 하겠는가? 미래의 계획을 세우기엔 우리가 너무 어렸다. 우리가 어리다는 것이 어떤 꿈도, 어떤 가능성도 가로막고 있었다.

"우리가 도망친다면?"

나보다 현실적인 돌로리스는 그런 가정을 반박했다.

"어디로 도망친다는 거야? 멀리 못 갈 거야. 빠라이바 주에 도착하기도 전에 경찰이 우릴 붙잡을 거야. 돈 없이는 아무것도 할 수 없어. 때를 기다리다가 나중에 다시 만나는 게 나아."

"나를 기다릴 거니?"

"한평생 내내. 너는?"

"영원히."

최근 며칠 간 그녀 역시 나의 '애인'이 되었다는 걸 확인할 수 있었다. 그리고 내가 느끼는 감정을 그녀도 똑같이 느끼고 있다는 것을…….

그녀가 손톱으로 담에다 불붙은 사랑의 화살로 묶인 하트 두 개를 그렸다. 아주 잘 그린 것은 아니었다. 그녀는 자신이 그림에 전혀 소질이 없다고 항상 말했다. 두 개의 하트가 약간 삐딱하고 두루뭉술하게 그려지긴 했지만 그럼 어떤가? 중요한 것은 그런 그림을 그린 숭고한 마음이었다.

갑자기 이자우라가 온 힘을 다해 빠른 리듬의 노래를 불렀다. 그 소리가 얼마나 컸던지 아레이아 쁘레따 해변에서도 다 들을 수 있을 정도였다.

돌로리스는 아래로 미끄러져 내려갔고 나는 담 반대쪽으로 뛰어내려 낡은 기와들을 주섬주섬 정리하기 시작했다.

다다다가 나의 숭고한 사랑을 두고 몹쓸 누나와 한바탕 거친 말다툼을 벌이고 있었다. 나는 차고의 창틀에 걸터앉았다. 바로 그때 누나가 화가 잔뜩 난 얼굴로 '부도덕'이라고 소리치며 사라지는 모습이 보였다.

나는 얼굴이 새하얗게 변했다. 우리를 발견한 걸까? 뭔가를 본 거야.

"무슨 일이야, 다다다?"

다다다는 몹시 화가 나 있었다. 그래서 내게 모든 걸 쏟아 냈다.

"애들 연애질을 망봐 주는 하녀가 어떻게 되는지 봤지? 내 인생에 한 번도 들어 보지 못한 막말을 들었어."

"진정해, 다다다. 무슨 일이었는지 말해 봐."

그녀가 정신을 집중하기 위해 깊은 한숨을 내쉬었다. 화를 삭이지 못해 얼굴이 완전히 자줏빛으로 변해 있었다.

"네 누나가 이쪽으로 오기에 너희들이 사라지도록 낮은 목소리로 노래를 부르기 시작했어. 그녀가 곧장 창가로 가는 걸 보고는 시선을 돌리려고 더 '세게' 노래를 불렀어."

그녀가 조금 전 불렀던 노래를 다시 불렀다. 나는 얼마나 크게 웃었는지 거의 쓰러질 뻔했다.

아빠도 엉켜 구르고
엄마도 엉켜 구르고
딸도 엉켜 구르고
한 가족이 전부 엉켜 굴러요

나도 엉켜 구르고 싶어요
쉬낑냐 아주머니
꼬마애가 왜 울죠?
배가 너무 불러
똥 누고 싶어서


"그녀가 마지막 부분을 듣더니 나에게 온갖 욕설을 퍼부었어. 이 집은 가정집이며 내가 부르는 노래는 파렴치하고 부도덕하대. 그리고는 집안 사람들에게 모두 얘기할 거라는 거야. 더 황당한 건 내가 요즘 차고에 숨어 지낸다면서 그게 자기 모르게 숨겨 놓은 죄가 많아서라는 거야."

"그건 문제될 게 없어. 누나가 아빠나 엄마에게 얘기하면 그분들은 웃어 넘길 거야."

"한 가지 더 얘기할 게 있으니 기다려. 그녀의 태도로 봤을 때 연애 중인 너희들을 조금 본 것 같아."

"봤으면 어때. 더는 없었어. 우리는 도덕에 어긋날 어떤 행동도 하지 않았으니까."

다다다는 자신이 당한 상황을 수긍할 수 없는 모양이었다.

"내가 이 집에 너무 오래 있었던 것 같아. 조만간 짐 보따리를 싸서 다른 길을 찾아볼 거야."

"바보 같은 생각 마, 다다다. 이번 일은 별일 없이 지나갈 거야."

나는 약간 근심이 되는 표정으로 그 자리에서 나왔다.

● ● ●

잠자리에 들어서도 조금 전의 일이 생각나 화가 치밀었다. 우리가 무슨 나쁜 짓이라도 했단 말인가? 서로 좋아하는 것이 무슨 큰 죄라도 된단 말인가?

또 사람들은 뭐라고 그랬는가? 내가 남의 집 딸들의 명예를 존중할 줄 모른다고 그랬다. 모든 게 정말 추하기 짝이 없었다. 서로 찰싹 달라붙어서? 얼굴을 맞대고? 나의 도덕적 원칙은 어디 있었는가? 알다시피 도망치자는 그 생각은 한마디로 미친 짓이었다. 사람들이 경찰에 알릴 것이고 모두들 우리를 잡으려고 만반의 준비를 할 것이다. 나는 인생에 대해 뭘 생각하고 있었던가? 채 열다섯 살도 안 된 나이에 결혼을 하겠다고? 정말 미친 짓이었다…….

나는 사람들이 어떻게 그 모든 것을 추정했는지를 곰곰이 생각하고 있었다. 왜냐하면 이자우라조차 우리가 나눈 대화의 내용을 전부 알진 못했기 때문이었다. 설사 알더라도 전혀 말하지 않았을 것이다. 구역질 나는 인간들! 나쁜 선입견을 갖고 남을 비방하는 데 혈안이 된 인간들. 그 모든 것의 결과는? 그래, 아마도 그 애가 떠날 때까지 뒤뜰에 갈 수 없을 거야. 바닷가에 가는 건 허락해 줄 거야. 내가 유혹에서 좀더 멀어지는 셈이니까. 오후에는 저녁식사 시간까지 산책을 하게 될 거고, 저녁을 먹은 뒤에는 집에서 발을 떼지 못할 뿐만 아니라 울타리의 인도로도 나가지 못하겠지. 이건 내가 당할 얘기다. 그런데 돌로리스는? 그녀는 심한 벌을 받았다. 다다가 내게 얘기하기를 그녀가 머리를 얻어 맞았고 다른 심한 벌도 받았다고 했다. 그리고 떠날 때까지 방에서 근신을 하고 식사 때나 화장실 갈 때에만 방에서 나올 수 있다고 했다. 우리 집 하녀들까지 그 집 하녀들과 얘기하는 것이 금지되었다.

게다가 내 마음을 더 아프게 한 것이 있었다. 잠자기 두 시간 전에 돌로리스가 팔걸이 달린 의자를 머리 위에 들고 벌을 섰다는 것이었다.

다른 집 하녀와 얘기하는 것이 금지되었는데 어떻게 이자우라가 그 모든 것을 알았을까? 수수께끼였다.

나는 저녁식사를 마치자마자 방에 틀어박혀 지냈다. 바깥에서 무슨 일이 벌어지고 있는지 알지 못했다. 어느 누구와도 얘기하고 싶지 않았다. 그저 뼈아픈 마음의 고통만을 곱씹었다. 그 시간에 벌을 받고 있을 돌로리스를 생각하며 눈물을 글썽거렸다. 그녀의 고통을 조금이라도 나누어 가질 수만 있다면. 나도 그녀 옆에서 팔걸이 의자를 들고 있을 수 있다면, 그것이 의자가 아니라 소파나 가구 전부라도 전혀 개의치 않을 것이다. 진정 내 마음을 아프게 한 것은, 그녀를 볼 수 없고 그녀의 불행을 나누어 가질 수 없다는 것이었다. 만일 우리가 무슨 죄를 지었다면 응당 똑같이 벌을 받고 죄도 나누어 가졌어야 했다.

나는 땀과 고통으로 뒤범벅이 된 몸을 뒤척거렸다. 심장이 얼마나 조였던지 아담을 다시 받아들여야 한다 해도 더 이상 공간이 없었을 것이다. 화장실에서 이따금 보이는 흐릿한 색깔의 청개구리도 들어오지 못할 것이다.

타잔 흉내를 내기 위해 팬티를 입고 칼을 허리춤에 찼던 기억도 이젠 아득하게 느껴졌다. 다시 타잔이 되고 싶은 마음도 들지 않았다. 타잔 일은 제쳐 두는 게 나았다. 왜냐하면 그 시간에 내 마음이 낙담과 분노로 뒤엉켜 있었기 때문이다. 타잔, 너도 밀림에서 벼룩과 이가 잔뜩 낀 암원숭이들과 함께 잘 먹고 잘 살아라.

그래도 모리스 아저씨에 대해서만은 악담을 퍼붓지 않았다. 그건 안 될 말이었다. 하지만 이상하게도 그를 만나 이토록 슬픈 나의 불행을 얘기하고픈 욕망을 느끼지 못했다. 이런 경우는 아마도 처음인 것 같았다.

나는 돌로리스를 더는 보지 못했다. 그녀가 받은 벌은 혹독한 것이었다. 나는 그녀가 내가 알아챌 것으로 생각하며 전등을 부엌 쪽으로 비춘 적이 한 번 있다고 믿고 있다. 그렇게 잠깐 전등을 비추면서 그녀는, 나를 사랑하고, 살아 있는 동안 절대 나를 잊지 않을 것이라는 말을 하고 싶었는지도 모른다.

모든 게 끝났다. 모든 게 사라져 버렸다. 사랑이란 무엇을 위해 존재하는 것인가? 무슨 말을 한들 소용이 있을까? 돌로리스는 떠났고 언제 차를 타고 부두로 갔는지조차 나는 몰랐다. 그녀의 가족은 출발일도, 타고 떠날 배에 대해서도 비밀에 부쳤던 것이다. 그런데 나는? 나는 그저 우두커니 있었다. 태어났을 때처럼 혼자서. 큰 바람이 불어와 돌로리스가 탄 배가 지나갈 바다의 한 구석으로 나를 데려가길 기대하며 허전한 마음으로 그렇게 있었다.

그녀의 이름 자체가 내포하고 있던 운명이었다. 돌로르, 고통. 돌로리스, 고통들…….

여덟 시경에 해변으로부터 밀물이 밀려올 것이다. 밀물이 차면 돌로리스를 태운 배가 방파제를 빠져나가 북쪽을 향해 먼 바다로 나갈 것이다.

가족들은 그제야 내가 밖으로 나가 바다로 난 다리의 불빛 사이로 산책을 해도 좋다고 허락했다. 그들은 내가 바닷가로 가는 길을 찾아 내려간 뒤 담 위에 앉아서 차츰 수평선 너머로 사라지는 그 배를 바라볼 것임을 알고 있었다.

실제로 나는 그렇게 했다. 환하게 불을 밝힌 채 뽀뗑지 강을 가로질러 갈 그 배를, 외로움을 억누르며 기다렸다. 나중에 발생할 일들에 대해서는 신경 쓰지 않고 주머니에서 담배를 꺼냈다. '후' 하며 담배 연기를 허공으로 내뿜었다. 나의 무언가가 그녀와 함께 떠날 것이라고 느꼈다.
 돌로리스와 자주 불렀던 노래를 하나 부르기 시작했다.

 하늘을 쳐다봐요
 달빛이 얼마나 아름다운지
 마치 별들이 춤을 추는 것 같아
 저 바다에 비친
 달 주위에서

 달은 없었다. 하늘 가득 별들이 총총 빛나고 있었다. 그 별들은 모든 것을 그림으로 표현하고 있었다. 배 성좌까지도 나의 고통을 환기시키는 것 같았다. 시리우스는 저 멀리 있었다. 카노푸스도 역시. 내게 하늘의 별자리를 가르쳐 준 착한 몽찌 신부님. 눈물을 쏟을 듯한 눈으로 노래를 계속했다.

 내 인생의 하늘에서도
 그대는 아주 빛나는 별이었네
 그런데 어느 아름다운 밤 그대가 떠나갔네
 그리고 영영 돌아오지 않았지

 네가 돌아올 수 있을까, 돌로리스? 아주 힘들겠지. 모든 게 이토록 불가능하고 멀게만 느껴지다니. 나의 추억들을 갉아 먹는 애달픈 그리움이 밀려왔다. 손가락이 길던 그녀의 손. 결국 그녀는 클라크 게이블을 포기하고 나를 원했다. 그보다 더 큰 사랑의 증거가 있을 수 있을까? 그녀에게 편지도 쓸 수 없겠지. 그녀는 주소 하나 남기지 않은 채 떠나 버렸다. 설사 그녀가 나에게 편지를 쓴다고 해도 중간에 가로채여서 내 손에 도달하지 못할 것이다.

> 밤하늘에 빛나기 시작한 달을 바라보며
> 이따금 생각에 잠기네
> 그러면 달이 나지막이 다가와
> 다정히 말하지
> 그대, 사랑하는 사람에게 돌아가야 한다고

내 눈은 방파제 입구에서 떨어질 줄 몰랐다. 어부들이 사는 집들의 작은 불빛들이 밤하늘의 작은 별처럼 빛나고 있었다. 큰 소리 하나가 나의 세포 하나하나를 뒤흔들어 놓았다. 그 배가 방파제에서 고동을 울리고 있었다. 그 배가 모든 불을 환히 밝힌 채 장엄하게 움직이기 시작했다. 쁘라찌꾸 항만관리사무소 센터와 이별하기 위해, 아니면 강물에 안녕을 고하기 위해 고동을 울렸음이 틀림없었다.

나는 마른침을 삼키며 그 배의 무심한 항해를 바라보았다.

그 배는 내 인생의 절반을 실어가고 있었다. 절반, 아니야. 내 인생의 전부, 내 마음의 전부, 냉혹한 내 고통의 전부를…….

먼 바다에 도달할 때까지 배가 일직선으로 나아갔다. 그 다음 북쪽으로 방향을 돌렸다. 그런데 돌로리스는? 그녀가 뒷갑판에서 뻬드로뽈리스 다리 난간의 불빛들을 바라볼 수 있도록 식구들이 내버려 둘까? 그리고 그녀가 갖은 몸짓으로 스케이트를 타던, 그 길을 생각하면서 점차 사라져 가는 도시를 바라볼 수 있도록 식구들이 내버려 둘까?

"비쩍 마른 다리를 가진 암오리야. 마귀처럼 새하얀 얼굴의 못생긴 여자……."

왜 그렇게 못된 사람이 존재하는 거지? 아무런 문제 없이 잘 끝날 수 있었는데. 사흘밖에 남지 않았었는데……. 과연 그런 못된 짓이 필요했을까?

그 배가 바다의 별들 사이로 사라져 버렸다.

그제야 나의 눈에 눈물이 잔뜩 고였다. 절망과 버림받은 슬픔에 눈물이 났다. 나 자신이 너무나 작고 약해서 아무것도 할 수 없기에 눈물이 났다.

그러면 달이 나지막이 다가와
다정히 말하지
그대, 사랑하는 사람에게로 돌아가야 한다고

6. 별, 배 그리고 그리움

나는 그 어떤 환상에도 사로잡히지 않았다. 돌로리스는 돌아오지 않을 거야. 내 마음이 그런 현실을 확인시켜 주었다. 배가 떠난 자리에는 별들이 가득한 어두운 밤하늘과 검고 말없는 바다만이 남아 있었다. 시리우스는 하늘의 여주인이었다. 카노푸스 역시 그랬다. 달은 어디에 있지? 달은 전혀 보이지 않았다. 그저 그리움만 남아 있었다. 달이 있다면 나에게 그런 말을 하러 오진 않을 것이다. 뭐 하러 다정히 그런 말을 하러 올 것인가? '다정히', 그것은 내가 인생에서 아주 조금밖에 느끼지 못했던 그 무엇이었다.

# 7. 이별

중학교 5학년 과정은 내가 만 열다섯 살이 되던 무렵에 시작되었다. 열다섯 살이 되자 이제 나 자신이 거의 어른이라는 생각이 들었다. 밤 9시까지 밖에 있을 수 있는 자유를 얻었으며 해변에도 내가 원하는 시간만큼 머물 수 있었다. 또 이제 막 청소년기에 접어든 아이들이 대개 그러하듯 약간 건방진 자세로 손가락 사이에 담배를 끼워 물 수 있고, 면도기 세트를 받아 우쭐대면서 첫 면도를 할 수 있었다. 말솜씨가 늘었다는 걸 보여 주기 위해 크게 말했고, 수업 시간에 당구장에서 게임을 했으며, 꽁세이싸웅 학교의 여학생들과 우아하게 잡담도 했다. 그런 자유로움이 나의 호기심을 채워 줄 뿐만 아니라 어떤 확신을 찾을 기회를 주었으니 나로선 엄청나게 큰 세계를 얻은 것이다.

돌로리스? 그래, 돌로리스였지. 내가 기억하는 그녀는 정말 예뻤다. 결국 그녀는 내 어린 시절이 끝나가던 무렵의 작은 환상으로 남았다. 이제 중요한 것은 세상에서 가장 아름다운 여인들이 운집하는 수요일의 '청춘 모임'에 들락거리는 것이었다. 모두들 연애를 위해, 새로운 낭만적인 감정을 찾아 그곳으로 갔다. 그리고 나는 유행을 따르기 위해 그 가운데 끼어 있었다. 담배를 문 채 극장의 문가에 서서, 노처녀인 이모나 눈치 없는 어머니를 동반한 여중생들에게 별 의미 없이 미소를 지을 땐 기분이 최고였다.

그런 모든 것들 때문에 공부는 소홀히 했다. 1등 자리를 물려주고 2등 자리를 힘겹게 고수했다.

책들은 내 기호의 수준을 상당히 높였다. 가스꾸지뉴는 아빠에게 계속 책을 빌려 주고 있었다. 하지만 그는 마치 골라주기는 원치 않는 사람처럼 내가 내 기호에 맞는 책을 골라 보도록 내버려 두었다. 그래서 나는 도스토예프스키라는 훌륭한 괴짜와 가까워졌다. 그의 작품들처럼 진지한 것들이, 타잔이나 사자인간 같은 영웅들과 그들의 모험에 열려 있던 자리를 점차 차지해 갔다.

이제 운동은 나의 두 번째 왕국이 되었다. 숨을 잔뜩 들이마셔 가슴을 부풀린 다음 먼 곳까지 헤엄쳐 가며 물살에 미끄러지는 가벼운 몸과 지칠 줄 모르는 강인한 팔을 느끼는 것, 그리고 1년 내내 백사장에서 짧은 수영복을 입은 채 몸을 구릿빛으로 만들고 바닷바람을 마시며 푹 쉬는 것이 나의 일과 가운데 빼놓을 수 없는 것이 되었다.

밤에는 예쁘장한 여자애들을 찾아 돌아다녔으나 나쁜 짓은 전혀 하지 않았다.

파이올리는 나를 주의 깊게 지켜보았으며 여전히 나의 모든 비밀들을 알고 있었다. 하지만 무언가가 굉장히 그를 근심스럽게 만들었다. 내가 미래에 대해 무관심했기 때문이었다. 따르시지우는 이미 변호사 길을 선택했다. 다른 친구들도 내 학년 때면 무언가 미래의 계획을 세우는데 난 전혀 그렇지 않았던 것이다.

"의학도 싫어, 슈쉬?"

"관심 없어요, 파이올리."

"왜? 아빠의 직업을 잇는 건데."

나는 머리를 긁적거렸다.

"하긴 언젠가 그렇게 될지 누가 알겠어요."

"변호사도 이미 생각해 보았겠지? 그러면 너의 아주 가까운 친구인 따르시지우와 함께할 수 있을 거야."

"그러면 좋겠지요."

"그럼 군인은 어떠냐? 군복이 잘 어울리는 체격을 가졌으니 넌 잘 적응할 거야."

육군 장교가 되는 걸 생각해 보았다. 해군복을 입은 모습을 그려 보았다. 하지만 전혀 흥이 나지 않는걸? 프로 수영선

수가 될 길이 있다면 혹시 몰라. 하지만 그것도 역시 나의 관심을 크게 끌지 못했다. 내가 원했던 것은 아무 생각도 없이, 아무런 약속도 하지 않은 채 걷고 또 걷는 것이었다. 인생이란, 마치 열차에서 내려 길을 걷다가 배를 타고 여행하며 영원히 멈추지 않는 것인 양. 어떻게 내 마음을 설명해야 할지 몰랐다. 하지만 점점 더 멀리, 영원히 돌아올 수 없는 먼 곳으로 떠나고 싶은 욕망만이 내 마음에 자리 잡고 있었다. 언제까지나 걸으면서……

그렇게 세월이 흘렀다. 얼마나 빨리 흘렀는지 나 자신도 느끼지 못할 정도였다. 세월은 내 몸 위로도 멈춤 없이 흘러갔다.

바로 그 무렵 나는 뭔가를 깨닫기 시작했다. 모리스 아저씨가 언젠가 일어날 것이라고 항상 내게 말했던 그것이었다. 나는 아빠의 친구가 되기 시작했고, 집도 좋아하기 시작했다. 한 어린애를 기르는 것이, 특히 친아들이 아닌 데다 좌충우돌하는 조숙함을 지닌 어린애를 키우는 것이 얼마나 힘든지를 냉정하게 분석하기 시작했다. 비록 우리 사이에 항상 어떤 벽이 가로막고 있었음에도 불구하고……. 당연히 그 벽은 내가 만든 것이었다.

하루 하루가 지나면서 그런 고통스런 생각이 자주 나를 괴롭혔다. 올해도 벌써 절반이 지났다. 곧 세 번째 시험이 있을 것이고 이어서 네 번째 시험 그리고 마지막 시험이 있을 것이다. 그러면 나는 졸업을 할 것이다. 주위 사람들이 나를 위해 노력한 것에 부응할 필요가 있었다.

그리고 두려움은? 수십 마리의 꾸루루 두꺼비도 덜지 못할 어떤 두려움. 학교를 마치면 나는 떠나야 할 것이다. 히우지자네이루로 돌아갈 것이다. 그러면 내 형제들과의 삶은 어떻게 될 것인가? 우리는 오랫동안 떨어져 살았다. 그들이 나를 어떻게 볼까? 물론 기쁘게 맞이하겠지. 하지만 나는 그들과 다르다. 교육도 받고 공부도 했다. 좋은 옷과 신발 들이 가득한 가방을 가진 아이, 아니, 젊은이. 그런데 그들은? 공장에서의 생활이 전부였을 것이다. 교외에서 히우지자네이루 시내로 일하러 가기 위해 미어터질 것 같은 열차를 타고 매일 출퇴근하는 생활. 새벽에 일어나 밤에 귀가하며, 계절에 따라 숨 막힐 듯 덥기도 하고 춥기도 한 열차를 타고 더위와 비에 시달리며 살아왔을 것이다. 도시락이 종종 상해서 점심도 먹지 못할 때가 있었을 것이다. 좋은 교육과 준비가 부족하므로 인생에서 성공할 기회가 없거나 아주 적을 것이다…….

이 모든 것이 내가 히우지자네이루에 도착하는 순간부터 현실로 다가올 것이다. '나의 라임오렌지나무' 시절에 살았던 세상만큼이나 잔인하고 비참한 세상이 펼쳐질 것이다. 그 모든 것을 생각하자 식은땀이 흘러내렸고, 나는 마음을 안정시키려 애를 썼다. 무슨 방법이 있을 거야. 삶의 부정적인 면들을 보지 않고 어떤 환경에도 적응할 수 있는 방법을 찾아봐야지. 더 큰 문제는 내가 아무것도 되고 싶어하지 않는다는 걸 그들이 알아차리거나 아직도 인생에서 나아갈 길을 찾지 못했다는 걸 알아차리는 것이다. 얼마나 실망할까. 사람들이 내게 주었지만 내가 무심코 흘려 버린 기회들, 그것을 누릴 자격은 아마 나보다 나의 형제들에게 더 있었는지 모른다.

잊어버리는 게 나아. 잊고 수영이나 하는 게 나을지 몰라. 마치 길을 걷듯, 강인한 내 몸으로 파도를 산산이 부서뜨리며 헤엄치는 것이 나을지 몰라.

나는 따르시지우가 축구하는 모습을 바라보는 것이 좋았다. 그는 제1팀의 우측 날개였다. 그는 아주 우아한 동작으로 축구를 했다. 어떤 상황에서도 상대팀을 제치고 앞으로 갔다. 그야말로 훌륭한 주전선수였다. 공이 그의 발에 붙어 다니는 것 같았다. 따르시지우는 정말 좋은 친구였다. 항상 말이 없었지만 나하고 얘기하는 것을 좋아했다. 내 머리에서 나오는 미친 짓거리들에 대해 모두 이해하던 친구, 자신의 이상 속에 망할 놈의 변호사 직업을 품고 있던 친구였다. 하지만 나는? 꾸루루 두꺼비의 위안이 사라진 내 가슴이 말했다. 그런데 너는, 제제? 이제 그만 해. 뭔가가 나타날 거야. 그건 불가능해. 당분간 걸으며 기다려 보자구. 걸으며 기다리자고? 그럼, 어떤 다른 방법이 내게 있을까?

나는 방에서 침대에 기대어 삼각함수 책 한 권과 대수학 표 하나를 보고 있었다. 공부하는 것은 아니었다. 혼자서 몇몇 과목의 비실용성을 살펴보고 있었다. 장미(rosa), 장미의 (rosae)와 같은 라틴어의 어미 변화들이 나의 미래에 무슨 도움이 되겠는가? 사람들은 무엇 때문에, 내가 하려는 일과 아무 상관도 없는 혐오스런 대수학들로 내 머리를 채우려 드는 걸까? 교장선생님이었던 (죽었으면 학교가 3일 간 놀았을 텐데 죽지 않았던 사람, 그 탑에서 나에게 살해되지 않았던 사람, 그래서 외국용병대 꿈도 접게 만들었던 사람) 주제 수사님의 강압적인 고함소리에 눌려 제곱근을 계산하느라 내 머리를 터지게 했던 것은 멍청한 바보짓이 아니고 무엇이겠는가?

너무나 깊은 실망에 빠져 있었기 때문에 문이 열리고 누군가가 내 앞으로 다가와 서는 것도 느끼지 못했다.

"몽쁘띠!"

얼마나 놀랐는지 책을 방바닥에 떨어뜨리고 말았다.

모리스 아저씨가 밝게 웃고 있었다.

"무슨 일이야? 유령이라도 본 것처럼?"

나는 대답도 하지 않고 입을 다문 채 떨고 있었다. 나는 아주 오래 전부터, 그가 내 인생의 가장 아름다운 꿈 중 하나라는 사실에 익숙해져 있었다. 흘러넘치는 나의 모든 따뜻한 마음들을 비밀리에 간직하고 있는 하나의 금고 같은 분.

"일어서, 몽쁘띠."

천천히 그의 말을 따랐다.

"돌아봐."

그가 손가락을 부딪치며 '딱' 하는 소리를 내더니 말했다.

"맙소사, 너 정말 많이 컸구나. 이렇게 튼튼해지다니, 몽쁘띠. 게다가 온몸이 구릿빛이네."

나는 마술에 걸린 듯 멍하니 그의 눈만 바라보았다. 그가 우는 건지, 웃는 건지, 아니면 둘 다인지 알 수 없었다.

"몽쁘띠, 뭐 잊어버린 것 없니?"

당연히 잊어버리지 않았다. 바로 그의 말 자체가 나의 귓가에 다음과 같은 말을 울렸다. '어른이 되더라도 아빠에게 하듯 나에게 항상 키스해야 해.'

그거야 왜 못하겠어? 외로운 내 방에서 나를 달래 주던 사람이 바로 그가 아니었던가? 그리고 언제나 부드러운 말로 나를 위로하고, 내가 잠들도록 다정히 어르던 사람이 아니던가?

그가 팔을 벌렸다.

"뭘 기다리고 있니?"

"아무것도."

나는 그의 팔에 몸을 던져 얼굴에 키스를 했다. 그를 힘껏 껴안았다.

"아! 모리스 아저씨. 아주 오랜만에 나타나셨군요."

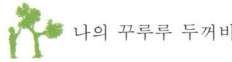

그는 자리에 앉으려 주위를 두리번거리다가 뭔가 없어졌다는 걸 깨달았다.

"오로징바 슈발리에는 어디 갔어?"

"제가 청년이 되었으니 제 방에 더 좋고 깨끗한 것이 어울린다고 생각하셨나 봐요."

내가 이름도 뜻도 없는 의자 하나를 잡아당겼다.

"여기에 앉으세요. 아직 이름을 붙이지 않았지만 아주 편해요."

그가 잠시 나의 눈을 자세히 보더니 그 자리에 앉기로 결정했다.

"아주 오랜만이네요, 모리스. 그렇지 않아요?"

"그래. 맞아. 카지노, 영화, 쇼 계약 때문에 아주 바쁘게 지냈단다. 쉴 틈도 없이 짜인 스케줄 때문에. 게다가 네가······."

"무슨 말이에요?"

"네가 이젠 커서 혼자 인생을 찾아가고 있다는 걸 알았기 때문에······ 나를 그다지 보고 싶어하지 않을 거라고 생각해서······. 사실이지?"

"아마 그럴지도 몰라요. 저의 하루 하루가 너무 꽉 차 있어서······. 이미 파김치가 되어 집에 들어오기 때문에 불행히도 베개에 머리를 묻자마자 잠에 곯아떨어지곤 했어요. 어떤 때는 기도도 못했어요."

"그럴 것 같더라. 이제 얘기해 보렴. 전부 얘기해 봐."

"뭘요?"

"우린 할 얘기가 많잖아. 네가 알다시피, 내 생활이야 예전과 별로 달라진 게 없어. 하지만 네 생활은?"

"어떻게 시작해야 할지 모르겠어요. 솔직히 말씀 드리면 당신에게서 약간 멀어졌어요."

"그러면 내가 도와주마. 이 집에서의 생활은 어떠냐?"

"아주 좋다는 거 아세요? 새로운 것, 새로운 사실들을 발견하기 시작했어요. 이곳의 어느 누구도 저의 적이 아니라는 걸 확신하게 되었어요."

"내가 그랬잖니?"

"전엔 전혀 몰랐던 아빠의 훌륭한 모습도 볼 수 있었어요!"

"아마 네가 그분에게 기회를 전혀 주지 않았기 때문이었을 거야."

"이제 한 가지 고백을 할 수 있을 것 같아요."

"말해 보렴."

"그분들은 아주 좋은 분들이에요. 너무 좋으세요. 저를 교육시키는 게 정말 힘든 일이었을 거예요. 솔직히 전 아무 데도 쓸모 없는 인간이죠."

"첫번째 말에는 공감을 해. 하지만 두 번째 말에는 동의할 수 없어. 난 너와 너의 그 착한 마음을 정말로 믿어. 항상 그렇게 아름다운 것들을 꿈꿀 수 있는 사람만이 미래에 멋진 삶을 만날 수 있어. 너, 아담 기억하니?"

"그럼요, 너무 생생해서 지금도 보고 있는 것 같은 걸요."

"그 말을 들으니 기쁘구나, 몽쁘띠. 너는 어른이 되어서도 늘 어린아이같이 착하고 맑은 마음으로 살아갈 테니까."

"파이올리 수사님이 다정하게 하신 말씀이랑 똑같군요."

"참, 그분은 어떻게 지내셔?"

"그대로예요. 늘 한결같으세요. 심한 말은 한 번도 하지 않으셨어요. 언제나 제게 좋은 일만 있기를 바라세요."

모리스 아저씨가 다시 의자에 몸을 기대었다.

"보다시피 오늘 무척 피곤했어. 하지만 여기에 오지 않을 수 없었어. 오늘은 특별히."

"'특별히'라뇨?"

"조금 있다가 얘기하마."

그가 천천히 천장을 쳐다보았다. 그 다음, 그의 맑은 눈이 내 눈을 찾았다. 나는 항상 시선을 딴 곳으로 돌리지 않는 사람과 얘기하는 걸 좋아했다. 그런 자세가 나에게 안정감과 믿음을 주었기 때문이다.

"그래, 몽쁘띠. 사랑은?"

"찾았어요, 모리스. 당신이 오래 전에 제게 가르쳐 주었던 그것을 찾았어요. 사랑이 이 세상에서 가장 중요한 것임을 발견했어요."

그에게 돌로리스에 대한 나의 사랑을 세세히 얘기했다. 별로 중요하지 않는 몇 가지 새로운 사실들에 대해서도 얘기했다. 내가 얘기를 끝냈을 때 그는 미소를 지었다.

"그래, 그건 배아와 같아. 시작이지. 네가 정말로 사랑에 빠지는 날에는 그것보다 더 아름다운 행복이란 없다는 걸 확신하게 될 거야."

그는 이전에 단 한 번도 하지 않은 행동을 해 보였다.

"담배 피워도 괜찮겠니?"

"괜찮아요. 왜요?"

"방에서나 면전에서 담배 피우는 걸 무척 싫어하는 사람들이 있거든."

"싫어하신다고 해도 제가 먼저 권할 걸요."

그가 고맙다는 말을 하고 미소를 지었다.

"그러니까 너도 이미······."

"하루에 반 갑을 숨어서 피워요."

"좋아. 몽쁘띠. 네가 아주 만족스러워. 왜냐하면 네가 정말로 청년이 되고 있으니까. 그래, 이제는 정말 청년이야. 조금 전에 오늘이 특별한 날이라고 말했던 것도 바로 그 때문이야."

갑자기 내 가슴이 슬픔에 젖어 들었다. 무슨 생각을 하고 계신 걸까?

"그래, 몽쁘띠. 일전에, 네가 사랑을 발견하면 더 이상 내가 필요하지 않을 거라고 말했던 적이 있지."

"그러니까 아담이 그랬던 것처럼 저를 떠나실 거란 말이에요?"

"나도 아담과 똑같은 방식으로 떠날 거라는 걸 알게 될 거야."

나는 마른침을 꿀꺽 삼켰다.

"하지만 아담은 두꺼비였어요. 꿈이었다구요."

"나는 그렇지 않다는 말이니?"

"어떻게 똑같아요? 저는 당신을 만질 수도 있어요. 또 언제나 그랬듯이 당신은 현실이라는 걸 알고 있어요."

내가 그걸 증명하려고 그의 손을 천천히 잡았다.

"몽쁘띠. 그게 바로 인생이야. 우리는 항상 떠나지. 마음에서 잊거나 그리움이 사라지는 건 아니야. 그런 것들은 언제나 우리의 따뜻한 가슴속에 남아 있어. 하지만 우리는 때가 되면 떠나야 해."

나의 눈에 눈물이 가득 고이기 시작했다.

"그런 모습 원치 않아, 몽쁘띠."

정말 놀랍게도 모리스 아저씨가 주머니에서 아주 가벼운 아마포로 만들어진 손수건을 꺼냈는데 그 손수건이 검고 흰 체크 무늬를 하고 있었다. 하느님 맙소사, 이분까지도.

그가 내 얼굴을 부드럽게 닦아 주었다.

"네 눈물을 보면서 떠나고 싶지는 않아."

나는 복받쳐 오르는 감정을 조금씩 삼키며 자신을 제어하려고 애썼다.

"내가 할 수 있는 일은 너의 가슴에 희망의 세상 그리고 무엇보다 사랑이 싹트게 하는 것이었어. 몽쁘띠, 이제 난 떠날 거야."

그가 나를 한동안 껴안았다. 그리고 내가 키스하도록 자신의 얼굴을 내밀었다.

"모리스 아저씨, 이젠 두 번 다시 못 만나는 거예요?"

"절대 그렇지 않아. 언젠가 다시 만날 거야. 우리가 지금보다 더 어른이 되고 성숙해질 때 만날 거야."

마지막으로 그는 아주 진지하게 나의 눈을 바라보았다.

"그리고 한 가지 더 있어. 언제가 되든 우리가 다시 만날 땐, 네가 어른이 되고 성공한 사람이 되더라도, 네가 나에게 약속한 것을 잊지 말아야 해."

그가 무엇을 말하고 있는지 알고 있었다. 그것은 어떤 두려움이나 부끄러움도 없이 자신을 아버지처럼 여기고 키스를 해야 한다는 것이었다.

"약속해?"

"약속해요."

"그럼 안녕, 몽쁘띠."

"안녕, 모리스 아저씨."

눈물을 참느라 애쓰는 바람에 목소리가 그만 쉬고 말았다. 책이 방바닥에 떨어지며 내는 소리에 정신이 들었다. 나는 침대에 기댄 채 혼자 있었다. 자세 때문에 몸이 약간 아팠다. 눈물에 젖은 눈은 전등불 때문에 더 셨다.

이제 모리스 아저씨는 내 인생에서 더났다. 아담과 똑같은

방법으로 사라진 것이다. 꿈처럼 내게 왔다가 꿈처럼 떠나갔다. 왜 인생에서는 모든 것이 떠나야 하는 걸까? 간단해, 제제. 태어나는 것이 곧 떠나는 것이니까. 시작되는 순간부터 떠나는 거야. 이 세상에서 처음 숨을 쉬는 순간부터……. 그리고 인생의 냉혹한 현실에 대항해서는 안 돼.

방문이 천천히 열렸다. 다시 깜짝 놀랐다. 그가 내게 말해야 할 무언가를 잊어버린 것일까? 그 대신에 아빠의 갈색 얼굴이 나타났다. 그가 나를 걱정스러운 듯 바라보았다.

"어디가 안 좋니? 화장실에 가는 길이었는데 네 방에 불이 켜져 있는 걸 봤다."

"아무것도 아니에요. 늦게까지 공부할 게 있었어요."

"이제 그만 할 시간이다. 벌써 새벽 1시가 지났어."

그가 조심스레 나를 바라보았다.

"눈이 많이 충혈되었구나. 화장실에 안약이 있어. 내 함에."

"네. 안약을 넣을게요."

그가 나를 향해 미소를 지었다.

"자라. 안녕."

아빠가 밤 인사를 하러 내 방에 온 것이 처음이라 기분이 이상했다. 하지만 그의 그러한 행동이 감사하는 작은 마음을 우러나게 했다.

# 8. 여행

 모든 게 쏜살같이 지나갔다. 눈 깜짝할 사이에 중학교 5학년의 마지막 시험이 끝났다. 나는 지난 몇 년 동안 차지해 온 연속 1등 기록을 깨고 2등에 머물렀다. 그리고 졸업식 때에 입을 푸른색 캐시미어 옷을 준비하기 위해 양복점에 갔다. 졸업생 대표 연사를 뽑는 선거에서 나는 참담하게 패하고 말았다. 단지 두 표만을 얻었던 것이다. 내 표 하나와 다른 친구의 표 하나. 완패였다.

 졸업식 축제는 11월 23일, 까를루스 고미스 극장에서 열릴 예정이었다. 졸업식은 나딸 시의 주요 화제였다. 하파엘 페르난지스 주지사가 졸업장 수여식에 참석할 예정이었다. 그야말로 큰 축제가 될 것이다. 루이스 수사님은 먼지떨이 깃털로 인디언 분장을 한 아이들과 함께 연극 연습을 하고 있었다. 졸업식이 시작될 때까지는 모든 것이 훌륭했다. 그런데 졸업식이 한창 진행되는 중에 예기치 못한 불행한 사건이 발생했다. 1935년 혁명이● 발발한 것이다. 혼란 그 자체였다. 목표물은 주지사가 있던 바로 그 극장이었다. 기관총을 온 사방으로 쏘아대는 통에 건물 벽에는 성한 자리가 없었다. 모두가 혼비백산한 바퀴벌레들 같았다. 졸업식이고 축제고 연극이고 모두 난장판이 되었다. 우리가 준비한 연극 '십자가의 승리'는 물거품이 되고 말았다. 무대의 작은 의자에 줄지어 앉아 있던 우리는 정신없이 도망치기 시작했다. 수사님들도 뛰면서 침착하고 질서 있게 움직이라고 말했다. 먼지떨이의 깃털로 분장을 한 아이들은 인디언 극장의 직원들과 부딪쳤고 그 직원들은 졸업생들과 뒤엉켜 넘어졌다. 칸막이 좌석에 있던 졸업생 가족들은 우리에게 모두 무대에서 나가라고 신호했다. 열다섯 살의 내 눈에는 그때까지 보아온 것들 중에 가장 재미있는 사건이었다. 주지사는 기적처럼 사라졌다. 완전 포위가 된 데다가 총알이 사방에서 날아오는 상황에서 어떻게 그가 도망칠 수 있었는지 아무도 상상조차 하지 못했다.

혼란이 닷새 동안 지속되었다. 혁명을 일으킨 사람들이 후퇴하기 시작했다. 그들은 부상자들을 치료하기 위해 아빠를

●브라질 공산당이 주동이 되어 나딸을 중심으로 일으킨 공산주의 혁명

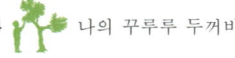 나의 꾸루루 두꺼비

데려가려고 집에까지 와서 아빠를 찾았다. 그들은 아빠도 졸업식에 있었다는 걸 미처 생각지 못한 모양이었다.

밤에는 총알이 빗발치듯 했다. 군경 막사도 박살 난 상태였다. 우리는 극장 근처에 있는 어떤 집으로 피신했다. 아무도 밖을 내다보지 않았다. 피신한 사람들로 북적대는 집에서 그렇게 닷새를 지내야 했다. 그것도 숨 막힐 듯 더운 집안에서 망할 놈의 푸른색 캐시미어 졸업복을 입은 채.

반란군이 주(州)의 내륙지방으로 도망치고 있다는 소식이 들려왔다. 나는 은폐가 잘 되고 덜 위험한 길을 찾아 집에 다녀오라는 명령을 받았다. 가족들은 집에 무슨 일이 있었는지를 알고 싶어했다. 나는 잘됐다고 생각했다. 비록 그 집이 자비롭게도 우리의 생명을 구해 주었지만 더 이상 그곳에서 웅크리고 지낼 엄두가 나지 않았기 때문이다.

집에 도착해 보니 자물통이 부서지고 테라스의 유리가 깨져 있었다. 그날은 해가 쨍쨍해서 나는 전혀 주저 없이 수영복으로 갈아입고 수영하러 갔다. 찜통 같았던 며칠 간의 더위를 씻어 내러 간 것이지만 아무도 그걸 알 리가 없으니 결국 모든 사람들을 걱정시키고 말았다.

'좌우간 수영부터 하고 보는 거야.' 밀물이 차 오르고 있었다. '엄청난 푸른빛 파도를 타며 신나게 수영하는 거야.' 바다가 오로지 나만의 것 같았다. 살아 있는 영혼은 그림자도 보이지 않았다. 나는 며칠 간의 생활고를 잠시 잊었다. '차라리 이 바다를 즐기는 게 훨씬 좋을 거야. 곧 떠나야 할 이 바다를.' 나는 반바지를 훌러덩 벗어 목에 묶은 뒤 자유롭게 수영을 했다. 바다 쪽으로 쭉 나갔다가 큰 파도를 타고 해변으로 돌아왔다.

나는 화들짝 놀랐다. 태양이 머리 바로 위까지 올라와 정오가 가까워지고 있음을 알리고 있었던 것이다. 뛰어야 했다. 숨이 목까지 차도록 헐레벌떡 언덕을 뛰어올랐다. 그리고는 집안에 들어가 시원한 물로 샤워를 하고 수건으로 대충 몸을 닦은 뒤 머리도 빗지 않은 채 밖으로 뛰쳐나왔다. 마치 땅에 닿는 발에 날개가 달린 듯 빨리 뛰었다. 왜냐하면 전차조차 운행되지 않았기 때문이다. 원래 장소에 돌아왔을 때는 이미 한 시가 지나고 있었다. 내가 총을 맞지 않고 몸에 아무런 구멍도 나지 않은 채 무사히 살아서 돌아온 것을 사람들이 발견했을 때까지는 좋았다. 그러나 그들이 내 머리가 빗질도 되어 있지 않고 얼굴은 태양에 그을려 황금빛을 띠고 있음을 발견했을 땐 얘기가 완전히 달라졌다. 그때 얼마나 많은 욕설과 꾸지람을 들었던지 차라리 그 전에 총살되어 죽는 게 나았을 거라는 생각까지 들었다.

도시가 평상시의 평온한 리듬을 찾았다. 나딸과 같은 도시

는, 단 한 번도 무언가를 위해 서두른 적이 없었다. 혹 요트나 카누 경주대회라도 벌어진다면 바삐 움직였을지도 모른다. 모든 사람들이 무슨 일이 벌어졌는지, 또 무슨 일이 벌어지지 않았는지를 얘기하기 위해 일손을 멈추곤 했다. 죽은 사람들이 있다는 사실이 알려지자 그들의 대화는 슬픔으로 바뀌었다. 하지만 어쩔 수 없는 일이었다. 죽은 자가 없는 혁명은 혁명이 아니며 혁명의 특성에도 어긋나니까.

이제 모든 것이 지나갔다. 다만 도시의 구멍 뚫린 담들과 집들만이 기억으로 남았다. 공동묘지에는 몇 개의 십자가들이 늘어났다. 노란색 전차들의 소음이 며칠 동안 교통이 두절되었던 도로에 활기를 불어넣었다. 나는 누군가 아는 사람을 만나면 이내 화제를 바꾸었다. 그때의 일들이 다시 생각날까 봐 싫었던 것이다.

이제 학교로 발길을 돌릴 차례였다. 파이올리가 해마다 한 번씩 가는 피정을 하러 헤시피로 떠나기 전에 그를 만나야 했다.

내 발걸음은 새로운 의미를 갖게 되었다. 이제 곧 다가올 새로운 책임감의 무게 때문이었다. 이제 곧 바뀌게 될 내 인생의 절반. 앞으로 며칠 안에 변화가 있을 텐데 그것이 나를 불안과 두려움으로 가득 채웠다. 그래서 그와 얘기를 나눠야 했다.

근심에 잠긴 내 눈은 이별을 고하는 마음으로 주변을 하나

둘 자세히 둘러보았다. 마치 그 모든 것을 다 외워 두었다가 나중에 다시 기억하려는 듯이. 지난날 항상 내게 밟아 터뜨리는 즐거움을 주었던 상수리 열매들을 밟아 보았다. 하지만 이제 마음이 아팠다. 본당 교회의 탑 위에서는 작은 깃발들이 지나가는 배들을 향해 펄럭이고 있었다. 그 다음 학교 길. 어느 오후 목욕수건을 든 채 잠옷 바지 차림으로 내달렸던 교회 길. 담배를 사거나 별로 내키지 않는 술을 마시면서 우리의 남자다움을 증명하곤 했던 아르뚜르 아저씨의 가게. 중학교 3학년 때 그 멋진 소리를 냈던 창문. 닫혀진 그 창문이 이제 나의 괴로운 마음을 보고 암탉 웃음소리를 내는 것 같았다. 희고 얼룩진 교회 탑. 그 위에서 아무 말 없이 풀이 죽은 채로 어둠 속에 있던 모이제스. 조용한 밤에 다른 사람들을 놀라게 하려고 내가 칠 수도 있었지만 한 번도 그러지 않았던 모이제스. 우리들의 마지막 중학시절을 담기 위해 사진을 찍었던 입구 계단들.

스프링이 달린 문, 비서실, 그리고 파이올리.

"당신을 만나지 못할까 봐 겁이 났어요."

"그 때문에 나도 내가 떠나는 것을 알리려고 네 집으로 전화를 했단다."

우리는 옛날처럼 자리에 앉았다. 나의 모든 어린 시절이 거기에 앉아 있었다. 파이올리의 앞에. 나는 우리가 똑같이 생각하고 있음을 알았다. 나는 이미 많이 컸다. 하지만 최근에 깎은 것 같은 그의 머리에는 약간 붉은색의 모자가 얹혀져 있었고, 그 아래로는 하얗게 센 머리카락 일부가 드러나 있었다.

우리는 어떻게 침묵을 깨야 할지 몰랐다. 하고 싶은 말을 꺼내기가 무척 힘들었다.

"그러니까, 슈쉬?"

나는 대답하기 전에 목에 가시가 걸린 것 같아 침을 꿀꺽 삼켰다.

"서류를 준비하고 있어요. 이주일 내에 이따이떼 호를 타고 남쪽으로 떠날 거예요."

파이올리는 마음이 뒤숭숭한 듯 의자에서 몸을 자꾸 움직였다. 얼굴이 약간 창백해지기까지 했다. 혈색 좋은 얼굴이 그런 모습인 것을 보면 힘든 일인 것이다.

"그러면 이렇게 해야겠군."

다음 말을 잇기까지 시간이 한참 걸렸다.

"피정에 조금 늦게 가겠다고 허가를 신청해야겠군. 그러면 지금 당장 떠나지 않아도 되니까. 네가 배 타는 데까지 배웅 나가고 싶구나. 전부 보고 싶어, 슈쉬."

인생은 정말 잔인한 것. 몇몇 순간들은 굳이 그럴 필요가 없는데…….

그가 표정을 감추며 말했다.

"네 인생은 아주 복잡하게 얽힌 상태로 시작되었어."

그는 졸업식 때 있었던 일을 언급하고 있었다. 나는 별 뜻 없이 씩 웃었다.

"아마 모든 것이 아주 어렵고 복잡해질 거라는 예고일지도 몰라요."

파이올리가 묻지 않고 고백을 끌어내려고 할 때 항상 그랬던 것처럼 나의 눈을 찬찬히 들여다보았다.

"솔직히 말해 봐, 슈쉬."

"사실을 다 아시잖아요."

"아직 아무것도 결정하지 못한 거지, 그렇지? 아직 어떤 결심도 하지 못한 거지, 맞지?"

내가 고개를 끄덕였다.

"모르겠어요, 모르겠어요. 정말 모르겠어요, 파이올리."

"그렇다면 네가 아빠에게 말한 것은 아무 의미가 없는 거구나."

"네. 그저 가족을 더는 실망시키지 않기 위해 뭔가를 꾸며야 했어요."

"그렇다면 비행기 조종사가 되고 싶은 게 아니구나?"

"네. 그게 제 마음을 아프게 하고 있어요. 가족들이 벌써 헤알렝구 군사학교에 보낼 서류들을 준비하고 있거든요. 하지만 저는 하늘을 날고 싶지 않아요. 한 번도 원한 적이 없어요. 꿈에서라면 모를까."

우리는 아무 말도 하지 않았다. 내가 그 침묵을 깼다.

"저는 아무 쓸모가 없는 녀석이 분명해요, 파이올리. 정말로 제가 저의 대가족을 도와줄 수도 있을 텐데 말이에요. 친한 사람한테만 말하는 제 삐나제 인디언 부족 말이에요. 한 가지 숨김없이 말하고 싶은 게 있어요. 전 언제나 여기서 도망치고 싶었어요. 손톱을 물어뜯으며 그날이 오기를 애타게 기다렸는데 이젠 겁이 나요. 더 나은 학생이 되지 못한 게 후회스럽구요. 사납고 못된 인디언처럼 행동했던 것두요. 또 아무것도 인정하지 않고 뭐든 가까이 다가오는 것을 모두 다 뿌리쳤던 거며, 사람들이 저를 위해 했던 모든 것들을 최소한의 선의로도 보답하지 못한 것이 후회스러워요. 그래요. 저는 아무 쓸모가 없는 놈이에요. 당신에게는 그렇게 말할 수 있어요. 내 앞에 있는 모든 사람들을 적으로만 보았어요. 사람들이 제게 했던 모든 것들이 틀린 것이며 무의미한 것이라고 판단했죠. 그런데 이제……."

"아니야, 슈쉬. 그렇지 않아. 넌 착한 마음을 가지고 있어서 네 길을 찾을 거야. 분명히 그럴 거야. 내가 무릎이 닳도록 기도하거나 묵주가 닳아 없어질 때까지 기도할 필요가 없어. 너는 단지 다루기가 힘들고 조숙한 소년이었을 뿐이야. 하지만 네가 모든 장애를 뛰어넘을 거라는 거 알아. 결국 너 자신을 발견하게 될 거야. 하느님께서, 아무 결론에 도달하지 못하게 하려고, 네 머리에 그런 창의력을 심으신 건 아닐 테니까. 그저 쓸데없는 일에 낭비하라고 그러시진 않았을 거야, 믿지 못하겠니?"

 신념에 찬 그의 선한 눈이 나에게 약간의 희망을 불어넣어 주었다. 그가 아니었다면 저학년 때의 고독을 어떻게 이겨 낼 수 있었을까? 그는 결코 내가 꿈꾸었던 아버지가 될 순 없을 것이다. 이미 사제로서 여자, 돈, 권력 등 이 세상의 헛된 영광들을 포기했으니까. 언젠가 모리스 아저씨도 나에게 그것을 물은 적이 있었다. 분명히 물었었다. 아득히 먼 옛날에.

 "너, 많이 자랐구나, 슈쉬. 네 또래들 가운데 키가 제일 클 것 같은데. 지금도 튼튼하지만 앞으로 그 넓은 어깨하며 몸이 점점 더 튼튼해질 거야. 그런 것들이 앞으로 네 인생에 많은 도움을 줄 거야."

 "컸어요. 당신이 저더러 편도선 수술을 하도록 설득했으니까요. 당신하고 모리스 아저씨가요."

 내가 머리를 흔들며 미소를 지었다. 파이올리도 나처럼 미소를 지었다.

 "그런데 그분은?"

 우리는 다시 꿈꾸는 장난을 시작했다.

 "모리스 아저씨는 떠났어요. 자신이 했던 모든 약속을 지키고 떠났어요. 제가 사랑을 발견한 바로 그날에요……."

 "그 후에는?"

 "언젠가 나중에 만나겠지요. 그분의 마지막 말씀은 제 나이가 얼마가 되든 나중에 만나면 아들처럼 키스해 달라는 것이었어요."

왜 아름다운 것들을 꿈꾸면 그토록 좋은 것일까?

"나에게 편지할 거지. 그렇지, 슈쉬?"

"그럴 수 있을 때는 언제라도 편지를 쓸 거예요."

"만일 경제적으로 많이 어려워지면……. 어떤 상황이 벌어질지 아무도 모르는 거니까. 내가 한두 번 너에게 도움을 줄 수 있을 거야."

내가 고맙다는 표시로 그의 손을 잡았다.

"고마워요, 파이올리. 하지만 하느님이 보살펴 주실 테니까 그러실 필요는 없을 거예요."

나는 용기를 내고, 마음을 다잡으며 자리에서 일어났다. '그래. 열심히 살 거야. 어차피 살아가야 한다면 말이야.'

그가 나를 안고 몇 마디 말을 덧붙였다. 그리고 나의 가슴에 성호를 그었다.

"평화가 깃들기를 슈쉬, 사랑과 행복이 함께하길."

나의 마지막 날들이 점점 더 빨리 다가왔다. 하지만 바닷가는 계속 드나들었고 점심을 먹은 직후에는 외출을 했다. 길들의 폭과 길이를 느끼면서 주변의 풍경을 바라보고, 길거리와 광장들을 돌아다녔다. 도시의 구석구석을 기억에 새기고 싶었다. 나는 두 번이나 호자리우 교회의 꼭대기에 앉아 내 어린 시절이 스며 있는 뽀뗑지 강을 바라보았다. 내 인생의 상당 부분이 그곳에 서렸으리라. 방파제에 도달할 때까지 저 멀리 길게 펼쳐져 있는 은빛 물결의 그 강. 돛단배들이 헤징냐 해변의 사람들을 싣고 오가는 모습들. 홍수가 나면 설익은 망고들이 가득 차던, 바다와 이어지는 강 연안. 그리고 강이 마르면 게들이 뽀글뽀글 거품을 내던 습지대……. 내 눈이 촉촉이 젖는 것을 느꼈다.

출발하기 이틀 전, 집안에 슬픈 일이 생겼다. 이자우라가 가족들과 심하게 다툰 다음 월급을 계산해 달래서는 떠나 버린 것이다. 그녀에게 작별 인사를 못한 것이 미안했다. 그녀는 성실하고 정직했다. 화가 날 때면 부엌칼을 들고 덤벼들었으나 마음만은 너무나 따뜻한, 오지 여자였다.

떠나기 전날 밤, 짐을 다 싼 후에 뒤뜰과 작별을 했다. 뒤뜰의 모든 캐슈들, 세베루바 아줌마의 일거수일투족을 감시하던 망고나무 그리고 밧줄이 낡아 버려진 공중그네에게도 이별을 고했다. 공중그네는 조금씩 썩어서 언젠가는 사람들이 없애 버릴 것이다. 실현하지 못했던 공중그네 타기. 서커스 공연단과 도망쳐 세상에서 가장 강한 사나이, 아니지, 강한 사나이들 가운데 한 명인 깔데우가 되어 민첩하고 우아한 묘기를 보여 주며 세상을 떠돌고 싶던 나의 모든 꿈들도 잊혀질 것이다.

그 다음, 어두운 밤에 먹으려고 이웃집에서 훔친 과일들을 감춰 두었던 낡은 닭장을 찾았다. 언젠가 위네토우 광산이라고 이름 붙인 그곳에서 씁쓸한 웃음을 지었다.

이제 나머지 일과를 기다리는 일만 남았다. 밤이 오면 저녁을 먹고 뉴스를 들은 뒤 묵주 기도를 할 것이다. 그리고 돌로리스의 세상이었던 인도를 쓸쓸히 한 바퀴 돌고 바다로 난 다리의 난간 구석에 앉아 저기 저 아래 희미한 불빛이 비치는 메이우 해변을 바라볼 것이다. 그리고 희미한 불빛 가까이에서, 굴과 조개들이 가득한 검은 바위에 부딪혀 부서지는 파도를 바라볼 것이다. 그 바위에서 우리는 안전하게 발을 올려놓을 수 있는 장소를 찾아 뛰는 장난을 하곤 했다. 또 그 바위에서 우리는, 만조가 될 때 다이빙을 하며 수영객들을 놀래기도 하였다. 나와 두 명의 친구, 아르만두 비아나와 제라우두가 메이우 해변에서 아레이아 쁘레따 해변으로 헤엄치며 가로질러가 해변에 사는 사람들을 불안하게 만들기도 했다. 뗏목 어부들이 '애들아, 상어들을 조심해'라고 말하며 우리에게 겁을 주곤 했다. 무슨 상어가 있다는 말인가. 우리는 항상, 그 녀석이 나타나면 우리가 아닌 다른 사람을 먼저 잡아먹을 거라고 생각했다. 15년의 세월 동안 아레이아 쁘레따 해변까지 힘차게 걷기도 하고, 느긋하게 걷기도 했다. 얼마나 많은 거리를 헤엄치며 놀았던가? 글쎄, 아마 엄청난 거리였을 것이다. 우리는 아주 부드럽고 새하얀 그 모래톱에서 쉰 다음 갈 때와 똑같은 방식으로 돌아오곤 했다. 그렇게 많이 걷는다는 것은 짜증나고 달갑지 않은 일이기도 했다.

그 다음, 소년 시절의 마지막 꿈을 꿀 것이고 이튿날 승선 시간을 기다릴 것이다. 이번 여행은 다를 것이다. 남쪽에서 이곳으로 올 때 나는, 배가 여러 항구에 정박하던 때만 빼고 내내 멀미를 했었다. 배가 툭 튀어나온 연약한 소년으로 왔다가 튼튼한 청년이 되어 돌아가는 것이다. 하지만 사실은 두려움으로 어찌할 바를 모르고 있었다.

배에 오르자 가는 곳마다 냄새가 코를 찔렀다. 묵을 선실을 찾고 있는데 아빠가 말했다.

"조금 있으면 괜찮을 거야. 계단으로 올라가렴."

우리는 식당칸이 어떤지를 보러 갔다. 무더웠다.

"배가 출항하면 멋질 거야. 그리고 그땐 오히려 추울 거야."

모든 게 뒤죽박죽이었다.

"이제 바에 가서 음료수나 한 잔 마시자꾸나."

우리는 천천히 다 마셨다.

"가자. 벌써 전송객들에게 안내방송을 하고 있어."

우리는 배의 뒷갑판 계단을 향해 달렸다. 나는 뛰어내려야 했다. 파이올리 수사님이 늦게 나온 데다가 제시간에 오려고 애를 쓰는 바람에 가뜩이나 붉은 얼굴이 더 붉어져 있었기 때문이다. 그는 검은색 큰 모자를 든 손을 크게 흔들고 있었다.

배가 첫번째 고동을 울렸다. 내 심장이 크게 놀랐다. 아담처럼 나에게 '진정해, 제제. 모든 게 다 잘될 거야'라고 말해주는 사람이 아무도 없었다.

나는 배웅 나온 모든 사람들과 작별 인사를 했다. 그리고 온몸을 떨며 파이올리의 손을 잡았다. 나는 그와 헤어지는 것이 제일 힘들었다.

심장이 밖으로 튀어나올 듯 헉헉거리며 사다리에 올랐다.

다시 뱃고동이 울렸다. 부두는 작별의 손짓을 하는 사람들로 가득했다. 사다리를 올리고 밧줄을 풀었다. 쁘라찌꾸 항만관리사무소의 바지선이 배를 예인할 준비를 마쳤다. 내가 탄 이따이떼 호가 부두에서 서서히 미끄러지기 시작했다.

나는 한 귀퉁이에 서 있는 힘을 다해 '안녕!'이라고 소리쳤다. 눈물이 어디 간 걸까? 울 수도 없었다. 한 번만 훌쩍 뛰면 땅에 닿을 텐데. 하지만 내 눈앞에 펼쳐진 세상에서 날개를 활짝 펴려면 떠나야 했다.

배가 100미터도 채 가지 않았을 무렵 마음이 심란했던 아빠가 마지막으로 이별의 손을 흔들었다. 그리고 손수건으로 얼굴에 흐르는 땀을 닦으며, 그곳에 서 있었던 시간이 충분했다고 생각한 듯 가족들의 팔을 잡아당기고 있었다.

이따이떼 호가 부두에서 떨어져 큰 강줄기를 타기 시작하자 부두도 점차 한산해졌다.

부두가 완전히 텅 비었을 때도 거기에는, 아직까지 나에게 안녕을 고하고 있는, 검은 옷을 입은 한 사람이 있었다. 큰 모자를 흔들고 있는 사람. 언제 어디서나 나의 그리움을 따라다녔던 그 체크 무늬 손수건으로 눈물을 훔치고 있었다. 그는 부두의 큰 기중기 그늘 속에서 작은 점으로 남을 때까지 그 자리에 있었다. 아마도 그는 배가 항구를 완전히 빠져나갈 때까지 그렇게 부두에 서 있었을 것이다. 그리고 그것이 내 그리움에 새겨질 마지막 장면이 될 것이다.

나도 그가 더는 보이지 않을 때까지 서 있었다. 분명, 그는 천천히 발길을 돌려 모자를 쓰고 체념의 미소를 지었을 것이다. 그리고 시내 중심가와 크고 낡은 학교 건물로 돌아가기 위해 노란 전차를 기다릴 것이다.

배가 완전히 방파제를 벗어나며 쁘라찌꾸 항만관리사무소와 작별을 하고 마지막 고동을 울렸다. 도시가 점점 멀어져 갔다. 뻬뜨로뽈리스의 다리가 마치 난쟁이의 장난감처럼 보였다. 높은 탑과 함께 있는 성당의 모습. 내가 다니던 성 안토니우 학교의 교회. 그 둥근 탑에서 아직 한 번도 치지 않은 번개를 기다리는 닭 모양의 피뢰침. 아무 말 없이 멈춰 있던, 모이제스라고 이름 붙인 종. 언제나 나의 어린애 같은 장난기가 원했던 한밤중에 종치기, 그러나 그걸 하기에는 너무 분별력이 강했던 모이제스.

## 9. 나의 꾸루루 두꺼비

나는 현대미술박물관 바의 탁자에 앉아 있었다. 오가는 대화와 화제에 별다른 관심을 기울이지 않은 채 위스키를 천천히 마시고 있었다. 거의 언제나 사람들, 그러니까 예술가들이 거기 모여 잡담을 하거나 결론 없는 작품 분석을 자유롭게 하곤 했다. 그건 쌍빠울루처럼 겁나게, 무질서하게 성장하는 도시에서 일어나는 갖가지 문제들을 잊는 것을 비롯하여 하루 일과를 끝내고 밤을 마무리하는 방식 가운데 하나였다.

누군가가 두 손으로 내 등을 짚더니 내 얼굴에 다정한 키스를 했다. 곧 이어 다정한 목소리가 나를 움츠리게 했다.

"어디를 그렇게 싸돌아다녔어요? 사라진 줄 알았어요."

아후다 뻬레이라 시장의 딸 마리아였다. 내가 의자를 당겨 그녀를 앉게 했다. 잠시 후 웨이터가 다가왔고 그녀는 자기가 즐겨 마시는 위스키를 주문했다. 그리고 나의 눈을 쳐다보더니 미소를 지었다.
"글을 쓰고 있어요?"
"항상 그렇지 뭐."
그녀가 장갑을 벗어 탁자 위로 툭 내던졌다.
"멈출 수가 없나 보군요."
"멈추지 못하니까 계속 쓸 수밖에."
그녀는 동석 중이던 사람들의 새로운 얘깃거리를 들은 뒤에 자신의 뉴스를 얘기했다.
"제가 아홉 시에 뭘 할 건지 알아요? 알아맞히지 못할 걸요."
"긴장시키지 말고 어서 얘기해 봐."
"뚜삐 라디오 방송사에 갈 거예요."
가벼운 웃음소리가 일었다. 마리아 역시 모든 걸 상상하고 있었다.
"쇼 프로그램의 열성 팬이 된 거야?"
"그게 아니에요. 모두 다 같이 쌍빠울루에서는 마지막 공연인 모리스 슈발리에의 멋진 쇼를 보러 갈 거예요."
그녀는 모리스 슈발리에라는 이름이 모두 대문자인 듯 떠엄띄엄 크게 말했다. 그 이름이 내 마음속에서 훨씬 더 크게 울려 퍼졌다. 그렇게 마음이 어수선해진 것도 오랜만의 일이었다. 아무도 눈치 채지 못했지만 나는 움츠리고 또 움츠려서 그와 대화하던 내 어린 시절을 다시 보는 것 같았다. 젠장, 세월이 그렇게 지났는데도 다시 그 옛날 어린 시절의 일로 이 모양이 되다니.

위스키를 천천히 마시며 그런 내색을 하지 않았다. 내 손이 얼마나 떨고 있었는지 아무도 눈치 채지 못했다.

"사람들이 아주 훌륭한 쇼라고 하더군요."

"그래서 가는 거예요. 극장에서는 놓치고 말았는데 이번 라디오 프로그램에서는 기회를 잡아야겠어요. 같이 갈 거죠? 표 한 장이 남거든요."

"뭐라고?"

나는 무의식 중에 자리에서 벌떡 일어났고 그 때문에 얼굴이 완전히 홍당무가 되었다.

마리아가 웃었다.

"그렇게 놀랄 필요 없어요. 모든 사람들이 라디오 방송사로 쇼를 보러 가거든요. 그러니까 방청석만 있으면 되죠."

"그게 아니야. 그러니까……."

"오늘 약속이 있다고 말하진 마세요."

내가 창피해서 머리를 긁적거렸다.

"같이 갈 거죠?"

그녀의 초대를 거절할 수 없을 것이다. 하지만 내 마음은 잔뜩 겁을 먹고 가지 말라고 애원하는 것 같았다.

"당신이 슈발리에를 좋아하지 않는다는 건 있을 수 없는 일이에요. 한 번도 그 사람 영화를 본 적이 없어요?"

"많이 봤지."

"마음에 안 들었어요?"

"당신이 생각하는 것보다 훨씬 더 마음에 들었어."

"그런데 왜?"

그녀의 말에 동의했을 때 내 마음은 완전히 짓눌린 느낌이었다.

솔직히 방청석이 완전히 찬 것은 아니었다. 그의 쇼 전에 브라질 가수들의 쇼가 있었다. 물결 모양을 한 검은 머리에 갈색 피부인 한 매력적인 여가수가 브레끼 삼바를● 불렀다.

"누구지?"

"에비 까마르구예요."

"훌륭한데, 그렇지 않아?"

내 거친 목소리가 목 안쪽 벽에서 타는 듯했다. 설레는 마음과 복잡한 심정을 감추기 위해 뭐든지 말해야 했다.

그의 순서가 발표되었을 때 가슴이 아려 왔다. 정말 아팠다. 가슴이 아프지 않다면 거짓말일 것이다. 줄무늬 잠옷을 입은 내 모습이 보일까 봐 겁이 났다. 또한 손이 작아져 오므

---

●브레끼 삼바는 1930년대 히우에서 유행한 삼바의 일종. 중간 중간에 재미있는 말들을 집어넣기 위해 가수가 잠시 노래를 멈추는 특징이 있다.

라든 것을 알아챌까 봐 손을 움직이는 것도 겁이 났다.

그가 나타나자 사람들이 박수갈채를 보냈다. 하지만 나는 그들의 환호를 따르지 않았다. 오직 하느님만이 내 가슴속에 퍼져 가는 엄청난 슬픔을 함께할 수 있었으리라. 바로 그였다. 모리스. 똑같았다. 어린 시절, 내 꿈에 나타났던 모습과 거의 같았다. 약간 큰 것 같기도 하고 양쪽 귀 부분의 머리카락이 더 하얗게 센 것 같기도 했다. 다른 사람들까지 전염시키는 바로 그 미소, 바로 그 매력, 바로 그 우아함. 내가 왜 여기에 와야 했지? 왜 마술에 걸린 것 같았던 과거 그 시절과 마주쳐야 한단 말인가? 무엇보다, 뭐 하러?

쇼가 끝났을 때 박수소리가 얼마나 크고 요란했던지 그가 다시 무대로 나와 노래 두 곡을 더 불러야 했다. 그는 그 다음, 감사를 표하고 물러갔다.

모두들 자리에서 일어나 출구로 향했다. 다리가 후들거렸다. 자리에서 일어날 용기가 없었다. 마리아가 나에게 손을 내밀었다.

"가요."

방청석에 조명이 완전히 켜지자 그녀가 창백해진 내 얼굴을 보았다.

"이봐요. 여러분. 제의● 눈에 눈물이 가득해요."

● 제(Zé)는 제제의 또 다른 애칭

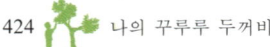

나는 그렇지 않은 척 얼버무렸다. 하지만 몸을 비틀거리며 자리에서 일어났다.

"그렇게 감동했어요?"

"왠지 모르겠지만 정말 감동했어."

"아직 감동할 일이 더 남았어요. 그분에게 인사를 하러 갈 거니까요."

"아냐, 나는 안 가."

"가요."

그녀는 내 손을 놓지 않았다. 마치 어린애를 다루듯 나를 잡아당겼다.

우리는 몇 개의 복도를 지나 그의 방 앞에서 멈추었다. 그곳에 있던 사람들이 우리더러 잠시 기다려 달라고 요청했다. 오래 걸리진 않았다. 문이 열렸다. 그였다. 모리스. 확실히 키가 더 컸다. 하지만 맑은 눈은 똑같았다. 방의 불빛 때문에 그의 눈이 푸른색인지 아니면 아주 맑은 갈색인지는 잘 구분할 수 없었다. 머리카락 역시 완전히 하얗게 세어 있었다. 혈색이 아주 좋은 그의 얼굴에 상처 자국이 하나 있었다. 아마도 습진일 것이다. 그는 약간 피곤해 보였다. 하지만 나를 황홀하게 만들었던 바로 그 미소를 언제나 짓고 있었다.

먼저 여자들이 인사를 건넸다. 그 다음 내가, 반은 송장 같고 반은 어린 꼬마 같은 모습으로 그와 악수하기 위해 싸늘해진 내 손을 내밀었다.

"안녕하세요, 슈발리에 씨."

그 말이 어떻게 나왔는지 나 자신도 모른다.

"안녕하세요."

나는 어떻게 해야 할지 모른 채 그의 손을 좀더 오래 잡고 있으려 했다.

그가 입을 열어 옛날처럼 나를 몽쁘띠라고 불러 주기를 기대하면서 그의 눈을 자세히 바라보았다. 하지만 그는 자신에게 인사를 건네는 사람 누구에게나 보이는 미소를 지으며 내 손을 놓았다. 그 사람은 자신이 '내 아빠'였다는 사실조차 알지 못했다.

축축해진 눈을 닦으려고 그 방에서 얼른 빠져나왔다.

사랑하는 아담. 네가 전에 나한테 뭐라고 그랬지? 태양을 달구자. 맞아. 우린 태양을 달궈야 해.

"빠울리스따 가(街)에 좀 내려 주겠어?"

"왜? 우리랑 저녁 같이 하지 않을 건가?"

"나로서는 저녁을 먹기에 이미 너무 늦은 시간이야."

마리아는 화는 내지 않고 나에게 말했다.

"당신 정말 이상하군요! 그렇게 활기찬 쇼를 봤는데 이렇게 우울해져서 나오다니."

나는 안 그런 체했다.

"쇼 때문이 아니야. 그 전부터 이미 우울했어. 조금 걷다 보면 나아질 거야."

"이 가랑비에요?"

"난 가랑비가 좋아. 모든 건물들이 쌍빠울루의 하늘을 찌를 듯 솟아오르는 요즘, 가랑비를 볼 수 있는 기회가 흔치 않잖아. 그러니까 이런 기회에 잠깐 봐야 해."

그들이 내가 내릴 수 있게 차를 세웠다. 마리아의 얼굴에 키스를 했다.

"전화할 거죠?"

"응, 잘 가."

그들이 탄 차가 다른 차들 사이로 사라졌고 나는 빠울리스따 가를 따라 걷기 시작했다. 모든 것이 변했다. 전통이 깊은 아름다운 대저택들이 하나둘씩 사라지고 있었다. 새로운 고층 빌딩들에게 자리를 내어 주기 위해 헐리고 있었다. 그 고층 빌딩들이 마지막 가랑비까지 쫓아내겠지.

인적이 드물어 거리는 한산했다. 다행이었다. 그래야 내 실망감과 혼자 말할 수 있고, 작은 아픔과 대화를 할 수 있을 테니까.

"그래, 맞았어, 아담. 몇 년 만이지? 21년, 아니면 22년 정도. 조금 더 될지도 모르지."

눈을 감지 않아도, 아담이 작은 짐가방을 들고 떠나가는

모습이 눈에 선했다. 그는 아주 멀리 떠났다. 자신이 그리워하던 곳으로. 넌 행복했니, 아담? 행복이란 뭐지? 누가 알겠어? 행복은 시간과 같아. 행복은 멈춰 있는데 우리가 흘러 가는 거지. 흘러흘러 가는 거지. 아담, 너는 별들이 가득한 밤을 원했지. 강물에 비친 둥근 달 그림자에 누워 잠들고 싶어 했지. 하지만 나의 밤은 전혀 그렇지 않아. 코를 따갑게 하고 머리카락을 붉게 하는 가랑비밖에 없어.

네가 또래의 암두꺼비를 만났는지 누가 알겠어? 금발을 땋아 작은 흰 모자를 쓴 암두꺼비 말이야.

혼자서 인도를 걸었다. 가끔씩 내 심장이 내 곁을 빠르게 스쳐 지나가는 발자국 소리에 깜짝깜짝 놀랐다. 모리스가 나타나 내 팔을 잡으며 이렇게 말할지 누가 알겠어.

"들어 봐, 몽쁘띠. 다른 사람들 앞에서 아는 체할 수가 없었어……."

바보 같은 생각이지, 아담? 우리는 꿈이 없는 인간들이야. 그는 더 늙었어. 내가 거의 마흔 살이니……. 바보 같은 생각. 내가 사랑을 발견하면 곧바로 떠날 거라고 말한 사람이 바로 모리스 자신이었어. 사랑이 뭐지, 아담? 사랑, 많은 사랑이 지나갔어. 늙었지만 그것을 인정하지 않는 빠울라의 사랑…….

"조금 더 걷자, 제제."

나를 제제라고 부르는 사람은 바로 나야. 너도 나에게 더 이상 돌아오지 않을 거라고 했지. 단지 그리움 속에서만은 예외겠지. 그러니까 내가 고독해서 너랑 얘기하려 하면 화내진 않겠지.

"안녕하십니까, 슈발리에 씨."

"안녕하세요."

나는 다시 소년이야. 꿈 많고 고독한 소년. 사람들은 왜 크는 걸까? 난 원치 않아. 결코 원한 적도 없어. 시간은 멈춰 있는데 내가 계속 흘렀던 거지. 솔직히 그 누구도, 우리 가슴 속의 이 아픔이 얼마나 큰지 알 수 없어. 바로 이 가슴만 알 뿐이지. 하지만 그게 무슨 소용이 있지?

어디선지 모르지만 나를 진정시키려는 어떤 목소리가 들려온다.

"슈쉬……. 슈쉬……."

"아! 알아요. 당신이군요. 뽈 루이 파이올리."

사제복을 입어 온통 까만 모습으로, 체크무늬 손수건을 흔들며 사라져 가는 그 모습을 다시 보지 않으려고 내가 손으로 얼굴을 가린다. 그리고 배는 점점 멀어져 방파제를 지나 먼 바다로 향하고…….

내 기억 속에 남아 있는 뱃고동 소리는 배에서 난 것이 아니야, 아담. 내가 아주 어렸을 때 들었던 기차 소리야. 내 뽀르뚜가를 죽인 살인 기차. 나의 라임오렌지나무의 환상을 잘라 버린 열차. 어른이 된 후 나는 그 기차로 많은 여행을 했지. 매번 그 기차 바퀴가 내 슬픔과 없어진 사람들을 기억나게 했는데 아무도 그걸 알지 못했어. 나는 형제들에게도 그 비밀들을 얘기하지 않았어. 얘기하지 않았기에 절망 속에서 그걸 삼켜야 했어.

"슈쉬……. 슈쉬……."

며칠 전이었어, 아담. 가족을 만나려고 북부의 나딸에 갔어. 그곳에서 파이올리 수사님께 편지를 썼지. 그분이 포르딸레자에서 네 줄짜리 답장을 보내왔는데 많이 편찮으시다고 했어. 난 머뭇거리지 않았어. 버스 여행은 무척이나 힘들었어. 그는 아직 혈색은 좋았지만, 머리카락은 예전의 불 같은 붉은색을 잃어버려 백발에 가까웠어. 말도 겨우 하고 숨쉬는 것도 힘들어했어. 어떤 상태였는지 알아, 아담? 아주 약한 바람에도 이리저리 흔들리는 촛불 같았어.

"무슨 편지가 그렇게 짧아요, 파이올리?"

"아! 슈쉬. 그걸 쓰느라 내가 얼마나 지쳤는지 모를 거야."

그는 그저 나를 바라보기만 했어. 그에게는 내가 아직 슈쉬였어. 전혀 자라지 않았던 거지. 그분이 그런 환상 속에 있도록 가만히 있었어.

아담, 그러던 어느 날, 그가 돌아가셨다는 소식을 들었어. 지금 이렇게 어른이 된 후에도 나는 그분이 천사의 날개를 달고 하늘나라로 갔다고 굳게 믿어. 새처럼, 나비처럼 날갯짓을 하는 천사 말이야.

하지만 아담, 그게 무슨 소용이 있지? 내 말 듣고 있다면 말해 줘, 아담. 태양을 뜨겁게 하는 방법을 다시 내게 가르쳐 줘. 앞으로 계속 나아가야 하고, 또 흘러가야 한다는 것을 수긍하는 법을 말이야. 앞으로 걸어 나아가고 태양을 뜨겁게 하는 것은 힘들어, 그렇지 않니, 아담?

제발, 마지막으로 너에게 부탁할게. 어른들이 태양에 불을 붙이려면 어떻게 해야 하는지 대답해 줘. 이번만.

대답을 듣지 못했으므로 나는 휘파람을 불며 걸어갔다. 그리고 가랑비를 위해 노래를 부르기 시작했다.

강가에 있는
꾸루루 두꺼비
두꺼비가 노래할 때, 누이는
춥다고 말하죠

"좋아, 아담. 어른들은 정말 태양에 불을 당길 줄 몰라. 그러니까 어쩌면 내일은 하느님이 선한 마음을 베풀어 태양 스스로 불을 지피게 하실지도 모르지. 과거에 태양을 영원히 빛나게 하셨던 것처럼 말이야."

하지만 그건 중요치 않아. 나는 너를 위해 계속 노래를 부를 거야. 다행히 아직은 그리움이 무엇인지를 알고 있으니까.

강가에 있는
꾸루루 두꺼비
두꺼비가 노래할 때, 누이는
춥다고 말하죠
춥다고 말하죠
춥다고 말하죠
춥다고 말하죠

## 옮기고 나서


내가 『나의 라임오렌지나무』 시리즈를 처음 접한 것은 대학교에 다니던 1980년이었다. 당시에는 포르투갈 어를 막 배우기 시작한 상태였기 때문에 원문을 완전히 독해할 수는 없었지만 어렴풋하게나마 지구 정반대에 위치한 브라질의 모습과 그곳에 사는 어느 시골 소년의 어린 시절의 이야기를 감명 깊게 읽었던 기억이 난다.

대학을 졸업한 뒤 브라질에서 그곳 문학을 전공하면서 브라질 북동부 지방인 나딸에 가 본 적이 있다. 나딸은 이제 막 번역을 마무리한, 『나의 라임오렌지나무』 제2권, 『햇빛 사냥』의 무대다. 그때 여행하며 본 그 지방 사람들의 삶과 아름답기 이를 데 없는 해안의 모습은 나에게 브라질에 대한 사랑을 심어 주기에 충분하였다. 게다가 소설의 마지막 장면에 나오는, 이슬비 내리는 쌍빠울루 빠울리스따 가의 모습은 내가 그곳에 6년 반을 살며 익히 보던 풍경이다. 그러다 보니 이 작품 속에 흐르는 배경과 작가 그리고 등장인물들에 대한 친근감이 그 어느 작품보다도 더했다.

　작가 바스콘셀로스는 자신의 어린 시절을 소재로 이 작품을 썼다. 그래서 등장인물의 설정이나 표현방식 면에서 그의 특성이 잘 드러나 있다. 어린 시절에 누구나 한번쯤 가져봄직한 상상의 세계와 현실을 넘나들면서도 짜임새 있는 구성을 일궈 냈으며, 이따금 속어와 사투리를 그대로 씀으로써 등장인물들과의 친근감을 배가시켰기에 폭넓은 독자층을 형성하는 데 성공하였다. 특히 상상이라는 요소가, 외향적인 개구쟁이 소년처럼 보이는 주인공 제제가 현실에서 느끼는 외로움을 해소하는 데 중요하게 작용할 뿐만 아니라 그의 모험심을 뒷받침하기도 하면서 긴장과 재미를 더하고 있다. 한편, 친부모가 아닌 양부모 밑에서 살아가는 제제에게 외로움은 고통으로 작용하기보다는 오히려 그가 올바로 성장해 나가는 데 버팀목이 되어 주었던 것으로 보인다. 그것은 제제가 자신의 내면에 아름다운 상상의 세계를 구축하는 동기가 되었고, 가상 인물인 꾸루루 두꺼비와 모리스의 만남을 가능케 하였기 때문이다.

악동이면서도 주변의 자연과 사물에 대한 깊은 애정을 지녔던 제제, 외톨이 제제에게 언제나 다정한 친구였던 꾸루루 두꺼비, 외로움에 방황하는 제제를 끝없는 사랑으로 지켜 주었던 파이올리 수사님과 모리스 아저씨. 이들이 엮어 가는 세계가 오늘날 우리로 하여금 참된 교육과 진정한 사랑이란 무엇인가를 다시 한 번 생각하게 한다.

이 책은 연령과 국적에 상관없이 공감할 수 있는 어린 시절의 상상과 사건들로 구성되어 있다. 바로 이 점 때문에 이 책이 브라질 국경을 넘어 세계 여러 나라에서 번역되어 사랑받을 수 있었다. 또 생동감 있는 문체로 인해 포르투갈 어를 배우려는 외국인들이 이 책을 교재로 활용하고 있기도 하다.

가능한 한 원본에 충실한 번역을 하고자 노력하였고, 브라질에 살면서 느꼈던 그곳 사람들의 감정을 섬세하고 정확하게 표현하려 애썼다. 포르투갈 어를 공부하는 사람들에게 이 책이 좋은 자습서가 되기를 바라는 마음도 있었으며 나름대로 최선을 다했다고 자부한다.

끝으로, 이 책이 나오기까지 많은 도움을 주신 한국외국어대학교 이승덕 교수님과 에드송 지아스 쎄헤이라 교수님, 부산외국어대학교 이광윤 교수님, 초안을 읽어 준 가족(임은숙, 수현, 민철)과 후배 김동진 군 그리고 도서출판 동녘의 사장님과 인내심을 갖고 꼼꼼하게 원고를 검토해 주신 편집부 여러분들에게 두루 고마운 마음을 전하고 싶다.

2003년 1월
박원복

옮긴이 박원복
한국외국어대학교 포르투갈어과를 졸업하고
브라질 쌍빠울루 가톨릭대학교(PUC-SP)에서 현대시를 전공하였다.
현재 한국외국어대학교 포르투갈어 강사로 활동하고 있다.
저서로 『브라질 문학사』(이광윤 공저, 부산외국어대학 출판부), 『중남미 사회의 변동과 이에 따른 한국-중남미 관계의 변화』(임상래 공저, 부산외국어대학교 국제통상지역원)가 있다.

그린이 김효진
한국예술종합학교 미술원을 졸업하였고
『나의 라임오렌지나무』 삽화 공모에 당선되었다.

나의 라임오렌지나무 2
# 햇빛사냥

| 초판 1쇄 펴낸날 | 1988년 11월 5일 |
| 2판 1쇄 펴낸날 | 2003년 1월 25일 |
| 2판 51쇄 펴낸날 | 2025년 4월 1일 |

**지은이** J.M. 바스콘셀로스   **편집** 이정신 이지원 김혜윤 홍주은 이심지
**옮긴이** 박원복   **디자인** 김태호
**그린이** 김효진   **마케팅** 임세현
**펴낸이** 이건복   **관리** 서숙희 이주원
**펴낸곳** 도서출판 동녘

**인쇄·제본** 영신사   **라미네이팅** 북웨어   **종이** 한서지업사

**등록** 제311-1980-01호 1980년 3월 25일
**주소** (10881) 경기도 파주시 회동길 77-26
**전화** 영업 031-955-3000 편집 031-955-3005 팩스 031-955-3009
**홈페이지** www.dongnyok.com   **전자우편** editor@dongnyok.com
**페이스북·인스타그램** @dongnyokpub

ISBN 978-89-7297-553-3 (03890)

- 잘못 만들어진 책은 구입처에서 바꿔 드립니다.
- 책값은 뒤표지에 쓰여 있습니다.